두 번의 전쟁, 분단국가의 서사적 기원

해방 후 한국 소설에 나타난 민족의 감각과 정서

두 번의 전쟁, 분단국가의 서사적 기원

해방 후 한국 소설에 나타난 민족의 감각과 정서

이 민 영

국학자료원

머리말

국가와 민족을 이야기하는 것은 이제 너무 낡은 것이 되어버렸다. 하지만 낡은 것이라고 해서 그것의 효과와 효력이 사라지는 것은 아니다. 우리의 삶을 강력하게 규율해왔던 민족의 담론들은 이제 또 다른 형태로 우리의 삶에 영향력을 행사하고 있다. 오늘날 애국심과 같은 정서들은 대중들에 의해 희화화되기도 하고 불매 운동과 같은 불붙는 열정으로 되살아나기도 한다. 그리고 새로운 전쟁을 설명하는 오래된 이유로 등장하기도 한다. 여전히 우리는 민족성이라고 부르는 공동체적 정체성의 자장 안에 놓여있는 것이다.

이 책은 10여 년 전의 박사학위 논문을 다시 보완한 결과물이다. 낡아 버린 민족 담론을 오래전 작성한 논문을 통해 다시 불러내는 것은 '때 늦음'에 대한 고민의 결과였다. 상상된 민족의 이상들은 혹독한 부정의 시기를 경험하였음에도 불구하고 여전히 우리의 일부로 남아있다. 이미 극복했다고 간주되었던 것들의 유령적 효과는 오늘날의 우리의 현실을 새롭게 읽어야 할 필요를 제기한다.

오래된 것으로부터 아직 벗어나지 못했음을 인지하는 과정에는 미래에 대한 열망과 현실에 대한 불안이 공존한다. 이미 늦었지만, 너무 늦지 않기 위해 다시 나아가야 한다는 다급함은 분단 체제 하의 한국 사회를 관통하는 핵심적인 정서 중의 하나이다. '빨리 빨리'의 민족으로 불리는 한국인들에게는 아직 온전히 완성되지 못한 국민국가에 대한 열망과 여전히 냉전의 체제에서 벗어나지 못했다는 불안감이 놓여있는 것이다.

식민사회를 극복하고 신화적인 경제 성장을 이룩한 대한민국의 내면에는 입 밖에 내어 말하기 두려운 분단의 현실, 전쟁은 아직 끝나지 않았다는 불안감이 존재한다. 전 세계가 오래전에 탈냉전의 세계에 진입했음에도 불구하고 냉전의 질서는 여전히 한국 사회에 강력한 영향력을 행사한다. 우리는 오늘도 북한으로부터 무언가 날아오고 있다는, 물론 그것이 미사일은 아니지만, 경고의 안내문자를 받고 있다. 다문화의 체제와 세계화된 한국 문화의 위상 체감하는 순간에도 이미 끝났다고 생각되었던 전쟁의 위기의식, 국경으로 간주했던 휴전선의 위태로움들은 불시에 우리들의 삶에 침투한다.

해방기와 전쟁기의 소설들을 통해 민족론을 설명하는 이 책은 오늘날 우리가 느끼는 이러한 때늦은 감각들의 기원을 설명하려는 시도를 담고 있다. 우리에게 해방의 순간은 태극기를 들고 기쁨의 함성을 지르는 한국인들의 얼굴로 기억되고 있지만, 해방 직후의 소설에서 해방의 순간은 종종 불안과 공포의 서사로 재현되었다. 사라지는 제국과 새롭게 구성되는 국민국가, 그리고 해방자로 등장하는 미국과 소련은 해방 후 한국 사회의 복잡한 현실 인식의 근간을 이룬다. 해방 직후의 소설들에는 이러한 현실에 대한 복합적인 감정들이 선명하게 드러난다. 국민국가로의 이행을 강조하는 서사들과 냉전 제국주의에 대한 위기의식을 드러내는 서사들, 그리고 기대됐던 하나의 민족을 둘로 가르는 분단체제에 대한 불안을 드러내는 서사들은 그동안 우리가 살펴보지 못했던 탈식민 이후 한국인들의 내면을 가시화한다. 그리고 사라졌다고 생각한 민족의 담론들이 오늘날 어떠한 형태로 변용되고 전유되고 있는지를 설명해준다.

해방기와 전쟁기의 문학은 그간 정치적 이데올로기를 중심으로 해석되었다. 하지만 해방 후의 문학 작품들은 공산주의와 자본주의적 질서로 환원될 수 없는 현실에 대한 다종다양한 감각들을 노출한다. 그리고 이러한 해방의 감각들은 오늘날까지 온전히 사라지지 않고 종종 때늦은 유령적인 기억으로 평화로운 현실을 엄습한다. '선진적인 국가'를 이루었다는 자부심 한편에서 등장하는 불안의 정서들은 대한민국의 선진성이 아닌 대한민국의 국가성에 대한 질문의 결과이다. 온전한 국경 대신 휴전선을 경계로 삼아 발전하는 오늘날의 대한민국에는 여전히 민족과 국가에 대한 해소되지 않는 질문들이 남아있다. 이 책이 이러한 질문에 대한 답을 찾아나가는 과정에 부분적이나마 도움이 될 수 있기를 바란다.

뒤늦게 학위논문을 단행본의 체제로 수정해 나갈 수 있었던 것은 부족한 글을 논문으로 완성해나가는 데 도움을 주신 여러 선생님들 덕분이다. 해방기와 전쟁기의 문학 연구에 공감해주신 방민호 선생님과 논문의 부족함을 발전시키는 데 도움을 주셨던 서경석, 이양숙, 김종욱, 손유경 선생님, 그리고 대학원 공부를 시작할 수 있게 격려해주신 조남현 선생님께 감사드린다. 또한 전쟁과 문학을 함께 공부했던 동료 연구자들이 없었다면 새롭게 글을 쓰는 힘을 얻을 수 없었을 것이다. 마지막으로 연구에 집중할 수 있도록 항상 지원해준 부모님과 남편, 사랑하는 아들 은수에게도 감사의 인사를 전한다.

2024년 11월
이민영

차례

Ⅲ
냉전의 이데올로기와 결속의 민족 서사

Ⅳ
분단의 체제와 이산의 민족 서사

V
결론

I. 서론

I. 서론

1. 해방과 분단 사이의 '민족'

1945년 일본의 패전선언으로 제2차 세계 대전이 종결된 이후부터 1953년의 휴전 선언으로 한국전쟁이 중단된 시기까지 한국에서 민족의 개념은 급속하게 변화한다. 식민지의 '나라 잃은 백성'을 지칭하던 민족은 새로운 국가의 '국민'으로 비약해야 했으며, 동시에 자본주의적 체제 내부의 것으로 수렴되어야 했다. 한국 문단 역시 이와 같은 급변하는 시대적 상황에 대응하면서 한국적인 문학, 민족 문학에 대한 개념을 구성해 나간다.

민족 문학의 정립은 해방 직후 한국 문단이 내세운 핵심적인 탈식민화의 목표였다. 이때 민족 문학의 개념은 물론 대한민국이라는 국가적 정체성과 뗄 수 없는 관계를 지니며 생성되고 또 유지된다. 하지만 이러한 관계가 항상 안정적으로 유지되었던 것은 아니다. 특히 해방과 한국전쟁 사이에 구성된 민족 문학의 개념은 새롭게 건설되는 국민국가 (nation-state)라는 체제와 결속하는 한편, 이와 지속적으로 갈등하고 또 이로부터 이탈하고자 하는 시도를 드러낸다. 이 시기의 민족은 냉전의 정치 이데올로기에 의해 점유되지 않은, 유동적인 형태로 실재하고 있었던 것이다. 당대 소설에 나타난 민족에 대한 다양한 정서와 감정의 구조들은 민족과 국가 사이에 놓인 이러한 복수의 관계 양상들을 입증한다.

해방 이후부터 한국전쟁이 끝나는 시기까지 한국 문단에서는 '민족'이라는 개념을 선취하기 위한 치열한 갈등이 지속되었다. 이는 분명 혼란한 것이었으나, 동시에 탈식민 이후의 사회를 상상하는 가장 강렬한 열망을 재현하는 것이기도 했다. 해방기의 민족 담론에 주목하는 것은 문학과 이데올로기의 사이에 놓인 해묵은 논쟁을 반복하기 위함이 아니라, 이러한 갈등 너머에서 상상된 민족에 대한 열망과 또 그 좌절의 경로들을 추적하기 위함이다.

이 책은 해방기부터 한국전쟁기까지의 문학에 나타난 민족에 대한 감각과 정서들을 분석함으로써 해방 이후의 역동적인 현실 속에서 다양한 형태로 개화했던 민족론을 규명해나가려는 시도를 담고 있다. 그간 국가건설의 담론을 중심으로 해석되어온 해방기 문학은 냉전체제의 이데올로기적 반영물로 읽혀왔다. 해방 이후 한국 사회에서 냉전 이데올로기에 기반하는 국민국가건설의 목표는 강력한 담론적 효과를 만들어냈기 때문이다. 하지만 강력한 국가건설의 이념적 규준을 전제로 한국문학을 분석하는 과정에서 국가건설론으로 환원될 수 없는 복합적이고 모순적인 형태로 나타난 민족재현의 서사들은 주목받지 못했다. 그것은 합리적인 정치 이데올로기를 재현하는데 실패한 결과물들로 읽혀온 것이다. 본 연구에서는 한국 소설에 나타난 민족담론의 다면적인 특성을 고찰하기 위해 탈식민담론의 혼종성과 양가성을 전제로 민족 서사들을 분석한다.

1945년부터 1953년의 시기를 분석의 대상으로 삼는 것은 한국의 민족서사들을 근대적 국민국가 건설의 결과물로 한정하지 않고, 그 속에 담긴 다양한 탈식민화의 욕망들을 읽어내기 위함이다. 이는 한국전쟁이 이데올로기적 갈등의 결과물인 동시에 민족 해방이라는 탈식담론의 자장하에 놓인 사건이었다는 인식을 기반으로 한다.[1] 해방 직후 한국 사회를 지칭하는 방식은 다양하게 존재했다. 정치체제를 중심으로 '미소군정기'로 불리기도 했으며, 당대의 혼란상을 전제로 '해방공간'이라는 특수한 명칭이 고안되기도 했다. 그리고 1945년부터 1950년까지의 시기를 한정하여 '해방기'라는 용어가 사용되기도 했다. 이때의 해방기라는 개념은 1950년까지로 한정되는데 이로 인해 한국사회의 탈식민화 과정은 냉전체제와 분리된 것으로 이해되고 해방 이후 지속되었던 탈식민화 과정에 대한 심도 있는 논의가 축소될 수밖에 없었다. 탈식민화 과정에 대한 논의는 전쟁 후 종료된 것으로 간주되었던 것이다. 하지만 한국전쟁에는 새롭게 구성되는 냉전의 질서뿐만 아니라 해소되지 못한 제국적 갈등의 구도들이 깊이 개입되어 있다.

해방 이후 한국 사회에는 일본의 항복 선언만으로는 해소될 수 없는 다양한 문제들이 상존해있었다. 당대의 문학 작품들은 건설되는 국가의 이상에 대해 질문하면서 현실의 모순과 한계들을 적극적으로 재현해 나간다. 이들이 해소되지 않는 현실의 문제들을 살펴보기 위해 주목하는 것은 주권국가 건설을 목표로 하는 탈식민담론과 새롭게 구성되는 냉전의 세계체제 사이에 놓인 한국 사회의 현실이다. 한국사회에서

---

1) 김동춘(2006)은 종전이 아닌 1950년의 개전으로 기념되는 한국전쟁이 이후의 한국 사회를 냉전 진영의 일부로 설정하는 효과적인 방법이었음을 설명한 바 있다. 북한 군의 침략이라는 사건을 통해 남한의 시민들은 반공의 이념을 체화한 냉전체제의 일원으로 설명된다 따라서 북한의 침략을 강조함으로써 기억되는 한국전쟁은 이전까지 지속적인 문제 상황으로 존재했던 다양한 민족 내부의 갈등 관계들을 은폐한다는 점에서 한계를 지닌다. 김동춘, 『전쟁과 사회』, 돌베개, 2006. p.68 참조.

제국주의와 냉전 이데올로기는 공시적인 것이었다. 따라서 해방 이후 민족에 대한 다양한 상상과 재현의 구조들을 이해하기 위해서는 이러한 상이한 인식의 체계들이 서로 결합하고 반목하는 과정을 살피는 것이 필수적이다.

1945년에서 1953년에 이르는 시기는 8.15 해방과 6.25 전쟁이라는 중대한 사건이 연속적으로 발발했던 시기였다. 해방된 직후부터 남북 사회에는 냉전적 이념 갈등이 구성되기 시작했고[2], 국가건설의 목표는 한국전쟁을 거치면서 더욱 공고해졌다. 남한과 북한이 서로의 정치적 이념을 부정하면서, 상대를 '제국주의의 괴뢰'라고 호명했던 것은 탈식민의 과제와 냉전의 체제 사이에 놓인 이 같은 긴밀한 연관성을 방증한다. 냉전체제의 영향 아래서 기획된 이념 갈등의 구조가 '제국의 적'을 다시 소환함으로써 스스로의 정당성을 확보하고있는 것이다. 이와 같이 탈식민화의 과제와 이념 갈등의 문제 사이에 놓인 당대 사회의 현실을 입체적으로 조망하기 위해서는 해방의 현실을 1945년에서 1953년에 이르는 시기로 확장해서 이해할 필요가 있다.

해방 사회에는 독립된 국가의 건설이라는 내적인 목표와 이 독립된 국가를 다시 냉전 진영의 일부로 환원시켜야 한다는 외적인 목표가 놓여 있었다. 이러한 과정에서 한국 사회의 이념 갈등은 서구의 냉전체제와 다르게 전개된다. 서구사회에서 냉전기는 오랜 평화의 시기[3]라 불릴 정도로 힘의 균형을 이룬 시기였다. 이와 달리 한국 사회를 비롯한 다수의 탈식민 사회[4]는 실질적인 전쟁을 경험하면서 불안정한 국내외

---

2) 분단적 질서는 해방 직후부터 수립되는데 박명림은 1948년 체제를 중심으로 남북사회를 상대 분단국가와의 대결에 대비하여 동원상태와 동원 준비 상태에 들어간 대쌍 관계동학으로 설명한다. 박명림, 『한국전쟁의 발발과 기원』, 나남출판, 2008, p.671.
3) John Lewis Gaddis, "The Long Peace", *International Security*, vol.10.no4. 1986.
4) 로버트 영은 제국에서 해방된 사회들을 지칭하기 위해 "포스트식민주의 인식론의

의 정치 상황에 휩쓸리게 된다.5) 탈식민 사회에서 냉전은 불균형한 권력의 구도를 바탕으로 물리적인 전쟁의 형태로 나타났던 것이다.

해방기의 복합적인 상황을 고려할 때, 한국전쟁에는 두 가지 의미가 내포되어 있음을 확인할 수 있다. 미소 중심의 냉전사적 관점에서 그것은 우선 냉전적 갈등 관계의 발화점이 되는 사건이었다. 그리고 제국주의의 관점에서 한국전쟁은 탈식민화 과정에서 발생했던 분열과 갈등의 결과이기도 하다. 따라서 냉전기의 전쟁, 즉 열전으로서의 한국전쟁은 탈식민의 과제와 냉전 이데올로기의 자장 아래 놓인 한국사회의 특수성을 드러내는 지표라 할 수 있다. 특히 정전(停戰)의 형태로 마무리된 한국전쟁은 또 다른 특수한 민족적 현실을 만들어냈다. 중단된 전쟁은 전쟁의 불안감을 증폭시키면서 분단 체제라는 위태로운 국가의 형태를 형성해 낸 것이다. 따라서 해방 이후 한국의 민족 담론을 설명하기 위해서는 식민지로부터 해방을 목표로 하는 국가건설의 담론과 냉전의 이데올로기 그리고 전후의 분단 체제를 모두 고려할 필요가 있다.

1945년부터 1953년에 이르는 시기에 창작된 문학 작품들에는 제국주의와 냉전 이데올로기로 분절될 수 없는 복합적인 현실이 가시화된다. 이러한 소설들은 제국으로부터 해방된 '민족'을 강조하는 동시에 남한 체제 내부에 놓인 '국민'이라는 정체성에 주목한다.6) 이들은 독립

원천뿐만 아니라 그 국제주의적인 정치적 동일시까지도 정확하게 포착하는 용어"로 트리컨티넨탈리즘을 제안하고 있다. 본 연구에서는 이와 유사한 맥락에서 국제주의적 정치체제로서 제국주의 이후 독립을 달성한 사회(국가)를 지칭하기 위해 '탈식민사회'라는 용어를 사용하고자 한다. 로버트 J. C. 영, 김택현 역, 『포스트식민주의 또는 트리컨티넨탈리즘』, 박종철출판사, 2005, p.24.

5) 한국전쟁으로 시작된 냉전기 제3 세계의 열전은 한국에서 동남아시아, 쿠바로 이어진다. 베른트 슈퇴버, 최승완 역, 『냉전이란 무엇인가?』, 역사비평사, 2008, p.137.

6) 번역어로 수용된 'nation'의 개념은 한국에서 특수한 의미를 지닌다. 탈식민화와 분단의 과정을 거친 한국 사회에서 nation의 번역어 문제는 국가와 국민과 민족 사이

된 조선인이라는 탈식민적 민족의 정체성과 분단 체제 하의 국민적 정
체성을 결합하는 한편, 민족과 국민 사이에 놓인 접합할 수 없는 간극
에 대한 민감한 인식을 드러낸다. 따라서 당대 문학 작품이 드러내는
민족 담론을 살피는 과정은 오늘날 우리가 '알고 있다'라고 생각하는
한국 민족, 대한민국이라는 국가를 이해하기 위한 필수적인 과정이다.
해방 이후부터 전쟁기까지의 민족 서사들을 통해 당대 소설들의 문학
사적 의미를 이해할 수 있을 뿐만 아니라, 냉전적 세계체제와 결합하고
또 갈등하는 탈식민 사회의 민족 담론을 규명할 수 있는 것이다.

　기존의 해방기 문학에 대한 연구는 문단 내부의 이념 갈등에 주목하
면서 냉전과 제국의 관계를 복합적으로 이해하는 데 한계를 드러냈다.
해방기를 식민사회와 분리하고 당대의 문학 작품을 냉전적 이데올로
기의 반영물로 해석해왔던 것이다. 이는 분단체제 하 한국문학의 이데
올로기적 특성을 이해하는 것에 도움을 주지만, 당대의 다양한 문학적
시도들을 정치적 이데올로기로 환원한다는 점에서 한계를 지닌다. 정
치적인 측면에서 해방기 문학을 이해할 때, 해방 이후부터 전쟁기에 이

에 놓인 균열을 방증한다. nation의 번역 문제에 관해서는 여러 논의(진태원, 이태
훈, 장문석 등)가 진행되어 왔으나 이러한 논의는 서구사회로부터 유래한 'nation'이
라는 개념 자체의 문제성에는 주목하지 못했다. 신기욱(2009)은 한국의 민족 개념
에 인종적인 의미(Ethnic nationalism)가 깊이 개입되어 있다는 점을 지적하면서 한
국 민족 개념의 특수성을 설명한다. 이와 달리 박찬승(2016)은 한국의 민족주의에
서 문화주의적 특성을 강조하면서, 민족과 국민의 개념이 서로 다르게 구성되고 있
음을 설명한다. '국민'이 국가(state)를 전제로 한다면 '민족'의 개념은 국가제도로 한
정되지 않는 포괄적인 사회, 문화적 공동체를 포함한다. 본 연구는 nation의 용어가
한국 사회에서 '국민'이나 '민족'으로 단일화될 수 없다는 점을 전제로 '국민'과 '민
족'의 개념을 변별적으로 사용하고자 한다. 진태원, 「어떤 상상의 공동체? 민족, 국
민 그리고 그 너머」, 『역사비평』 2011 가을; 이태훈, 「민족 개념의 역사적 전개 과
정과 그것이 의미하는 것」, 『역사비평』 2012 봄; 장문석, 「내셔널리즘의 딜레마」,
『역사비평』 2012 여름; 박찬승, 『민족 민족주의』, 소화; 2016, 신기욱, 『한국 민족
주의의 계보와 정치』, 창비, 2009, 참조.

르는 시기의 문학 작품들은 역사 밖에 놓인 "해방공간"[7]의 문학, 즉 문학사 외부에 놓인 예외적인 것으로 설명된다. 그리고 해방기 문학에 대한 연구는 실제 창작된 작품의 분석을 중심으로 하기보다는 작가의 정치적 선택과 문단의 성립 과정을 중심으로 진행된다.

해방기 문단의 움직임과 작가의 내면을 통해 문학사를 조망하는『해방공간의 문학사론』[8]은 이와 같은 해방기 문학 연구의 기본적인 태도를 보여준다. 이 책은 해방기 문학 연구의 시작 지점에 문인들의 정치적 활동을 놓는다. 이를 통해 식민 과거와 당대의 현실을 이해하고자 했던 작가들의 입장을 분석하고 해방 현실의 특수성을 설명하고 있다.『한국소설사』[9]는 이러한 맥락 하에서 해방기의 의미를 전체적인 문학사 속에서 살펴보고 있는데, 해방기의 특징을 시간성을 상실한 '공간'이라는 의미에서 정의하고 있다. 이와 같은 관점을 바탕으로 당대의 작품들은 이원조의 논의를 중심으로 하는 '정치우위의 문학 형식'과 김동리의 비평을 중심으로 하는 '삶의 구경적 탐구로서의 문학'으로 설명된다. 이에 더해 한설야, 허준 등의 작품을 논하면서 '이념 절대의 문학 형식', '가치 중립성 또는 균형 감각의 형식', '민족 이동과 귀소 본능의 형식, 자기비판의 과제' 등으로 해방기의 문학 작품들을 유형화하고 있다.

권영민은『해방 직후의 문학운동 연구』[10]에서 해방기의 문단 상황

---

7) 해방공간이라는 용어가 이 시대의 문학상의 특질을 제한 내지 규정하고 있음을 일단 검토해둘 필요가 있다. '공간'이라는 말이 함의하고 있는 것이 역사성의 결여라고 할 때 그 역사성이란 구체적으로 무엇인가. 일차적으로 그것을 국권 상실기의 연장에 불과하다는 점이 지적될 수 있겠다. 일제 대신 미국과 소련으로 통치권의 주체가 바뀌었다고는 하나, 그 본질에서는 동일하였다. 김윤식·정호웅,『한국소설사』, 문학동네, 2007, p.313.

8) 김윤식,『해방공간의 문학사론』, 서울대학교출판부, 1998.

9) 김윤식·정호웅, Op. Cit.

10) 권영민,『해방직후의 민족문학운동 연구』, 서울대학교출판부, 1996.

을 보다 실증적으로 논의하고 당대의 문학운동을 구체적으로 살펴본다. 그리고 이것은『한국현대문학사』11)에서 체험의 형식과 비판의 형식, 방법의 모색과 이념의 선택 등의 하위 항목을 통해 보다 광범위하게 논의되었다. 이재선은『현대한국소설사』12)에서 1945부터 1990년까지 한국현대소설을 전반적으로 살펴보면서 해방기의 시대적인 의미를 고찰한다. 이재선은 해방기 문학의 특징을 과감한 실험성보다는 소박한 리얼리즘의 수법에 의해 역사, 사회적 현실성을 드러낸 시기, 이념적이고 미학적인 양극화 현상이 극심했던 시기로 규정하는데, 특히 "서로 다른 이데올로기의 선택과 옹호라는 작품 외적인 편짜기 운동에 지나치게 집착, 편중한 나머지 문학 작품 자체의 실현에의 길보다는 도전과 응전이라는 상호 대응적인 역학을 강조한 시기"였다고 당대의 문학적 특성을 정의한다. 동시에 이 시기의 작품들이 분단에 대한 문학적인 관심의 출발점이 된다는 점을 지적하면서 해방기의 소설을 귀환 형식과 어둠의 기억, 기억의 문학 형식, 변명과 반성의 문학 양식, 변신의 해부와 반복되는 역사, 분극화된 현실에 대한 인지, 외세와 얽힌 생활양식 등의 주제들로 나누어 설명하고 있다.

　　『해방 직후 한국소설의 양상』13)은 문단 연구의 측면에서 벗어나 구체적인 소설작품들을 통해 해방기 문학을 설명한다. 이 연구는 해방 직후 작가들이 현실을 객관적으로 바라볼 여유를 갖지 못하고 있다는 점을 전제로 좌익과 우익의 인물형상화 양상을 살펴본다. 대상 작품을 해방 직후 3년간의 소설들로 한정하고, 해방기를 조직 건설과 문학론 수립기(1945.8-1946.12), 좌우대립 심화기(1947.1-1947.12), 분단 정착기

---

11) 권영민,『한국현대문학사』, 민음사, 1995.
12) 이재선,『현대한국소설사』, 민음사, 2002.
13) 이우용,『해방직후 한국소설의 양상』, 고려원, 1993.

(1948.1-1948.8)로 나누어 살펴본다. 신형기[14], 김승환[15], 전흥남[16], 이병순[17], 안한상[18], 송기섭[19], 정호웅[20]의 연구들 역시 해방기 작품들의 이데올로기적 재현 양상에 집중한다. 『해방공간의 문학연구』[21] 또한 당대의 문학을 이념적 선택의 문제(조남현)와 현실 인식(이우용, 서경석) 등으로 설명하면서 문학 작품에 드러난 현실 인식의 문제를 구체화하고 있다. 이와 같은 연구들은 대다수의 해방기 소설들이 전제로 하는 현실주의적 경향에 집중하고 있다는 점에서 중요한 의미를 지닌다. 하지만 이념대립의 틀을 전제로 작품을 분석하는 과정에서 여전히 다수의 작품들이 논의 대상에서 제외되고 있다는 점에서 한계를 지닌다.

---

14) 신형기, 『해방기 소설 연구』, 태학사, 1992.

15) 김승환은 해방공간의 문학이 보여주는 현실주의적인 측면을 이기영, 이태준 등의 농민소설을 중심으로 살펴보고 있다. 김승환, 『해방공간의 현실주의 문학연구』, 일지사, 1991 참조.

16) 전흥남은 귀환과 민족의 정체성, 식민지 잔재의 청산의지, 전망의 모색과 그 의의 등의 항목을 통해 해방기의 작품을 다룬다. 전흥남, 『해방기 소설의 시대정신』, 국학자료원, 1999 참조.

17) 이병순은 해방기 작품들이 보여주는 이념적 지향성을 바탕으로 좌익이념의 부상과 퇴조, 우익이념의 모색과 정립, 중립적 태도의 다양성, 탈이념과 일상성 등의 내용을 통해 당시의 소설을 설명한다. 이병순, 『해방기 소설 연구』, 국학자료원, 1997 참조.

18) 안한상은 해방기 소설의 현실인식을 친일 행위 문제와 민족적 현실의 형상화의 측면, 이데올로기의 대립과 이념적 현실의 형상화를 통해 살펴보고 그 속에 나타난 인물의 유형 등 소설의 구조상의 특징을 고찰한다. 안한상, 『해방기 소설의 현실인식과 구조 연구』, 국학자료원, 1995 참조.

19) 송기섭은 해방기가 역사와 문학과의 밀착성을 가장 잘 보여주는 시기임을 전제로 당대 문학을 리얼리즘 문학이라 정의하고 현실반영과 비극적 리얼리즘, 비판적 리얼리즘, 진보적 리얼리즘의 관점에서 소설들을 유형화한다. 송기섭, 『해방기 소설의 반영의식 연구』, 국학자료원, 1998 참조.

20) 정호웅은 해방기 소설에 나타난 자기비판적 서술 방식에 집중하여 소설들이 드러내는 시간성에 대한 인식을 분석하고 있다. 정호웅, 「해방공간의 자기비판 소설연구」, 서울대학교 박사학위논문, 1993.

21) 이우용 외, 『해방공간의 문학연구』, 태학사, 1990.

당대의 역동적인 현실을 반영하는 다양한 소설을 다루지 못하고 있는 것이다.

이상의 연구들은 남한과 북한이라는 작가의 체제 선택을 문학 작품을 해석하는 주요한 근거로 활용한다. 물론 좌우의 대립이 당대 문단의 중심 사건이었음을 부인할 수는 없다. 그러나 당대 현실을 구체적으로 반영하는 많은 작품들에는 이념이라는 틀로 재단되지 않는 목소리들이 내포되어 있다. 해방 이후의 현실을 반영하는 다양한 작품들을 논의의 대상으로 확장하여 해방 이후 한국문학에 나타난 다양한 서사적 재현의 결과들을 분석할 필요가 있다.

2000년대 이후의 연구들은 해방기 소설의 특성을 구체화는 과정에서 작품에 나타난 담론 양상을 분석하고 그 속에 내재하고 있는 현실 인식의 틀을 설명한다.[22] 이와 같은 연구들은 텍스트 분석에 집중함으로써 작가의 정치적 이념이나 문단 내부의 갈등 관계가 아닌 실질적인 작품의 의미에 주목한다.[23] 이를 통해 문단사나 비평을 중심으로 진행되어온 해방기 문학연구에 새로운 방향을 제시해주었다는 점에서 의미가 있다. 하지만 해방기 문학에 나타난 다양한 담론에 주목한 연구들 역시 국가 건설과 민족주의라는 관계망 속에서 당대의 문학을 해석하고 있다는 점에서 일정한 한계를 드러낸다. 이념적인 틀을 전제로 소설 내의 발화를 규정지으면서 작품에 드러난 담론의 양상을 체제에 대한 인식으로 귀결시키고 있는 것이다.

해방기 소설의 특수한 의미망을 발굴해내기 위해서는 이념을 통해

---

22) 김경원, 「1945-1950년 한국 소설의 담론 양상 연구」, 서울대학교 박사학위논문, 2000; 김동석, 「해방기 소설의 비판적 언술 연구」, 고려대학교 박사학위논문, 2005.
23) 김경원의 경우 갈등 중심적 발화의 양상과 자기 이중화의 내적 양식으로 해방기의 담론을 분석하고 있으며 김동석의 경우 자기 비판적 언술과 이념 비판적 언술, 현실 비판적 언술을 통해 당대의 발화 양상을 살펴보고 있다.

구획되는 발화의 형태를 넘어서 이들의 발화가 구성해내는 담론에 대한 해석의 폭을 넓힐 필요가 있다. 국가건설과 민족주의라는 견고한 관계망에서 벗어나 '민족'이라는 압도적인 해방의 표상이 당대의 다양한 담론들과 관계 맺는 과정을 폭넓게 고찰할 필요가 있는 것이다. 해방 이후의 문학들이 드러내는 민족에 대한 사유를 국가건설의 담론과 이에 따른 체제 선택의 문제로 단순화시킬 경우, 그것은 다시 생경한 이념을 내세우는 정치적 이데올로기로 수렴될 수밖에 없기 때문이다. 지금까지 소설을 중심으로 다양한 담론을 분석한 결과가 결국 당대의 문학을 "소설 결여 현상"[24]으로 설명하는 논의 이상으로 나아갈 수 없는 이유가 여기에 있다.

최근에는 이와 같은 문제 인식을 공유하면서 이데올로기 갈등이라는 틀에서 벗어나 해방 이후의 문학을 다양한 방식으로 이해하려는 연구들이 수행되고 있다. 이러한 연구들은 이념적이고 정치적인 담론으로 한정되지 않는 문학의 성격을 전제로 해방이후의 다양한 사회, 문화적 현상들을 참조한다.[25] 특히 차희정(2009), 정종현(2012) 장세진(2012) 등의 연구는 식민 과거의 극복과 냉전체제로의 전환 과정을 전제로 해방기와 전쟁기 문학을 설명한다는 점에서 주목할 만하다. 정종현의 연구는 귀환, 대중문학, 기억 등을 키워드로 삼아 식민사회가 어떠한 방식으로 해방의 현실을 이해하는 데 영향을 미치고 있는지를 분

---

24) 김윤식, 『해방공간 한국 작가의 민족문학 글쓰기론』, 서울대학교출판부, 2006. p.64.
25) 차희정, 『해방기 소설의 탈식민성연구』, 아주대학교 박사학위논문, 2009; 정종현, 『제국의 기억과 전유』, 어문학사, 2012; 장세진, 『상상된 아메리카』, 푸른역사, 2012; 김예림, 「냉전기 아시아 상상과 반공 정체성의 위상학」, 『상허학보』20, 2007; 박연희, 『제3 세계의 기억』, 소명출판, 2020; 김민수, 『해방전후의 역사적 전환과 문학적 인식』, 서울대학교 박사학위논문, 2022; 임세화, 『탈식민화의 소유 관념의 재현: 해방기 문학의 언어, 도덕, 경제를 중심으로』, 동국대학교 박사학위논문, 2023.

석한다. 그리고 이를 통해 식민 과거에 대한 기억이 해방 이후의 국가와 민족을 구성하는 중요한 요소가 되고 있음을 설명한다. 장세진의 연구는 미국에 대한 상상이 한국 사회의 국가 정체성을 구성하는 데에 어떠한 영향을 주고 있는지를 살핀다. 장세진의 연구 역시 제국주의적 담론을 전제로 해방 이후의 민족 담론을 설명하고 있는데, 냉전의 체제와 제국의 관계를 전제로 해방 이후의 문학과 문화를 살피고 있다는 점에서 주목할 만하다. 또한 해방기의 특수성을 "탈식민성"이라는 특징으로 설명하는 차희정의 논의는 해방 사회를 탈식민담론과 보다 적극적으로 연결시키고 있다는 점에서 의미를 지닌다.

해방 이후 한국문학에 주목하는 최근의 연구들은 해방기와 전쟁기의 한국문학을 탈역사적인 시공이 아닌 식민사회와 분단 체제라는 역사적 흐름 속에 재배치한다는 점에서 의의를 지닌다.26) 이러한 연구들은 냉전의 체제와 탈식민의 담론이 긴밀하게 상호작용하는 당대의 상황을 전제로 한다는 점에서 해방기 문학연구에서 있어 중요한 참조점을 제공해준다. 하지만 이와 같은 연구의 결과에는 당대의 문단이 집중하고 있었던 주요한 쟁점, '민족 문학 건설'이라는 목표의 문제성은 간과되고 있다. 이는 해방 이후 민족문학론이 언제나 정치적인 것, 즉 이념 갈등의 결과물로 간주되었기 때문이다. 해방 이후의 문학에서 역사

---

26) 해방의 현실을 냉전 사회와 연결시키는 것은 해외 한국학 연구자들에게서도 공통적으로 발견되는 경향이다. Theodore Hughes의 연구에서 해방 직후의 남북한 문학이 냉전적 질서 수립 과정 속에서 설명되었던 것처럼 Charles K. Amstrong의 연구에서도 유럽 중심으로 설명되었던 냉전의 개념을 아시아-남한의 상황 속에서 재규정하고자 한다. 다만 이들의 연구는 당대 사회 흐름을 냉전이라는 개괄적인 키워드로 설명하는 과정에서 해방 직후의 탈식민 담론들이 어떻게 한국전쟁 후의 반공 담론과 교류하는지를 설명하는 것에는 한계를 드러내고 있다. 테오도르 휴즈, 「냉전세계질서 속에서의 해방공간」, 『한국문학연구』 28, 2005; Charles K. Amstrong, "The Culture Cold war in Korea", *The Journal of Asian Studies,* vol.62 no.1, 2003 참조.

적이고 문화적인 의미를 발굴하려는 유의미한 시도가 지속되고 있지만, 당대 문학의 핵심을 이루는 '민족'의 담론들은 여전히 냉전의 기표로 읽히고 있는 것이다. 본 연구에서는 이러한 민족에 대한 냉전적 이해의 구도를 전환하여, 이데올로기의 반영물이자 그것을 횡단하는 민족론들을 민족 서사의 관점에서 고찰하고자 한다. 이를 통해 정치적 현상들과 긴밀하게 연관된 핵심 표상인 동시에 정형화 할 수 없는 해방과 전쟁의 경험을 담는 주요한 기표였던 민족의 의미와 기능을 이해할 수 있을 것이다.

해방 직후 민족에 관한 논의들은 폭발적으로 증가했는데, 이러한 논의들은 혈통과 전통을 강조하는 고전적인 관점에서부터 근대 시민을 민족으로 한정하는 구성주의적 민족론에 이르기까지 다양한 형태로 전개된다.27) 해방 직후의 한국 문단은 이러한 민족 담론 구축에 핵심적인 역할을 담당하면서 급변하는 현실에 대응해 나간다. 특히 해방 이후의 소설들은 탈식민론과 국가건설론, 냉전 이데올로기가 교류하는 해방의 현실을 즉각적으로 재현하는 데 집중한다. 그리고 해소되어야 할 식민 과거와 다가오는 전쟁의 위기 상황에서 민족에 대한 전망을 통해 불안정한 현실의 극복 방향을 찾고자 한다. 이는 좌익과 우익 혹은 중간파 작품이라고 분류되었던 다양한 작품들에 나타나는 공통적인 지점들이다.28) 해방 이후의 소설들에는 이데올로기적 구획을 관통하는

---

27) 서경석, 『한국근대리얼리즘문학사연구』, 태학사, 1998, p.303; 하정일, 『민족문학의 이념과 방법』, 태학사, 1993 p.233; 박찬승, Op.Cit. 참조.

28) 김영석은 「민족문학론」(≪문학평론≫, 1947.4)에서 조선 민족의 완전한 해방을 위해 제국주의와 봉건적 잔재를 물리치는 문학을 민족문학이라 정의하고 있다. 청량산인은 「민족문학론」을 통해 (≪문학≫ 7호, 1948.4) 민족문학이라는 말이 누구나 다 쓰는 말로 지나치게 광범위하게 쓰이고 있다는 점을 지적하며 민족 문학의 의미를 살펴본다. 그는 우리가 건설해야 할 민주주의 민족 문학은 '자본주의 사회의 발전에 있어서 가장 고도의 진보적 단계이며 새로운 국면' 으로서 '인민적 민주주의

민족적 열망과 불안의 정서들이 기입되어 있는 것이다.

1945년에서 1953년까지 한국문학에 나타난 민족 서사에 관한 연구
는 민족 해방이라는 탈식민적 목표들이 어떠한 방식으로 냉전의 체제
와 결합 혹은 갈등하고 있는가에 대한 답을 찾기 위한 첫 번째 과정이
다.29) 해방기와 전쟁기의 민족 서사들은 탈식민화의 과제들이 냉전의
체제와 조우하는 극적인 순간들을 형상화한다. 특히 본 연구에서는 전
쟁기 문학들을 연구의 대상에 포함함으로써 냉전적 반공 담론의 결과
물로 해석되었던 전시문학에 내포된 복합적인 의미들을 밝혀나가고자
한다. 한국전쟁은 서구적 냉전의 개념으로 환원할 수 없는 탈식민사회
의 냉전체제를 이해하기 위한 중요한 지점이기 때문이다. 30) 해방과 전

민족문학'이라고 밝힌다. 임화는 문화운동의 기본 방향을 통일전선에 두고 '부르조
아민주주의혁명'(「현하의 정세와 문화 운동의 당면임무」, ≪문화전선≫ 창간호,
1945.11)을 수행해야 함을 역설하면서 민족문학 건설을 목표로 당대 문학의 방향
성을 제시하고자 한다. 이원조는 이런 관점과 유사한 입장을 보이면서 우리문학 속
에 들어있는 일본적 잔존세력을 철저히 소탕할 것을 그 우선 과제로 제시하고 이러
한 과정을 바탕으로 문학에 있어 혁명을 이루어내야 함을 주장한다. 이원조의 '인
민민주주의 민족문학론'과 달리 김동리의 '구경적 형식으로서의 문학'은 정치적 문
학의 역할과 대비적으로 순수 예술로서 민족 문학의 역할을 보여주는 논의라고 할
수 있다. 해방 이후 김동리는 정치성을 제거한 순수한 문학이 민족의 문학이 되어
야함을 강조하면서 토착성과 전통의 의미를 구성해내는 「역마」(1948)와 같은 작
품들을 창작해낸다.
29) 이를 위해서 냉전의 이데올로기와 제국의 체제 사이의 관계에 주목하는 다음의 연구
들을 참조한다. 안토니오 네그리. 윤수종 역, 마이클 하트. 『제국』, 이학사, 2007; 알
렉스 캘리니코스, 천경록 역, 『제국주의와 국제 정치경제』, 책갈피, 2011; 로버트 J.
C. 영, Op.Cit.:크리스 하먼, 이수현 역, 『크리스 하먼의 새로운 제국주의론』, 책갈피,
2009. Odd Arne Westad, *The Global Cold War*, Cambridge University Press, 2005.
30) 냉전사회의 제국주의에 대해서는 충분히 논의된 바가 없으나, 최근의 연구들을 통해
서구사회를 중심으로 구성된 냉전의 논리가 탈식민사회의 현실과 동질적이지 않다는
점들이 지적되고 있다. 2차 세계 대전 직후의 아시아 사회를 중심으로 유럽적 냉전의
개념(상상된 전쟁, 오랜 평화)과 다른 냉전의 경험들(내전으로서의 냉전 경험)을 규명
하려는 노력은 이와 같은 맥락에서 진행되는 것이라 할 수 있다. 이러한 점에서 탈식
민사회의 열전의 경험은 미소를 중심으로 구성되는 냉전체제의 제국적인 성격을 전제

쟁이라는 역사적 사건을 배경으로 하는 문학 작품에 나타난 민족론을 규명함으로써 탈식민과 냉전의 담론이 교차하는 제3의 냉전론을 이해하기 위한 중요한 기반을 마련할 수 있을 것이다.

1945년에서 1953년의 한국문학의 나타난 민족 서사에 대한 연구는 일본 제국에서 벗어난 한국사회의 탈식민론을 설명하는 과정이며, 그 탈식민성을 다시 냉전의 체제로 전유한 열전 사회의 민족론을 이해하기 위한 과정이다. 이를 위해서는 우선 민족 담론에 대한 재고찰이 필요하다. 제국주의와 냉전체제가 교차하는 지점에서 민족 담론은 중대한 변화를 경험하기 때문이다. 제2차 세계 대전 이전의 민족 담론은 탈식민운동을 구성하는 주요한 동력을 제공하였다. 하지만 냉전체제 이후의 탈식민 사회의 민족 담론은 그 실효성을 잃고 국가주의로 귀속되는 현상을 보여준다. 저항적 민족주의는 국가건설의 담론으로 귀결되었고, 민족은 다만 근대적 국민국가의 '국민'이라는 개념으로 한정되었던 것이다. 이러한 변화의 지점 속에서 냉전체제 하 민족 담론에 대한 논의들은 일정한 한계를 마주하게 된다. 민족이 국민으로 환원됨에 따라 탈식민 운동의 근간이 되었던 민족공동체가 비가시화되고, 냉전사회의 탈식민적 주체들에 대한 발전적 논의가 불가능해진 것이다. 민족 담론에 관한 이러한 한계지점을 극복하기 위해서는 국민으로 환원될 수 없는 민족공동체를 전제로 탈식민담론을 고찰해야 한다. 근대적 국민국가 너머에 존재하는 민족적 정체성을 통해 탈식민사회의 민족담론을 새롭게 읽어낼 필요가 있는 것이다.

해방 이후 한국의 문학 작품들은 근대적 국가의 국민이라는 목표를 바탕으로 민족 담론을 구체화해나간다. 하지만 동시에 국민이라는 균

로 설명되어야 할 필요가 있다. 권헌익, 『또 하나의 냉전』, 민음사, 2013 참조.

일한 정체성으로 환원될 수 없는 주체의 날카로운 시선을 드러낸다. 본 연구에서 '서사'의 특징에 주목하여 민족 담론을 살피는 것은 이러한 모순적인 현실 재현의 접근하기 위해서이다. 좌우의 정치적 이념, 삼팔선의 지리적 구획으로 분절될 수 없는 모호하고 모순적인 당대의 민족 담론을 이해하기 위해 탈식민적 서사가 내포한 양가적이고 혼종적인 특징에 주목할 필요가 있는 것이다. 본 연구에서는 국가건설론, 냉전 이데올로기, 분단의 체제에 대한 민감한 인식을 드러내는 작품들을 통해 이들의 작품이 구성하는 민족에 대한 이데올로기뿐만 아니라 민족을 재현하는 감각과 정서를 분석한다. 그리고 해방기와 전쟁기를 거치면서 한국 사회가 민족과 국가에 대한 탈식민적 의지들을 어떠한 방식으로 냉전의 체제로 내부로 수렴해 나갔는지를 규명하고자 한다. 이는 궁극적으로 오늘날 종료되지 못한 전쟁의 상황, 분단의 체제를 살아가는 한국사회의 민족과 국가를 이해하는 근간을 제공해 줄 것이다.

2. 탈식민 사회의 민족론 연구를 위한 시각

국민국가 건설의 과제는 해방기와 전쟁기를 관통하는 주요한 쟁점이었다. 분단으로 인해 해방 직후에 기대되었던 온전한 국가의 성립은 유예되었으나, 제국을 극복하고 하나 된 민족의 국가를 건설해야 한다는 요청은 여전히 한국사회의 민족론을 이해하기 위한 중요한 틀을 제공한다. 해방 이후 문학을 통해 탈식민적 민족론을 이해하기 위해서는 담론의 체제로서의 제국주의를 전제로 할 필요가 있다. 에드워드 사이드의 『오리엔탈리즘』(1979)은 서구의 제국주의를 지식-권력의 체계로 설명함으로써, '오리엔탈리즘'이라는 제국적 담론의 구조를 규명했다.

이를 바탕으로 구성되는 제국주의는 영토의 점령과정으로 한정되지 않는 사유의 체제로 기능한다. 정치적이고 경제적인 점령의 관계를 넘어서는 제국주의적 담론의 구조는 독립 이후에도 지속되는 제국의 영향을 설명할 수 있게 한다. 사이드는 『문화와 제국주의』(1994)를 통해 구식민사회가 해방 이후에 경험하게 되는 새로운 제국적 현실을 설명한다. 문화를 전제로 하는 탈식민담론은 "안으로의 여행"[31)을 통해 제국주의가 구성한 지식-권력의 구조를 극복 해야함을 지적한다. 탈식민사회가 주권국가의 건설이라는 목표에서 나아가 내적인 해방을 달성해야 한다는 점을 강조하는 것이다. 이러한 문화적 제국주의의 구조를 전제로 할 때, 한국 사회에서 해방 이후의 탈식민화 과정을 살펴보기 위해서는 담론적 차원에서 재현되는 제국의 논리와 이를 극복하고자 했던 해방의 의지들을 고려할 필요가 있다.

크리스티나 클라인은 1945년 이후 구성된 냉전체제 내에서 미국과 아시아의 관계를 분석하면서 탈식민사회에서 지속되는 제국적 담론의 구조들을 발견한다. 클라인은 '오리엔탈리즘'을 통해 이를 구체화하고 냉전체제와 제국주의 사이에 긴밀한 협조 관계가 존재함을 밝히고 있다.[32) 2차 세계대전 전과 후 제국주의의 연속성을 설명한 사이드와 달리 클라인은 미국을 주체로 구성되는 오리엔탈리즘이 기존의 제국주의와 차이가 있음을 지적한다. 클라인에 의하면 냉전 오리엔탈리즘은 배제가 아닌 포섭의 관계를 중심으로 구성된다. 자유진영의 개념을 통해 미국과 아시아 사회를 잇는 새로운 제국의 세계는 식민사회를 타자화하고 배제하는 것이 아니라 이들을 적극적으로 포섭하고 연대함으

---

31) 에드워드 사이드, 김성곤 외 역, 『문화와 제국주의』, 창, 2011 p.425.
32) Christina Klein, *Cold war Orientalism,* University California, 2003.

로써 가능해지는 것이다. 클라인은 이러한 인식을 전제로 전후 미국의 오리엔탈리즘이 상호의존, 공감, 혼종성이라는 기존의 탈식민담론의 특징을 활용하고 있음을 분석하였다.[33)

클라인의 논의에 따르면 1945년 이후의 미국은 이념적인 봉쇄정책 뿐만 아니라 문화적 융합정책을 포함하는 냉전의 논리를 기획한다. 아시아 사회를 미국 중심의 자본주의 체제로 융합시키는 과정에서 미국은 기존의 제국주의와 다른 방식으로 오리엔탈리즘을 구성하는데, 그것은 보편과 특수로 규정되던 기존의 식민주의적 위계 관계에서 벗어나 다원성을 인정하고 그 속에서 새로운 차이의 관계를 구성하는 것이었다. 클라인의 '냉전 오리엔탈리즘'이라는 개념은 냉전기 미국 사회가 어떠한 방식으로 새로운 제국의 담론을 구성하는지를 설명해준다. 특히 남한사회가 미국을 중심으로 하는 오리엔탈리즘의 주요한 대상이 되었다는 점에서 클라인의 논의는 해방 이후 한국 사회의 탈식민담론을 설명하는 데 유효한 전제가 된다.

해방 이후 재구축되는 제국의 논리를 전제로 할 때, 비로소 냉전의 체제와 상호작용하는 민족론의 특징이 발견될 것이다. 이때의 해방기는 단순히 제국주의가 종결된 시대나 혹은 과거의 식민지로 회귀하는 시대가 아니다. 해방 이후의 제국은 과거와 다른 모습으로 존재하고 있었고, 당대 사회는 변화된 제국을 극복하기 위한 새로운 방법을 모색했기 때문이다. 클라인의 연구가 미국에서 진행되었던 냉전적 오리엔탈리즘을 설명했던 것과 같이, 우리 사회에서도 냉전기의 탈식민적인 시

---

33) In fact, however, the Cold War Orientalism produced by middlebrow intellectuals and policymaking elites deployed the very discursive strategies that Said saw as oppositional. These text narrated the knitting of ties between the Unite States and noncommunist Asia, and were infused with a structure of feeling that privileged precisely the value of interdependence, sympathy, and hybridity. Ibid., p.16.

도들과 그 의미가 규명될 필요가 있다. 냉전의 진영 내부에서 하나의 세계로 융합되기보다 차별과 차이의 대상으로 남겨진 탈식민사회의 현실이 설명되어야 하는 것이다. 이를 위해 자유 진영과 공산 진영이라는 냉전의 틀에서 벗어나 제3 세계로서 한국의 현실을 이해해야 한다.

최근에는 이러한 관점을 공유하는 다양한 논의들이 등장하고 있다. 문화 냉전에 관한 논의들을 비롯하여 냉전 사회를 미소 중심이 아닌 제3 세계, 열전 경험을 중심으로 읽는 논의들이 다양하게 진행되고 있는 것이다.[34] 권헌익의 연구는 이와 같은 냉전 사회에 놓인 탈식민국가들을 이해하기 위한 새로운 시선을 드러낸다. 권헌익은 '상상의 전쟁', '오랜 평화'로 이해되는 유럽 중심적 냉전개념의 문제점을 날카롭게 지적한다. 그에 따르면, 유럽의 관점에서 이해된 냉전은 양극 시대의 질서 형성과 발전에 있어서 탈식민적 역학관계를 배제하고, 실제 진행되었던 양극체제의 충돌을 주변화한다는 점에서 한계를 지닌다. 또한 그는 지정학적 관계를 중심으로 당대의 사회를 이해하는 과정에서 냉전의 사회문화적 차원이 충분히 고려되지 못했다는 문제점을 지적한다.[35] 이와 같은 문제의식은 해방기 한국사회의 갈등 구조 역시 서구적 냉전의 논리로 귀속될 수 없는 것임을 드러낸다. 해방 사회의 이념 갈등은 단순한 냉전의 결과가 아니라 탈식민화의 과정과 상호작용하는 대상으로 이해되어야 하는 것이다.

해방 이후의 사회에서 민족을 다시 사유하는 것은 바로 이러한 연구의 맥락을 전제로 한다. 문학을 통해 드러나는 민족 담론은 냉전 사회

---

34) Odd Arne Westad, *The Global Cold War,* Cambridge University Press, 2005; 성공회대 동아시아 연구소, 『냉전 아시아의 문화 풍경』, 현실문화연구, 2008; 기시 도시히코, 쓰치야 유카, 김려실 역, 『문화 냉전과 아시아-냉전 연구를 탈중심화하기』, 소명출판, 2012; 권헌익, Op.Cit.
35) Ibid., p.163.

에 등장하는 변화된 식민의 논리를 발견할 수 있게 하는 동시에 이에 협조, 저항하는 새로운 탈식민의 논리를 이해할 수 있게 해준다. 식민 사회에서 '민족'은 제국주의에 대한 저항정신을 구축하는 기본적이 틀이 되었다.36) 그리고 해방 이후 한국 사회는 식민사회의 민족 개념을 전유하면서 냉전의 체제에 대응해 나간다. 본 연구에서는 냉전기에 유통된 문화로서의 제국주의 개념을 바탕으로 냉전체제 하의 제국주의적 현실에 대응한 문학 작품들에 나타난 민족 담론을 살핀다. 이를 통해 국가건설의 목표로 환원되지 않는 탈식민의 의지와 해방 이후 사회를 재현하는 다양한 민족적 감각과 정서들을 확인할 수 있을 것이다.

'민족'이 해방 이후의 탈식민화 과정을 이해하기 위한 핵심적인 개념이라고 할 때, 양가적이고 혼종적인 민족의 기표가 내포하는 다양한 기의들에 대한 고려가 필요하다. 탈식민적 주체로서의 민족은 근본적이고 절대적인 것이라 할 수 없으며, 제국을 모방하면서도 제국에 저항하는 양가적인 것으로 존재한다.37) 해방 이전 제국으로부터의 저항을 가능하게 했던 민족주의가 해방 이후 국가주의적 권력의 구조로 변모하는 것은 이러한 양면적인 특성을 드러낸다. '독이 든 선물'38)과 같이 '양면성'39)으로 설명되는 탈식민사회의 민족주의는 민족이 일방적인 부

---

36) 빠르타 짯떼르지, 『민족주의 사상과 식민지 세계』, 이광수 역, 그린비, 2013, p.57.

37) 민족주의는 유럽 계몽주의에 특징적으로 나타나는 보편적 진보와 모더니티의 이념을 구현하면서, 또한 그 자신의 기반이 되는 모더니티에 대한 내재적 비판을 위한 조건들을 통합한다. 따라서 그것은 선한 것이자 악한 것이며 정상적인 것이자 반란적인 것이다. 릴라 간디, 이영욱 역, 『포스트식민주의란 무엇인가』, 현실문화연구, 2000, p.134.

38) 안토니오 네그리·마이클 하트, Op. Cit., p.186.

39) 로버트 영의 다음과 같은 관점은 포스트식민주의적 관점에서 민족주의 양면성을 살펴볼 것을 요구한다. "민족주의는 야뉴스적인 얼굴을 하고 있다. 독립 전에는 선했지만 독립 후에는 악해진 것이다. 이러한 양면성은 포스트 식민주의가 민족주의에 반대하는 이론적 지향에도 불구하고 동시대의 다양한 문화 민족주의로 전유될

정이나 긍정의 대상이 될 수 없음을 나타낸다.

빠르타 짯떼르지는 민족주의의 주제 틀과 문제 틀을 구분함으로써 탈식민사회의 민족주의의 양면성을 설명한다. 짯떼르지는 탈식민사회의 민족주의가 문제 틀에 있어서 제국을 극복하고자 하는 저항정신에 기반하고 있지만, 근대적 발전 담론을 전제로 한다는 점에서 제국의 주제 틀에서 벗어날 수 없었다고 본다.[40] 이와 같은 관점에서 민족주의의 한계는 국민국가 체제가 지닐 수밖에 없는 근대주의적 한계로 설명된다. 탈식민 사회의 저항적 민족주의가 서구적 근대 담론으로 귀속되는 과정에서 제국의 논리를 반복하게 되는 것이다.

근대적 국민국가의 성립을 전제로 민족의 개념을 설명하는 방식은 베네딕트 앤더슨의 구성주의적 민족주의에 기초한다. 앤더슨은 인종의 근원적 순수성[41]이나 민족 공통의 의식[42]을 강조했던 민족주의에 대한 해석을 넘어서면서 민족을 '상상의 공동체'로 재설정한다. 그리고 발명된 것으로서의 '민족' 개념을 통해 이데올로기를 통한 민족의 기획[43]과정을 규명해낸다. 특히 지도, 박물관과 같은 다양한 장치들을 통해 민족이라는 허구의 대상이 어떻게 견고하게 구성되는지를 설명하는데, 그 중심에 인쇄술을 통한 민족어의 등장을 놓고 있다.[44] 이러한 전제 하에서 민족 개념은 지도와 박물관, 인쇄술과 같은 근대적 장치들의 등장과 동궤에 놓여 있는 것으로 설명된다. 이와 같은 관점은 민족

수 있다는 것을 의미한다." 로버트 영, 김용규 역, 『아래로부터의 포스트식민주의』, 현암사, 2013, p.97.
40) 빠르타 짯떼르지, Op.Cit., p.96.
41) J. G. 피히테, 황문수 역, 『독일 국민에게 고함』, 범우사, 1997.
42) 에른스트 르낭, 신행선 역, 『민족이란 무엇인가』, 책세상, 2002.
43) 빠르타 짯떼르지, Op.Cit., p.64.
44) 베네딕트 앤더슨, 윤형숙 역, 『상상의 공동체』, 나남, 2002.

을 절대화하지 않고 그 변모의 가능성을 이해할 수 있게 해준다는 점에서 의미가 있다. 하지만 동시에 '민족'의 개념을 근대의 발명물로 한정함으로써 그것의 역사적 전개 과정이나 사회적 효과들을 무화한다는 한계를 지닌다.

근대사회를 전제로 하는 민족개념은 탈식민사회의 민족을 서구사회의 파생물로 한정한다.[45] 민족이 근대의 산물이라고 할 때, 민족은 근대적 국민국가(nation-state)의 체제 내부의 것으로 한정된다. 국민국가의 성립은 근대적 시민계급의 등장을 전제로 한다. 따라서 진정한 민족의 성립은 봉건에서 근대로 이어지는 서구사회의 역사 속에서만 가능해진다. 민족에 관한 이와 같은 관점은 유럽 중심의 민족 개념일 뿐이라는 비판에서 자유로울 수 없다.[46] 민족이 근대사회를 통해 가능해졌다고 할 때, 제국의 영향 하에서 굴절된 근대화 과정을 경험했던 탈식민국가들의 민족은 언제나 미달태의 것으로 존재할 수밖에 없기 때문이다.

민족이 근대적 산물이며 따라서 국민이라는 정치적인 주체로 한정될 때, 탈식민 사회의 민족은 아직 국민의 자격을 확보하지 못한 미완의 대상으로 간주될 수밖에 없다.[47] 탈식민 사회의 민족은 근대적 국가건설

---

45) 앤서니 스미스는 "발명"의 개념에 문제를 제기하면서 이러한 관점이 이전의 역사와 기억을 망각하고 인종적 결속이나 공통의 감수성을 무화시킨다고 지적한다. Anthony D. Smith, *National Identity*, University Nevada Press, 1993, p.71.

46) 차크라바르티는 베네딕트 앤더슨의 고전적 연구에 도전하면서 인쇄술 같은 민족주의의 물질적 문화보다는 정신적 영역을 강조한다. 정신적 민족주의라는 발상을 소개하면서 인도 민족주의의 역사를 신뢰할 만한 경험으로, 그리고 유럽 역사가 발명해낸 민족주의의 모방대상과는 다른 무엇으로 소개하는 것을 의도한다. 권헌익, Op.Cit.,p.148.

47) 탈식민사회가 달성하지 못하는 근대성의 문제는 신식민주의 담론 등을 통해 문제시된 바 있다. 호미 바바는 근대성과 탈식민주의가 불가피하게 연결되어 있다는 점을 강조하면서 탈식민적 관점에서 근대를 비판적으로 바라봐야 한다고 주장한다. 데이비드 허다트, 조만성 역, 『호미바바의 탈식민적 정체성』, 앨피, 2011, p.31.

의 과정에 뒤쳐져 있다는 점에서 항상 서구적 보편의 역사에 미치지 못하는 "역사의 대기실"[48]에 존재하는 자들로 이해되는 것이다. 동양적이고 전근대적인 민족과 서구적이고 시민적인 민족을 분리하여 설명하는 것[49]은 이러한 서구 중심적인 민족 개념의 모순을 선명하게 드러낸다. 두 개로 나뉜 민족 중에서 서구의 민족은 표준적인 민족의 상으로 구성되고 달성되어야 할 보편의 역할을 하게 된다. 그리고 탈식민 사회는 문명적이고 근대적인 민족이 되기 위해 노력해야 하는 상황에 놓인다. 탈식민 사회의 민족은 역사의 발전 과정에서 '아직 아님(Not Yet)'의 상황[50]에 놓이게 되는 것이다. 이러한 전제 하에서 근대적 국민국가를 목표로 하는 해방 이후 한국의 민족주의는 그 자신이 부정하던 식민지시기의 문명화 담론과 닮아가는 것[51]으로 해석될 수밖에 없다.

앤더슨에 의해 공표된 공식적인 민족주의를 제외한 다른 민족적 대안들은 서구적 근대사회가 고안해낸 민족주의를 표절한 유형으로밖에 이해되지 않는다.[52] 그리고 근대적 국민국가를 통해 발명된 '국민'에

---

48) 디페시 차크라바르티, 김택현 외 1명 역, 『유럽을 지방화하기』, 그린비, 2014, p.57.
49) 한스 콘 이후 민족주의의 양가적 성격을 설명하기 위해 민족주의를 공간적으로 분리하여 두 종류로 설명하는 방식이 제안되어왔다. 플리메나츠 역시 표준적인 서양형의 민족주의와 후진적인 동양형의 민족주의를 전제하는 태도를 드러낸다. 민족주의에 대한 오래된 비판들은 착한 민족주의와 나쁜 민족주의를 나누는 방식으로 민족주의의 양면인 측면을 설명해왔는데, 이때의 두 민족주의는 시민적이고 문명적인 서구의 민족과 원초적이고 전근대적인 동양의 민족으로 이해되곤 했다. 이러한 민족의 개념이 오리엔탈리즘적 세계인식에 기인하고 있음은 부인될 수 없다. 앤서니 D. 스미스, 강철구 역, 『민족주의란 무엇인가』, 용의숲, 2012, p.71; 빠르타 짯떼르지, Op.Cit. 참조.
50) 디페시 차크라바르티, Op.Cit., p.57.
51) 빠르타 짯떼르지, Op.Cit., p.53.
52) 앤더슨은 모든 이후의 민족주의들을 표절의 유형학에 할애함으로 대안적이고 다양한, 그리고 다른 민족주의들의 가능성을 거부한다. 이러한 독해 과정에서 모든 '포스트 유럽적' 민족주의들은 완전히 창조성을 결여한 것으로 인식된다. 그것들은

포함되지 못하는 민족들은 소멸 된다. 전근대에서 근대로 이어지는 서구적 역사 세계[53] 속에서 근대적 국가를 달성하지 못한 다수의 민족공동체들은 스스로를 호명하는 방법을 잃어버리고 정치화되지 못한 민족적 공동체들은 비가시화되는 것이다. 따라서 서구적 보편의 역사 이면에 놓인 식민사회의 민족을 이해하기 위해서는 근대에 의해 기획된 민족 정체성으로 설명될 수 없는 민족 담론에 주목할 필요가 있다.

해방기 한국사회의 민족은 독립된 국가의 국민인 동시에 여전히 제국에 귀속된 식민지인의 상으로 나타난다. 해방 이후라고 하더라도 조선인들은 제국적 권력으로부터 온전히 자유로울 수 없었기 때문이다. 특히 한국 사회가 분단으로 인해 온전한 국민국가를 건설할 수 없었다는 상황을 고려할 때, 한국의 민족은 새로운 해석의 가능성을 요청한다. 근대적 국민국가의 경계가 완성되지 않는 한 한국의 민족론은 항상 '실패한 것'으로 규정될 것이기 때문이다. 따라서 해방기 한국사회의 민족 담론을 분석하기 위해서는 탈식민적 현실을 적극적으로 반영하여 다양한 형태로 등장하는 역동적인 민족론을 고려해야 한다. '근대적

기껏해야 미신적이며 진짜로 가장하거나 행세하는, 모호하게 위법적인 기획들이다. 릴라 간디, Op. Cit., p.142.

53) "동질적인 텅 빈 시간의 구식격자"라는 시간의 개념은 근대적 역사 인식의 기초가 된다. 균질적인 시간이라는 관념을 통해 형성된 근대적 개인들은 서구적 근대를 보편적인 발전의 이상으로 삼고 진보의 역사를 구성해 나간다. 이러한 역사 인식은 '역사주의'의 한계로 드러나게 되는데, 특히 식민지배의 논리에서 이러한 보편과 진보의 서사는 중요한 역할을 한다. 서구사회를 보편으로 삼는 근대화의 서사는 문명적 서구와 야만의 식민사회라는 개념을 통해 식민 지배를 정당화한다. 이러한 과정에서 식민사회는 서구적 근대의 '과거'로 존재한다. 제국주의의 논리는 공간을 시간적으로 차별화 하면서 구성되는 것이다. 본 연구에서는 서구적 역사 세계를 전제로 하는 발전과 이행의 담론체계를 역사주의의 특성으로 이해하고 제국과 식민의 논리를 설명하고자 한다. 디페시 차크라바르티, Op.Cit., p.99; 데이비드 허다트, Op.Cit, p.32 참조.

이고 정치적인 것'으로 한정되지 않는 다층적이고 혼종적인 민족의 개념이 필요한 것이다.

국민국가의 확정된 경계를 완성하지 못한 탈식민 사회의 민족 담론에는 이데올로기적 동질성을 목표로 하는 국가주의적 민족 담론을 넘어서는 다양한 현실인식이 존재한다. 에드워드 사이드는 문화의 차용을 강조하면서 어네스트 겔너와 에릭 홉스봄이 내세우는 근대주의적 민족론의 한계를 지적한 바 있다.[54] 그에 따르면, 민족은 서구사회가 구성한 정치적 체제의 일반적인 결과가 아닌, 제국과 식민사회의 치열한 갈등 관계 속에서 구성되는 개념이다. 이때의 민족은 서구적 근대를 목표로 하는 정치성[55]을 벗어나 기억과 경험을 공유하는 문화적 공동체로 기능한다.

민족정체성에 관한 앤서니 스미스의 연구[56]는 근대 국민국가담론을 중심으로 구성된 서구적 민족론[57]을 넘어서는 새로운 민족론을 이해

---

54) 에릭 홉스봄이나 어네스트 겔너는 민족주의를 정치적 행동 형태로 생각한다. 이러한 견해에는 민족적 독립을 요구하는 비서구사회와의 불화가 존재한다. 어울리지 않고 남용될 수 있는 민족주의 철학이 서구에서 유래되었다는 점을 반복해서 주장한다. 그러나 모든 문화의 역사는 문화적 차용들의 역사이다. 에드워드 사이드, Op.Cit., p.381.

55) 본 연구는 '정치적 근대성'의 개념을 역사주의를 기반으로 하는 서구적 근대담론의 특성을 담지하는 것으로 이해하고자 한다. 차크라바르티는 정치적 근대성의 문제적인 지점을 다음과 같이 설명하고 있다. "'정치적 근대성'이라는 것이 경계지어지고 정의될 수 있는 현상이 되었다면, 그것의 정의를 사회적 진보를 재는 막대로 사용하는 것이 불합리한 것은 아니었다. 이런 생각에서는, 어떤 사람들이 다른 사람들보다 덜 근대적이고 그래서 정치적 근대성의 전면적 참여자로 인정받을 수 있기 전에 준비와 기다림의 시기가 필요하다고 말하는 것이 정당할 수도 있을 것이다. 그러나 이것은 정확히 식민지 정복자의 주장, 즉, 식민지의 민족주의자가 자신의 '지금'을 대립시키는 '아직 아님'이다. 제3세계에서 정치적 근대성의 성취는 오직 유럽의 사회사상 및 정치사상과의 모순적인 관계를 통해서만 달성될 수 있다." 디페시 차크라바르티, Op.Cit., p.56.

56) 앤서니 D. 스미스, Op.Cit.; Anthony D. Smith, Op.Cit.

57) 앤서니 스미스는 민족이 발명된 것이라기보다는 인종적 특성(ethnie core)을 전제로

하는 데 도움을 준다. 앤서니 스미스는 발명된 민족의 개념에 문제를 제기하면서 특정한 공동체의 정체성 구성에 영향을 미치는 민족의 역사와 경험에 주목한다.[58] 이러한 과정에서 민족은 근대사회를 통해 기획된 것이 아닌 공통의 경제, 정치적 구조에 더해 역사, 기억, 신화, 상징, 전통을 통해 결합된 대상으로 나타난다.[59] 그리고 공동의 감정 체계와 소속감을 통해 강력한 연대와 결속을 만들고 공동체 내의 자기 인식의 근간을 만들어내는 담론적 효력을 지니는 것으로 설명된다. 이와 같은 민족의 개념을 전제로 할 때, 민족공동체는 단순히 국가건설이라는 정치적 목표가 아닌 집단의 자율, 영토적 통일성, 문화적 정체성이라는 복합적인 목적을 중심으로 움직이는 것으로 이해된다.[60]

문화적이고 상징적인 차원에서 구성되는 민족공동체에서 독립된 국가에 대한 요구는 민족의 통합이나 정체성의 확보와 같은 다른 목표들과 함께 있는 하나의 목표 중 하나일 뿐이다.[61] 국경을 통해 확정될 수 없는 유동적인 민족공동체는 국가건설이나 영토회복과 같은 정치적 목표를 내세우는 동시에 문화적, 역사적 동질성을 근간으로 하는 정체

재구성되고 있다는 점을 강조한다. 이를 통해 서구적 근대국민국가를 넘어서는 민족의 개념을 설명하고자 한다. 이 때의 민족은 "국가"를 통해 구성되는 '상상의 공동체'가 아닌 문화적이고 상징적인 민족정체성을 기반으로 한다는 점에서 허구가 아닌 실체로서의 민족을 이해하는 데 도움을 준다. Anthony D. Smith, Ibid., p.111 참조.

58) 문화적 상징체계를 중심으로 민족의 의미를 살펴보는 앤서니 스미스의 연구는 유럽 중심의 민족개념에서 벗어날 수 있는 가능성을 드러내고 있지만, '영토에 기초한 민족주의'와 '종족에 기초한 민족주의' 등 민족의 개념을 이분법적으로 나누어 설명하고 있다는 점에서 일정한 한계를 드러낸다. 이러한 이분법적 분류가 동양적인 것과 서양적인 것으로 한정되지 않기 위해서는 식민사회와 제국의 관계를 중심으로 구성되는 민족정체성의 의미에 대한 보다 심도 있는 논의가 전개되어야 할 것이다. Ibid. p. 75 참조.

59) Ibid., p.14.

60) 앤서니 D. 스미스, 『민족주의란 무엇인가』, Op.Cit., p.52.

61) Ibid., p.50.

성의 회복 문제에 주목한다. 이러한 민족공동체의 개념은 국가의 주권 회복이라는 정치적 목표로 축소될 수 없는 해방 사회의 다양한 민족론을 발견할 수 있게 한다. 특히 한국 사회에서 단정 수립이라는 '독립'의 목표가 민족의 '통일'이라는 목표와 갈등 관계를 유지하고 있었다는 점에서 이러한 분석의 틀은 더욱 효력을 발휘할 수 있을 것이다. 해방기 한국의 민족 담론에는 주권의 회복을 향한 강력한 욕망이 존재하는 동시에, 기억과 문화를 공유하는 공동체의 통합을 완성하려는 의지가 내재해 있는 것이다.

앤서니 스미스의 논의는 근대적 발명물로서의 민족의 개념에서 벗어날 수 있게 한다는 점에서 해방기 민족을 이해하기 위한 중요한 전제이다. 공동체의 기억과 경험에 기반하는 민족의 개념을 통해 근대적 국민국가에 귀속되지 않는 비정치적인 주체들의 민족론을 구체화할 수 있기 때문이다. 하지만 역사적 접근방식에 기반한 앤서니 스미스의 민족 개념은 역동적이고 현재적 효력을 지닌 민족의 개념을 살피는 데 한계를 지닌다.[62] 일관된 상징의 체계를 지닌 것이라기보다, 지속적으로 변화하며 일상의 담론을 통해 떠오르는 실체로서의 민족공동체를 이해하기 위해서는 민족 공통의 경험을 다양한 감각과 정서를 통해 표현하는 서사적 재현의 구조에 주목할 필요가 있다.

문화적인 공동체로 존재하는 민족은 원초적이고 근본적인 기원으로의 복귀를 목표로 하는 영속주의적, 원초주의적 민족과는 다르다. 유동적이고 혼종적인 문화적 상징체계를 통해 구성되는 민족적 정체성은 신화와 역사, 문화적 요소들을 전제로 변별적인 정체성을 유지하는 동시에, 이를 차용하고 변용한다. 이때의 민족은 다양한 개인들을 향해

---

62) Tim Edensor, *National identity, Popular Culture, and Everyday life,* Berg, 2002, pp. 8-9.

열려있는 움직이는 실체로 이해할 수 있다. 따라서 공동체로서의 민족을 이해하기 위해서는 역사 기술의 방식이 아닌 서사의 구조에 주목할 필요가 있다. 역사가 민족을 하나의 동질적인 시간의 흐름 내부로 귀속시킨다면 서사의 구조는 다층적인 민족들의 혼종적인 목소리를 드러내기 때문이다.

해방 이후의 문학은 다양한 집단과 맥락 속에서 새롭게 형성되고 또 변화하는 민족 담론을 구성하는 데 있어 중요한 역할을 한다. 이들은 민족적 전통을 변주하고 근대적 국가건설의 담론과 교류하는 한편, 해방과 전쟁이라는 오늘의 현실과 상호작용하면서 탈식민과 냉전체제 사이의 민족론을 구체화한다. 문학적 서사를 통해 등장하는 민족론은 그간 정치와 역사를 중심으로 해석되었던 해방기 민족론의 보수주의적 성격63) 이면에 놓인 다층적 의미들을 발견하게 한다. 해방 이후의 문학이 구성하는 민족에 관한 다양한 담론들을 통해 정치적 이데올로기와 국민국가라는 제도를 횡단하는 역동적이고 유동적인 민족공동체를 발견할 수 있게 될 것이다. 특히 해방기의 문학작품에서 주목하는 것은 혼성적인 민족 서사들이다. 물질적인 경계로 환원되지 않고 중심과 주변이 교류하는 과정에서 형성되는 민족론에는 하나의 의미나 효과로 결정되지 않는 다양한 감정과 행동, 기억을 공유하는 공동체들이 등장한다. 이와 같은 다층적인 공동체의 경험과 기억을 전제로 해방기 문학을 살펴봄으로써 '식민지와 전쟁의 역경을 극복한 대한민국의 국민'이라는 의도를 우회하는 다양한 민족 담론을 목격할 수 있을 것이다.

서사로서 민족론을 살펴보기 위해 참조하는 것은 탈식민적 민족 서

---

63) 해방 이후 구성된 단일민족론은 보수적인 민족론을 대표하는 것이라 할 수 있다. 단일민족론의 형성에 관해서는 박찬승의 논의를 참조. 박찬승, Op.cit., pp.108-119.

사의 개념이다. 호미 바바는 서사의 두 가지 측면을 통해 혼종적인 민족적 정체성을 구체화한다.[64] 바바는 모방과 저항의 양가성을 전제로 탈식민담론을 설명한 바 있다.[65] 민족 서사 역시 이와 같은 양가적인 효과를 만들어내는데, 그것은 교육적인 측면과 수행적인 측면으로 나타난다.[66] 교육적인 민족 서사는 민족이라는 선험적인 대상을 현재의 집단적 정체성과 동화시키는 역할을 한다. 동시에 현재의 정체성을 민족의 정체성으로 재구성하는 과정에서 비동일적인 잉여[67]를 만들어내는 수행성을 드러낸다. 국민이라는 하나의 통일된 정체성을 구성하는 민족 서사의 이면에는 그것을 반성하고 재구성하는 수행적인 측면이 존재하는 것이다. 따라서 국경 내부의 안정된 정체성으로 환원되지 않는 유동적인 민족공동체를 이해하기 위해서는 서사를 통해 재현되는

---

64) (호미) 바바는 민족 형태와 연관된, 매끄럽게 정의되고 안정된 정체성을 거부한다. 그 이유는 그가 민족정체성을 완전히 거부하는 것이 아니라, 정체성을 열린 상태로 유지하기를 원하기 때문이다. 바바는 민족에 대한 서사를 점검하면서 이 목적을 달성한다. 데이비드 허다트, Op.Cit., p.186.

65) 모방은 금지의 담론 내부에서 가로질러 분류하고 식별하는 인식의 형식으로서 식민지적 특성이 '고착화'하는 과정이다. 따라서 모방은 필연적으로 식민지적 재현의 '권위부여'의 문제를 제기한다. 즉, 통제 권력의 '대상'이자 인종적, 문화적, 민족적 재현의 주체로서, 식민지인의 개념적인 역사적 위기에 직면해서, 주체적 우월성의 결핍(즉 거세)를 넘어서는 권위의 문제인 것이다. 호미 바바, 나병철 역, 『문화의 위치』, 소명출판, 2002, p.188.

66) 국민은 민족주의 교육론의 역사적 대상이면서 미리 주어졌거나 구성된 역사적 기원이나 사건에 기초한 권위를 그 담론에 부여해준다. 국민은 또한 의미화 과정의 주체이기도 하다. 이 의미화 과정은 국가-국민의 모든 선험적 혹은 기원적 현존을 지워버려려야 하는데, 이는 국민이라는 거대한, 살아있는 원리가 지속적인 과정임, 국민으로 살아간다는 것은 하나의 반복적 재생산 과정으로서 확보되고 의미화되는 과정임을 보여주기 위함이다. 일상을 이루는 이러저러한 파편들은 반복적으로 국민 문화의 기호들로 전환되어야만 하며 이런 내러티브적 수행의 행위 자체가 점점 더 광범위한 국민 주체들을 호명하게 된다. 호미 바바, 『국민과 서사』, Op.Cit., p.466.

67) 데이비드 허다트, Op.Cit., p.199.

민족 서사의 특성을 고려할 필요가 있다. 본 연구에서는 해방기 소설에 나타난 민족 서사를 분석함으로써 서구 중심적 근대주의로 해석된 민족주의를 넘어서는 혼종적인 민족정체성을 규명하고자 한다. 그리고 이를 바탕으로 탈식민과 냉전의 체제가 마주하는 순간 등장했던 민족 담론의 문화적 기능과 역할을 밝히고자 한다.

해방이후 소설에 나타난 민족 서사는 식민사회에서 국가건설로 이어지는 '민족의 역사' 이면에 놓인 삶들을 드러낸다. 일본의 제국주의 이후에 구성된 국민국가의 이상을 충실하게 따라가는 동시에 국민국가에 도달하지 못하는 조선인들을 현실을 형상화 하는 것이다. 해방 이후 한국의 민족을 탈식민적 경험을 공유하는 복수의 공동체로 이해한다면, 국가 건설과 근대화라는 역사적인 시간의 외부에 놓인 다양한 삶을 재현하는 서사의 의미와 기능을 규명할 수 있을 것이다. 그리고 이러한 과정에서 해방을 맞은 한국 사회가 강대국 중심의 냉전 세계와 다른 시공을 살아가고 있음을 발견하게 될 것이다. 해방기 민족 서사를 통해 냉전체제 내부로 수렴되지 않는 제3의 역사와 현실을 발견할 수 있게 되는 것이다.

해방 이후의 한국문학의 탈식민적 민족서사는 민족적 정체성을 구성해내고자 하는 동시에 이를 변용한다. 이러한 다층적인 민족론을 구체화하기 위해 해방 이후의 민족 서사를 세 개의 층위로 나누어 설명하고자 한다. 당대의 다양한 민족 담론은 국가건설의 담론과 상호작용하면서 국민국가로의 이행을 강조하는 서사, 냉전체제에 대한 민감한 의식을 바탕으로 민족적 통합을 주장하는 서사, 그리고 분단의 현실에 직면하여 위태로운 현실 대한 불안감을 드러내는 이산의 서사로 구체화 된다.

저항하는 동시에 모방하는 탈식민적 주체[68]의 양가적인 특성은 이념적이고 정치적인 공동체로 환원될 수 없는 탈식민사회의 민족을 이해하기 위한 중요한 전제이다. 이러한 전제를 바탕으로 이 책은 세 개의 민족 서사들을 분석한다. 2장에서는 제국의 정체를 '과거의 것'으로 한정하고 미래를 향한 이행을 강조하는 민족 서사를 다룬다.[69] 이러한 민족 서사는 탈식민화의 목표를 국가건설의 과제로 한정하고, 국민국가의 일원으로서의 민족의식을 강조한다. 근대적 국민국가로의 이행을 강조하는 민족 서사는 일본 제국을 탈식민 사회의 타자로 설정하고 식민사회의 제국적 폭압을 강하게 비판한다. 그리고 민족의 타자를 외부의 특정한 대상(일본)으로 설정함으로써 조선 민족의 순수성을 복원하고자 한다. 이러한 과정에서 민족적 정체성은 제국에 수난당하는 '선한 희생자'의 정체성으로 수렴한다. 해방 직후에 창작된 소설들이 내세우는 반식민의 정서들이 제국 일본에 대한 대항 정신을 바탕으로 구성되었다는 점은 이러한 서사 구조의 주요한 특성이다.

과거의 삶을 수난과 시련의 역사로 규정하고 이러한 수난의 원인을 제국 일본으로 한정하는 김송, 안회남, 김동인의 소설들은 국가건설을 통해 과거의 제국적 정체성이 소멸되고 새로운 국민의 정체성이 확보될 것이라 기대한다. 이러한 과정에서 과거의 식민사회와 현재의 해방사회는 완전히 단절된 시공으로 이해된다. 그리고 과거의 모든 삶은 모순과 부조리가 중첩되어 있는 것으로 설명된다. 제국주의가 근대사회로의 이행과정에서 발생한 것임에도 불구하고 제국의 부조리를 전근

---

68) 본 연구에서 전제하는 탈식민적 주체는 호미 바바의 정체성 개념을 바탕으로 한다. 호미 바바는 혼종적이고 유동적인 주체를 "창조하는 동시에 창조되는 존재"로 설명하는데, 탈식민적 정체성은 이러한 주체의 개념을 바탕으로 하는, 정치적 선택이나 행위를 하며 고정적이고 안정적인 정체성을 거부하는 것으로 이해할 수 있다. 호미바바, 『문화의 위치』, Op.Cit.; 데이비드 허다트, Op.Cit., p.55 참조.
69) 대상 작가는 김송, 안회남, 홍구, 김동인, 김동리, 이태준 등이다.

대적 봉건 사회의 부조리와 결합시키는 것이다. 봉건적 잔재를 근대적 제국주의와 동일한 위치에 놓는 민족 서사는 과거를 극복하고 미래를 향해 발전하는 민족의 삶을 이상화한다. 이를 위해 조선인들에게 과거의 식민적 정체성을 극복하고 국민이라는 새로운 정체성을 확보하는 신생의 과정을 요청한다. 조선인이라는 민족적 정체성은 국민국가의 건설과 근대사회로의 이행을 이끌어 나가는 주체로 설정되는 것이다.

식민적 과거와의 단절을 강조하는 이행의 서사는 민족의 독립과 발전을 목표로 탈식민화 과정을 추진한다는 점에서 해방 사회에서 주요한 담론적 지위를 확보한다. 하지만 이러한 독립과 발전의 논의는 결국 제국주의적 문명화 담론과 동일한 역사 인식을 전제로 한다[70]는 점에서 한계를 드러낸다. 독립과 애국에 대한 민족적 열정을 강조면서 계몽적인 논조를 보이는 김동리, 이태준의 소설들이 결국은 서구사회의 냉전의 체제로 귀속되고 있다는 것은 이행의 민족 서사가 만들어내는 필연적인 결말이라 할 수 있다. 김동리와 이태준은 제국을 극복한 민족을 강조하는 동시에 이러한 민족을 보편적인 세계사의 일원으로 환원시키고자 한다. 냉전의 체제는 필연적인 역사적 흐름으로 이해되고 따라서 조선인은 탈식민화의 과정을 달성하기 위해 냉전의 체제에 속해야 하는 존재가 된다. 탈식민적 민족 담론이 냉전체제로의 이행을 강조하는 서사로 전환되는 것이다. 하지만 세계 시민을 향하는 이행의 민족 서사를 통해 보편으로 환원될 수 없는 탈식민 사회로서의 조선의 현실이 모두 망각될 수는 없었다. 이태준의 「먼지」에서 살펴볼 수 있는 것처럼 분단은 보편적 세계로 수렴할 수 없는 민족의 특수한 현실로 존재

---

70) 역사주의는 서구와 비서구 사이에 존재한다고 가정되는 문화적 거리(적어도 제도적인 발전이라는 면에서)를 재는 척도로 역사적 시간을 상정했다. 식민지에서 역사주의는 문명화 관념을 정당화했다. 디페시 차크라바르티, Op.Cit., p.53.

한다. 그리하여 해방기 소설에 나타난 이행의 민족 서사는 독립과 발전의 논리를 통해 탈식민의 담론을 구성해 나가는 한편, 냉전체제에 동화될 수 없는 제 3세계 민족의 현실을 비극적 결말로 재현한다.

3장에서는 해방 직후 구성되기 시작한 냉전체제에 내포된 제국적 특성을 발견하고 새로운 탈식민의 담론을 구성해 나가는 소설들을 분석한다.[71] 이들 소설들은 제국이 일본이라는 외부의 대상에 한정되는 것이 아님을 전제로 청산하지 못한 과거의 문제에 주목한다. 염상섭, 엄흥섭, 황순원, 채만식 등의 소설들은 민족의 과거를 일본에 의해 수난당한 '선한 희생자'의 삶이 아닌, 제국에 협조한 '용렬한 삶'으로 회상한다. 이때의 제국은 일본과 조선의 대립적 관계를 넘어서는 권력의 구조로 이해된다. 이러한 인식을 기반으로 하는 민족 서사들은 민족공동체를 회복하기 위해 자기비판과 청산의 과정을 강조한다. 제국과의 관계를 극복해야만 조선인의 정체성을 확보할 수 있다고 보기 때문이다. 이들의 민족론은 스스로의 의지를 통해 증명되는 의지적인 민족의 정체성을 구성한다. 그리고 민족의 정체성이 혈연이나 국경의 내부에 귀속됨으로써 자연적으로 보장되는 것이 아님을 강조한다.

제국주의를 일본에 한정하지 않고, 체제로서의 제국을 발견하는 민족 서사는 제국에 복종하는 식민지인의 태도가 제국의 일부를 구성하였음을 설명한다. 그리고 이러한 제국의 영향이 해방 후에도 여전히 지속되고 있다는 점을 강조한다. 따라서 민족 되기의 의지를 기반으로 공적이고 윤리적인 민족적 주체를 구성하고자 한다. 이러한 입장에서 결속의 민족 서사들은 체제 선택을 강요하는 이념 간의 갈등 구조보다 제국을 극복하지 못한 현실의 문제에 집중한다. 탈식민 사회에서 현실의 문제를

---

71) 대상 작가는 김만선, 염상섭, 엄흥섭, 황순원, 채만식, 허준, 지하련 등이다.

발견하는 것은 국가건설을 향해 비약하는 열정이 아닌 냉정의 시선이었다. 이념에 대한 열정을 강조하는 소설들과 달리 냉정한 시선을 전제로 하는 소설들은 열전으로 전화되어 나가는 분단의 위기 상황에 민감하게 반응하면서, 주권 회복의 목표에 앞서 조선인이라는 민족적 공동체의 회복을 강조한다. 그리고 이러한 과정에서 새로운 제국적 권력 관계를 구성해내는 미소의 권력, 냉전의 주체들을 비판적으로 그려낸다.

조선의 민족이 냉전의 체제로 수렴됨으로써 재식민지화 될 수 있다는 위기의식은 결속의 민족 서사를 구성하는 기반이 된다. 결속의 민족 서사는 냉전체제로의 이행을 지연시키면서 민족 통일과 독립의 목표를 강조한다. 하지만 전쟁의 상황 속에서 냉전체제로 이행은 불가피한 상황이 되고 조선인들은 저항 불가능한 현실을 마주하게 된다. 염상섭의 『취우』는 냉전체제로 귀속되는 조선의 현실을 국가의 보호에서 제외된 피난민(잔류파)의 서사로 구성해낸다. 이러한 과정에서 이념대립이라는 거대 담론이 포섭하지 못하는 개인의 삶이 드러나고 미소를 중심으로 하는 냉전체제에 속하지 못한 민족의 현실이 가시화된다. 통일된 국가의 국민이라는 민족의 목표가 좌절된 순간, 다시 체제 밖에 놓이게 되는 피난민들을 통해 냉전의 경계 위에 놓인 조선인들의 고통과 고난이 다시 가시화 되는 것이다.

4장에서는 민족의 외부가 아닌 내부에서 제국성을 발견하는 소설들을 중심으로 민족적 삶을 재현하는 서사들을 분석한다.[72] 최정희, 홍구범, 손소희의 소설들은 해방 이후에도 여전히 국민이 되지 못한 자들의 현실을 재현함으로써 국가의 경계를 중심으로 구성되는 민족-국민의 정체성에 대한 문제의식을 제기한다. 이들의 소설들은 당대 사회를 주

---

72) 대상 작가는 최정희, 홍구범, 손소희, 최태웅, 박영준 등이다.

도하던 이념적 대립 관계에서 한 발 물러나 민중의 삶을 관찰하고 이들의 삶이 이념이나 정치 체제를 통해 구원될 수 없는 것임을 확인한다. 그리고 월경으로 인해 국가체제로부터 배제당하는 타자들의 삶을 부각시킨다. 월경의 서사는 남한과 북한의 경계선을 넘는 과정을 통해 경계 위에 놓인 삶들의 불안정성을 드러낸다. 국경이라는 영토적 경계 내부에 속하지 못하고 두 개의 고향 사이에서 왕복하는 경계 위의 민족들은 자신의 국가적 정체성에 혼란을 느끼면서 새로운 민족적 타자를 만들어나가는 체제에 대한 반성적인 의식을 드러낸다.

정치적이고 이념적인 체제의 경계를 통해 분절되는 국민들 사이에서 경계 위에 놓인 민족들은 월경의 죄로부터 자유로울 수 없다. 최태응과 박영준의 소설은 국가에 포섭되지 못한 월경자들이 다시 식민사회와 같은 생존의 위기에 직면하고 있음을 드러낸다. 국민국가의 경계화 과정에서 이들은 배제됨으로써 포섭될 수밖에 없는 현실을 인식한다. 제국과 식민사회의 경계가 아닌 냉전적 이념의 경계를 통해 이들은 다시 체제의 외부로 배제되고 있었던 것이다. 그리고 이와 같은 경계 위의 민족은 경계 내의 존재가 되기 위한 반공의 담론을 구성해낸다. 이들 소설들이 드러내는 극명한 반공의 논리는 증명되지 못한 국가적 정체성을 확보하고 월경의 죄의식으로부터 벗어나기 위한 노력이었다고 할 수 있다. 어제의 고향을 '적지'로 묘사하고 이웃과 형제를 '괴뢰'로 설정하는 이들의 반공 담론 속에는 불안한 민족적 정체성에 대한 자의식이 존재한다. 하지만 이와 같은 강렬한 타자화의 논리를 통해서도 월경의 죄의식은 온전히 극복되지 않는데, 박영준의 「용초도근해」가 드러내는 혼란과 불안이 바로 그러한 결과를 예증한다. 남한 국민의 정체성을 선택했음에도 불구하고 결국 자살할 수밖에 없는 주인공의 삶은 해방 이후에도 국경 내에 정주하는 것이 불가능한 민족이 처한 이산의 현실을 서사화한다.

해방과 한국전쟁 사이에 놓인 한국 사회가 직면한 복합적인 현실을 재현하는 서사들은 국민국가, 냉전, 분단이라는 외적 상황에 대응해 나간 탈식민 사회의 민족 담론을 이해할 수 있게 한다. 당대의 소설들이 구성하는 민족 서사는 민족적 정체성에 대한 다양한 관점을 드러내고, 이를 기반으로 제국을 극복하기 위한 다층적인 목표를 제시한다. 각각의 민족 서사가 강조하는 현실 극복의 방향은 상이하다. 하지만 냉전의 체제로 온전히 귀속될 수 없는 한국 사회의 현실을 발견한다는 점에서는 공통점을 지닌다. 탈식민 사회의 민족 서사는 근대적 국민국가나 서구의 냉전체제와 동일시될 수 없는 민족의 공동체를 통해 등장하고 있는 것이다. 그리고 이러한 탈식민적 민족공동체는 탈냉전의 시대에 여전히 분단의 체제를 유지하는 한국사회에 놓인 모순과 갈등의 지점들을 이해하는 데 도움을 준다. 완성되지 못한 국경과 완료되지 못한 탈식민화의 과정 속에서 우리가 어떠한 방식으로 스스로의 현실을 구성해왔는지를 설명해주는 것이다.

II. 국가건설의 담론과
이행의 민족 서사

II. 국가건설의 담론과 이행의 민족 서사

1. 식민 과거의 재현과 단절의 민족론

(1) 해방의 감격과 핏줄의 민족정체성

1945년 8월 15일 일왕의 항복 선언은 조선인들에게 식민지배로부터 벗어났다는 즉각적인 실감을 불러오지 못했다. "도적처럼 온 해방"[73] 이라는 관용적인 표현에서 살펴볼 수 있는 것과 같이 외부로부터 선언된 해방은 조선인에게 우선 당황스러운 것이었기 때문이다. 해방을 실감하기 위해서는 우선 제국에서 벗어난 '조선인'이라는 정체성을 확보해야 했다. 제국의 체제에 협조적이었든 아니었든 30여 년간 유지해왔던 제국의 신민이라는 정체성은 8월 15일의 그 날부터 부정되어야 했다. 해방 직후에 발표된 소설들은 이와 같은 "조선인"으로서의 정체성 변화의 문제에 민감하게 반응하면서 해방의 순간을 기록한다.

해방을 맞이한 문인들은 우선 그것에 대한 혼란스러움을 드러내는데, 이는 1945년 8월 15일 직후 작가들의 모습을 통해 확인할 수 있다.

---

73) 함석헌, 『뜻으로 본 한국역사』, 한길사, 2003.

일왕의 항복 선언과 함께 민족의 해방이 갑작스럽게 현실화된 순간, '가야마 미쓰로(香山光郎)'이라는 제국의 이름으로 살아가던 이광수는 사릉에서 상황을 관망할 수밖에 없었고, 채만식 역시 서울로 올라오지 못하고 고향에서 대일 협력이라는 과거의 문제에 사로잡혀 있었다. ≪문장≫을 주관하며 조선 문단을 대표하던 이태준은 강원도에서 지내다 뒤늦게 해방의 소식을 접했으며, 염상섭은 멀리 만주에서부터 조선으로의 귀국을 준비할 뿐 쉽게 움직이지 못한다. 해방 직후 비교적 빠르게 움직였던 문인들은 임화와 백철 등인데, 해방과 함께 모인 문인들 사이에서 이들이 처음 목격한 것은 독립을 이룬 국가를 향한 밝은 전망이 아닌 여전히 현실에서 사라지지 않고 남아있는 제국적 과거에 대한 불안과 두려움이었다.[74]

문인들이 좌우의 이데올로기를 내세우면서 건설되는 '국가'와 새로운 국가의 '국민'을 위한 문학 담론을 구체화하기 전, 해방된 민족을 상상하는 서사들은 제국과 단절된 조선인의 정체성을 증명해내는 데 집중한다. 해방 직후 새롭게 건설되어야 할 '조선 민족'의 상에는 제국과 혼융된 모든 것들이 제거되어야 했다. 대동아공영이라는 공동의 목표를 향해 구성되었던 조선과 일본의 관계들은 해방의 순간과 함께 부정되어야 했으며, 하나의 제국을 꿈꾸며 이루어진 내선일체의 결과들은 모두 폐기되어야 했다. 조선과 일본 사이에 놓였던 모든 복잡한 관계들을 제거하고, 해방된 조선인의 모습을 서사화하는 데 집중하는 작품들이 주목하는 것은 바로 감격스러운 해방의 순간이다. 민족과 국가를 향하는 생경한 정치적 구호들이 등장하기 전, 일본 제국과 조선을 분절해

---

74) 해방 직후 문인들의 대일 협력 문제와 관련된 갈등관계는 8월 17일 좌담회를 통해 목격된다. 해방 직후 문인좌담회에 관해서는 김윤식(1998) 참조.

내는 것은 해방에 대한 즉각적인 감정들이었기 때문이다.

항복을 선언하는 일왕의 울음 섞인 목소리가 패배한 일본의 것이었다면, 그 반대편에는 해방의 기쁨을 누리는 조선인의 삶이 위치한다. 해방 최초의 장면은 제국 일본과 식민 조선의 대조적인 감정을 통해 그려졌고, 이를 통해 제국에서 벗어난 조선인의 상이 상상되었다. 김내성의 「민족의 책임」(≪생활문화≫,1946.2)은 해방에 대한 상반된 감정을 통해 조선인과 일본인의 정체성을 분리해 내는 과정을 선명하게 드러낸다. 「민족의 책임」은 '나나'라는 아이의 시점을 중심으로 해방 직후의 상황을 그려낸다. 나나는 그 이름에서 알 수 있듯 조선적 정체성과 일본적 정체성을 동시에 지니고 있는 인물이다. 나나는 조선인 아버지와 조선인 어머니 사이에서 태어났지만, 일본인 어머니에 의해 키워진 아이이다. 일본인 어머니에 의해 길러지면서 조선어보다 일본어에 익숙해진 나나에게 식민지인으로서의 정체성은 독립된 민족의 정체성보다 오히려 익숙한 것이었다. 합병 이후 태어난 나나에게 있어서 조선인은 언제나 제국의 신민으로만 이해되었기 때문이다. 따라서 나나는 해방의 당일에도 어째서 사람들이 "반자이"라고 외치지 않고 "만세"라고 외치는 것일까[75]에 대해 의문스러워한다. 나나가 해방의 의미를 이해하고 일본인과 섞일 수 없는 조선인만의 정체성을 발견하게 되는 것은 바로 해방 당일 일본인 어머니와 조선인 아버지의 대조적인 모습을 통해서이다.

> 아빠는 나나의 뺨에 자기 입을 부비었다.
> 「응 기뻐! 아빠두 기뻐?」

---

75) 김내성, 「민족의 책임」, ≪생활문화≫, 1946.2, p.72.

「기쁘다」

「근데 엄만 울었다우!」

「응? 울긴 왜?」

아빠는 엄마의 얼굴을 그때야 비로소 찬찬히 드려다 보았다. 엄마의 두 눈이 비둘기처럼 밝았다.

「기뻐서……기뻐서 그만 눈물이……」

엄마는 얼굴을 숙이며 치마 고름으로 눈물을 찍어 냈다.

「당신이 그처럼 바라던 조선 독립이 오늘 정말루……」

「그렇다! 오늘이 올 것을 나는 무척 기다렸다.」

그리고 집으로 돌아와서 아빠는

「일본은 오랫동안- 삼십육년 동안이나 우리들을 길가의 한 마리 벌레처럼 짓밟고 살았다. 그 일본이 오늘 쓰러진 것이다! 세계의 역사가 밟아야할 당연한 한 페이지의 기록일 따름이다. 나는 기쁘다! 그러나……」

아빠는 아끼던 일주 한병을 장안에서 끄내여 김치쪼각과 함께 공기로 드리키면서

「그러나 당신은 울었다!」[76]

나나의 아버지는 해방의 소식을 듣고 기쁨의 만세를 부른다. 이러한 기쁨의 감정은 일본인 어머니에게서도 동일하게 발견된다. 하지만 어머니 미네꼬에게 해방은 다만 환희의 감정으로만 표현되지 않는다. 해방의 소식에 기뻐하느라 아내의 표정을 살필 수 없었던 남편은 아내의 눈물을 보고 놀라게 된다. 미네꼬는 자신의 눈물이 조선의 독립을 기뻐하는 마음에서 나온 것이라고 강조하지만 남편은 그녀의 눈물에서 다른 의미를 발견한다. 그것은 바로 해방을 통해 자신과 아내의 입장이 전혀 다른 위치에 놓이게 되었다는 사실이다. 남편의 "나는 기쁘다"라는

---

76) Ibid., p.74.

표현은 곧 "그러나 당신은 울었다"라는 인식으로 이어진다. 그리고 남편은 아내의 눈물을 통해 아내와 자신의 차이를 발견한다. 해방이 선언된 순간 일본인 아내는 어떠한 경우에도 조선인의 기쁨을 공유할 수 없는 "이민족", 민족의 타자로 변화하는 것이다.

　해방의 순간 조선인과 일본인을 나누는 1차적인 구획의 지점은 기쁨과 슬픔이라는 감정이다. 해방의 감격은 조선인과 일본인이 서로 하나가 될 수 없음을 드러내는 본질적인 지표로 등장한다. 감정을 통해 증명되는 조선인의 정체성은 의식을 통해 통제할 수 없는 것이며, 따라서 후천적인 교육이나 문화의 영향으로 바꿀 수 없는 본질적인 것으로서의 민족을 상상하게 한다. 따라서 해방에 대한 기쁨의 감정을 통해 증명되는 절대적인 민족성은 필연적으로 핏줄에 대한 긍정으로 이어진다.

> 　물론 건넌집 아주머니도 기뻐서 울었을 것이요. 그러나........아니, 당신에게서 내가 그러한 기쁨의 눈물을 강요할 수가 어데있겠소. 그 순간 나는 한사람의 이민족을 안해로 가진 자의 과오를 명백히 느꼈던 것이요. 십년동안 우리들이 노력하여 싸아올렸던 애정의 성곽이 허물어지는 순간을 나는 느꼈소. 슬픈일이었소. 그러나 어찌할수 없는 현실인 동시에 어찌할수 없는 피의 투쟁이었소.[77]

　조선인 남편은 아내 미네꼬의 눈물을 통해 그녀가 "이민족"임을 깨닫는 동시에, 자신이 아내가 아닌 "건넌집 아주머니"와 동일한 감정의 공동체에 속할 수밖에 없음을 발견한다. 남편은 일본인 아내를 조선인으로 만들기 위해 그동안 쌓아올린 애정이 결국 실패하였음을 인정하고, 이 모든 것을 "피의 투쟁"으로 설명한다. 조선인과 일본인 부부 사

---

77) Ibid., p.79.

이에 놓인 애정은 피의 투쟁 앞에서 패배를 선언한다. 남편은 혈연적인 민족을 극복하고 하나된 제국의 이상에 다가가고자 했던 모든 시도들을 황급히 부인하고 원래의 것, 본래적으로 다르다고 간주 되는 민족의 특징을 증명하는 것에 몰두한다. 아내 미네꼬의 눈물은 다만 "십년동안 노력해서 쌓아올렸던 애정으로 극복"할 수 없는 민족의 본질적인 차이를 증명하는 것으로 읽히는 것이다. 그리고 기뻐하는 남편 앞에서 눈물을 흘릴 수밖에 없었던 미네꼬의 혼란스러운, 혼종적인 감정은 설명될 수 없는 것으로 남는다.

해방 직후 한국 사회에서 즉각적으로 가시화되는 민족 담론들은 식민 과거에 대한 복합적인 감정을 "기쁨"이라는 하나의 감정으로 수렴해 나가면서 민족의 정체성을 구성해나간다. 그리고 혈연에 기반한 민족 정체성을 통해 불변하는 민족의 원형을 추구해 나간다.[78] 조선인의 정체성은 본질적이고 본래적인, 그래서 개인의 의지나 노력을 통해 획득될 수 없는 것으로 규정된다. 해방의 현실에 즉각적으로 대응하는 이와 같은 민족은 근대적 국가의 시민이 아닌 '핏줄'이라는 오래된 기원을 중심으로 재결집되고 있는 것이다.

소설에서 남편은 "조선 사람이 될 수 있느냐"[79]는 질문을 통해 일본인인 아내를 받아들인 바 있다. 일본인 아내를 조선인으로 만들기 위해 그는 조선의 말과 조선의 음식, 조선의 관습을 가르쳤으며, 하나 될 수 없는 일본과 조선의 상이한 역사에 대해서도 가르쳤다. 일본인 아내는 순종적으로 그것을 받아들였으며 남편조차 "일본 민족을 조선 사람으

---

78) 이와 같은 민족 인식은 해방 직후 구성된 단일민족론과 연관된다. 혈통의 공통성을 민족형성의 기본 조건이라 본 이범석의 경우 희귀한 단일 혈통, 오랜 동일 영역 유지, 공통의 문화 소유, 철저한 공동 운명 등을 지녔다는 점에서 한국 민족의 가치를 확인하고자 하였다. 박찬승, Op.cit, p. 229 참조.

79) Ibid,. p.76.

로" 만들 수 있었음을 확신하고 있었다. 미네꼬는 애초에 조선인과 일
본인의 사이에 놓인 자가 아니라 "조선인"이 되고자 했고 조선인이 되
기 위해 노력한 인물이었다. 하지만 해방은 '조선인 미네꼬'의 정체성
이 불가능함을 인지시킨다. 해방 직후 조선인의 정체성은 어떠한 식으
로든 일본인과 조선인의 결합을 부정하면서 확보되었기 때문이다. 그
것이 일본인을 조선인으로 귀속시키는 논리이든 조선인을 일본인으로
귀속시키는 논리이든 조선인과 일본인의 혼용은 제국이 의도한 내선
일체의 과정으로 이해되었으며 역사적 "과오"로 남는다.

　「민족의 책임」은 조선에 남아있던 일본인들의 추악한 모습을 강조
하면서 조선의 내부에서 식민 과거의 흔적들을 모두 추방하고자 한다.
해방 이후 내선일체를 강조하였던 제국의 논리는 일시에 부정되고 조
선과 일본의 결합은 모두 독립된 조선의 민족성을 더럽히는 오점으로
설명된다. 미네꼬가 조선인 남편과 결혼한 것을 욕하던 일본인들은 항
복이 선언되자마자 그녀를 부러워하고 "종노릇이라도" 조선에 머무르
겠다며 "조선인 부로커의 첩"으로, "미군의 양첩"으로 변한다. 더럽혀
진 일본 여성들은 제국의 얼굴이 되어 하루빨리 청산해야 하는 대상으
로 재현된다. 제국으로 인한 훼손을 극복하고 온전한 조선의 건설을 위
해서는 이 같은 일본인들을 추방해야 하는 것이다. 남편이 미네꼬에게
떠날 것을 명령하는 것은 이러한 강력한 청산의 논리를 드러낸다.

　　대동아의 주인이 되고 세계의 새로운 질서를 세우려던 그들의 그
　　왕성하던 패기는 다 어데로 갔는고? 전쟁에 진다는 것이 무엇인지
　　를 그들은 오늘에야 비로소 알았을 것이었다. 아니 직접 그 오만하
　　고 잔학한 피부에 느꼈을 것이었다.
　　「마즈막으로 한마디만 더 당신께 이야기해 둘것이 있소. 당신과

나는 말하자면 하나의 특수한 사정에 있던 사람이었소. 그러나 그렇다고 해서 우리는 이 거대한 물결을 거슬러 헤엄칠수는 없는 것이요. 아니, 거슬러 헤엄쳐서는 아니되오. 그리고 그것은 결코 리기주의나 혹은 보신책에서 오는 천박한 결론은 아니오. 당신도 그렇고 나도 그렇고, 우리는 각자가 민족의 연대책임을 저야할 피의 숙명을 지니고 있다는 말이오.」[80]

「민족의 책임」은 조선인 남편과 일본인 아내의 분리를 통해 내선일체와 관련된 "민족의 연대책임" 문제를 해소하고자 한다. 제국에 대한 협력의 의혹 앞에서 조선인 남편은 친일파로 몰려 십년 가까이 근무하던 학교에서 물러나게 된다. 그는 제국에 협력하기 위해 일본인 아내와 결혼한 것이 아니었으나, 이를 연대책임으로 간주하고 수용한다. 조선인과 일본인 부부에게 개인적인 애정의 세계는 모두 부정되고 이들에게는 민족이라는 공동체의 운명, "피의 숙명"만이 남는다.

"핏줄"의 민족을 상상하는 「민족의 책임」은 일본인들이 모두 고국으로 돌아가 "민족의 연대 책임을 지녀야할 피의 숙명을 따라야"한다고 말한다. 핏줄로 연결된 조선인으로서의 정체성을 강조하는 남편은 친일파로 몰리게 된 자신을 위해서가 아니라, 민족적 책임을 위해 아내가 일본으로 돌아가야 함을 주장한다. 그리고 공동체 내부에서 가족 관계를 비롯한 모든 개인적 관계들을 부정한다. 남편은 자신과 자신의 딸을 위해 조선을 떠나려는 아내의 의도를 비판하면서 오직 제국주의적 전쟁을 일으킨 일본인으로서의 책임을 강조한다.

핏줄의 구획 속에서 역사의 물결을 따르지 못한 "특수한 사정"에 놓인 조선인과 일본인들은 다시 역사적 책무를 따르는 민족적 주체로 돌

---

80) Ibid., p.80.

아가야했다. 남편에게 핏줄은 새로운 민족적 공동체에 귀속되기 위한 것이며 개인적인 혈연관계를 극복하는 지점에 놓인다. 따라서 아내에게 떠날 것을 요구하는 남편에게 아내의 개인적인 고통은 더 이상 고려의 대상이 되지 않는다. 오랫동안 자신이 키운 어린 딸을 두고 전쟁으로 인해 살아남은 가족이 없는 고향으로 돌아가야 하는 미네꼬의 현실은 해방이라는 역사적 물결 속에서 모두 소거된다. 미네꼬에게는 일본으로 돌아가 역사의 흐름에 따르는 핏줄의 공동체만이 허용되는 것이다.

「민족의 책임」은 제국과 관련된 과거의 모든 관계들을 일시에 소거함으로써 민족의 공동체를 회복하고자 하는 시도를 드러낸다. 가족을 통해 결속을 상상하게 하는 서구의 시민적 민족 담론81)과 달리 식민 과거를 배경으로 등장하는 해방기의 민족 담론에는 가족적 결속에 선행하는, 그리고 가족의 관계를 분절하는 핏줄의 공동체가 등장한다. 이같은 핏줄의 공동체를 기반으로 하는 민족론에서 가족으로부터 느끼는 애착은 오히려 극복해야 할 개인적인 감정, 과거의 잔재로 간주된다. 일본인과 조선인 사이의 가족 관계를 유지해 온 아내에 대한 남편의 마음, 아이에 대한 엄마로서의 감정은 모두 "조그만 애정의 세계"로 명명되어 "민족의 연대 책임"이라는 거대한 임무 앞에서 부정된다. 그리고 미네꼬의 눈물과 같이 추방당하는 제국의 흔적들은 미처 설명되지 못한 해방의 잔여물로 남겨진다.

일본인 아내를 추방하는 것으로 민족적 책임을 완수하고자 하는「민족의 책임」은 해방 직후 한국 사회가 구성한 민족 담론의 중요한 일면을 드러낸다. 해방의 감격이라는 압도적인 감각을 통해 구축되는 민족 담론은 모든 개인적인 관계들로부터 벗어난 공적인 주체를 통해 과거

---

81) 앤서니 D. 스미스, 『민족주의란 무엇인가?』, Op.Cit., p.60.

의 문제들을 일시에 소거해내고자 한다. 민족적 감정과 핏줄은 제국과 식민의 경계를 날카롭게 가르고 식민의 과거에 대해 질문하는 대신 결과에 대한 책임을 강조한다. 그리고 이를 통해 부정할 수 없는 본래적인 것으로서의 조선인이라는 민족의 정체성을 구성하고자 한다. 김동인의 「석방」(≪민성≫, 1946.2) 역시 핏줄의 민족성을 전제로 해방의 순간 회복되는 조선인의 정체성을 구성한다.

「석방」은 "미증유의 중대방송"을 기점으로 서사를 시작한다. 이 작품은 평양의 일본인 공장에서 일하던 유일한 조선인이었던 숙희가 해방의 소식을 듣고 남편을 찾아 서울로 향하는 과정을 기록한다. 숙희의 남편은 "한국"이라는 국가가 소멸된 뒤, 식민지 조선에서 태어났지만 여전히 조선인으로서의 정체성을 유지하는 인물이다. 모든 조선적 기억이 부정되는 식민사회에서 조선인의 정체성을 유지할 수 있었던 것은 그가 조선인의 핏줄을 지니고 있기 때문이다. 제국에서 태어난 남편은 국적 상 일본인이지만 어버이로부터의 "혈맥의 탓"으로 해방된 조선에서 "감격과 환희"의 감정을 공유하게 된다.82) 조선인의 핏줄은 내선일체에 기반하는 제국의 논리를 부정하고 조선인으로서의 정체성을 담보하면서 민족적 감정을 불러일으키는 절대적인 민족의 징표로 기능하는 것이다.

> 소화년간에 출생한 조선애들이야말로 진정한 황민이라고 일본인들의 크게 기대를 가지고 있던 소학교의 아이들이 가장 열렬히, 가장 활발하게 조선독립 만세를 부르며 태극기를 두르며 돌아다니는 광경이었다. 일본의 사십년간의 조선통치는 완전히 실패하였다는 점이 여기서 가장 명료히 들어났다. 피-혈맥은 속일수가 없었다.83)

---

82) 김동리, 「석방」, ≪민성≫, 1946.2, p.19.

「석방」은 제국의 시대에 출생한 아이들이 누구보다 열렬하게 해방에 기뻐하는 이유에 대해 이들 경험하지 못했던 조국에 대한 감정이 "혈맥"을 통해 지속되었기 때문이라고 설명한다. "진정한 황민"이 될 것이라 기대했던 소화년에 태어난 아이들의 만세 소리는 핏줄의 힘을 보여준다. 해방의 기쁨을 나누는 아이들은 속일 수 없는 혈맥의 징표였으며, 부정할 수 없는 민족의 감각들을 증명한다. 그리고 이는 "일본의 사십년간의 조선통치는 완전히 실패하였다"는 점을 확인시켜준다. "일한합병이전에 출생한 조선인을 다 묶어서 태평양에 집어넣은" 뒤에야 진정한 "내선일체"가 이루어질 것[84]이라는 폭력적인 제국의 논리는 '민족의 혈맥'을 통해 부정되는 것이다.

해방의 감격은 아버지에게서 아들로 이어지는 혈맥을 가시화하는 결과물로 등장한다. 그리고 이는 혈연으로 이어진 '순수한 조선인'이라는 정체성의 전제가 된다. 해방의 순간을 기점으로 상상되는 핏줄의 민족공동체는 제국으로부터의 즉각적인 단절과 분리를 강조한다. 그리고 이를 통해 제국-일본의 반대편에 순수한 민족의 공동체, 타민족과 섞일 수 없는 조선인의 상을 만들어 낸다. 제국의 모순과 결함에 전혀 오염되지 않은 순수한 희생자로 조선인의 정체성을 구성해나가는 것이다. 하지만 이러한 분리와 배제의 논리 속에서 제국과 식민지 사이에 놓인 중첩된 관계들은 설명의 기회를 잃는다. 내선일체라는 제국의 이데올로기로 설명될 수 없는 조선인과 일본인 사이의 결혼, 그리고 이들의 아이들과 같이 지극히 사적이고 혼종적인 관계들은 아무런 설명 없이 민족의 외부로 추방당하는 것이다.

---

83) Loc. Cit.
84) Loc. Cit.

「섬」(안회남, 《신천지》, 1946.1)은 이처럼 분절되지 못한 과거의 관계들이 어떻게 해방된 조선인들의 내면에 은폐되는지를 드러내는 작품이다. 해방 직후 창작된 안회남의 「섬」 역시 혈연 중심의 민족을 상상하면서 조선인의 정체성을 구성해나간다. 「섬」은 징용지에 있던 안상과 박이 해방을 맞이하여 조선으로 돌아오는 과정을 그린다. 이 작품은 징용지였던 일본에서 해방의 소식을 듣고 조선으로 귀국하기를 기원하는 안상의 시점을 통해 서술된다. 주목할 것은 해방된 조선으로의 귀환에 대한 감격에 휩싸인 안상과 달리 그의 동료 박의 귀환 과정에는 이해할 수 없는 고통과 공포가 존재한다는 점이다. 그리고 이러한 불안한 귀환의 과정 속에서 일본에 남겨두어야 하는 일본인 가족들, 분절될 수 없는 과거에 대한 모순적인 감정들이 노출된다.

　「섬」은 작가 자신의 징용체험을 바탕으로 하는 소설들 중 하나로, 기존의 연구를 통해 밝혀진 바와 같이 일본에서 조선으로 돌아오는 과정을 통해 조선인으로서의 정체성 회복의 과정을 상징적으로 보여주는 작품이다.[85] 작가를 암시하는 "안상"으로 설정된 소설의 화자는 징용지인 일본에서 돌아오는 과정에서 풍랑으로 인해 대마도에 머무르게 되고, 이곳에서 조선의 자취를 발견하면서 온전한 조선인으로서의 정체성을 회복하고 조선인으로서의 귀환에 성공하게 된다. 하지만 이 작품에는 해방의 기쁨을 누리며 고국으로 돌아오는 민족적 주체인 안상의 귀환 너머에 있는 단절될 수 없는 과거에 대한 불안이 드러난다. 제국적인 삶을 살아가면서 구성했던 또 다른 혈맥, 즉 일본인 가족을 둔 박의 귀환 과정은 핏줄을 통해 증명하고자 했던 민족적정체성의 한계와 모순들을 형상화한다.

　박은 안상과 마찬가지로 징용의 피해자이다. 그 자신이 징용지에서

---

85) 정종현, 『제국의 기억과 전유』, 어문학사, 2012, p.47.

고단한 삶을 살아온 만큼 조선으로부터 전해진 해방의 소식은 희망과 기쁨의 소식이었다. 하지만 조선으로 돌아갈 수 있는 기회 앞에서 박은 망설인다. 그에게는 일본인 아내와 아이가 있기 때문이다. 해방은 고통스러운 징용에서 벗어나 그리운 고향(조선)으로 갈 수 있게 해주는 것이었다. 하지만 그가 조선으로 가기 위해서는, 그리고 해방된 조국의 일원이 되기 위해서는 제국의 모든 흔적을 지워야만 했다. 조선인의 핏줄로 인정받기 위해서는 제국에 오염되지 않은 자신의 순수한 민족성을 증명해야만 했던 것이다. 따라서 박의 귀환에 일본인 아내와 일본인의 피가 섞인 아이들은 제외될 수밖에 없다. 일본인 가족과 함께 살았던 식민적 과거를 극복하지 않는 한 그는 조선으로 귀환할 수 없는 것이다.

박의 갈등은 조선으로의 귀환 과정에 전제가 되는 하나의 중대한 원칙을 드러낸다. 그것은 "일본인 여자는 절대로 조선엘 못가고, 또 조선 사람은 다 남아있지 않아야 한다."[86]는 것이다. 조선인은 일본인이 아님을 증명함으로써 반제국적인 민족의 정체성을 확보한다. 이러한 과정에서 제국-일본과 식민-조선의 대립적인 관계가 구축된다. 제국성은 온전히 조선인의 외부에 놓이고 탈식민화의 과정은 일본을 분리해 냄으로써만 가능한 것이 된다. 이제 해방은 곧 민족의 분리로 이해된다. 그리고 새롭게 건설되는 민족의 공동체는 순순한 조선인의 핏줄로 상상된다.

해방 직후의 사회는 '내선일체'를 내세운 제국을 부정하기 위해 강력한 '내선분리'의 원칙을 내세운다. 그리고 박은 이와 같은 내선분리의 과정에서 갈등한다. 그에게 핏줄의 개념은 이중적이기 때문이다. 개인으로서 그의 혈맥은 일본인 아내와 아이들로 이어지지만 민족으로서의 혈맥은 조선인에 가닿아 있다. 따라서 박에게 내선분리의 논리는 조선인의 정체성을 확보하게 하는 것인 동시에 한 가정의 가장이라는 개

---

86) 안회남, 「섬」, ≪신천지≫, 1946.1, p.106.

인의 정체성을 포기하게 하는 것이었다. 조선인이라는 민족적 정체성을 확보하기 위해서는 일본인과의 결혼이라는 개인적인 관계를 부정할 수밖에 없었던 것이다.

'일본인 가족은 함께 할 수 없다'는 귀환의 전제 앞에서 박은 결국 개인으로서의 관계를 정리하고 민족적 주체로 나아갈 것을 결심한다. 망설이면서도 결국 조선을 향해 떠날 수밖에 없는 박의 결정은 해방의 현실에 놓인 조선인들의 필연적인 운명에 가까웠다. 혈연으로 상상되는 민족의 경계 위에서 그에게 다른 선택은 불가능한 것이기 때문이다. 하지만 여전히 박은 개인적인 죄책감과 후회의 감정으로부터 자유로울 수 없었다. 그는 '고향'과 '가족'이 불일치하는 모순적인 상황에 고통받는다. 그리하여 안상이 대마도에서 몸을 씻고 밥을 지어먹으며 조선인이 되어가는 동안 박은 조선의 입구에서 오히려 더욱 "여의고 창백"해진다.

> 자기가 바다에서 폭풍을 만난 것도 자기 죄에 대한 천벌이었던 것처럼 그는 해석하고 또 앞으로도 처자를 다시 데리러 가면 연이어 니와 혼자서 조선으로 내뺀다면 필시 또 다시 바람을 만나 바다에서 죽고 말리라는 것이었다.
> 「흥 그럴리가 있나요.」
> 나는 코웃음을 치면서 그것만은 단연 부정을 하였더니 그는
> 「아니예요, 제가 잘못했어요. 제가 잘못했어요.」
> 고개를 좌우로 연해 흔들며 처자가 밤마다 꿈에 뵌다는 이야기, 아이들이 얼마나 불쌍하냐는 이야기로 자기 신세를 한탄하였다. 사실 그는 창자를 끊는 슬픔과 뼛속까지 스머드는 번민을 못 이겨냄인지 얼굴이 몹시 여의고 창백하였다. 그 깨끗하던 바지저고리도 어느새 더럽고 후줄그래해졌다.[87]

---

87) 안회남, 「섬」, ≪신천지≫, 1946.1, p.110.

박은 두 가지의 혈연관계 속에서 갈등한다. 과거 일본인과의 결혼을 통해 제국적인 삶의 일부를 누렸던 그는 제국적 과거와 결별하고 조선인이라는 민족적 정체성을 확보하기 위해 더욱 가혹한 귀환의 과정을 거쳐야 했다. 더러워진 바지저고리와 여의고 창백한 박의 모습은 조선인들에게 제국의 흔적을 지우는 과정이 얼마나 고달프고 지난한 것이었는가를 드러낸다. 조선으로 귀환하는 그 순간에도 박은 여전히 아내와 아이들을 잊지 못하고 "창자를 끊는 슬픔과 뼛속까지 스며드는 번민"에 고통을 받는다. 그리고 아내와 아이들을 향한 강렬한 고통의 감각들은 박이 오염된 피를 정화하고 순수한 핏줄을 회복하는 과정에 온전히 성공할 수 없을 것이라는 것을 예고한다. 가족으로 남겨진 과거의 기억들은 청산된 민족적 주체의 이면에 남겨질 수밖에 없기 때문이다.

하지만 안상은 이러한 불길한 미래에 대한 전망을 부정하면서 절대적이고 신성한 민족의 감정을 강조한다. 그는 박의 고통을 이해하지 못하고 가볍게 부정한다. 안상에게 있어 박이 지닌 제국의 흔적들은 망설일 것 없이 당연히 지워내야 할 것들이었기 때문이다. 제국은 이미 종결되었고 조선인인 박의 귀환은 당연한 수순이었다. 그리하여 그는 가족을 버렸다는 박의 죄책감, 내밀하고 개인적인 감정에 공감하지 못한다. 그것은 해방된 조선사회가 요청한 민족의 감정이 아니었기 때문이다. 그리고 박의 불안감을 다만 폭풍우를 "천벌"로 간주하는 미신적인 사고방식에서 나오는 것으로 여긴다. 안상에게 박의 죄의식은 "코웃음"거리일 뿐이었다.

안상의 확고한 민족적 전망에는 제국과 분리된 것으로 사유되는 민족적 정체성이 내포되어 있다. 순수한 조선인의 혈연에 기반하는 민족의 정체성은 개인의 감정과 관계를 모두 공적인 민족의 감정으로 환원하고자 한다. 하지만 「섬」에 묘사된 박의 모습은 이러한 민족적 주체의 재건 과정에 여전히 소거되지 않는 고통의 기억들이 존재할 수밖에 없음을 드러낸다. 이는 해방된 서울에서 다시 만난 박의 모습을 통해 발견된다. 서울에서 다시 만난 박은 "평범하고 활기 있고 다시 거센" 사람이 되어 있었다. 안상은 그가 과거를 극복하고 온전한 조선인이 되었음에 안도한다. 그리고 그에게 다가가지만 박은 안상이 궁금해 하는 것을 "묻지말라는 듯이" "인사말만 하고 황황히 사람들 사이로 사라"진다. 안상은 활기찬 조선인이 된 박의 모습을 목격하였지만, 어떻게 그가 과거의 관계들을 단절하였는가에 대한 답은 얻지 못한다. 그는 여느 조선인들처럼 "평범하고 활기" 있음에도 불구하고 여전히 "외로히 서있는 섬"처럼 존재한다.[88]

해방 직후 핏줄을 강조하는 민족 서사들은 과거의 관계들을 단절하고 새롭게 태어나는 민족적 주체의 모습을 강조한다. 하지만 조선인의 핏줄을 바탕으로 해방의 감격을 공유하는 민족의 이면에는 일본인 가족으로 재현되는 과거의 관계들이 놓여있다. 박은 식민 과거로부터 기원하는 모든 관계를 분절해 내었고, 조선인의 핏줄을 따르는 민족 공동체의 일원으로 살아가지만 그가 지닌 과거에 대한 고통들은 해소되지 못한 침묵으로 남겨진다. 핏줄의 민족공동체는 과거의 극복을 전제로 건설되는 조선을 향한 의지를 강조하지만, 제거되어야 하는 과거의 기억에 대한 불안감들은 온전히 해소되지 못한다. 조선인의 핏줄을 회복하기 위해 가족이라는 또 다른 혈연관계는 부정된다. 이

---

88) 이러한 점에서 「섬」의 서사는 민족적 정체성을 확보하는 귀환의 서사로 단순화 될 수 없을 것이다. 「섬」은 오히려 안상의 관찰 밖에 놓인 박의 섬과 같은 정체성을 통해 조선인이라는 공적인 주체로 귀속될 수 없는 개인으로서의 민족적 정체성을 드러내고 있는 것이다. 이는 해방기 안회남의 소설들이 가진 복합적인 성격을 설명하는 하나의 지표라고 할 수 있다.

같은 모순적 상황들은 해방 직후의 감격을 그려내는 서사들의 이면에 놓인 불안감들을 드러낸다. 건설되는 국가에 대한 기대와 전망을 내세우는 해방의 서사들은 환희와 기쁨으로서의 해방의 의미들뿐만 아니라, 식민의 과거가 얼마나 깊은 상흔을 남기게 될 것인가를 예고해 주는 것이다.

(2) 고통의 민족 감정과 선언되는 고백들

해방의 감격에 주목하는 서사들은 식민 과거의 고통을 강조함으로써 해방의 감격을 극적으로 서사화한다. 그리고 식민 과거를 해방 사회의 대칭점으로 위치지어 이를 기반으로 건설되는 국가의 이상을 구축한다. 이러한 서사구조는 필연적으로 과거의 극복을 통해서만 독립된 국가의 미래를 전망할 수 있다는 인식으로 이어진다. 과거 극복의 필요성을 즉각적으로 설득해내기 위해 강조되는 것은 고통의 감정들이다. 수난과 고통의 감각들은 제국주의에 대한 윤리적이고 이데올로기적인 전망에 앞서 해방 이후를 설계하기 위한 기반을 제공하는 것이다.

안회남의 「철쇄 끊어지다」(《개벽》, 1946.1)는 식민 과거를 철쇄에 묶인 고통스러운 징용지에서의 삶으로 전형화함으로써 해방된 민족의 환희와 감격을 강조한다. 「섬」과 마찬가지로 「철쇄 끊어지다」 역시 안회남 자신이 경험한 일본 징용지에서의 생활을 바탕으로 고통스러웠던 과거를 구체화한다. 해방의 기쁨은 식민지의 고통을 통해 담보된다. 그리고 식민 과거는 해방 이후의 미래로 나아가기 위한 강력한 동인을 제공한다. 이를 위해 강조되는 것은 일본인과 조선인 사이의 극적인 갈등이다.

「아카시테와 가에산조」(살려두지는 않는다)......」

하고 달려들 때, 조서근이는 거의 자기 생명에 대해서 절망하고 말았다.

그 순간 광부들 방에서 별안간 함성이 터져 나왔다.

「일본놈 죽여라!」

하는 소리였다. 누가 떠드는 소리인지, 누가 지르는 한성인지 물론 모르나 그것이 조선 사람 광부들의 열에 찬 목소리임에는 틀림없고, 또 한 사람 두 사람이 아니라, 실로 수많은 군중의 소리임에도 틀림없어, 그것이 조서근이의 위기를 구해주었다.[89]

「철쇄 끊어지다」에서 해방의 소식은 제국 일본과의 갈등 관계가 극단에 이르렀을 때 전해진다. 탄갱의 감독자 위치에 있으면서도 조선인을 위해 노력하였던 조서근은 조선인에 대한 적개심이 가득한 다시로와 극적인 분쟁 관계에 놓인다. 조선인을 도우려는 조서근의 태도에 불만을 품은 다시로는 마침내 조서근을 향해 패전의 분노를 쏟아낸다. "살려두지는 않는다"는 다시로의 위협을 들으며 생명을 포기하려던 순간 조서근은 조선인 노동자들의 함성을 듣는다. 해방의 소식을 들은 조선인들이 일본에 대해 저항하기 시작한 것이다. 그리고 이들의 도움으로 조서근은 생명의 위기 상황에서 벗어날 수 있게 된다. 조서근에게 있어 해방의 소식은 말 그대로 생명을 구해준 전언이었던 것이다.

소설의 서사는 일본과 조선의 극적인 갈등을 장면화하고 억압자로서의 일본인과 희생자로서의 조선인의 관계를 강조해나간다. 그리고 이러한 적대적인 관계를 바탕으로 제국 권력을 비판한다. 패전 이후에도 지속되었던 일본인의 '악랄한 면'을 서술하면서 제국에 대한 부정의 논리를 마련하고 있는 것이다. 조선인과 일본인의 민족적 정체성은 이

89) 안회남, 「철쇄 끊어지다」, ≪개벽≫, 1946.4, p.172.

러한 대조적인 지위를 통해 구성된다. 조서근이 징용지에서도 조선인들을 위해 노력하는 선한 인물로 형상화되고 있다면 다시로는 패전 이후에도 스스로의 잘못을 반성하지 못하고 조선인을 위협하는 악인으로 그려진다. "몽둥이"를 들고 징용지의 조선인들을 위협하는 다시로가 폭력적인 제국의 주체를 대표한다면, 이성적으로 행동하고 주변의 동료들을 돕는 조서근은 선한 희생자로서 민족적 주체의 상을 만들어 나간다.

　징용지의 다시로와 같이 식민지인을 착취하고 억압하는 권력으로 재현되는 제국의 상을 통해 윤리적인 조선인들의 모습은 더욱 선명해진다. 그리고 해방은 부당한 권력을 극복하는 기쁨의 순간으로 의미화된다.「철쇄 끊어지다」는 제국의 부당한 권력으로부터 벗어나는 것을 곧 집으로 돌아가는 것으로 서술한다. 고국으로 돌아가는 것이 해방 이후 달성되어야 하는 사회적 정의, 질서의 회복으로 이해되는 것이다. 이러한 논리 하에서 민족적 정체성의 회복은 조선인을 조선의 영토 내부로, 일본인을 일본의 영토 내부로 귀속시키는 과정으로 설정된다. 귀국을 통해서만 조선인들의 수난은 해소되고, 기형적인 식민현실은 종결된다. 따라서 귀환은 조선인 노동자들이 스스로를 개인이 아닌 민족적 공동체의 일원으로 자각하게 만드는 순간이 된다.

> 조가 느끼는 것은, 그들 광부에게 견주어 광범위의 것이었으나, 광부들은 아무것도 염두에 떠오르는 것이 없이 그저 집에 간다. 이 한 가지만으로 감격했고, 만족한 것이었다. 미운 일본이 졌느니 조선이 해방되느니 하는 것은 제이 제삼이었다. 조선 사람은 조선으로 돌아간다. 우리는 모두 올 때처럼 한데 뭉치어, 집으로 간다 하는 것만이 첫째였다.[90]

해방의 소식은 제국의 위협에 시달리던 조선인들을 극적으로 구해 냈다. 그리고 해방을 자각한 조선인들은 제국의 위협에 대항하기 위한 공동체의식을 구축한다. 이들에게 해방은 집으로의 귀환을 의미하는 동시에 "미운 일본"과 해방된 "조선"이라는 민족 의식으로 이어진다. 따라서 징용지의 노동자들은 개인의 생존을 위해 개별적으로 탄갱을 탈출하기보다는 서로 의논하고 싸우면서 행동할 방향을 찾는다. 광부들은 각자의 고향을 조선이라는 공간으로 확장하고, 자신의 귀환을 조국을 향하는 과정으로 이해한다. 이제 광부들은 고향에 대한 막연한 그리움이 아니라 조선인이라는 확고한 정체성을 바탕으로 행동하게 된다. 이들은 착취당하는 개인이 아닌 조선 민족으로 승화하고 이들의 고통은 곧 조선이 고통으로 감각되는 것이다.

"한데 뭉치어 집으로 간다."는 이들의 계획은 귀환이 개인의 안식처로서의 집으로 돌아가는 과정이 아니라 '국가'로 돌아가는 과정으로 의미화 됨을 드러낸다. 어머니 조국으로 상상되는 국가의 상[91]을 통해 징용지의 조선인들은 하나의 '국민'이 된다. 이때의 민족적 주체는 제국 일본과의 대척점에 놓인, 독립된 국가의 '국민'으로 한정된다. "조선 사람은 조선으로 돌아간다"는 명제가 지시하는 바와 같이 이들의 귀환은 식민지 조선인의 민족 정체성을 '주권을 회복한 영토내의 국민'이라는 공적인 주체로 귀속시킨다.

해방의 순간을 석방, 탈출의 과정으로 형상화하는 소설들은 조선인과 일본인의 대립적인 관계를 구성한다. 이러한 관계가 가능한 것은 해

---

90) 안회남, 「철쇄 끊어지다」, Op. Cit.
91) 근대국가는 로마제국에서 유래하는 공통의 조국이라는 관념을 스스로의 내부에 적용하는데, 그렇게 함으로써 영역국가는 그 정서적인 관련항으로서 공통의 조국에 대한 '사랑'이나 '충성'의 감정을 갖게 된다. 그리고 그 감정은 국민의식으로 수렴한다. 와카바야시 미키오, 정선태 역, 『지도의 상상력』, 산처럼, 2006, p.242.

방의 순간 조선인들이 제국으로부터 벗어날 수 있었기 때문이다. 징용지에서의 노동이나, 독립운동으로 인한 감옥살이와 같은 과거의 고난은 해방의 순간 즉각적으로 해소된다. 고통받던 조선인들은 해방을 통해 자신의 삶과 동궤에 놓인 민족적 운명을 실감하게 된다. 민족의 해방을 통해 개인의 고통스러운 삶 또한 종결될 것이라는 전망을 확보하게 되는 것이다.

징용이나 징병을 경험한 소설의 주인공들은 식민 과거의 고통과 고난을 강조함으로써 민족의 자격을 입증한다. 일본으로부터 얼마나 핍박받아왔는가가 곧 제국에 의해 오염되지 않은 순수한 민족의 정체성을 보장해 주는 것이다. 암묵적으로 제국과의 협조 관계를 유지해왔던 인물들이 과거의 관계들을 설명할 수 없는 것으로 남겨두고 본래적인 핏줄의 민족정체성으로 서둘러 돌아오고자 했다면, 수난자들은 식민 사회와의 갈등 관계를 강조하면서 이를 통해 민족의 정체성을 확립해 나가고자 한다.

해방기에 광범위하게 이루어진 자기 고백의 서사들은 민족 정체성 확보를 위해 고안된 '수난의 과거'라는 수사들의 기능을 이해할 수 있게한다. 해방 이후 다수의 작가들은 자기 고백의 방식을 빌어 일제 말의 상황을 서술한다. 대다수의 조선인 작가들과 달리 해방으로 인한 단절 없이 지속적으로 문학 작품을 발표했던 김동인 역시 과거의 수난을 고백함으로써 민족 작가로서의 지위를 확보해나간다. 「망국인기」(≪백민≫, 1948.3)는 작가와 유사한 주인공을 통해 제국으로부터 받은 핍박을 강조하면서 해방 이후의 삶을 서사화 한다.

김동인은 해방 직후 이광수를 모델로 하는 「반역자」(1946)와 같은 소설들을 통해 제국 권력과의 협조 관계를 타인의 문제로 변모시킨 바 있다. 그리고 「문단 30년의 발자취」(≪신천지≫, 1948.3~1949.8) 등의 기록을 통해 과거의 문학 활동들을 조선의 문학을 수호하기 위한 민족적 노력으로 설명하기도 하였다. 대일 협력의 문제를 자신과 분리하고 과거 활동을 민족을 위한 투쟁으로 서사화하는 방식은 자기 고백적 소설에서 더욱 선명하게 드러난다.

「망국인기」는 작가와 유사한 주인공을 내세우는 자전적 소설이다. 작가 김동인이 곧 소설의 주인공임을 암시하는 표지들은 소설 전반에 걸쳐 드러난다. '나'는 곧 조선의 해방을 기뻐하는 문인으로 설명되는데, 그 문인의 이름은 '김동인'으로 명명된다. 이처럼 작가와 주인공의 동질성을 강조하는 자전적 소설은 스스로에 의해 이해되는 자신의 모습을 드러낸다는 점에서 정체성 인식의 문제와 긴밀하게 교류할 수밖에 없다.[92] 특히 자전적 소설이 서술의 대상을 통해 서술하는 주체를 다시 기록한다는[93] 점에서 「망국인기」를 통해 서술되는 과거의 김동인은 해방 이후의 김동인과 긴밀히 연결된다. 「석방」에서 살펴볼 수 있는 것과 같이 김동인의 소설에서 해방은 과거의 고난을 종결시키고 민족적 정체성을 회복하는 사건으로 이해된다. 이러한 과정에서 제국의 과거는 억압과 핍박의 기억으로 단일화 된다. 「망국인기」는 이러한 해방 전후의 삶을 작가와 유사한 주인공을 통해 기록함으로써 자신의 삶을 민족의 수난으로 형상화 해 나간다.

「망국인기」는 해방이 된 후 서울에 올라온 김동인이 머물 곳을 찾지 못해 어려움을 겪다가 군정에서 일하는 조선인의 도움으로 적산가

---

92) 해방기 문학에 있어서 자기고백의 문제는 정치적 주체화의 과정과 연관된다. 허선애, 「해방기 자전적 소설의 서술적 정체성 연구」, 서울대학교 대학원 석사학위 논문, 2012.

93) 필립 르죈, 윤진 역, 『자서전의 규약』, 문학과 지성사, 1998, p.37.

옥을 얻어 살게 되는 과정을 기록한다. 「속망국인기」는 「망국인기」에서 구했던 집을 빼앗긴 김동인이 다시 힘없는 국가의 민족이 되었음을 깨닫는 내용을 주로 한다. 「망국인기」는 문인으로서 김동인의 지위와 역할을 배경으로 하여 집과 관련된 현재의 문제들을 토로함으로써 개인의 생존과 생활의 문제를 민족적 문제로 확대해 나간다. 이 과정에서 김동인의 고통은 곧 민족의 고통으로 환원된다. 그리고 해방 후 자신이 경험하는 문제 상황들은 극복되지 못한 식민 과거의 수난으로 연결된다.

> 나라이 해방되었다고, 서울로 돌아와 보니 내나라 서울은 내가족 하나를 포용할 수가 없는가
> 40년의 전생을 아무 야심도 없이 허심단회 오직 소설도에만 정진해 왔고 지금 천하이 야망에 뒤끓는 판국에서도 그런데서는 멀리 떠나서 다만 내가족에 몸을 쉬고 또는 조용히 앉어서 글쓸만한 집한채를 구하고저 하는 말하자면 지극히 담박한 욕망이거늘 이 욕망 하나도 이루어지지 않는 사정이 진실로 딱하고 한심스러웠소.[94]

해방이 되어 서울에 돌아온 김동인이 여전히 망국의 국민임을 상기하게 되는 것은 "내나라 서울"이 "내 가족"하나를 포용할 수 없었기 때문이다. 해방된 조선의 현실에 좌절하는 김동인은 가족이 몸을 쉬는 곳곳으로서의 집뿐만 아니라 "조용히 앉어 글쓸만한" 장소의 필요성을 강조한다. 집은 나와 가족이 머무를 개인적인 공간이지만 이 공간은 사적인 공간을 넘어서 문필활동을 할 수 있는 공적인 공간으로 간주 된다. 이러한 집에 대한 김동인의 관점은 집을 고를 때에도 지속된다. 그

---

94) 김동인, 「망국인기」, 《백민》, 1948.3, p.8.

가 고른 고급의 적산가옥은 집안사람들이 모두 사용하지 못할 정도로 큰 공간이지만, 그에게는 가장 적당한 집으로 서술된다. 왜냐하면 이 집이 글을 쓰기에 적합한 조용한 공간을 제공하기 때문이다.

집이 개인적 공간이 아닌 글 쓰는 공간으로 강조되는 것은 그가 집을 구할 수 있었던 이유 때문이다. 그가 집을 구할 수 있었던 것은 자신이 이룬 문필가로서의 업적덕분이었다. "문학 공적에 대한 사례"로 집을 제공받은 김동인은 관공국장의 "대접"에 감동하면서 지금까지 자신의 문학 활동에 대해 소상히 서술한다. 이 때 그가 기록하는 과거의 업적은 "조선문"의 발전과 연관된다. 그는 자신을 통해 구어체로 소설문체가 변화하였음을 강조하고 'He', 'She' 의 용어사용 문제 등을 설명하면서 과거의 문학 활동을 서술한다. 그리고 이러한 소설 기법의 정립이 개인적인 업적이 아니라 결국 조선 문학을 발전시키고 조선문을 지키는 과정의 일환이었다고 평가한다. 작품 속의 김동인은 개인적이고 사적인 주체가 아닌 공적이고 역사적인 주체로 재현된다. 이를 통해 자신에 대한 기록은 개인의 고백이 아닌 민족의 역사로 승화된다.

「망국인기」는 작가와 동일한 표지를 지닌 주인공의 삶을 조선문을 지켜낸 문인의 삶으로 형상화한다. 이를 통해 김동인 개인이 경험한 과거는 식민지 조선인의 삶을 대표하는 것으로 전환된다. 그리고 그가 집을 구하는 과정은 핍박받던 조선 민족의 삶을 회복하는 과정으로 치환된다. 이와 같은 작가-조선인의 정체성은 일제 하의 생활을 언급할 때 더욱 구체적으로 드러난다. 과거의 문필활동을 조선 문학을 위한 활동으로 규정한 김동인은 이러한 자신의 활동이 제국에 의한 핍박의 대상이었음을 강조한다.

훼방과 멸시와 박해와 방해 가운데서 가시의 길 삼십년 다른 훼
방쯤이야 내신념이 있으니 개의 할배 아니지만 조선총독부 검열계
의 방해만은 진실로 딱하였고
　　당국에서는 내게도 권고-마즈막에는 위협적 태도로까지 일본말
로 쓰기를 육박하였소
　　그러나 나는 그냥 조선문을 고집하였소 이 고집에 대하여 당국은
보복수단으로 내 글은 덮어놓고 삭제, 압수 불허가 처분을 나렸소. 95)

　「망국인기」는 일제말 김동인의 문학활동을 "훼방과 멸시와 박해와
방해 가운데서" 이루어진 것으로 서사화 한다. 김동인에게 있어서 가장
고통스러운 것은 조선어를 쓰지 못하게 하고 일본어를 쓸 것을 강요하
는 제국의 억압이었다. 식민지 시기 문학 활동에서의 고통은 곧 조선인
으로서 경험하는 시련, 민족의 수난으로 기억되는 것이다. 그리고 이
과정에서 그의 문필활동은 단순히 소설을 써 내려가는 과정이 아니라,
일본의 검열을 피해 조선문을 완성하는 과정으로 의미화 된다. 문학 활
동의 목표는 좋은 작품을 쓰는 것에 있지만 좋은 작품이므로 "국어(일
어)로 번역"하라는 제국의 명령은 거부된다. 식민 사회에서 문학 활동
은 '조선문 쓰기'라는 민족적 의미를 지니게 되었기 때문이다. 그리고
김동인의 문학 활동은 곧 조선의 정신을 보존하는 과정이 된다.
　식민사회에서 조선어 사용의 의미를 강조하는 것은 문인으로서의
작품 활동을 민족적 활동으로 전환하는 데 기여한다. 그리고 이러한 조
선어 사용으로 인한 수난과 시련은 곧 김동인이 단순한 문필가가 아닌
조선의 작가였음을 증명해준다. 그는 "조선어가 없어지면 조선문학이
어디 있을 것이며 조선어가 없어지면 조선 민족은 무엇으로서 나는 조

---

95) 김동인, 「망국인기」, Op.Cit., p.12.

선인이오 하고 자기를 증명하겠소?"96)라고 이야기하며 조선어의 역할을 강조한다. 조선어만이 조선 민족의 정체성을 보존하는 방법이라면, 조선 문학을 하는 것은 곧 제국권력에 포섭되지 않는 저항의 정신을 드러내는 것이 된다. 문학의 창작이 곧 반식민적 저항운동의 일환으로 의미화 되는 것이다.

조선어 사용을 바탕으로 시련과 수난의 과거를 구성하고 조선 문학의 창작을 곧 민족문학의 창작으로 환원하는 「망국인기」의 서사 구조에서 조선어는 변할 수 없는 민족의 본질적 특성으로 현현한다. 「석방」에서 강조했던 거부할 수 없었던 조선인의 "핏줄"처럼 조선어의 사용이 곧 조선인을 증명하는 수단이 되는 것이다. 이처럼 김동인은 "조선어"와 "핏줄"과 같은 지표들을 변하지 않는 민족적 특성으로 설명하면서 개인의 삶을 민족의 삶으로 환원하고 일본과 조선의 섞일 수 없는 차이를 증명하고자 한다.

「망국인기」는 검열이라는 식민사회의 시련 속에서도 조선어 작품을 창작하였던 작가 김동인의 모습을 재현함으로써 작가의 정체성을 민족의 것으로 환원해 낸다. 그리고 이러한 서사의 구조를 바탕으로 적산가옥 배분의 정당성을 확보하기 위한 "문학 활동의 공적"을 강조한다. 주인공 김동인이 집에서 떠나게 되는 순간 다시 '망국인'으로 돌아오는 것을 바로 이러한 서사의 구조 때문이다. 나라를 잃었다는 감각은 정치적 혼란과 제국화 하는 냉전의 체제를 통해 감지되는 것이 아닌 과거를 떠올리게 하는 수난, 작품 활동을 이어갈 수 없다는 지극히 개인적이고 즉각적인 현실 인식에서 비롯되는 것이다.

김동인은 안전한 가옥에서의 현실을 제국적 과거와 대조하고, 이를

---

96) Loc. Cit.

바탕으로 민족 작가로서의 역할을 강조한다. 이때 과거를 서술하는 것은 식민지 시기의 과오를 고백하는 것이라기보다, 식민지시기의 수난을 어떻게 감내하고 이겨냈는지를 증언하는 데 목표를 둔다. 수난의 과거를 통해 식민사회를 재현하는 고백의 서사들은 개인의 내밀한 내면을 드러내고 이를 반성하는 것에 목표를 두는 것이 아닌 민족적 주체의 구성을 위한 선언적인 효과를 의도하고 있는 것이다. 해방 직후 발표된 과거 고백의 서사들이 일종의 수기로 읽히는 것은 이와 같은 서술의 방식 때문이라고 할 수 있다.97) 고난의 과거를 강조하고 이것의 극복과정을 서술하는 수기의 형태를 통해 개인들은 민족적 주체로 변화한다.

이광수의 『나의 고백』은 이러한 해방기 고백 서사의 특수성을 대표한다. 해방 직후 이광수는 자신의 대일 협력에 대한 시선을 의식하면서『나-소년편』(1947.12), 『나-스므살고개』(1948.10), 『나의 고백』(1948.12) 등의 자전적 소설들을 다수 창작한다. 특히『나의 고백』(1948.12)은 반민족행위 특별조사위원회가 활동하기 시작하는 1948년 10월 직후에 발표된 작품이라는 점에서 그 고백의 특수한 의미에 주목할 필요가 있다. 이광수는 1949년 2월 반민족행위 특별조사위원회에 의해 체포되는데 식민지시기 '반민족 행위'에 대한 법적인 개념이 설정되고 그것이 효력을 발휘하기 직전, 그는 소설의 형식을 빌어 그의 과거를 다급하게 고백한다.

이광수의 소설에서 주목할 것은 이와 같은 고백이 반민족 행위에 대한 고백이 아니라 과거의 희생과 고난에 대한 고백이라는 점이다. 『나

---

97) 해방기 대표적인 자기고백 소설이라 할 수 있는 이태준의 「해방전후」가 '한 작가의 수기'라는 부제를 지니고 있다는 점은 이러한 해방기 자기 고백의 특수성을 드러낸다. 이태준의 「해방전후」는 비교적 객관적인 목소리로 식민 체제 하의 고통을 고백하고 해방을 통해 변모하는 민족적 주체의 탄생을 예고하고 있다.

의 고백』은 참회록이 아닌 민족을 위해 희생을 감내한 지식인의 희생 서사로 등장한다. 「망국인기」를 통해 자신의 과거를 민족작가의 수난 으로 서사화했던 김동인은 이미 이광수의 『나』 연작에 대해 대중이 기 대하는 참회록이 되지 못하고 있음을 강력하게 비난한 바 있다.98) 이광 수는 자신의 고백에 대한 대중적 기대와 자신의 과거 행적에 대한 법적 처벌의 위기 상황을 인지할 수밖에 없는 상황이었다. 그럼에도 불구하 고 그는 자신의 과거에 대한 해명이나 참회의 태도를 드러내는 대신 민 족을 위한 희생의 정신을 고백한다.

『나의 고백』은 동학에 연루되어 서울로 상경하는 시기부터 『나의 고백』을 작성하는 현재의 시점까지 작가 이광수의 삶을 기록한다. 이 러한 자기고백의 서사에는 과거의 삶을 조선인으로서의 수난과 고통 으로 서사화 하는 일관된 전략이 담겨있다. <민족의식이 싹 트던 때> 로 시작하는 이광수의 고백은 어린 이광수가 민족 의식을 깨달은 뒤 2.8 학생 독립운동에 앞장서고 3.1운동의 실현에 노력하는 과정을 그린 다. 이러한 모든 과정은 결국 민족을 위해 고통과 희생을 감내한 민족 의 지도자 이광수의 모습을 구성해낸다.

이광수는 자신의 "훼절"의 문제 역시 이 같은 고통과 희생의 서사를 기반으로 재구성한다. 본격적인 대일협력의 활동을 시작하게된 기점 이라고 할 수 있는 수양동우회 사건을 기록하는 이광수는 식민지 시기 죄인이 된 자신의 삶을 재현함으로써 해방 이후 다시 죄인의 위치에 서 게 된 자신의 상황을 변호한다. 『나의 고백』은 수양동우회 사건으로 5

---

98) 대중은 깜짝 속았다. 제호가 「꿈」이요 입장이 참회록을 써야 할 입장이요 참회록 이 나올 만한 날짜도 되었는지라 으레히 참회록으로 믿은 것도 무리하달 수 없다. (중략) 제호부터 「나」이매 이는 정녕 참회록으로 볼 것이다. 이것이 참회기인지 무 엇인지는 필자도 모른다. 김동인, 『춘원의 나』, ≪신천지≫, 3권 3호, 1948.3.

년의 구형을 받은 '나'에게 "민족주의를 버릴 자"라 아니라고 주장한 일본인 검사의 말을 인용한다. 그리고 제국의 검사가 선고하는 제국의 죄는 곧 그를 해방된 조국의 죄에서 벗어날 수 있게 만드는 역할을 한다.

> 재판장이 나더러 검사의 말에 대하여 할 말이 없느냐 하기로, 나는,
> 「검사의 말은 옳다. 내가 천황을 말하고 내선일체를 말하는 것은 오직 조선 민족을 위한 것이다. 만일 그리 하는 것이 조선 민족에게 이익이 아니 된다면, 나는 곧 독립운동을 시작할것이다.」
> 하였다. 그날 변호사는 왜 그런 위태한 말을 하느냐, 아슬아슬했다고 나를 책망하였다. 그런데 의외에도, 참으로 의외에도 우리 사건은 전부 무죄라는 판결이 내렸다.[99]

대일협력이라는 자신의 과거 행적에 대해 설명할 필요가 있었던 이광수는 <나의 훼절>이라는 제호 아래 자신의 죄를 "조선 민족을 위한 것"으로 전환한다. 훼절의 의미가 이와같이 극적으로 변화할 수 있었던 것은 그가 제국의 죄인이었음을 고백했기 때문이다. 자신의 민족정신을 대신해 말해주는 일본인 검사의 목소리를 통해 소설 속의 이광수는 제국의 죄인이 되어 법정에 선, 수난 당하는 조선인의 모습으로 재현된다. 그리고 "천황을 말하고 내선일체를 말하는 것"이 모두 "조선 민족을 위한 것"이었다는 모순된 논리는 '제국이 죄인'이었다는 과거를 고백함으로써 새로운 힘을 얻게 된다.

『나의 고백』은 제국의 강압에도 민족을 위한 뜻을 굽히지 않았던 작가 이광수의 삶을 회고하는 방식을 통해 의심받는 현재의 민족적 정체성에 대해 답한다. 일본인 형사에 의한 감시, 제국의 수인이 되었던 경

---

99) 이광수,『나의 고백』, ≪이광수 전집≫, 삼중당, 1962, p.265.

험 등은 모두 오늘날의 조선인으로서의 정체성을 보장하기 위한 서사로 활용된다.[100] 이광수의 작품에서 살펴볼 수 있는 것과 같이 해방 사회의 고백에는 개인이 아닌 민족적 주체들이 깊이 각인되어 있다. 해방기에 서술 되는 수난의 과거들은 과거의 것들이 아닌 현재적인 것들이었으며, 그것은 자신의 내면을 향한 고백이 아닌, 조선인이라는 민족공동체를 향한 선언이었던 것이다.

해방기의 소설들은 과거 자신의 시련을 민족의 시련으로 설명함으로써 스스로의 정체성을 반제국적 민족의 정체성으로 환원한다. 조선민족을 수난자로 서사화할 때 그 반대에는 가학자로서의 제국이 놓인다. 따라서 민족 수난의 서사를 통해 검증되는 조선인의 정체성은 항상 일본인이라는 타자를 전제로 구성된다. 수난의 서사에서 일본인들은 악랄한 수탈자로, 조선인들은 선한 희생자로 형상화된다. 그리고 희생자로서의 조선인들에게 제국의 책임은 놓여있지 않다. 이들에게 필요한 것은 제국으로부터 벗어나는 것일 뿐이다. 그리고 외부의 적-제국을 우리 민족으로부터 분리하는 것은 제국에 저항하는 가장 유효한 방법으로 제시된다. 내선일체의 논리에 그토록 강렬하게 저항하면서 내선분리의 원칙을 내세우고, 순수한 혈맥을 이어가는 조선인의 정체성을 강조하는 것은 이러한 제국 인식에 기반한다. 조선인과 일본인의 분리를 통해 외부의 제국성은 제거되고 내부의 민족성은 완성될 것이라 전망되었던 것이다.

(3) 광복, 빛과 어둠의 민족 감각

해방의 또 다른 이름인 광복(光復)은 빛과 어둠의 이미지를 통해 암

---

100) 이민영, 「해방기 이광수와 '친일'의 기표」, 『현대소설연구』 68, 2017 참조.

혹의 식민사회와 빛의 해방 사회를 대조한다. 광복이라는 수사는 과거를 극복하고 식민지로부터 벗어나고자 하는 해방 사회의 의지를 강조한다. 해방이 제국적 권력의 해체를 의미한다면 광복에는 보다 적극적인 저항과 극복의 의지가 포함된다.[101] 빛의 회복으로 이해되는 광복은 질서의 회복을 의미하기 때문이다. '광복'의 수사를 통해 해방 후의 한국 사회는 즉각적인 질서의 복권을 상상할 수 있게 된다. 안동주의 「아름다운 아침」(≪문학≫2호, 1946.11)은 빛과 어둠이라는 극적인 상징 구조를 바탕으로 해방의 현실과 식민의 과거를 대조적으로 그려내면서 광복의 수사를 적극적으로 활용한다.

「아름다운 아침」은 식민지 시기 감옥에 갇히게 된 남편을 기다리는 아내의 이야기를 중심으로 한다. 일왕의 항복 선언을 기점으로 해방의 순간을 기록하는 「아름다운 아침」은 해방의 소식을 곧 남편의 석방으로 이해한다는 점에서 식민 과거를 제국주의 하의 시련의 역사로 재현하는 서술의 방식을 취한다. 그리고 남편을 기다리는 아내 현숙을 통해 해방과 동시에 과거의 모든 시련이 종결되었음을 강조한다. 해방 이후의 세계는 과거의 제국적 세계와 전혀 다른 시대로 설정되는 것이다. 이러한 해방의 의미는 빛과 어둠의 상징 구조를 통해 극명하게 드러난다. 이 작품에서 해방의 순간은 해가 떠오르는 '아침'을 통해 재현된다. 암흑과 어둠의 시기라 할 수 있는 '밤'이 제국주의적 압제에 의해 수난당한 과거였다면 '아침'은 이러한 비극을 극복한 해방의 현재이

---

101) 우리 사회가 상상하는 "광복"의 의미는 다음과 같은 글을 통해 분명하게 드러난다. "먼저 이 두 말은 역사를 바라보는 관점이 다르다. 광복은 능동적인 의미에서 주권(빛)을 다시 찾았다는 정신사에 초점을 맞춘 것이고 해방은 연합군의 승리에 의해 일제로부터 벗어났다는 수동적인 측면을 드러낸 용어다. 물론 둘다 1945년 8월 15일이 뜻하는 정확한 실체를 드러내는 것은 아니다." 김슬옹, 「광복이냐 해방이냐」, 『사회평론』 95권 4호, 1995, p.214.

다. 현숙의 남편은 "그늘진 생활"이라는 한 마디로 설명되는 식민 사회의 비극을 경험한 자이다. 현숙은 해방 직전까지도 일본의 항복을 짐작하지 못했지만 일왕의 항복 선언을 곧 남편의 석방 소식으로 간주한다. 이에 현숙은 남편이 귀환하는 아침을 기다리며 마지막으로 어두운 밤을 홀로 보낸다. 그리고 이 밤을 지내고 난 뒤, 새로운 역사가 시작될 것이라 믿는다.

아내 현숙의 기다림과 대조되는 것은 슬픔에 젖어 울고 있는 시어머니의 모습이다. 아침이 오기 전 마지막 밤 그녀의 시어머니는 해방이 되어도 돌아오지 못하는 자신의 남편(시아버지)를 생각하며 눈물을 보인다. 시아버지는 독립을 위해 노력했음에도 불구하고 그 결실을 목격하지 못했다. 돌아오지 못한 시아버지는 제국의 어두운 기억으로 남겨진다. 시어머니는 그러한 남편에 대한 기억과 제국의 흔적에서 벗어나지 못하고 해방의 기쁨을 온전히 공유하지 못한다. 과거를 애도하는 시어머니에게 제국은 여전히 지속되는 고통으로 존재하는 것이다.

> 이제까지 세가족은 한결가치 아들이고, 남편이며, 오빠인 상호일을 걱정하고 그가 무사하기를 기원해 왔는데 정작 모든 기원이 이루어지고보니 급기야 시어머니의 세계와 자기의 세계가 확연히 구별됨을 그는 깨달았었다.
> 현숙이는 흐느껴 우는 시어머니를 한동안 바라보다가 그대로 발을 돌려 자기방에 돌아와 버렸다. 누어서 닭이 두 번 홰를 치고 울때까지 시어머니의 울음소리를 들었으나 그러나 그는 조금치도 슲어지지가 않앴다. 도로혀 가슴하나가득히 기쁨과 히망이 용소슴치고 흐르며 젊은 안해의 흥분에 하로ㅅ밤의 잠을 빼앗기기까지 하았다. 102)

---

102) 안동주, 「아름다운 아침」, 《문학》 2호, 1946.11, p.9.

며느리와 시어머니는 해방을 기점으로 전혀 다른 입장에 놓인다. 현숙은 "시어머니의 울음소리를 들었으나" "조금치도 슳어"하지 않는다. 현숙은 시어머니의 슬픔이 무엇 때문인지를 짐작하면서도, 그 슬픔을 함께 공유하지는 못한다. 오히려 "모든 기원이 이루어"진 그 순간 "시어머니의 세계와 자신의 세계가 확연히 구별됨을 깨"닫는다. 시어머니는 해방의 기쁨을 함께 누리지 못하는 단절되어야 하는 과거의 존재가 된다. 이제 시어머니의 세계는 며느리와 아들이 속한 현재가 아닌 혁명 운동으로 죽음에 이르게 된 시아버지의 기억이 남아있는 구세계가 된다. 현숙은 남편이 석방되기 직전의 새벽, 즉 해방의 그 순간 시어머니로 표상되는 과거의 세계와의 절연을 단호하게 선언하며 기쁨과 희망이 가득한 새로운 시대로의 이행을 다짐한다.

해방을 맞는 두 여성의 상반된 모습은 당대 사회가 얼마나 강력하게 제국적 과거를 부정하면서 현재를 긍정하고 있는가를 보여준다. 화장을 하는 주인공의 모습 역시 과거와 현재의 사이에 놓인 거리를 강조한다. 소설의 제목에 나타나듯 해방의 '아침'은 '아름다운'이라는 수사를 통해 긍정된다. 남편이 감옥에 있던 과거와 달리 자신을 꾸밀 수 있는 자유를 얻게 된 것, 그것 또한 해방된 현실의 의미였다. 남편을 기다리며 화장을 하는 현숙은 시어머니와의 감정적인 단절을 통해 과거의 역사와 결별하고 희망과 기쁨으로 재현되는 해방의 현실로 나아간다. 해방은 과거의 맨 얼굴을 들여다보는 것이 아니라 화장을 하면서 새로운 아침을 맞이하는 과정으로 사유되는 것이다.

「아름다운 아침」은 암흑의 식민 사회와 광명의 해방 사회를 대조시킴으로써 과거와 현재의 삶을 단절시킨다. 해방을 맞이한 새로운 세대는 과거의 세대와는 다른 입장과 감정을 통해 변모하는 시대를 살아가고자 한다. 식민 과거의 고통을 기억하는 대신 새로운 현실을 적극적으로 지지함으로써 새롭게 구성되는 민족의 일원이 되고자 하는 것이다. 안회남의 「불」(≪문학≫, 1946.6) 역시 불의 이미지를 통해 제국적인 과거를 불태움으로써 새로운 민족적 정체성을 수립하는 조선인의 모습을 형상화한다. 기존 안회남의 해방기 소설들이 징용체험을 바탕으로 과거의 수난을 기록하는 것에 집중했다면 이 작품은 과거의 고통스러운 기억을 극복하는 과정을 서사의 중심에 둔다. 특히 신변 소설이라 불렸던 안회남의 고백적 서술 방식을 활용하면서도, 작가 자신의 내면을 기록하기보다는 '이서방'이라는 관찰의 대상에 집중하고 있다는 점에 주목할 필요가 있다.

「불」은 징용지에서 돌아온 '안상'이 정월대보름날 경험하는 사건을 중심으로 한다. 이 작품은 정월대보름날 새벽부터 달이 뜨는 그날의 밤까지를 시간적 배경으로 한다. 그리고 불놀이와 방화의 모티프를 적극적으로 활용하여 과거를 일소하고 새로운 시대로 나아가고자 했던 해방 사회의 의지를 형상화한다. 소설의 화자이자 작가 자신의 모습으로 재현되는 안상은 미신을 믿지 않는다고 이야기하면서도 아내와 어머니의 요구에 따라 '조선의 풍습'을 따라가는 인물이다. 이때의 안상은 정월대보름이라는 민족적 명절의 향유자라기보다는 관찰자로 기능한다. 그리고 정월대보름의 여러 일정들을 거치면서 소문으로 들은 '이서방'을 마주하게 된다.

이서방은 트라크도에서 징용에 끌려갔다 돌아온 인물이다. 안상은 정월대보름이라는 하루 동안의 시간적 흐름을 따라가면서 그를 이해하고 공감대를 형성하게 된다. 이러한 이해의 과정은 불의 모티프를 통해 구현된다. 소설에 나타나는 불의 모티프는 세 가지의 층위로 나타나는데 정월대보름날 현재의 쥐불놀이가 그 하나이며 쥐불놀이를 통해 기억되는 징용지에서의 폭격이 두 번째의 불, 그리고 마지막으로 쥐불놀이가 끝난 뒤 이서방이 자신의 집을 태우는 방화가 마지막 불의 모티프로 등장한다.[103] 쥐불놀이를 보던 이서방은 징용지인 트라크도에서 자신이 경험했던 폭격의 순간을 떠올린다. 그리고 쥐불놀이를 통해 과거 불의 기억을 이겨내고 새로운 생활로 나아갈 것을 다짐한다.

> 물론 그중에는 병으로 죽은 사람, 또 굶어 죽은 사람, 반은 미치다시피 되어 목을 매 자살한사람들도 끼어있으나, 대분은 폭격과 함포사격에 희생된 것이니, 얼마나 무섭고 놀라운 사상율이냐, 이것으로 미루어 보아도, 어떤 정도의 것이라고 짐작되지않느냐 하는 것이었다. 진실로 나의원수요, 나의친구의 원수요, 우리조선사람의 원수요, 서양사람들의 원수요, 전 인류의 원수 아니 일본 사람의 원수도, 이번 전쟁을 먼저 시작하고 끝끝내 전쟁을하라고 버티든, 그 전쟁병자 전쟁광 일본놈이라고 그는 이상히도 흥분된 어조로 말을 하였다. 그리고 이번 트라크도에 갔다 온 덕택으로는, 자기 일개인외에 여러 사람들을 위하야 사는 생각을 가끔 하게되는 것이고 거기 가서 미웁고 미운 일본을 위해 힘을 썼든 것이 부끄러운 만큼, 무엇으로든지 앞으로는 조선을 위해, 헌신적으로 일해보고 싶다는, 의사를 표시하는 것이었다.[104]

징용지에서의 불은 제국에 의한 고달픈 생활을 기억하게 한다. 이때의 불은 자신의 생명을 위협하는 폭격인 동시에, 자신을 징용지에 끌고 온 제국을 징벌하는 불이다. 그는 이 불을 두려워하면서도 그 파괴의 힘을 욕망하게 된다. 이 모순적인 상황에서 이서방은 극심한 갈등을 겪

---

103) 윤대석, 「서사를 통한 기억의 억압과 기억의 분유」, 『현대소설연구』34, 2007.
104) 안회남, 「불」, 《문학》, 1946.6, p.41.

는다. 자신의 징용 경험이 식민지의 수난을 상징하는 동시에 제국에 대한 협조의 기억으로 기능하기 때문이다. 다시 마주한 불의 공포 앞에서 이서방은 일본을 위해 일했다는 죄책감을 극복하고 민족의 일꾼이 되고자 한다. 징용과 징병이라는 과거를 민족적 정체성을 확보하기 위한 동인으로 삼고있는 것이다.

정월대보름의 '불'은 정체성의 변모를 가능하게 하는 주요한 요소이다. 정월대보름은 한 해의 액운을 막고 복을 비는 의식을 중심으로 한다. 소설의 초반부 안상의 집에서 복을 가져가겠다며 물을 떠가는 이서방의 어머니의 모습에서 살펴볼 수 있듯이, 소설에서 재현되는 정월대보름은 복된 미래를 위한 일종의 정화의식이었다. 해방 후 어딘가 불안한 모습으로 살아가던 이서방은 쥐불놀이를 통해 "살 것" 같음[105]을 느낀다. 정월대보름의 불이 과거 기억 속에 남은 제국의 기억을 새롭게 정화해주었기 때문이다. 이제 이서방은 폭격의 기억에서 벗어나 새로운 민족의 일원이 된다. 그리고 자신의 과거의 기억이 남아있는 집을 불태워 과거에서 벗어나 해방된 현실로 비약하고자 한다. 세 번째 불은 이러한 과거의 일소를 위한 파괴적인 빛의 형상으로 등장한다.

그러나 그동안 그의 집에서는, 여러 가지 불행과 비극이 생겼다. 그가 떠나간지 일년만에 그의 부친이 돌아갔고 또 일년이 지나서는 과부가 된 그의 모친이 아들겸 믿으며 살든, 윗동네에 있는 그의 매부가 역시 보국대로 북해도 탄광으로 갔으며, 그래서 어머니, 며누리, 딸 이렇게 세 여인네가 이럴테면 삼과부처럼 살드니, 이서방은 돌아오지않고 그 매부만 작년 십월에 북해도에서 나오매, 어머니는 딸과 함께 다시 매부집에가서만 살게되자 그의 안해는 외로히 남편을 기달리고 있드니 이서방이 나타나기 십여일을 앞두고 좀더 자세

105) Ibid., p.42.

히 말하면, 바로 음녁 작년 세안에, 때 마즘 유행하든 천연두로 하야, 하나뿐인 여섯 살먹은 사내아이를 죽이고는, 즉시로 어데로인지 사라져버리고 말았든 것이다.106)

이서방은 불을 통해 비극적 과거로부터 벗어나고자 한다. 그의 비극은 단순히 징용을 간 것에 한정되지 않는다. 징용을 떠나게 된 그는 편지조차 할 수 없는 열악한 환경에서 가족에게 연락을 취할 수 없었으며, 그로 인해 아들을 잃고 아내가 떠나는 결과를 얻게 된다. '징용'으로 구체화되는 일본의 착취는 이서방이 경험하는 모든 비극의 근원에 놓인다. 그의 가족이 붕괴된 것, 그래서 해방 이후에도 온전한 생활을 누리지 못하게 된 것은 모두 일본 제국의 책임에 놓이게 되는 것이다. 이서방은 방화를 통해 이러한 일련의 비극적 사건을 일시에 해소하고자 한다.

「불」은 방화라는 자기파괴적인 강렬한 상징을 통해 수난당한 제국적 과거와 절연하고 해방된 현실로 나아가려는 의지를 강조한다. 불이 제국의 극복과 연관된 상징 기제라면, 어둠, 암흑은 식민지의 과거를 암시하는 역할을 한다. 이서방의 집은 과거의 불행을 담고 있는 암흑의 공간이다.107) 삶의 흔적을 찾을 수 없는 텅빈 이서방의 '집'은 식

---

106) Ibid., p.37.
107) "그의 집엘 당도하여보니, 집이 텅 비어있었다. 우선 내눈에 띠이는 것이, 문간이구 양편 기둥밑에 소복하니 뿌리어진 고흔 황토흙이었다. 산모퉁이 신작노 길가에서 피온것이리라, 나는 천천히 여러 가지를 살펴봤다. 깨끗이 써른 길과, 마당과, 봉당, 뜰밑, 이런데도 분명히 새흙이 허터져있었다. 그리고 놀란 것은 아무것두 없는 부엌에 오두마니 물한동이 만이 부뚜막우에 놓여저 있는 것이었다. 나는 아까 새벽일을 생각하고 웃지 않을 수없었다. 보아하니, 며누리가 도망을 간후 오늘 아츰가지도 사람이 드러 살림을 한 흔적이 없는데, 물만 한동이 난데없이 새벽이 기러다 놓은 것은, 물론 동내소문을 증명하는 일이다. 그러면 오늘 새벽 이서방 어머니는 우리집보다도 우리우물을 기른외에, 그것을 우리집주인인 내자신 손으로 떠주었으니, 그이는 이럴테면 대성공인데, 과연 이집이 이제부터는, 그렇게 마음에

민지 조선인들의 비극적 현실을 극적으로 재현한다. 그리하여 집에 불을 지르는 행위는 과거의 모든 비극적 기억을 종결시키고자 하는 의지로 이어진다. 과거의 모든 부정한 것을 태우는 정월대보름 의식이 완성되기 위해서는 과거의 기억이 축적된 집을 불태워야 하는 것이다.108)

이서방은 일본이 항복하고 이미 해방이 되었음에도 불구하고 자신의 집에 불을 지른다. 그의 어머니가 믿는 바와 달리 미래의 복을 바라는 행위는 과거를 모두 소진한 상태에서만 가능하다고 생각하기 때문이다. 자신의 집에 불을 지르는 이서방의 행동은 일본을 위해 일해야 했던 과거를 극복하고 조선을 위해 일하기 위한 필연적인 선택이 된다. 스스로의 집을 불태움으로써만 그는 과거와 전혀 다른 스스로의 현재를 증명할 수 있는 것이다.

대보름에 이루어지는 정화의 작업은 미래의 국민으로 "다시 태어남"을 의미한다. 이서방은 집을 태운 후에야 건설되는 국가를 위한 "새로운 타입"의 인간으로 다시 태어날 수 있었다. 초라하고 가난한 자신의 집을 불태우는 것으로 완성되는 「불」의 민족 서사는 식민 과거를 해방의 현실로부터 철저하게 분리해 낸다. 안회남의 「불」과 같이 해방을 제국으로부터 벗어나는 것이자 국가권력이 회복되는 순간, 즉 광복의 순간으로 그리는 소설들은 과거와 현재를 극적으로 대조시킴으로써 민족적 주체를 구성해 나간다. 그리고 빛과 어둠의 감각은 극적인 해방의 서사를 완성한다.

바라는대로, 새복이 올겐가하고, 잠간 생각해보지 않을 수 없었다." Ibid., p.39.
108) 정종현은 방화를 국민이 되기 위한 정화의식으로 설명한바 있다. 하지만 이때의 방화는 단순히 국민으로써의 변모를 설명하는 것에서 나아가 이서방이 처한 모순적인 상황을 극대화 하는 사건이라고 할 수 있다. 자기 파괴의 욕망을 통해서만 과거를 극복할 수 있다는 점은 극복하고자 하지만 극복 되지 않는 제국적 기억을 드러낸다고 할 수 있다. 정종현, Op. Cit., p.49.

(4) 봉건적 제국과 신생하는 민족

해방 직후를 배경으로 하는 다양한 작품들은 해방의 현재와 식민의 과거를 대조시키면서 새로 태어나는 민족의 정체성을 구성해나가는 데 집중한다. 해방 직후 창작된 김송의 작품들 역시 암흑의 식민사회와 광복의 현재를 대조적으로 재현하면서 반제국적 주체로 변모하는 조선인의 모습을 그려나간다. 해방 이후 ≪백민≫의 주간으로 활동하며 문단 내에서 활발한 활동을 이어갔던 김송은 다양한 작품을 통해 해방의 현실을 입체적으로 그려나간다. 그중에서도 해방 직후에 창작된 3편의 연작 (「만세」,≪백민≫,1945.12;「무기 없는 민족」≪백민≫, 1946.1;「인경아 울어라」, ≪백민≫,1946.3)은 급격한 변화를 경험한 해방기 한국 사회가 일차적인 목표로 삼았던 민족 신생의 과제를 선명하게 구현하고 있다.

해방 후 발표된 김송의 「만세」,「무기 없는 민족」,「인경아 울어라」는 신행이라는 인물을 중심으로 한다. 세 작품은 해방 직후의 극적인 변화의 상황을 서사화하는 과정을 통해 제국의 신민이었던 신행이 민족의 일원으로 복귀하는 과정을 그린다. 그중에서 가장 앞에 놓인 「만세」는 일제 말 조선인들의 고통스러운 삶을 중심으로 암흑의 식민사회와 해방의 현실을 대조한다.

「만세」는 가난한 농민 강주사의 아들 신행이 징병되어 일본군 훈련소에 끌려갔다 돌아오는 과정을 그린다. 제국주의의 희생자인 신행이 다시 돌아오는 순간은 곧 해방의 순간으로 사유 된다. 소설은 해방을 "오랫동안 감옥 생활을 해오든 조선 삼천만 동포"가 "일본 제국주의 정치의 압박에서 이탈하여 자유스러운 몸들이 되"는 사건으로 기록한다. "일본군의 항복"이며 "세계의 평화", "조선의 독립"으로 이해되는 해방은 모든 고난의 결말로 간주된다.[109] 제국의 압제가 해방의 자유와 대조되면서 해방은 과거의 모든 고통을 단절하고 새롭게 시작되는 시점으로 설정된다.

식민과거와 해방의 현실을 극적으로 대조하는 서사적 구도 속에서 3편의 연작은 일제 말 조선인의 고난을 기록하는 것에 집중한다. 「만세」는 해방 직전 전쟁으로 인해 물자 부족과 배급문제를 심각하게 겪고 있던 조선의 상황을 형상화한다. 조선인들은 식량부족 상황과 지속적인 폭격 속에서 죽음의 위협에 노출된다. "폭격을 당해 죽으니보다 굶어죽는 편이 낫겠다"며 시골로 떠나는 이들의 모습은 해방 직전의 고통스러운 삶을 극적으로 재현한다. 그리고 이러한 고통과 수난의 서사를 전제로 반식민적 정체성을 지닌 조선인의 모습을 구성한다. 주인공 신행이 경험하는 징용과 징병의 과정은 이와 같은 일제 말 조선인들이 경험한 비극적 수난사의 일부이다.

강제 징용은 제국주의의 폭력적인 성격을 드러내는 대표적인 제도이다. 동시에 제국에 협조함으로써만 생존할 수 있었던 식민지인의 상황을 드러내는 것이기도 하다. 제국으로부터 기인한 수난이자 제국에 대한 협조의 결과였던 징용과 징병의 모순적 의미는 해방을 거치며 민족의 수난이라는 의미로 일원화된다. 징용과 징병의 과거를 다루는 서사들은 제국주의적 강압과 폭력을 강조하면서 수난의 서사를 완성해 나간다. 제국의 폭력성과 조선인의 희생을 강조함으로써 징병과 징용에서 돌아온 자들을 제국으로부터 기인한 고난을 극복한 민족적 주체로 재설정하게 되는 것이다.

---

109) 「연합군의 승리」/「일본군의 항복」/「세계의 평화」/「조선의 독립」/ 8월15일, 조선 민족에게 청천벽력같이 희한한 보도가 나렸다. 오래동안 감옥생활을 해오든 조선 삼천만동포가 일본 제국주의 정치의 압박에서 이탈하야 자유스러운 몸이 되었다. 조선의 독립, 자유의 몸, 아-이날이 오기를 얼마나 희망했든고. 김송, 「만세」, 《백민》, 1945.12, p.48.

어느덧 주먹이 불끈 쥐어졌다. 부푸러올은 검은 힘줄이 불뚝불뚝 이러선다. 싱용을 않가겠다고 피신하여 단니다가 결국 붓잡혀서, 도살장에 드러가는 소모양으로 끌려드러간 아들을 생각하면 그놈의 일본헌병여석을 토막을 처도 마음이 개겁지 않을 상 싶었다.

「에익! 그놈들 생각만 해도 이가갈여! 저이놈들은 오랑캐가 되어서 쌈을 즐겨 처들고 지랄이지만, 우리 선량한 조선 백성을 가지구 성가시게 굴면서 무었 때문에 총탄을 만들란거야」 110)

징용에 간 아들을 둔 한생원은 일본 헌병에 대해 "토막을 치"고 싶다는 강렬한 분노를 표현한다. 그리고 "쌈을 즐겨"하는 제국으로 인해 "우리 선량한 조선 백성"이 고난을 당하게 되었다는 점을 강조한다. 징용의 고통은 전쟁에 협조해온 식민지인의 모습이 아닌 제국에 착취당하는 조선인의 모습을 강조한다. 징병 된 신행 역시 그곳에서 제국의 전쟁을 위해 싸우는 것이 아닌 제국에 저항하는 주체로 성장한다. 징병을 피하지 못하고 훈련소에 들어간 신행은 일본의 군인이 되는 과정을 통해 "피지배계급의 설움"111)을 더욱 극명하게 느낀다. 일본말이 익숙하지 못한 신행은 훈련소에 들어가는 순간부터 "매를 맛"으며 "지옥"에서와 같은 경험을 한다. 이러한 과정에서 징병은 내선일체의 명분을 잃어버리고, 조선인들의 민족적 자각을 이끌어내는 역할을 한다.

소설을 통해 재현되는 징병의 과정, 훈련소에서의 경험은 제국에 대한 저항정신을 강화시킨다. 그리하여 제국의 전쟁을 위해 나서야 하는 신행은 오히려 자신이 일본인과 같아질 수 없음을 발견하게 된다. 징병을 통해 수동적인 식민지인이었던 농민의 아들은 민족적 자각을 얻고 현실에 저항하는 인물로 변화하는 것이다. 「만세」가 징병을 통해 식민

---

110) Ibid., p.40.
111) Ibid., p.41.

과거를 민족적 각성의 계기로 삼는다면, 해방 이후 신행의 모습을 다루는 「무기없는 민족」은 반식민적 민족의 정체성을 건설되는 국가의 국민으로 재조정한다. 「무기없는 민족」은 건준의 치안대로 활동하는 신행의 모습을 중심으로 한다. 신행은 일본군 훈련소에서 배운 것을 조선의 국가 건설을 위해 활용한다.[112] 국가건설의 당위성 앞에서 징용의 경험은 미래를 위한 준비의 과정으로 새롭게 의미화된다. 징용의 경험이 국가 건설을 위한 준비 과정으로 설명되면서 징병과 관련된 협력과 저항의 복잡한 의미망들은 모두 과거의 것으로 소거된다. 해방을 맞이한 조선인들이 만세를 외치는 순간, 제국은 극복되고 모든 조선인들은 국가의 일꾼으로 재탄생하는 것이다.

김송의 3연작 중 마지막 작품인 「인경아 울어라」에서 신행은 민족적 주체로의 변모를 완성한다. 「만세」에서 힘없는 농민의 아들이었던 신행은 「무기없는 민족」에서 치안대의 일원이 되면서 개인의 이해관계에서 벗어나 민족공동체의 이익을 수호하는 공적 주체로 성장한다. 그리고 이제 신행은 국가 건설을 위해 일하는 노동자로 새롭게 태어날 것을 다짐한다. 이러한 신행의 급격한 변모는 당대 사회에 유통되었던 민족 담론의 다양성과 유동성을 보여주는 것이기도 하다. 신행은 징병을 통해 민족적 정체성을 깨닫고, 국가 건설에 이바지하기 위해 노동자가 된다. 그에게 노동자의 역할은 "건국에 필요한 필수품을 많이 생산하는 것"이다. 그는 무산자 계급에 속하지만 계급적 이익 대신 민족의 이익을 우선한다. 그는 임시정부를 지지하면서 무산자를 위한 자본주의 국가라는 모순된 이상을 설파한다. 신행에게 이것이 가능한 것은 노동자가 된다는 것이 "노동자가 유리하게 생산하는 시대"를 위한 것인 동시

---

112) 김송, 「무기없는 민족」, ≪백민≫, 1946.1, p.42.

에 국가 건설을 위한 것으로 사유되기 때문이다. 신행은 무산자 개인이 아닌 국가를 위해 일하는 노동자로 스스로의 위치를 설정하는 것이다.

> 「이눔아.
> 넌 무산자가 아니냐? 무산계급을 대표할 공상당이 지지하는 인공을 웨 싫다는거냐?」
> 인민공화국을 지지하는 한생원 아들 필복이의 윽박질이다. 그러면 임시정부 지지파에 속한 신행이는
> 「조선사람은 오천년문화를 갖인민족이야 그렇게 역사가 깊은 민족이 왜 공산주의 국가를 종주국으로 섬긴단 말이냐」
> 「우리민족은 조선이란 고유한 덩어리를 등지고는 살 수 없어.」[113]

신행은 자본가의 착취에서 벗어나고자 하는 노동자들의 입장에 동조한다. 하지만 노동자를 위한 사회가 민족을 극복한 사회라는 점에 대해서는 강력히 반대한다. 그는 조선의 "민족이 공산주의 국가를 종주국으로 섬"길 수 없다고 보기 때문이다. 해방을 통해 재탄생한 신행은 해방 이후의 사회를 "자본가만 배불리"는 계급적 착취구조를 극복한 노동자들의 사회로 이해한다. 그리고 이러한 착취구조의 하위계층에 속하는 노동자들의 삶을 제국에 착취당해온 조선인의 민족적 정체성과 일치시킨다. 노동자와 조선인 모두 제국 권력에 의해 핍박받아왔기 때문이다. 따라서 그는 무산계급의 해방이 공산주의라는 이념을 통해 달성되는 것이 아니라 "조선이란 고유한 덩어리"라는 민족적 정체성을 통해 완성된다고 주장한다.

이와 같은 신행의 논리는 해방 사회가 극복하고자 하는 제국의 정체성이 과거의 총체적인 모순을 지칭하는 것이었음을 드러낸다. 극복해야 할

---

113) 김송, 「인경아 울어라」, ≪백민≫, 1946.3, p.48.

과거라는 점에서 제국적 압제는 계급적 착취의 구조로 손쉽게 전이된다. 제국적인 과거를 부정해야한다는 명제 속에서 민족적 착취와 계급적 착취는 동궤에 놓인다. 부정되어야 할 제국을 과거의 모든 모순과 연결시키는 이러한 논리는 필연적으로 미래에 대한 맹목적인 긍정을 만들어낸다. 그리고 이를 통해 민족의 발전에 대한 절대적인 지지를 드러낸다. 과거 극복의 논리는 그것이 이념적으로 어떠한 방향을 지시하든 과거를 벗어나 미래를 향한다는 점에서 적극적으로 긍정되는 것이다.

해방 사회에서 과거의 극복을 목표로 하는 민족발전의 논리는 국가건설의 담론으로 집약된다. 해방의 당위성과 민족적 주체의 각성을 강조하는 서사들은 국민국가의 이상을 절대화하면서 국가건설을 통해 모든 과거의 모순들을 극복해내고자 한다. 국가건설을 목표로 하는 민족담론 내부에서 갈등과 착취의 관계는 모두 과거의 것, 전근대적인 것으로 설명된다. 그리고 해방된 민족이 달성해야 하는 미래에는 민족적 착취와 계급적 갈등을 극복한 근대적 국민국가의 상이 놓인다. 시민적 자유를 전제로 하는 국민국가의 이상을 통해 민족의 자유와 계급의 자유는 동시에 긍정되는 것이다. 제국으로부터 수탈과 이러한 과거의 극복을 강조한 김송은 자신이 편집을 맡아 간행한 ≪백민≫을 통해 이와 같은 절대적 목표로서 근대적 국가 건설의 이상을 선명하게 드러낸다.

> 백민은 대중의 식탁입니다. 문화에 굶주린 독자여 맘껏 배불리 잡수시오 쓰는 것도 자유 읽는 것도 자유 모든 것이 자유해방이외다. 그러나 이 자유는 조선의 독립과 건설의 노선에서만 베푸러진것입니다. 계급이 없는 민족의 평등과 전세계인류의 평화를 위해 이땅의 문화는 자유스러이 발전해야할것이며 그것을 달성키위해 백민이 미력이나마 피난살이 되기를 바라면서 창간호를 보내는 것입니다.[114]

1945년 12월에 간행된 ≪백민≫의 창간호에 실린 권두언은 계급의 해방과 민족의 해방을 동궤에 놓는 사고방식이 해방 직후 얼마나 광범위하게 전개되었는가를 증명한다. ≪문학≫이 문학가동맹에 속하는 계급적 문학가들의 논지를 대변했다면, ≪백민≫은 해방기 우익 문단의 민족론을 싣는 주요 매체였다.[115] 하지만 해방 직후의 ≪백민≫을 통해 발견되는 것은 이념적으로 분화되지 않은 민족발전의 이상들이다. 이 글에서 김송은 민족과 계급의 해방을 동시적으로 사유하면서 달성해야 하는 민족의 모습을 제시한다. ≪백민≫은 해방의 의미를 "쓰는 것도 자유, 읽는 것도 자유"인 상황으로 규정한다. 그리고 해방된 국가는 모든 개인의 자유와 평등을 보장하는 시민사회를 통해 이해된다. 이러한 ≪백민≫의 기본정신은 계급과 민족의 자유를 포괄하면서 근대적 국가 건설의 목표로 구체화된다. 이때 ≪백민≫이 제시하는 "조선의 독립과 건설의 노선"은 「인경아 울어라」의 신행이 강조한 바와 같이 '무산자들을 위한 사회'의 모습과 이질감 없이 어울린다.

해방 직후 국가 건설의 목표를 형상화하는 작품들에서 민족의 정체성은 근대적 국민으로의 변모를 통해 완성된다. 그리고 국가 건설은 이념적인 체제 선택의 문제에 선행하는 민족의 절대적인 과제로 설정된다. 김송의 「안개속의 마을」(≪백민≫, 1946.10) 역시 이념적으로 분화되기 이전 해방 사회를 선점했던 민족론, 근대적 발전에 목표를 둔 민족담론의 성격을 선명하게 드러낸다. 이 작품은 식민지 시기 성노예가 되었던 여성을 주인공으로 삼아 여성의 해방을 민족의 해방과 연결한

---

114) 「권두언」, ≪백민≫ 창간호, 1945.12.
115) 김한식, 「백민과 민족문학: 해방후 우익문단의 형성」, 『반공주의와 한국 문학의 근대적 동학』 1, 한울 아카데미, 2008; 김준현, 「순수문학과 잡지매체」, 『한국근대문학회』 22, 2010.

다. 식민지 하에서 가난한 가족을 위해 고향을 떠날 수밖에 없었던 복히는 해방이 되고 미군정이 부녀자매매를 금지하는 포고를 내리자 다시 고향으로 돌아온다. 복히의 귀환은 해방을 통해 이루어지는 다양한 귀환 과정의 일부였지만 남성 주인공들의 귀환과는 다른 면모를 보인다. 징병과 징용의 피해를 입은 남성 인물들은 자신의 과거를 제국에 의한 수탈로 규정하고 해방을 통해 당당하게 민족으로 귀환할 수 있었다. 하지만 복히는 몸을 팔아 생계를 유지했던 과거 자신의 삶을 부끄러워하면서 고향에서 자신이 어떻게 받아들여질지를 걱정한다.

> 「난 복히를 동정하는 한사람이야 일본제국주의가 조선을 침약하면서 모든 악법을 내여 착취와 박해를 일삼든 중 여성에게 직접 해독을 끼친 것이 공창제도였지 공창제도는 남성만이 경제권과 정치의 지배권을 갖는다는 봉건적 팟쇼국가에만 있는 악법이야. 그런데 새조선 건설에 있어선 여성의 지위도 남성과 동등으로 취급되며 선거권 피선거권도 있게 마련이야.... 민주주의 국가에 있어서 여성의 해방이 없이는 그 목적을 달할수없다는 것을 우리 여성들도 깨달아야해. 그리고 우리 여성들이 다같이 알어야할 것은 남존여비의 동양도덕 그 고린내나는 유교의 악품을 철저히 없새버려야만해」
>
> 복히는 정숙이의 웅변중에 이해하지못할말이 섞여있었다. 그렇다고 쑥스러히 뭇고도 싶질않었다.
>
> 「복히 조금도 주저할것없이 우리는 그러한 악법을 만들어서 여성을 천대하고 농락하든 일제의 잔재를 소탕하는 일꾼이 되어야만해! 복히도 새나라에 새사람이 되야한단 말야」[116]

개인적 죄책감을 바탕으로 식민지 하의 수난을 이해했던 복히는 어린 시절의 동무였던 정숙을 만나고 자신의 생각을 변화시킬 수 있게 된

---

116) 김송, 「안개속의 마을」, ≪백민≫, 1946.10, pp.94-95.

다. 계몽된 지식인이라 할 수 있는 정숙은 복희의 과거를 순결을 잃은 여성의 '더러운 삶'이 아닌 일본의 공창제에 의해 '수탈당한 민족의 삶'으로 재규정한다. 복희의 비극적인 삶의 원인은 착취와 박해를 일삼던 일본 제국의 것으로 설명된다. 복희의 수난은 해방된 조선의 국민이 되기 위한 과정으로 사유되는 것이다. 이러한 논리하에서 복희는 다른 조선인들과 마찬가지로 제국에 의해 희생당한 민족의 일원이 된다. 그리고 정숙은 복희에게 더 이상 자신의 과거를 부끄러워하지 말고 건설되는 조선을 위해 다시 태어날 것을 주문한다.

　복희가 근대적 국민으로서의 자각을 확보하게 되는 과정에서 주목할 것은 이러한 변모의 과정이 제국을 비롯한 과거의 모든 것들을 일소하는 것에서 시작하고 있다는 점이다. 정숙은 새로운 국가를 건설하기 위해 조선의 해방과 여성의 해방이 동시에 이루어져야 한다는 점을 강조한다. 이러한 관점 하에서 복희를 착취하고 박해했던 제국의 논리는 "남성만이 경제권과 정치의 지배권을 갖는다"는 봉건적 사회와 동일한 것으로 간주된다. 그리고 일본 제국주의에 관한 비판은 과거 봉건사회에 대한 비판으로 전환된다. 일본의 공창제에 대한 비판은 제국적 근대성에 대한 비판이라기보다는 오히려 "동양 도덕 그 고린내나는 유교의 악풍"이 된다. 근대적 국가를 건설하려는 발전의 목표하에서 제국 일본은 과거의 관습을 극복하지 못한 "봉건적 팟쇼국가"의 체제로, 새로 건설되는 조선은 이를 극복한 근대적 국가로 설정되는 것이다.

　과거의 단절과 근대적 국가의 성립을 통해 민족적 정체성을 확보하고자 하는 민족 서사들은 봉건적 계급 구조의 해방과 민족 해방이라는 상이한 목표를 하나로 묶으며 강력한 발전의 논리를 만들어 나간다. 과거 극복의 과제가 강조됨에 따라 '봉건제도'와 '제국주의'라는 서로 다른 체제는 과거의 악습이라는 이름으로 하나가 되어 비판받는다. 제국주의가 근대적 사회의 등장과 밀접하게 관련되어 있음[117]에도 불구하고 제국의 체제는 전근대적 봉건사회와 동일한 것으로 간주된다. 해방이후의 새로운 삶을 강조하기 위해 식민과거는 '봉건-제국'를 통해 설명되는 것이다.

제국과 봉건을 동시에 비판하는 것이 가능한 이유는 이 두 체제가 모두 부정해야 하는 과거에 속하기 때문이다. 근대적 민족국가를 건설하기 위해 봉건적이고 제국적인 것으로 이해되는 일체의 과거는 극복되어야 할 것으로 설정된다. 민족적 정체성을 확보하는 과정은 과거를 회고하고 이를 반성하는 것이 아니라, 모든 모순과 갈등을 과거에 둔 채 근대적 국가라는 미래로 나아가는 것을 의미하게 된다. 따라서 정숙의 가르침은 "낙심"이 아닌 "재생"이라는 결론으로 이어진다. "낙심"하기 보다는 "재생"함으로써 건설해야 할 "새조선"은 "여성의 지위도 남성과 동등으로 취급되며 선거권 피선거권도" 보장되는 이상적인 국민국가의 상으로 그려진다. 봉건적이고 제국적인 일체의 과거를 부정하고 새롭게 태어나는 근대적 '국민'의 정체성을 통해서만 조선의 해방은 완성될 수 있는 것이다.

민족과 계급을 동궤에 놓으며 제국적 과거와 봉건적 과거의 극복을 동시에 주장하는 것은 좌우의 한쪽에서만 이루어진 것은 아니었다. "공산주의 국가를 종주국으로 섬긴다"는 의심을 받았던 좌익의 계급해방론 역시 민족의 독립과 국가건설을 강조하면서 해방 이후의 전망을 구

---

117) "The essential point is that although European colonialism involved a variety of techniques and patterns of domination, penetrating deep into some societies and involving a comparatively superficial contract with others, all of them produced the economic imbalance that was necessary for the growth of European capitalism and industry." Ania Loomba, *Colonialism Post Colonialism, Routledge,* 1998, p.4.

체화 한다. 조선문학가동맹의 중앙집행위원이자 홍보부장을 지냈던 홍구는 민족 해방의 문제를 계급해방의 문제로 치환함으로써 이러한 논리를 선명하게 드러낸다. 홍구의 「꽃」(≪신문학≫, 1947.2)은 해방 후 노동자들이 맞이한 메이데이를 서사의 중심축으로 삼는 작품이다. 메이데이를 맞는 노동자들의 모습은 흡사 해방을 맞은 조선인의 모습과 유사하게 그려진다. 소설은 "메데를 앞세운 그들의 기쁨은 말할 수 없다."고 서술하면서 메이데이의 그날이 오면 "마냥 뛰고 마냥 놀고 마냥 노래부르자고"[118] 이야기한다. 그리고 노동자가 계급적으로, 제국적으로 이중의 압제를 받아 왔음을 강조한다.

> 이땅의 노동자도 왜놈이나 이놈의 착실한 앞재비는 그리 생각했다. 노동자는 말하는 동물 또는 신경을 갖인 기계같이 취급했다. ...(중략)....메데는 노동자의 날 즉 우리들의 날이올시다 하고 서두를 잡자 지글지글 불덩이같은 목소리로 삼십육년동안 왜놈에게 압박받은 어굴한 우리의 날이다 하고 환호성을 울리었다.[119]

「꽃」은 노동자들이 "왜놈"에게 수탈당했다는 점을 강조한다. 그리고 메이데이의 그날, 노동자의 해방을 외치기보다는 "왜놈에게 압박받은" 조선인의 해방을 외친다. 이러한 과정에서 대일협력자는 민족의 적인 동시에 노동자를 수탈하는 계급의 적으로 규정된다. 노동자에 대한 차별적인 대우는 민족적인 수난의 일부로 치환되는 것이다. 이러한 점에서 소설이 서사화하는 메이데이는 8.15의 해방기념일과 유사한 의미를 드러낸다. 「꽃」이 메이데이를 배경으로 수난의 조선 민족을 노동자

---

118) 홍구, 「꽃」, ≪신문학≫, 1947.2, p.120.
119) Ibid., p.121.

의 정체성과 동일시했던 것처럼 「석류」(≪신문학≫, 1946.6) 역시 "왜놈"의 대척점에 피지배계층으로서의 노동자를 내세운다.

> 여러분 그 왜놈들은 이공장에서 쫓기여갔읍니다. 아니 우리 삼천
> 리조선땅에서 물러가지 않았습니까 우리 조선은 자유로운 조선이
> 되였습니다. 우리도 자유로운 노동자가 되였습니다. 우리들지금부
> 터 하는 일은 왜놈을위하야 하는일이 아닙니다. 해방이된 조선나라
> 를 세우기위하야 하는 일입니다. 조선이 참으로자유롭고 훌융하게
> 되려면 우리노동자들이 힘써 일하지 않으면 않됩니다.120)

「석류」는 노동자들의 단합을 통해 일본인 자본가에 의해 운영되던 공장을 되찾는 과정을 서사화한다. 이 작품에서 계급적 착취의 주체라 할 수 있는 자본가는 일본인으로 설정된다. 그리고 일본인이 경영하는 '공장'은 곧 노동자들의 '집'으로 설명된다. 이를 통해 계급적 공동체는 혈연을 통해 규정된 민족공동체와 유사한 것으로 설정된다. 핏줄을 강조하는 조선인의 정체성이 조선인 가족으로의 복귀를 주장하는 동시에 일본인 가족으로부터의 분리를 강조했던 것처럼, 공장의 노동자는 거부할 수 없는 핏줄을 나눈 가족으로 사유된다. "악독한 왜놈"이라는 대타자를 대상으로 계급적 공동체가 민족적 공동체로 전이되면서 공장은 단순히 경제활동을 위한 곳이 아니라 '왜놈'으로부터 지켜내야 할 영토적 공간, 집으로 변모하게 되는 것이다.

해방 후 제국의 세력을 축출하였듯이 소설 속의 공장에서도 제국의 세력은 쫓기어나간다. 그리고 이들이 하는 노동은 "해방이된 조선나라를 세우기 위한 과정"으로 전환된다. 집으로 상상되는 공장을 통해 국

---

120) 홍구, 「석류」, ≪신문학≫, 1946.6, p.282.

가건설의 과제가 제시되는 것이다. 이러한 노동자의 역할은 조선인이라는 민족적 정체성과 전혀 배치되지 않는다. 「꽃」에서 압박받은 민족의 해방을 메이데이를 통해 묘사할 수 있었던 것처럼, 「석류」 역시 노동자들의 삶을 수난당한 조선인의 삶으로 전형화한다. 그리고 이를 통해 제국의 해방은 계급의 해방으로 이어진다. 제국과 계급의 갈등을 동궤에 놓는 해방의 서사들은 독립된 국가건설을 민족발전의 전제로 삼으면서 봉건적이며 제국적인 과거의 극복을 해방 사회의 일차적인 과제로 설정한다.

　해방 사회에서 치열하게 전개된 이념 갈등의 배경에는 식민사회의 기억들이 놓인다. 해방 직후의 작가들은 이념적 차이에도 불구하고 탈식민화의 목표를 공유하면서 국가 건설이라는 과제에 집중한다. 이들의 작품은 이념적 갈등과 혼란의 상황을 배경으로 하면서 현재적 문제들을 과거의 잔재로 해석한다. 그리고 과거를 극복하는 것이 현재의 목표를 달성하는 것이라 강조한다. 이 과정에서 당대적 문제들은 모두 과거의 기억과 얽힌다. 해방 직후의 혼란과 갈등을 기록하는 서사들은 해방기의 3.1 운동 기념식, 메이데이, 10월 항쟁, 공창제 폐지 등 정치적 사건들을 모두 봉건-제국의 결과로 설명하는 것이다. 안회남의 「농민의 비애」(≪문학≫, 1948.4) 역시 가난한 농민의 현실을 봉건적 과거와 연결하면서 국가건설의 과제를 구체화한다.

　해방 직후의 현실을 반영하는 다양한 민족 서사들은 이념 갈등을 표면화하는 동시에 민족적 정체성의 확보를 위해 치열하게 경쟁한다. 조선문학가동맹을 중심으로 하는 좌익문단에서는 민족적 착취를 계급적 착취로 전환하는 과정을 통해 탈식민담론을 구체화한다.[121] 제국과 계

---

121) 그것은 인민들이 결합됨으로써 이루어지는 진정한 민족의 형성과 그것을 기초로

급의 이중적 착취의 대상이었다는 점에서 농민은 이러한 민족 서사의 중요한 제재가 된다.

농민들에 대한 문단의 관심은 1946년 10월 인민항쟁122)을 통해 본격적으로 가시화된다.123) 인민항쟁의 발발을 기점으로 조선문학가동맹은 기관지인 ≪문학≫의 인민항쟁 특집호(1947.2)와 농민소설집 『토지』(1947)를 발간하는 등 농촌의 갈등 구조를 서사화하는 데 집중한다. 반식민 투쟁이었던 3.1 운동을 10월 인민항쟁과 연결시켰던 임화의 논리124)에서 살펴볼 수 있듯, 현재적인 갈등의 구도는 제국주의 청산의

하여 건설될 진실로 민주적이요, 자주적인 독립국가 대신에 특권자들의 결합으로 이루어지는 허식의 민족과 그것을 토대로 하여 수립되는 조금도 민주적이 아니요, 자주적이 아닌 괴뢰국가를 수립하여 제국주의의 주구요. 인민들의 원수인 특권층이 지배를 누리고자 하기 때문이다. 임화, 「민족문학의 이념과 문학운동의 사상적 통일을 위하여」, ≪문학≫ 3호, 1947.3.

122) 1946년 10월 인민 항쟁은 쌀 배급 문제를 계기로 시작된 전국적인 저항운동으로 미군정의 쌀 공출에 대한 불만에서 시작되었다는 점에서 해방 직후 이념적 갈등을 가시화하는 중요한 사건이었다. 이 사건을 계기로 미군정은 남한의 경제적, 사상적 측면에 대한 강력한 통제의 정책을 실시하게 된다. 김영미, 『동원과 저항』, 푸른역사, 2009, p.256; 박찬표, 『한국의 국가 형성과 민주주의』, 후마니타스, 2007. p.151.

123) 인민항쟁에 관한 논의는 이양숙(2009), 조윤정(2019)의 논의를 참조. 이양숙, 「해방기 문학비평에 나타난 기억의 정치학」, 『한국현대문학연구』 28, 2009; 조윤정, 「1946년 10월 항쟁과 해방기의 소설」, 『구보학보』 21, 2019.

124) 이는 당시 문맹의 비평적 관점의 주요한 전제라고 할 수 있다. 임화의 비평은 이러한 문맹의 입장을 선명하게 드러낸다.
"1919년 3월 1일 전개한 위대한 민족 해방 투쟁은 조선 인민들의 전 생활위에 새로운 역사적 시대를 열어 놓았다. 그 투쟁이 패배로 끝난 원인이 인민들의 투쟁을 최후까지 영도해나갈 공고한 전투당의 결여, 민족해방의 유일한 영도계급인 노동계급의 미숙과 당시의 투쟁을 영도하였던 토착자본계급의 타협과 굴복에 있었다 함은 이미 역사에 의하여 판명된 일이다......(중략)......인민 항쟁은 오늘의 3.1. 운동이요. 그것은 새로운 민족문학 운동의 출발점이다. 조선 문학이 자기의 사상적, 예술적 생명을 상실하지 않고 유지할 수 있는 유일의 원천이 일본 제국주의와 봉건 잔재 및 그것의 협력자인 토착자본계급에 대한 반항과 투쟁에 있었다는 불멸한 사실이다. 10월 인민 항쟁은 실로 조선인민의 모든 자유의 새로운 출발점이 된

논리와 결부된다. 「폭풍의 역사」(≪문학평론≫, 1947)를 통해 1946년 10월의 인민항쟁과 1919년 3.1운동의 기억을 적극적으로 결합했던 안회남은 해방기 농민들의 쌀 부족 상황을 조선의 봉건적 착취의 구조와 연결한다. 「농민의 비애」는 전근대적 봉건제도 하에서 수탈당한 농민의 삶을 일제하 수난당하는 민족의 삶으로 치환한다. 그리고 피지배계층을 민족적 주체로 설정함으로써 민족의 해방을 봉건적 제도로부터의 해방, 그리고 계급제로부터의 해방으로 연결한다. 어린 손녀와 함께 추위와 배고픔에 시달리던 「농민의 비애」의 주인공 서대웅은 해방된 사회에서 "살얼음판 같은 세상"을 발견한다. 그리고 오히려 해방 이전의 사람들이 마음은 고왔었다고 회상한다. 이러한 서대웅의 현실 인식은 해방이 됐음에도 불구하고 온전한 국가를 건설하지 못했다는 현실 인식을 드러낸다. 그리고 식민 과거의 고통을 해방 이후의 고단한 삶으로 연결하면서 국가건설의 당위성을 강조해 나간다.

식민지 시기 개인이 경험했던 비극은 민족의 운명과 긴밀히 상호작용하면서 연관된다. 「농민의 비애」는 고통받는 서대웅의 삶을 민족의 역사와 일치시킴으로써 개인과 민족을 공동의 운명체로 연결한다. 이는 서대웅의 과거를 기술하는 과정에서 선명하게 드러난다. 현재 그가 손녀와 함께 가난한 삶을 살아가는 것은 조선의 민족이 거쳐 온 역사의 결과이다. 서대웅은 아버지가 동학운동에 연루된 이후 가난한 유민으로 살아가게 된다. 이후 제국주의 하에서 그의 부인이 죽고 아들이 징용을 떠나 소식을 알 수 없게 되자 며느리마저 집을 떠난다. 서대웅은 제국의 수탈로 인해 고통받는 민중의 전형으로 그려지는 것이다. 그리고 이러한 서대웅의 비극적인 삶의 시작점에 동학혁명이 놓인다.

───────────────

것이다." 임화, 「인민 항쟁과 문학운동-3.1운동 제 26주년 기념에 제하여」, ≪문학≫ 인민항쟁특집호, 1947.2.

그의 부친은 그가 오류세의 어린 시절에 동학당으로 몰려죽었다. 오십여년전의 갑오년 전후 전 조선의 각지방 민심은 대단히 소란했었다. 그것은 조선에 와서 얽힌 국제 정세가 심각하고 위정자와 그 부하들은 일신상의 편안함과 모리에만 급급하야, 가진 못된짓을 다 하매, 일반 인민이 제포구민을 내세우고 나선 일대 혁명투쟁이었다. 투쟁의 지도층에 동학당 관계의 인물이 많이 참여했을 뿐이지, 실은 단순한 종교 투쟁이 아니라, 봉건주의의 횡포와 죄악을 뭇지르기 위한 일반 대중의 자연발생적 싸움이었다. 인민이 봉기하야 그 세력이 굉장하매, 당시의 지배계급은 민족과 국가의 이해득실도 고려할 여유가 없이 이것을 외국 세력에 의존해서 해결할랴고 했다. 이것이 비열한 그 장투수단인 것이다.[125]

부친의 죽음으로부터 시작된 서대웅의 비극적인 삶은 동학운동이라는 민족적 역사와 조응한다. 동학농민운동의 실패에서부터 시작되는 비극적 민족의 서사는 가난한 민중의 고통을 봉건적이고 제국주의적인 과거의 결과로 설명한다. 양반과 지주 계층에 대한 저항으로 시작된 동학운동은 곧 "외국 세력"에 대한 민족적 저항으로 전이되고, 이는 전근대적 봉건사회와 식민지 체제를 동시에 비판하기 위한 근간을 마련한다. 동학운동을 주도했던 농민들이 "봉건주의의 횡포와 죄악을 뭇지르기 위한" 혁명 세력이었다면 이들의 대척점에 있는 자들은 인민 대중을 적으로 삼고 외국 세력에 의존하는 자들이다. 그리고 동학운동의 실패는 계급적 해방을 이루어내지 못한 인민의 실패인 동시에 "대륙진출의 야망을 품고"있었던 일본의 승리가 된다. 지주의 착취에 대한 농민들의 저항으로 시작된 동학운동은 결국 일본이 "왕궁까지 침범"하게 된 제국주의적 사건으로 귀결된다. 이러한 서사의 구도 속에서 제국주

---

125) 안회남, 「농민의 비애」, ≪문학≫, 1948.4, p.20.

의는 봉건적 계급구조와 협력하는 세력으로 재현된다.

봉건적 세력을 극복하지 못함으로써 제국의 세력에 굴복하게 되었다는 관점을 통해 해방 이후의 고통스러운 삶의 원인은 극복되지 못한 봉건적 과거에 놓인다. 그리고 제국주의에 대한 공포는 봉건적 계급구조에 대한 저항정신으로 변화한다. 봉건적 신분 구조를 극복하고 계급을 해방시키지 못한다면 언제든 과거의 제국주의가 다시 돌아올 수 있다는 논리가 구성되는 것이다. 그 결과 「농민의 비애」는 해방 후 이루어진 5.10 선거를 과거의 제국과 결탁한 "친일파가 꾀수는" 것으로 설명한다. 그리고 이미 패전국이 된 일본에 대한 공포를 바탕으로 재침략의 위기의식을 불러일으킨다. 이를 통해 독립을 주장했던 남한 정부의 단독선거는 주권의 회복을 위한 것이 아니라 오히려 제국을 다시 불러들이는 반민족적이고 봉건주의적인 행위로 규정된다.

> 조선의 삼십팔도 선이 영원이 국경이 되어 남조선 농촌에 일본놈의 부사도와 야마도다마시가 재침입하는 남조선의 단독정부 수립을 결단코 반대해야 할 것이였다. 그것을 획책하는 일체의 음모와 그것을 현실하려는 첫거름인 소위 선거라는 것을 분쇄해야 할것이였다. 농민들은 친일파가 꾀수는 거기에 자기의 성명 삼자를 쓰지 말아야 할것이였다. 원칙적으로 조선 독립은 모스크바 삼상결정에 의해서 해도 좋고 유엔의 힘과 알선으로 해도 좋았다. 그러나 미쏘 공위가 결렬된 오늘날, 미쏘 양군은 당연히 철퇴해야 할것이며, 유엔의 사업이 남조선에만 국한하게 된 마당에 있어서는 더욱 빨리 철퇴하고 말어야 할 것이다. 미쏘 양군 즉시 철퇴 이것을 위하야 조선은 싸워야 할 것이였다. 그리하야 파씨즘의 잔재를 근절해야 할 것이다.[126]

---

126) Ibid., p.53.

「농민의 비애」는 농민을 계몽하는 지식인 화자를 통해 재침략하는 제국에 대한 위기의식을 강조하고 남한 정부와 제국주의 모두를 "파씨즘"으로 비판한다. 민족이 싸워서 극복해야하는 "파씨즘의 잔재"는 제국주의적인 일본인 동시에 이들과 결탁한 부르주아 계급이 된다. 작가적 서술자는 실패한 동학농민운동을 교훈으로 삼아 해방된 조선인들에게 봉건제도와 제국주의를 극복할 것을 요청한다. 그리고 이를 바탕으로 농민의 계급적 각성을 전제로 하는 탈식민의 목표를 설정한다. 봉건을 계승하고 제국과 결탁한 단독정부 수립에 저항해야 한다는 해방기 계급 문단의 민족 문학론이 구체화 되는 것이다. 이러한 논의를 통해 오늘날의 정치적 갈등의 구도는 과거 극복의 문제와 연결된다. 그리고 이데올로기적 갈등은 이제 다만 정치적인 것이 아니라 현재의 문제를 해소하기 위한 전민족적 과제로 전환된다. 「농민의 비애」는 이러한 좌익문단의 현실 인식에 기반하여 가난한 농민의 비극적 삶의 원인을 찾아 나가고 있는 것이다.

하지만 강렬한 민족계몽의 논리에도 불구하고 「농민의 비애」는 농민의 비극적 삶에 대한 전망을 구체화하지 못한다. 농민 계몽과 계급적 각성을 위한 야학 활동을 통해 서대웅은 민족적 주체로 각성해 나간다. 하지만 결국 그는 현실을 극복하지 못하고 죽음을 선택한다. 서대웅은 해방 후의 현실을 해석할 수는 있었으나 그것의 문제를 해소할 수는 없었다. 끊임없는 위기를 경험했던 그의 가족은 결국 손녀마저 떠남으로써 회복될 수 없는 상황에 처한다. 단독정부 수립에 대한 투쟁을 통해 해소될 수 없는 비극적 현실 앞에서 그는 건설되는 국민으로 비약하는 대신 "죽는 사람 서대웅"이라는 유서로 대응한다. 농민의 계몽을 위해 교육했던 한글은 이제 그들의 죽음을 기록하는 수단으로 쓰인다.

건설되는 국가를 위한 계급적인 자각을 강조하는 서사들은 과거를 극복하고 새로운 미래로 나아갈 것을 요청한다. 이를 위해 고통스럽고 비극적인 과거의 기억들을 봉건적 혹은 제국적이라는 이름으로 부정한다. 그리고 새롭게 건설되는 국가를 위해 과거의 모든 고통을 일시에 전환하는 신생의 목표를 제안한다. 하지만 「농민의 비애」를 통해 형상화되는 현실은 과거의 극복과 신생하는 민족 사이에 놓인 간극을 발견하게 한다. 눈앞의 현실로 경험되는 가난의 고통에는 파씨즘의 잔재를 청산하기 위한 싸움으로는 극복할 수 없는 비극성에 대한 감각이 내포되어있는 것이다. 건설되는 국가를 통해 새로운 역사를 구성하고자 했던 시도들은 결국 미래에 대한 전망을 제시하는 대신 고통과 상실감에서 벗어날 수 없는 비애의 서사로 귀결된다. 이는 해방기 국가건설을 향한 열망들에 과거를 극복하고 신생하는 민족에 대한 전망과 이것의 불가능성을 예감하는 좌절의 정서들이 동시에 내포되어있다는 점을 드러낸다.

2. 이념 갈등의 스펙터클과 국민국가의 역사주의적 전망

(1) 건설되는 민족문학과 탈식민적 '현대'의 이상

과거의 제국인 일본을 부정하면서 구성되는 탈식민론은 해방의 순간 제국의 시대가 종결되었음을 선언한다. 그리고 민족의 신생을 통해 과거와 단절된 전혀 다른 해방 사회를 구성하고자 한다. 이러한 단절과 신생의 논리는 국가건설을 강조하는 탈식민적 민족담론의 공통된 전제가 된다. 좌익과 우익으로 나뉜 문단 내에서도 단절과 신생의 논리는 광범위하게 공유된다. 건설되는 국가의 체제에 대한 양측의 상이한 입장에도 불구하고, 그것이 과거의 변용이나 계승이 아닌 '건설'을 통해 이루어져야 한다는 전제가 공유되었던 것이다. 해방 후 조선문학가동 맹에서 중추적인 역할을 수행했던 이원조와 임화는 유물론적 역사관에 기반하여 이러한 민족문학 건설의 과제를 강조한다.

> 이때까지 우리가 가지고 있는 유형적인 민족문화는 문화사적 견지에서 볼 때는 한 개의 봉건사회의 문화이었던 것이다. 그러므로 이것은 정당한 의미에 있어 민족문화가 아니었다. 왜 그러냐 하면 민족이란 개념은 시민사회의 발생과 함께 생긴 개념이고 봉건사회에서는 없었던 때문이다. 그러니 우리가 말하는 민족 문화는 봉건사회의 문화에 대해서 시민사회의 문화를 말하는 것이니, 이러한 의미에 있어 우리 문화란 것과 민족문화란 것은 당연히 구별되어야 할 것이다.[127]

이원조는 민족의 개념을 시민사회를 통해 발달한 것으로 설명한다. 민족의 개념이 시민사회에 한정됨으로써 민족은 근대에 속한 것으로 축소된다. 그 결과 근대적인 시민사회에 도달하지 못한 조선의 문화는 진정한 민족문화가 아니었다는 다소 과격한 결론이 도출된다. 그리고 조선 민족은 오직 국가의 건설 이후에만 진정한 민족문화를 건설할 수 있다는 논리를 펼칠 수 있게 된다. 근대적 가치를 지향한 실학자들을 유일한 민족문화의 계보로 삼은 이원조는 계승해야 할 전통 대신 건설해야 할 근대적 민족 문학의 의미에 집중한다.

이원조는 유물론적 역사의 발전과정을 전제로 건설되는 민족문화의 상을 구체화한다. 해방의 현재를 부르주아 민주주의 혁명의 단계로 규

---

127) 이원조, 「민족문화 건설과 유산계승에 관하여」, ≪문학≫ 창간호, 1946.7.

정하는 이원조는 이 단계에 맞는 문화의 계승을 통해 민족문화를 건설할 수 있을 것이라 본다. 그리고 이러한 역사적 흐름에 맞는 전통으로 연암 박지원 등의 실학자들을 호출해 낸다. 이들의 문학은 봉건사회의 부패를 폭로한 것이었다는 점에서 그 가치가 인정되기 때문이다.128) 이러한 이원조의 논의는 민족문화에서 지역성을 삭제하고 그것을 유물론적 역사의 궤적으로 환원하는 과정을 보여준다. 이를 통해 해방 이전의 모든 문화적 산물들을 무화하고 '이전의 사회에는 정당한 민족문화가 없었다'는 결론이 도출된다.

> 그러므로 오늘에 있어 우리가 가지고 있는 고유문화나 전통을 너무 소중히 여기는 반면에 현재의 고유문화와 전통이 과거에 있어 제자신을 살리고 풍부히 하던 그런 외래적 요소를 전연 부인하고 자기 과장과 배타적인 망상에만 빠진다면, 고유문화를 자랑하고 전통을 사랑한다는 사람이 도리어 그 고유문화와 전통을 죽이는 결과가 되는 동시에, 이러한 주장을 고집하는 사람은 어떠한 시기에서든지 민족문화의 '건설'이란 과업은 생각할 수 없는 것이고, 다만 있다면 그것은 민족문화의 '가산'일 따름인 것이다.129)

이원조는 "문화의 특수성"에서 벗어나 "문화의 역사성"을 바탕으로 민족문화를 건설할 것을 주장한다. 이러한 민족문화 건설의 목표 하에서 "문화사적 범주로서의 민족문화"라는 특수한 목표가 설정되는데,

---

128) 해방기 이원조의 평론뿐만 아니라 이태주의 「먼지」를 통해서도 이와 같은 역사주의적 민족문화의 정체를 확인할 수 있다. 실학적 전통은 이후 북한문학사 서술에 있어 반복적으로 강조되면서 역사 발전에 합치하는 민족문화로 설정된다. 김형태, 「북한문학사의 조선후기 서술 향방과 변화」, 『민족문학사연구』49, 2012 참조.
129) 이원조, Op.Cit.

그것은 "민족문화의 가산"이 아닌 "민족문화의 건설"을 지향하는 것으로 설명된다. "자기 과장의 배타적인 망상"에 빠지는 것이 아닌 고유문화와 외래적 요소의 관계를 인정하는 문화건설의 과정은 역사적 발전의 과정에 부합하는 전통의 계승 방안으로 제안된다. 이제 민족문화는 역사적 발전과정의 일부로 사유되는 것이다.

해방기의 국가건설론은 과거의 체제를 파괴한 이후에 비로소 가능해지는 변혁의 논리를 바탕으로 한다. 제국적 과거와의 단절을 주장하였던 민족론은 '건설'의 목표를 중심으로 탈식민의 담론을 구체화해나간다. 이때, 과거를 극복하기 위해 강조되는 국가건설의 과제가 민족의 발전을 위한 최종의 목표가 아닌 과도기적 형태로 존재한다는 점은 주목할 필요가 있다. 국가건설의 목표에는 근대화된 사회 너머에 존재하는 보편적인 세계사로의 이행이라는 지향점이 놓여있는 것이다.

건설되는 국가 이후에 상상되는 미래는 다만 봉건적이고 제국적인 과거를 극복한 것으로 한정되지 않는다. 그것은 부르주아적 근대로부터 나아간 '현대'의 이상을 향한다. 임화의 논리는 근대 너머에 존재하는 현대로서의 민족의 이상을 살펴볼 수 있게 한다. 해방 후 임화는 박헌영의 '8월 테제'를 충실히 따르면서 자신의 문학 담론을 전개해나간다. '8월 테제'는 당대 사회를 부르주아 민주주의라는 과도적인 단계로 규정한다.[130] 좌익과 우익의 첨예한 입장 차이에도 불구하고, 임화는 당대의 사회에서 즉각적인 프롤레타리아 혁명을 주장하지 않는다. 대신 부르주아 민주주의라는 역사적 단계를 통해 프롤레타리아 독재사회라는 이상사회로 이행해 나갈 것을 주장한다.

---

130) 조선공산당중앙위원회, 「현 정세와 우리의 임무-정치노선에 대한 결정」, 1945.

식민지의 노동계급은 먼저 자기민족을 제국주의와 봉건유제의
속박으로부터 해방하지 않으면 자기 자신이 해방되지 않는 계급임
을 알아야 한다. 즉 민족해방은 계급해방의 불가피한 전제요, 그 제
일보인 것이다.131)

좌익의 사상체계 내에서 민족의 해방은 역사적 발전론을 전제로 해
석된다. 임화는 민족의 해방이 계급해방의 불가피한 전제임을 강조한
다. 민족의 해방은 계급의 해방이라는 최종의 목적을 위한 준비단계로
설명되는 것이다. 그리고 이러한 역사적 발전의 과정 속에서 부르주아
민주주의 사회는 프롤레타리아 독재 사회로 이행해 나가기 위한 과도
기적 단계로 설명된다. 이러한 임화의 논의가 유물론적 역사관에 기반
하고 있다는 점은 주지의 사실이다. 유물론적 역사관을 전제로 하는 변
증법적 발전의 논리는 계급의 해방과 민족의 해방 사이에 놓인 모순을
해결하는 주요한 기제가 된다. 발전하는 역사에 대한 신념은 민족과 계
급의 이해관계를 일치시킨다. 프로레타리아 독재사회라는 궁극적인
목표를 통해 과거의 것으로 존재하는 민족의 문화를 대신하는 현재적
인 민족문화의 상이 구체화되는 것이다. 따라서 임화에게 있어 민족문
학의 정당성은 그것이 프롤레타리아 독재를 향하는 현대 사회에 적합
한 것인가를 통해 판단된다. 역사적 발전의 과정을 무시하고 과거를 지
향하는 것은 그것이 아무리 민족의 고유한 것이라 할지라도 '민족적'이
라 간주될 수 없기 때문이다.

그때에 있어서는 시민계급의 이념을 기초로 한 민족 문학이었는
데 반하여 현대에 있어서는 노동계급의 이념을 기초로 한 문학이 민

---

131) 임화, 「민족문학의 이념과 문학운동의 사상적 통일을 위하여」, Op.Cit.

족문학이 될 따름이다. 단지 하나는 민족의 지배자가 민족을 참칭한 문학이었고, 다른 하나는 민족의 영도자가 민족을 대표하는 문학으로서 서로 다를 뿐이다……(중략)……상이한 두 가지의 민족문학을 서로 혼동하여서 전시대의 민족문학이 건설되던 방법으로 현대의 민족문학을 건설하여 보려는 무모한 기도에 우리는 특별한 관심을 기울이지 않으면 안 된다.132)

    임화는 민족 문학을 두 가지로 나누어 변별한다. 하나는 근대적 시민 계급의 이념을 기초로 하는 민족 문학이며, 다른 하나는 현대적 노동계 급의 이념을 기초로 하는 민족 문학이다. 그에 따르면 이 두 가지의 민족 문학은 민족 문학이라는 동일한 이름으로 대중들을 혼란시킨다. 따라서 진정한 민족 문학의 건설을 위해서는 어떠한 것이 진정한 민족 문학이고 어떠한 것이 사이비 민족 문학인가를 판단해야하는 과제가 놓인다. 임화는 건설되는 미래를 위한 것이며, 역사적 발전단계를 충실히 이행해 나가는 것을 진정한 민족 문학으로 설명한다. 지금까지 전통적인 것으로 간주되었던 민족문학은 진정한 민족의 문학이 아닌 지배자들의 문학이며 따라서 민족을 "참칭한" 문학으로 규정된다. 그리고 이를 극복한 '현대의 민족 문학'을 민족을 "대표하는" 문학으로 설명한다. 조선의 민중이 과거에 머물러있는 근대적 민족 문학을 배제하고 "현대적 민족문학"을 건설해야 한다는 목표를 내세우고 있는 것이다. 이처럼 임화에게 있어서 민족 문학은 공간적 변별성을 바탕으로 계승되는 것이 아니라, 시간적 목적성을 바탕으로 선별되어야 할 것으로 간주된다. 따라서 조선만의 문화가 아니라, 전근대나 근대사회와 변별되는 현대의 문화로 발전하는 것이 민족문화 건설의 목표가 된다.

---

132) Ibid.

임화와 이원조의 민족문화론은 근대적 국민국가의 수립과 함께 등장한 시민계급을 민족의 원형으로 삼는다는 점에서 구성주의적 민족론[133]과 매우 유사한 논리를 드러낸다. 이들의 논의는 근대주의적 민족의 개념을 통해 근본적이고 본질주의적인 민족의 개념을 넘어설 수 있게 한다. 변치 않는 과거의 전통에서 민족의 문화를 찾는 것이 아니라, 역사적 발전의 과정을 통해 근대적 민족문화의 개념을 구성해내기 때문이다. 하지만 유물론적 역사발전의 과정을 전제로 하는 민족문화 건설론은 민족을 시민계급에 한정하면서 민족적 정체성을 정치적인 이념 담론 내부로 수렴해 버리는 결과를 야기했다. 그 결과 민족문화에는 '조선'이라는 공간을 변별해 내는 전통과 민족의 의미가 소거된다. 임화와 이원조에게 있어 민족의 문화는 지역적인 변별성을 잃고 다만 보편적인 역사로 이행하는 과정의 일부로 이해되었던 것이다. 보편적 역사발전론에 따라 민족문화를 그 과정의 일부로 간주하는 이 같은 논의는 해방된 조선 사회가 열망했던 '조선'의 문화를 설명하는 데 있어 한계로 작용한다.

조선문학가동맹의 맞은편에서 이들을 강하게 비판해온 김동리는 민족문화에 대한 이와 같은 논리의 모순점을 간파한다. 해방 후 김동리는 순수문학논쟁을 벌이면서 좌익 문인들과 대립한다. 이 과정에서 김동리는 순수문학론을 통해 건설되는 민족의 상을 구체화하는데, 이때의 순수문학은 계급문단의 마르스시즘적 문학론을 대척점으로 삼는다. 김동리는 마르크시즘의 문학을 기계화, 공식화의 문학으로 설명하고 이를 비판한다. 김동리는 이원조의 민족문화론이 "<당>의 문학으로서의 임무를 수행하기 위하여 의식적으로 박씨의 테제(박헌영의 8월테제)에

---

133) 앤서니 D. 스미스,『민족주의란 무엇인가』, Op.Cit., p.87.

호응한" 것은 아닌가라는 문제의식을 제기한다. 그리고 문맹 측이 "민족문학의 기치아래 계급문학을 실행한 것"일 뿐이라고 비판한다.

> 일제의 흔적을 일소하자. 봉건 잔재를 청산하자, 국수주의적 경향을 배격하자, 모두 지당한 말이다. 파괴와 부정의 정치적 대상을 이렇게도 선명히 제시한 문맹이 민족문학의 건설과 창조에 대해서는 일언반구의 구체적(사실적)제시가 없다는 것은 대체 무엇을 의미하고 있는가?[134]

민족 문학과 계급문학의 차이를 강조하는 김동리는 좌익문단이 내세우는 민족문화의 개념에 "구체적(사실적)제시"가 없음을 지적한다. 좌익의 문단이 민족문학을 당의 문학으로 이해함으로써 정작 민족문학의 내용이 사라졌다는 점을 강조하는 것이다. 그리고 좌익의 논리에는 과거의 제국을 극복하려는 노력은 존재하되 극복된 과거를 통해 건설되는 민족의 모습은 드러나지 않는다고 비판한다. 이러한 비판은 민족문화의 수립을 하나의 역사적 단계로 간주하는 과정에서 놓인 모순을 지적하는 지점이다.

하지만 이와 같은 한계는 좌익의 민족론에만 한정되는 것이 아니었다. 민족의 문화가 무엇인가에 대한 대답은 김동리 자신의 민족문화론에도 제시되지 않았던 것이다.[135] 김동리는 민족문화를 "민족정신이 기본이 되어야 하는 것이며, 민족정신이란 본질적으로 민족 단위의 휴머니즘 이외의 아무것도 아닌" 것[136]으로 설명한다. 민족정신이 민족

---

134) 김동리, 「문단 일년의 개관, -1946년도의 평론, 시, 소설에 대하여, 『문학과 인간』, 청춘사, 1952. (이후 ≪김동리 전집≫ 재인용)
135) 류양선, 「해방기 순수문학론 비판」, 『실천문학』 38, 1995, p.9.
136) 김동리, 「순수문학의 진의」, 『문학과 인간』, 청춘사, 1952.

단위의 휴머니즘으로 규정될 때, 민족은 인류 전체의 한 부분이라는 소박한 개념으로 이해될 수밖에 없다. 김동리는 민족의 정신이 무엇인가에 대한 논의를 생략한 채 곧 바로 이를 휴머니즘의 일부로 환원한다. 김동리 역시 실제 조선인의 삶을 결정짓는 민족적 문화가 무엇인지를 설명하지 않은 채, 인류 전체를 염두에 두는 '휴머니즘'의 논리를 공유하는 것으로 민족 문학 건설의 목표를 설명하는 것이다.

> 우리는 민족적으로 과거 반세기 동안 이족의 억압과 모멸 속에 허덕이다가 오랜 역사에서 배양된 호매한 민족정신이 그 해방을 초래하여 오늘날의 민족정신 신장의 역사적 실현을 보게 되었거니와 이것은 곧 데모크라시로 표방되는 세계사적 휴머니즘의 연속적 필연성에서 오는 민족단위의 휴머니즘으로 규정할 수 있다.[137]

김동리는 해방을 민족정신이 신장되는 역사적 순간으로 설명한다. 그리고 신장되는 민족정신은 "데모크라시"로 표방되는 휴머니즘을 향하는 것으로 규정된다. 데모크라시를 지향하는 세계사가 곧 휴머니즘이라는 목표를 염두에 두고 있을 때, 조선 민족은 해방을 통해 이러한 보편적 세계의 흐름을 따를 수 있어야 한다. 민족의 문화는 휴머니즘을 추구함으로써 발전하고 계승될 수 있는 것으로 사유되는 것이다. 이러한 관점에서 민족문화를 정의하는 "민족단위의 휴머니즘"이라는 개념은 곧 민주주의라는 정치적 이상과 동일한 것이 된다. 민족의 정신이 민주주의라는 정치적 담론으로 수렴될 때, 민족의 의미 역시 정치적인 것으로 한정될 수밖에 없다. 임화와 이원조가 계급해방을 전제로 민족

---

137) Ibid.

문화의 건설을 주장했던 것과 같이 김동리는 민주주의를 전제로 민족의 문화를 설명하고 있는 것이다. 그 결과 조선의 민족은 다시 '조선'이라는 정체성을 잃고 '휴머니티'란 보편성 내부로 융해된다.

민족의 개념에 '조선사회'라는 공간적 '특수'의 개념을 생략하고 세계사라는 '보편'의 시간성을 입힌다는 점에서 김동리는 임화나 이원조의 민족문화론과 동일한 논리를 드러낸다. 따라서 김동리가 김병규와 순수문학에 관한 논쟁을 벌이면서 "현대"의 의미를 그 논쟁의 중심에 두는 것은 당연한 결과였다. 민족이 보편적 세계사의 일부로 귀속될 때 민족문화는 보편적 미래로서의 '현대'의 모습이 무엇인가에 따라 결정된다. 해방기에 상상된 '조선 문학'은 봉건적 전근대뿐만 아니라 근대적 제국과 부르주아 시민사회의 문화를 극복한 지점에 놓여있었으며 이는 곧 '현대적인 것'으로 명명된다. 그리고 당대의 문단은 현대의 사회에 대한 관점을 바탕으로 오늘날 조선 문학의 건설 방향에 대한 논쟁을 전개해나간다.

김동리와 김병규는 건설되는 문학에서 순수문학의 의미에 관해 치열한 논쟁을 벌이는데, 이들이 논의하는 민족문화는 현대의 개념과 긴밀하게 연결되어 있다. 김동리와 김병규는 민족 문학을 조선인의 삶과 기억에 기반하는 것이 아닌, 현대를 향하는 역사적 흐름에 맞추어 건설되어야 하는 것으로 설명한다. 좌익과 우익을 대표하는 두 논자들 모두 현대의 개념을 점유함으로써 민족 문학의 담론을 구축해 나가고자 했던 것이다.

<르네상스 휴머니즘은 봉건사회와 근대 시민사회와의 교체에 있어 신흥 시민 계급과 결부된 세계관이라고 볼 수 있으니>, 이것은

<정히 자본주의 사회에 대한 그 다음 사회의 사상적 대변으로서의
유물사관의 위치와 대응하는 것이 아닐 수 없다.> 그러므로 유물사
관은 <현대의 휴머니즘>이요, 필자의 제3휴머니즘은 르네상스 휴
머니즘을 잘못규정한데서 온 엉뚱한 것이라, 하는 것들이다.[138]

김동리는 순수문학을 논의하면서 그것의 근본개념에 휴머니즘을 놓
은 바 있다.[139] 그에 의하면 순수문학은 문학정신의 본령을 추구하는
것이며, 이때 문학정신의 본령이란 인간성의 옹호와 연결된다. 따라서
휴머니즘은 김동리 문학론이 지향하는 보편의 상에 놓여있는 것이었
다. 하지만 이러한 휴머니즘은 초역사적인 것이 아니라 역사적인 흐름
에 따라 발전하는 것으로 나타난다. 1기의 휴머니즘을 고대의 휴머니
즘으로, 2기의 휴머니즘을 르네상스의 휴머니즘으로 이해하는 김동리
는 3기의 휴머니즘을 데모크라시의 휴머니즘이라 설명한다.

임화에게 있어 민족문학이 부르주아 민주주의단계를 거쳐 프롤레타
리아 독재의 단계로 나아가는 역사의 흐름에 부합하는 것이었다면, 김
동리에게 민족문학은 바로 이 3기의 휴머니즘으로 나아가는 역사의 일
부이다. 김병규는 바로 이 3기의 휴머니즘을 계급문학의 이상과 연결
되는 현대의 사회로 설명하면서 김동리의 순수문학론을 비판한다. "현
대"가 자본주의 사회 다음에 놓인 시대라면, 그 현대란 유물사관이 목
표로 하는 프롤레타리아 독재를 이상으로 하는 사회를 지칭하는 것일
수밖에 없다고 대응했던 것이다. 이에 대해 김동리는 김병규가 3기 휴
머니즘을 무리하게 시민사회와 연결시킴으로써 르네상스의 휴머니즘

---

138) 김동리, 「본격문학과 제3세계관의 전망-특히 김병규씨의 항의에 관하여」, 『문학
과 인간』, 청춘사, 1952.
139) 김동리, 「순수문학의 진의」, Op.Cit.,

을 잘못 규정하고 있다고 반박한다. 그는 자신의 3기 휴머니즘과 계급 문학론과의 차이를 다시 한번 강조하면서 순수문학의 입장에 기반하는 현대적 민족문학의 의미를 재확인한다.

김동리와 김병규의 논쟁에서 살펴볼 수 있는 것처럼 건설되는 조선의 문학에 관한 논의는 현대를 어떻게 규정할 것인가에 대한 논의와 긴밀하게 관련된다. 이 과정에서 민족문화는 조선인의 정체성을 넘어서는 것, 즉 보편적 세계사의 발전 방향에 부합하는 것[140]으로 변용된다. 민족문학 건설론에 있어 좌익과 우익의 화해할 수 없는 지점은 조선의 문화가 무엇인가에 있는 것이 아니라, 조선의 문화가 무엇을 지향해야 하는가에 놓여있었던 것이다. 이제 민족문학 수립의 과제는 미래를 전취하는 문제로 변화한다.

민족문학 건설의 과제가 이념 갈등과 결부되는 과정에서 제국주의 극복의 문제는 과거 극복의 문제로 치환되고, 좌우의 문단은 제국의 후진성을 상대의 정치적 이념과 결부시킨다. 문학가동맹의 문인들이 봉건적 과거를 통해 우익의 민족론을 비판했던 것과 같이 김동리는 좌익의 민족문학이 오히려 후진적인 사회의 모습을 하고 있다고 비판한다.[141] 임화가 제국주의를 봉건사회에서 비롯된 타락한 근대의 부르주

---

140) (김동리에게 있어서) "보편성"이라는 가치지향성은 '해방기'가 안고 있었던 역사적 문제들에 입각하여 그 사회적 모순들을 드러내고 해결하려 했던 "문학가동맹"의 담론을 비판하고 부정하는 정치적 기능을 수행했다고 할 수 있다. 이찬, 「해방기 김동리 문학연구」, 『비평문학』39, 2011, p.312.

141) 그런데 현재의 조선에서는 정치적 사회적 특수성과 대한 부자연함과 관련해서 지금 바야흐로 과학주의적 기계관이 성행하는 후진사회특유의 병상을 정출하고 있는바 과거의 경향파 계열의 문학인을 중심으로 한 문학동맹 산하의 다수 문학인들에 의하여 <과학적 세계관>, <진보적 리얼리즘>, <혁명적 로맨티시즘>, <과학적 창작 방법>등 하는 일련의 공식론이 유물사관 체계에서 연속적으로 추출되고 있는 현상이 그것이다. 김동리, Op.Cit.

아 문화로 설명한다면, 김동리에게 있어서 제국주의는 인간성의 달성을 불가능하게 하는 근대적 기계문명과 연관된다. 그리고 인간의 자유와 개성을 억압하는 공식주의적이고 기계적인 것[142]인 계급주의는 제국주의와 동일한 것으로 간주된다. 민족문학 건설에 관한 이들 논의는 상대에 대한 격렬한 부정과 비판의 의식을 담고 있지만, '보편의 미래'를 지향한다는 점에서는 공통점을 지닌다.[143] 치열한 이념적 갈등 구도의 심층에는 현대로 비약하는 역사에 대한 동일한 목표의식이 존재하고 있었던 것이다.

(2) 계몽주의적 국가건설의 이념과 역사를 향해 비약하는 민족

민족의 문화가 수평하게 놓인 각 사회의 특성으로 이해되지 않고 궁극적인 이상, 보편성을 추구하는 수직적인 시간성으로 설명될 때, 민족 밖에 놓이는 것은 다름을 전제로 하는 또 다른 민족이 아닌, 역사의 흐름을 따르지 못하는 과거의 것들이 된다. 역사성을 전제로 하는 민족문화는 세계사의 보편적 흐름을 이상으로 삼고, 이에 맞지 않는 대상을 도태되어야 하는 민족의 적으로 규정한다. 도래하는 역사에 대한 관점을 바탕으로 진정한 민족과 "조선민족의 탈을 쓴 조선민족의 적"[144]을

---

142) (김동리는) 좌파의 득세를 문학의 부정으로 간주했고 시류에 영합하는 비주체적인 행위로 보았다. 유임하, 「순수의 이데올로기적 기반」, 『우리말연구』38, 2006, p.21.
143) 이러한 점에서 남북의 민족론의 공통점이 논의된 바 있다. 남원진은 '민족 담론은 남한/이북에서 국민(인민)을 만들어내는 '국민(인민)화전략'의 주요한 기제 역할을 한 것이다. 남/북이 민족 담론을 통해 '대중 동원 프로젝트'에 의존해서 국가를 형성하고 근대화를 추진한 것이다.'라는 점을 지적하면서 두 사회의 민족론의 공통적인 구조를 전제한 바 있다. 본 연구는 이러한 논의의 방향에 공감하되 남한과 민족의 정치체제 너머에 존재하는 민족론에 관해서도 추가적인 고려가 필요하다고 본다. 남원진, 「남한이북의 민족문학담론연구」, 『북한연구학회보』10권 1호, 2006, p.26.

나누는 것이 가능해지는 것이다.

　김동리의 『해방』(≪동아일보≫, 1949.9.1-1950.2.16)은 이와 같은 민족의 개념을 바탕으로 민족의 발전과 독립의 이상을 기획한다. 그리고 이 과정에서 청년들의 이상에 반하는 좌익의 세력을 미성숙한 민족의 타자로 설정한다. 『해방』은 한국전쟁이 발발하기 1년 전인 1949년 ≪동아일보≫를 통해 발표된 소설이다. 아직 전쟁이 발발하기 전임에도 불구하고 『해방』은 좌익과 우익의 대립을 전쟁과 유사한 극적인 갈등 상황으로 묘사하면서 거침없이 상대를 '적'으로 규정한다. 이와 같은 설정이 가능한 것은 바로 이 작품이 우익의 지도자인 우성근의 피살이라는 범죄를 중심으로 서사를 전개하고 있기 때문이다.

　총성과 핏자국으로 시작되는 『해방』은 우성근을 죽인 좌익 청년 단체를 "도적놈"으로 설정한다.[145] 이를 통해 해방기 이념 갈등의 전사가 사라지고, 좌익에 의해 일방적인 공격을 당하게 된 우익의 입장을 전제로 하는 대립과 갈등의 서사가 구축된다. 이 과정에서 우익 지도자 우성근은 민족과 국가의 독립을 위해 싸우다 죽은 인물로 설명되고[146] 이는 우익청년단의 위기 상황을 민족적 위기 상황으로 전환하면서 좌우의 갈등을 민족과 반민족의 갈등 관계로 대체한다.

　『해방』에서 우익청년단의 지도자였던 우성근의 죽음은 곧 민족의 지도자를 잃은 위기 상황으로 재현된다. 민족의 지도자를 잃었다는 위기 의식 하에서 등장하는 것이 바로 우성근을 돕던 이장우이다. 이장우는 우익 청년단체에 직접적으로 개입하지는 않았다는 점에서 우익 인

---

144) 임화, 「민족문학의 이념과 문학운동의 사상적 통일을 위하여」, Op.Cit.
145) 윤리적 이분법은 좌익의 역사적 성격과 의미에 대한 객관적인 이해 없이도 손쉽게 부정의 대상으로 밀어붙일 수 있는 효과적인 방법이었다. 강경화, 「해방기 우익소설의 미학과 정치체제」, 『현대문학이론연구』 22, 2004, p.26.
146) 김동리, 『해방』, ≪김동리전집≫, 계간문예, 2013, p.17.

사가 아닌 인물이었지만 우성근을 도와 청년단체의 고문 역할을 하고 있었다는 점에서 우익 청년단에 동조적인 인물이었다. 우성근의 죽음으로 인해 이장우가 청년 지도자의 역할을 자임하게 되면서 갈등 구도는 좌우의 이념이 아닌 민족의 미래를 향한 것으로 전환된다. 우성근의 죽음으로 인해 혼란에 빠진 청년들은 이장우에게 자신들을 "지도해"줄 것을 요구한다. 해방 후 여자대학교에서 학생들을 가르치는 일을 맡은 이장우는 이념적으로는 우익에 경도되어 있지만, 현실을 바라보는 객관적인 시야를 갖춘 지식인의 상으로 설명된다. 혼란에 빠진 민족에게 나아갈 길을 제시하는 계몽자의 위치에 놓인 그는 우익의 이데올로그가 아닌, 민족을 이끌어나 갈 지도자로 등장하고 있는 것이다.

이장우를 중심으로 구성되는 스승과 제자의 관계는 단순히 청년단체와의 관계에만 한정되는 것이 아니다. 소설에서 이장우의 갈등은 하미경과 심양애라는 두 여성 인물들과의 관계를 중심으로 구성된다. 이때, 이장우가 여성 주인공들과 맺는 관계 역시 남녀 간의 동등한 관계라기보다는 '지도하는 자'와 '지도받는 자'의 관계로 설정된다. 이장우는 과거에 호감을 지니고 있었던 하미경과 대학에서 교수와 학생의 관계로 재회한다. 그리고 우성근의 피살사건으로 우연히 만나게 된 심양애 역시 스스로를 가르침 받는 자의 지위에 놓고 이장우의 지도를 요청한다.147) 이는 이장우가 일본에 있었을 때 하루 밤의 인연으로 결혼을 하게 된 순이와의 관계에서도 예외는 아니다. 이장우는 일본에 팔려간 순이를 조선으로 데려온다. 그리고 이장우의 '구원' 덕분에 고향으로

---

147) 양애는 이장우가 자기들 두 사람을 가리켜 그렇게 동등적으로 부르는 것이 어쩐지 마음에 들지 않았다. 설사 마음속으로는 서로 연애를 하고 있는 사이라 할지라도 자기는 그를 애인으로보다는 선생이라부르고 싶었고, 상대자도 그렇게 대해주었으면 싶었다. Ibid., p.65.

돌아가게 된 순이는 이장우에게 '남편'이 아닌 '선생님'이라는 호칭을 부여한다. 이처럼 주변으로부터 지도자의 역할을 부여받는 이장우는 해방의 위기상황으로부터 민족을 구원하는 인물로 서사화된다. 그리고 위기의 민족을 구원하기 위해 이장우가 선택하는 것은 바로 과거의 기억으로부터 벗어나 다시 살아나는 것이다.

> 해방과 함께 나는 새로운 희망과 새로운 용기 속에 살아났습니다. 어디 가 무슨 일이라도 힘껏 하며 정성껏 살아보겠다는, 새로운 힘과 용기를 얻었습니다. 갇혀서 썩어가던 피가 이제는 활발히 흐르고 있고 나는 매일 만족하게 일을 하고 있습니다. 간접적이지마는 친구를 도와 청년운동에도 관계를 가지고 있고, 또 학교에서는 자기가 하고 싶은 일을 이렇게 즐겁게 하고 있습니다.[148]

이장우는 하미경의 오빠 하윤철을 만나게 되면서 과거의 삶을 회상한다. 절친한 친구 사이었던 두 사람은 하미경과의 관계로 인해 멀어지게 된 바 있었다. 해방 후 다시 자신을 찾아온 하윤철에게 이장우는 자신이 해방과 동시에 "신생의 기초"를 닦고 있었음을 말한다. 이장우에게 해방은 과거의 억압과 제약을 극복하고 새로운 희망과 용기를 불러일으키는 사건이었다. 해방은 더 이상 그의 삶이 "갇혀서 썩어가"지 않도록 새로운 삶을 건설할 수 있게 해주는 변화의 지점이 된다. 과거 일제를 피해 다님으로써 협력의 길을 따르지 않을 수 있었던 이장우는 일제의 강압이 사라진 해방의 순간 새로운 삶이 시작될 수 있을 것이라 믿는다.

해방을 통해 이장우는 제국에 억압당했던 과거의 기억을 지우고 신

---

148) Ibid., p.107.

생함으로써 민족지도자의 위치에 놓인다. 청년운동은 식민지 시기 절간에 숨어 지내던 이장우가 과거를 극복하고 공적인 민족 주체로서 새로운 삶게 되는 과정이었다. 새롭게 태어난 이장우는 계몽적 지식인의 합리적이고 온건한 태도를 바탕으로 갈등을 겪고 있는 민족을 이끌어 나가고자 한다. 따라서 우성근의 피살 직후에도 그는 복수심을 강조하는 식으로 좌익세력에 대한 적대감을 드러내지 않는다. 감정적인 태도를 드러내는 것은 이장우에게 지도를 요청했던 청년 상철이다. 이장우는 상철에게 합리적이고 이성적인 태도를 지녀야 할 것을 조언하면서 우익 청년 단체들에게 이념이 아닌 민족을 위해 싸우기를 요청한다. 그리고 그는 서로에 대한 적대감으로 인해 갈등을 심화시키는 좌익과 우익의 청년들을 계도하여 이들을 합리적이고 이성적인 길로 이끄는 임무를 수행해 나간다.

『해방』은 단순히 우익의 입장에서 좌익을 비판하는 이념 갈등의 구조가 아닌 민족지도자를 중심으로 하는 구원의 서사를 통해 해방의 현실을 재현한다. 이를 위해 이장우는 '공산괴뢰'에 대한 두려움과 적개심을 가진 반공주의자가 아닌 이성적인 민족의 지도자로 형상화된다. 그는 이념 갈등 상황에서 벗어나 계몽적 지식인의 시선을 바탕으로 민족의 현실을 이해하고자 한다. 이러한 이장우의 시선에서 제국의 극복은 이념 갈등의 상황에 놓인 현실에서 벗어나 올바른 미래로 나아가는 과정으로 이해된다. 따라서 이장우는 이념적 선택이 아니라 자유롭고 평등한 민주사회의 '보편적인 인간'을 강조함으로써 민족의 구원을 이야기한다. 민족문화론에서 김동리가 주장한 바와 같이 국민국가 건설의 과정은 인간적 삶을 완성하는 과정으로 이해되는 것이다.

이장우는 우익의 이념과 입장을 일방적으로 지지하면서 좌익세력과의 대립 관계를 주조하는 대신 지속적으로 인간적인 삶에 대한 목표를 강조한다. 그는 단순히 상대에 대한 적대적인 '감정'을 바탕으로 좌익의 세력을 비판하지 않는다. 대신 좌익진영의 무지함과 나약함을 비판한다. 그리고 좌익에 대한 비판이 맹목적인 반감이 아니라 합리적인 비판정신에서 비롯된 것임을 강조한다. 이러한 이장우의 태도를 통해 반공의 서사는 민족적이고 합리적인 계몽의 서사로 전환된다.

　인간적인 삶이라는 민족 재건의 목표를 향하는 이장우는 감정적인 갈등 대신 역사의 발전을 향해 비약하는 합리적인 지식인의 태도를 드러낸다. 그리고 그에게는 비이성적인 갈등 상황에 놓인 청년들을 지도하여 국가를 건설해 나가야 하는 숭고한 민족지도자의 역할이 부여된다. 이념적 갈등의 구조에서 정치적 배경이 사라지면서 좌우의 갈등은 인간적 합리성의 문제로 전환된다. 그리고 상대에 대한 맹목적인 적대감을 드러내는 청년들의 감정적 대립을 해소하기 위한 계몽의 논리가 구축된다. 이에 따라 좌우익의 갈등 관계는 미숙한 청년들간의 대립과 혼란으로 서사화된다. 그리고 이장우의 가르침을 따르는 우익의 청년들은 민족발전이라는 목표를 각성한 계몽적 주체로, 좌익의 청년들은 감정적인 적개심에서 벗어나지 못하는 미성숙한 인물들로 형상화 된다. 이러한 인물의 구도를 통해 『해방』은 좌우익의 갈등 구조에서 이념적 논의를 제거할 수 있게 된다.[149) 민족의 운명을 위태롭게 하는 "도적놈"으로 설정된 미숙한 좌익 청년들에게는 국가건설을 위한 이념들

---

149) 이와 같은 한계지점들을 바탕으로 백철은 『해방』을 실패한 소설로 평가한다. (「소설의 길」, 1950.2) 그리고 김동리는 이러한 비평적 관점을 기존의 계급문학적 관점을 버리지 못한 결과로 해석하고 『해방』에 대한 백철의 비판을 "곤봉비평" 이라 일축한다.(「현대문학의 길 소설의 길을 반박함」,1950.3) 여기서 그가 백철이 비판의 근거로 내세운 '소설'의 길 대신 '현대문학'의 길을 통해 자신의 작품을 옹호하고 있다는 점은 김동리 문학에 놓인 역사 인식의 중요성을 다시 발견하게 한다.

을 이야기할 기회가 제공되지 않는 것이다.

이장우의 친구인 하윤철의 동생으로 등장하는 하기철은 바로 미숙한 좌익 청년의 상을 대변한다. 우성근의 죽음을 중심에 놓고 보았을 때, 하기철은 소설의 갈등 관계를 구성하는 데 있어 중요한 역할을 담당하는 인물이다. 하지만 하기철은 단지 이장우와 하윤철의 대화를 통해 단편적으로 언급될 뿐이다. 이들의 대화 속에서 하기철은 좌익 이념에 빠져 공부를 뒤에 두고 정치에 나선 어린 학생으로 설명된다. 하기철은 이장우가 싸워서 이겨야 할 적이 아니라 계도해야 할 인물 중의 하나로 존재하는 것이다. 이러한 설정은 박선주를 비롯한 좌익단체의 여성들에 관해서도 동일하게 적용된다.『해방』은 연애도 여성의 자유 의지이므로 "강간은 있을 수 없다"고 주장하는 박선주의 극단적인 논리를 통해 그녀의 사상과 논리가 얼마나 취약한 것인가를 드러낸다. 이러한 박선주의 인물화를 통해 좌익의 여성들은 아직 현실에 대해 정확하게 알지 못하는 채로 다만 이념에 끌려다닐 뿐인 미성숙한 자들로 그려진다.

좌익의 이데올로그들을 미성숙한 청년으로 설정함으로써『해방』의 갈등 구도는 이념적 갈등이 아닌 선과 악이라는 윤리적 갈등의 구도로 전환된다. 이장우에게는 싸워야 할 정치적 이념 대신 좌익 청년들을 계몽하고 이끌어나가야할 임무가 강조된다. 좌익청년단을 정치적인 적이 아니라 미성숙한 청년들로 재현하는 과정을 통해 이장우에게는 민족을 구원해야하는 신성한 임무가 부여되는 것이다. 그리고 이러한 민족 구원의 서사는 미숙한 청년들을 악인으로부터 구하는 과정으로 구체화된다.

신철수는 미성숙한 좌익세력을 위험에 빠트리는 인물로 등장한다.

그는 박선주를 비롯하여 정혜와 하미경과 같은 좌익의 논리에 동조하는 모든 여성들을 이용의 대상으로 삼는다. 신철수로 인한 위기 상황은 이장우와 같은 합리적이고 성숙한 남성-어른의 보호의 필요성을 강조한다. 신철수와 이장우의 갈등 관계를 통해 해방의 위기는 좌우익의 갈등이 아닌 부도덕한 세력이 만들어낸 무질서 상태로 설명된다. 이장우는 좌익의 세력과 싸우는 것이 아니라 비윤리적인 신철수와 대립하며, 조선의 청년들이 신철수 같은 자들에게 이용당하지 않도록 보호하는 보호자의 역할을 한다. 그는 우익의 이데올로그가 아니라 좌익의 사상에 빠져 악인에게 유혹당하기 쉬운 민중을 계몽하여 올바른 길로 이끄는 민족의 보호자가 되는 것이다.

『해방』은 좌익의 사상을 부정하기보다 좌익을 내세우는 청년들이 유혹에 취약하고 나약하다는 점을 강조한다. 감정적인 청년들이 주도하는 위태로운 좌익은 언제든 제국주의에 이용당할 수 있다. 따라서 좌익의 사상은 민족의 미래를 이끄는 역할을 하지 못한다. 해방 사회에서 이념적 공격은 종종 제국주의에 대한 두려움을 상기하는 방식으로 이루어졌다. 상대에 대한 비판은 이념 그 자체에 놓인 것이 아니라 그것이 제국주의와 얼마나 가까이에 놓여있는가를 중심으로 이해되었던 것이다. 제국과 공조하는 세력은 역사의 흐름에 역행하는 과거의 세력으로 간주되었다.150) 『해방』은 좌익세력을 타인에게 이용당하기 쉬운, 무지하고 나약한 자들로 묘사함으로써 그들이 언제든 제국에 이용될 수 있는 존재라는 점을 강조한다. 그리고 이러한 인식을 바탕으로 이데올기적 체제 선택의 문제를 민족의 미래를 건설하기 위한 노력의 일환으로 설명한다.

---

150) 임화, 「민족문학의 이념과 문학운동의 사상적 통일을 위하여」, Op.Cit.,

이장우에게 냉전은 거부할 수 없는 현실이다. 두 개로 나뉘어진 세계에서 '제3의 길은 없다.'고 단언하는 이장우는 냉전의 체제 위에서 민족이 한쪽의 진영을 선택해야 함을 강조한다.[151] 그리고 이러한 선택의 근거를 '민주주의'로 설명한다. 민주주의를 민족의 이상으로 삼는 이장우의 민족론은 휴머니즘을 통해 세계사적 보편의 정신을 제시했던 김동리의 민족문화론을 선명하게 상기시킨다. 김동리는 민족문화가 목표로 해야 할 보편을 민주주의로 삼고, 좌익의 이데올로기를 비판해왔다. 그에 의하면, 좌익의 사상은 민주주의의 사상과 공존 할 수 없는 것이었다. 이들의 사상은 인간의 자율성을 억압하는 기계적이고 공식적인 문화[152]를 만들어내기 때문이다.

『해방』은 공산주의자들을 청년, 여성의 얼굴로 그려낸다. 이들의 미숙하고 감정적인 태도는 언제든 부정한 사상에 이용될수 있는 것으로 형상화된다. 이러한 인물 재현의 방식을 바탕으로 좌익의 이데올로기는 민주주의적 미래로 비약할 수 없는 제국적인 것으로 설명된다. 따라서 도래하는 냉전의 체제 앞에서 이념적 선택을 해야한다면 그것은 좌익이 아닌 어떤 것이 되어야 했다. 이장우가 소련과 미국의 갈등 상황에서 미국을 선택하는 것은 이와 같은 논리에 기반한다. 그는 민족의 구원자로서 미국을 선택하는 것이 아닌 공산주의라는 위협에 대응하기 위해 미국식 자본주의를 선택할 수밖에 없는 것이다.

    "자본주의를 택한 것이 아니고 민주주의를 택한 것이네. 민주주

---

151) 대중계몽으로서의 반공이야기는 도의적으로 공산주의(자)를 질타하거나 공산주의의 너울을 벗기고 국제정치의 냉엄한 현실을 일깨워 대중의 경각을 요구하는 현실주의에 입각한다. 신형기, 「해방직후의 반공이야기와 대중」, 『상허학보』37, 2013, p.413.
152) 김동리, 「문학과 자유를 옹호함」, 『문학과 인간』, 청춘사, 1952.

의의 근본정신이 개성의 자유를 존중하는 데 있어 과연 자유경제-자본주의-사상에도 통하지 않는 바 아니지만, 또, 다수 인민을 표준한다는 의미에 있어서는 또한 사회주의에도 통하는 것일세. 이 경우 자네나 나나 우리가 가슴으로 지향하는 세계가 무엇이란 것은 서로 짐작할 수 있지 않은가? 그러나 그것을 우리는 우선 민주주의란 표어로밖에 표지할 수 없지 않은가?"

  ....(중략).....

  "그러나 우리가 지향하는 민주주의 표준으로 본다면 미국을 육십 퍼센트라면 소련은 그 절만 삼십퍼센트를 인정할 수 있다고 보네."

  "자네가 가지고 있는 민주주의 이념에서 본다면 미국은 육십 퍼센트의 수준에 도달하고 소련은 삼십 퍼센트 수준에 도달했단 말인가?"[153]

『해방』은 특수한 전제를 바탕으로 미국의 자유진영을 지지한다. 이장우는 자본주의에 대한 우월성을 지지하거나 공산주의에 대한 불신을 드러내는 것이 아닌 민주주의라는 기준을 바탕으로 냉전의 체제에 대응해나가고자 한다. 이장우에게 있어서 민주주의는 자본주의와 공산주의를 초월한 절대적인 가치로 군림한다. 민주주의는 자본주의와 공산주의가 모두 이상으로 삼는 보편적 이상이었으며, 따라서 한국의 미래를 지시하는 가치였다.

  좌익 사상에 동조를 보였던 하윤철은 이장우에게 왜 자본주의를 선택했느냐는 질문을 하지만, 이장우는 그의 선택이 미국의 자본주의 측면에 놓여있는 것이 아님을 강조한다. 그는 미국의 사상이 얼마만큼의 민주주의를 실행하고 있느냐를 바탕으로 자신의 선택을 설명한다. 이장우에게 오늘날의 이념 갈등은 중요하지 않다. 그는 오로지 미래에 달

153) 김동리, 『해방』, Op.Cit., pp.291-292.

성해야 할 민주주의의 가치에 무엇이 더 가까운가를 기준으로 냉전의 체제를 선택한다. 민주주의라는 보편의 이상을 추구하는 이장우에게 있어 30퍼센트의 민주주의를 달성한 소비에트가 아닌 60퍼센트의 민주주의를 달성한 미국을 선택하는 것은 자명한 결론이었다. 그리고 이는 이장우의 선택을 이념이 아닌 민족의 미래를 위한 것으로 만든다. 민주주의를 향한다는 점에서 미국의 진영에 속하는 것은 냉전의 이념에 귀속되는 것이 아니라 민족의 발전을 위한 선택으로 설명되는 것이다.

『해방』의 서사는 이장우가 우익의 진영이 아닌 민족을 구원하기 위해 희생하는 것으로 끝난다. 좌익과 우익이 서로 죽고 죽이는 유사 전쟁의 상황에서 이장우는 이러한 민족적 현실에 책임을 지는 자인 동시에 이것에 희생당하는 자로 설명된다. 민족을 위해 희생한 이장우의 결정은 "십자가의 윤리"라는 이름으로 설명된다. 십자가를 지고 대속한 예수의 행동처럼 이장우는 신이라 부릴만한 보편의 이상-민족을 위해 대신 희생하기를 선택한 것이다. 민주주의로 향하는 세계의 흐름을 따르지 못하고 현실에 놓인 이념의 문제에 휘둘리는 민중들은 이장우의 숭고한 희생을 통해 무엇을 선택해야하는 지를 확인하게 된다. 그것은 이념 자체에 놓인 것이 아닌 이념이 지향하는 미래를 바라보는 것으로 가능해진다. 이제 민족의 미래는 민족이 아닌 보편세계를 지향함으로써 달성되는 것으로 이해된다.

하지만 이러한 이장우의 숭고한 희생에도 불구하고 민족의 갈등이 사라질 것이라고 전망하기는 어렵다. 이장우는 민족의 갈등을 해소하는 데 있어 어떠한 실천적인 행동도 보이지 못했기 때문이다. 오히려 그는 보편의 세계에 놓인 이상을 강조함으로서 이념의 적을 민족의 적으로 구성하고, 이들 간의 갈등 관계를 심화시켰다. 민주주의라는 민족의 이상을 추구하는 과정에서 이념적인 타자들은 더 이상 화해할 수 없는 지점에 놓인다. 좌익은 단순히 제국에 협조하는 세력이 아니라, 인간적이지 않기 때문에 부정된다. 그들은 화해하고 타협해야 하는 동등한 대상이 아니라, 구원하고 계몽해야 할 야만의 타자이다. 이러한 이장우의 민족주의는 다시 한 번, 제국주의의 문명화 논리와 공명하게 된다.

전근대와 근대를 넘어서 현대를 향하는 역사의 흐름에는 언제나 한 발 앞서서 타자를 문명화하는 제국이 존재한다.154) 두 개의 세계 중 하나를 선택해야 함을 강조했던 이장우의 민족주의는 이미, 미국과 소련을 대상으로 발전의 정도를 설명한 바 있다. 그가 60퍼센트의 민주주의를 달성한 미국을 선택해야 한다고 했을 때, 조선의 민주주의는 어디쯤 가고 있는가에 대한 논의는 생략된다. 조선은 다만 미국과 소련을 선택함으로써만 민주주의를 달성할 수 있다고 간주된다. 조선 사회는 여전히 미국과 소련을 모방함으로써만 생존할 수 있는 지위에 놓이는 것이다. 이러한 이장우는 논리는 식민지시기 애국계몽을 외치던 민족지도자의 모습을 상기시킨다. 제국적 근대를 목표로 민족의 발전과 계몽을 주장했던 식민지의 계몽주의자들처럼 이장우는 민족발전의 목표지점에 미국식 민주주의를 놓는다.

민주주의라는 미래를 목표를 바탕으로 민족론을 구성할 때, 민족과 반민족을 가르는 기준은 단순히 제국적 과거에 한정되지 않는다. 현재의 선택이 어떠한 발전의 방향으로 나아가고 있는가에 따라 민족과 반민족이 재설정된다. 『해방』은 진정한 민족의 공동체는 오직 인류 공통의 이상인 민주주의를 통해서만 존재할 수 있다고 강조한다. 그리고 이러한 관점을 바탕으로 건설되는 국가의 지향점은 미국의 자본주의와

---

154) 디페시 차크라바르티, Op.Cit., p.62.

소련의 공산주의라는 냉전의 체제로 전환된다. 이장우가 친일파 심재영에 대한 복잡한 심경을 서술하는 장면은 바로 냉전의 논리를 통해 민족의 타자를 재설정하는 해방기 탈식민담론의 특수한 상황을 드러낸다.

> 이런 말을 하는 사람들의 의도는 소위 친일파의 처단이라는 것을 부정하는 데 있는 것이다. 그리고 이장우 자신이라고 해도 일부 파괴분자들의 모략적인 선전에 호응하여 전 민족의 중추적인 역량을 거세시킴으로써 쉽사리 소비에트주의 혁명을 가능케 하는 그러한 처단방법을 주장하는 것은 천만 아니지만 그렇다고 해서 친일파란 것을 따로 논의할 필요가 없다든가 조선 사람 전부가 오십 보 백 보의 친일파들이니까 처단을 받으려면 조선 사람들 전부가 함께 처단을 받아야 한다든가 하는 의견을 찬성하고 싶지도 않았다.[155]

친일파 중에서도 애국자가 있을 수 있다는 심재영의 모순된 논리에서 혼란을 느끼는 이장우는 대일협력의 과거를 무화시킴으로써 새로운 국가를 건설하려는 그의 논리를 부정한다. 하지만 과거 행동을 기준으로 민족의 타자를 만들어 내는 것이 "소비에트주의 혁명"을 가능하게 하는 것이 아닐까 염려한다. 제국의 과거가 이미 종결된 것일 때, 민족의 미래를 위해 더욱 중요한 것은 제국의 기억에서 벗어나지 못하는 과거가 아니라 새롭게 시작되는 냉전의 현실이기 때문이다. 그리고 소비에트라는 새로운 민족의 적에 저항하기 위해서는 일부 과거의 친일파들을 민족의 내부로 포함할 필요가 있음을 인정한다.

『해방』에서 이장우는 끝내 심재영의 과거 합리화에 온전히 동조하지는 않는다. 그 자신이 제국에 협조하지 않고 소극적이나마 이에 저항

---

155) 김동리, 『해방』, Op. Cit., p.225.

해왔기 때문이다. 하지만 일본에 협조했지만 그것이 민족을 위한 마음에서 나온 행동이었다고 이야기하는 심재영의 논리가 민족의 미래를 위해 미국을 선택해야 한다고 하는 이장우의 논리와 아주 유사한 측면을 보인다는 점은 부정할 수 없다. 미국이 냉전 사회를 통해 등장한 새로운 제국의 성격을 지닌다고 할 때, 민족의 발전을 위해 미국을 선택해야 한다는 해방기 민족지도자의 논리는 필연적으로 민족을 위해 일본제국을 선택할 수밖에 없었다는 대일협력자의 논리를 연상시키기 때문이다.156)

『해방』은 민주주의라는 이상을 전제로 조선인들이 냉전의 체제로 수렴될 수밖에 없음을 강조한다. 조선 민족의 발전 방향을 제시하는 보편적인 이상으로서 민주주의는 미국에 의해서도 소련에 의해서도 온전히 달성되지 못한 것임은 분명하다. 하지만『해방』은 이들이 조선 사회보다 더 앞선 미래를 살아가고 있다는 것을 확신한다. 그리고 이를 기반으로 조선의 민족이 냉전의 체제로 이행해야 함을 주장한다. 이러한 점에서 이장우가 내세우는 민주주의의 개념은 냉전사회의 문명화 담론에 포섭될 수밖에 없다.

2차 세계대전 당시 연합군들은 자신들의 적을 '파시즘'으로 규정하는 동시에 스스로를 민주주의 세력으로 설명하였다.157)『해방』은 이러

---

156) 김건우, 홍기돈을 통해 김동리의 비평에 나타난 근대초극론과 파시즘의 관계가 논의된 바 있다. 이러한 관점을 전제로 할 때, 심재영에 대한 이장우의 복잡한 심정이 단순히 심정적인 측면에서 이루어진 것이 아님을 추측할 수 있다. 김동리 문학과 일제 말 파시즘의 관계는 추가적인 논의가 요구되나『해방』의 서사를 전제로 할 때, 발전과 이행을 강조하는 논리가 필연적으로 제국과 근대의 세계와 연관될 수밖에 없었다는 점을 확인할 수 있다. 김건우, 「김동리의 해방기 평론과 교토학파 철학」,『민족문학사연구』37, 2008; 홍기돈, 「김동리 새로운 르네상스의 기획과 실패」,『우리문학연구』30, 2010 참조.
157) 마루카와 데쓰시, 백지운 외 1명 역,『리저널리즘』, 그린비, 2008, p.163.

한 민주주의 대 파시즘의 논리를 전유하여 조선의 현실을 재구획한다. 계몽적 지식인 이장우 중심으로 하는 우익은 민주주의적 민족주의자들로 설정되는 동시에 좌익 청년들은 과거 제국주의의 연장선에 놓인 파시즘적 반민족주의자들으로 규정된다. 미, 영, 소의 연합국들이 파시즘과의 대결 구도를 통해 스스로의 제국주의적 성격을 은폐할 수 있었던 것처럼, 『해방』의 우익세력들은 좌익과의 대립 관계를 민족과 반민족의 관계로 주조함으로써 스스로의 모순을 감출 수 있게 된다. 그리고 제국주의라는 과거의 기억을 망각한 민족론은 발전의 논리 속에서 다시 제국의 논리에 동조하는 결과를 만든다.

조선의 현실을 넘어서 보편적인 세계의 역사를 따르고자 한 해방기의 소설들은 다시 미국과 소련을 통해 조선이 목표로 해야 할 해방 이후의 사회를 상상해낸다. 제2차 세계대전 이후 부각된 민주주의의 이념은 이러한 상상의 구체적인 근거를 마련해준다. 미소의 연합군에 의해 항복한 일본은 군국주의적 파시즘의 상징이 되고, 서구사회는 민주주의를 통해 새로운 정당성을 확보해나간다. 이와 같은 과정에서 일본은 두 가지의 의미에서 부정의 대상이 된다. 그것은 우선 서구민주주의 세력에 반하는 파시즘 국가로서 부정되며 동시에 민족주의에 반하는 제국주의적 국가로서 부정된다.

해방된 한국 사회는 일본을 부정하는 이 두 개의 논리를 결합시키면서 서구사회가 내세운 민주주의의 이상을 곧바로 탈식민화의 목표로 전유한다. 제국에 대한 저항은 일본에 대한 저항인 동시에 근대적 민주국가를 달성하는 과정으로 확장된다. 민주적 국가의 이상은 그것이 아직 달성되지 못한 조선인들의 삶의 외부에 놓여있는 것임에도 불구하고 민족적 정체성의 조건이 된다. 그리고 이러한 민주주의의 이상을 통해 한국 사회는 세계의 역사적 흐름에 동참하게 된다. 이제 미국과 소련의 제국주의적인 성격은 소거되고 이들 국가들은 민주주의의 이상에 조금 더 가까이에 놓인 선진적인 국가로 설정된다.[158] 해방된 한국 사회가 목표로 삼는 민주주의의 이상은 미국과 소련이라는 새로운 강대국의 체제와 결속하면서 냉전의 체제를 수용하게 되는 것이다.

해방 후 치열한 이념 갈등의 상황을 그려내는 작품들은 국가건설의 목표를 민주주의라는 서구 선진국들의 이상으로 수렴해나감으로써 새로운 시대로의 이행의 필연성을 강조한다. 김동리가 『해방』의 이장우의 목소리를 통해 민주주의에 더 가까운 미국의 선진성을 강조하고 이를 통해 민족의 정체성을 자유 진영의 내부에 위치지었다면, 이태준의 소설들은 민주주의라는 동일한 이상을 소련의 공산주의 진영으로 투영한다. 해방 이전 김동리와 이태준은 식민권력에 적극적으로 협력하기보다는 소개(疏開)나 절필 등의 방식을 통해 제국에 대한 협력을 피해왔다.[159] 이러한 작가적 태도는 해방 이후 극적으로 변화하는데, 두 작가는 해방 직후 과거의 소극적 태도를 버리고 당대의 현실에 대해 직접 발화하면서 적극적인 문단 활동을 벌인다. 김동리와 이태준은 이념적으로 반대의 위치에 놓여있었지만, 근대적 국가건설에 대한 강렬한 의지를 바탕으로 냉전체제로 이행하고자 하는 점에서 동일한 방식으

---

158) 1945년 이후 미국은 필리핀을 중심으로 하는 자신의 제국적 과거를 생략하고, 자유 민주주의 진영으로서 아시아 사회와 친구-동맹의 관계를 만들어나간다. 이러한 과정에서 미국의 반공 담론은 아시아 사회를 계도하는 선생, 양부모의 모습으로 미국을 상징화한다. Christina Klein, Op.Cit., p.11.

159) 해방직후 이태준은 조선어 사용을 중심으로 하는 제국에 대한 저항정신을 강조한다. 이러한 입장에도 불구하고 일제 말기 대일협력을 의심할만한 과거들이 발견되고 있는데, 「해방전후」는 이러한 과거의 기억들을 변용 혹은 망각함으로써 제국에 협조하지 않는 '현'의 서사를 만들어내고 있다. 구재진, 「<해방전후>의 기억과 망각」, 『한중인문학연구』17, 2006.

로 문학적 실천을 수행해나갔다고 할 수 있는 것이다.

　김동리의『해방』이 해방 이후 작가의 정치적 선택과 그 이유를 설명하고 있다면, 이태준의 「해방전후」(≪문학≫,1946.6)는 이와 같은 정치적 선택의 상황에 직면한 작가의 내면을 이해하게 해준다. 「해방전후」는 작가 이태준과 유사한 주인공인 '현'을 통해, 해방 전후의 상황을 사실적으로 기록한다. 특히 이 작품은 해방 직후 문학가동맹에 참여한 현의 입장을 드러냄으로써, 해방 이후 좌익에 동조하게 된 작가 이태준의 내면 논리를 엿볼 수 있게 한다.160) 「해방전후」의 주인공 현은 해방 직전까지 일제의 억압을 피해 철원에서 생활을 하다 해방의 소식을 듣고 서울로 올라온다. 그리고 문학가동맹의 일원이 되어 "좌익문인"들과 함께 "문화전선의 통일"을 위해 일하고자 한다. 하지만 주변의 우익 문인들은 좌익세력에 의해 이용될 것이라는 우려를 드러내며 현에게 문학가동맹에서 나오기를 권유한다. 현 자신도 이들이 "공산주의자로서의 습성에서" 벗어나지 못하고 있는 것이 아닌가하는 의심을 지니게 된다. 그럼에도 불구하고 현은 문학가동맹에서 민족을 위한 일을 하고자 한다. 그에게 중요한 것은 이념적 차이가 아니라 "정치적 통찰력이 부족"한 조선 민족을 이끌어 나가는 것이었기 때문이다.

　　마음에 맞는 친구끼리만? 그런 구심적인 행동이 이 거대한 새현실에서 어떤 결과를 가져올것인가? 새조선의 자유와 독립은 대중의 자유와 독립이라야한다. 그들이 대중운동에 그처럼 열성인 것을 나는 몰래는커는 도리혀 그것을 배우고 그것을 추진시키는데 띄끌만치라도 이바지하려는 것이 내 양심이다. 다만 적괴만 뿌리는것이 이

---

160) 김윤식은 이를 통해 역사적 무중력상태(해방공간)을 설명하고 있다. 하지만 주인공의 변모 과정에 주목할 때, 이태준의 내면은 역사적 발전을 위한 특정한 방향으로 나아가고 있음을 알 수 있다. 김윤식,『해방공간의 문학사론』, Op.Cit., p.272.

순간 조선의 대중운동이 아니며 적의편에 선것만이 대중의 전부가
아니란, 그것을 나는 지적하려는 것이다. 이런 내 심정을 몰라준다
면, 이걸 단순히 반동으로밖에 해석할줄몰라준다면 어떻게 그들과
함께 일할 수 있는 것인가?161)

「해방전후」에서 현은 여전히 좌익의 이데올로그로 나서기보다는 민
족주의적 지식인의 모습을 하고 있다.162) 현이 민족주의자임에도 불구
하고 좌익의 논리에 동조하게 되는 것은 국민국가라는 새로운 현실에
대한 기대감 때문이다. 현은 해방된 조선에 민주주의적 국가건설이라
는 과제가 남아있음을 강조한다. 그리고 과거와 다른 "새조선"을 만들
어나가기 위해 민족 계몽이 필요함을 주장한다. 민주주의적 국가는 대
중의 자유와 독립을 달성하는 것을 통해 완성되기 때문이다. 따라서 현
은 대중운동의 필요성을 근거로 좌익에 대한 지지를 보낸다. 문학가동
맹의 좌익문인들과 함께 활동하는 것이 "거대한 새현실"에 놓인 조선
사회가 나아갈 길이라고 생각하는 것이다.163)

해방 후 새로운 현실의 건설을 강조하는 「해방전후」는 제국에 의한
강압에 시달리던 해방 이전의 고통스러운 삶이 해방을 통해 극복되었
음을 전제로 조선 민족에게 새로운 시대가 왔음을 강조한다. 현에게 있
어 해방 이전과 해방 이후의 삶은 전혀 다른 것으로 이해된다. 그리고

---

161) 이태준, 「해방전후」, ≪문학≫, 1946.6, p.25.
162) 해방 직후 이태준의 세계관은 일제하의 그것과 별반 다른 층위를 지니지 않는다
    는 것이다. 즉 이태준은 여전히 반봉건으로서의 근대화의 지향과 그 주체로서의
    근대적 의식을 소유한 지식인을 설정하고 있다는 것이다. 류보선, 「역사의 발견
    과 그 문학사적 의미」, 『한국현대문학연구』1, 1991, p.241.
163) 「해방전후」의 서사에 조선 공산당과 문학가 동맹의 논리가 강조되는 과정에서 그
    진정성을 의심할 수밖에 없다는 관점이 제기되고 있으나(김홍식) '민족'이라는 목
    표를 중심에 두었을 때, 이태준과 문학가동맹의 교류에 공통된 관심사가 있었음을
    확인할 수 있다. 김홍식, 「<해방전후> 연구」, 『한국현대문학연구』38, 2012, 참조.

이러한 변화의 상황에 맞추어 현은 정치운동에 소극적이었던 과거를 탈각하고자 한다. 해방 전 철원에서 교류했던 김직원과의 만남은 그가 과거의 구세계로부터 결별하고 새로운 시대로 나아갈 것을 선언하는 지점이다.

> 그러니까 모처럼 얻은 자유를 완전독립에까지 국제적으로 보장되는 길을 택할수 밖에 없다는것, 이왕조의 대한이 독립전쟁을 해서 익인 것이 아닌 이상 '대한' '대한'하고 전제제국시대의 회고감으로 민중을 현혹시키는 것은 조선민족을 현실적으로 행복되게 지도하는 태도가 아니라는것, 지금 조선을 남북으로 갈러 진주해 있는 미국과 쏘련은 무엇으로보나 세계에서 가장 실제적인 국가들인만치, 조선민족은 비실제적인 환상이나 감상으로 아니라 가장 과학적이요, 세계사적인 확실한 견해와 준비가 없이는 그들에게 적정한 응수를 할수 없다는 것, 현은 재주껏, 역설해보앗으나 해방 이전에는 현 자신이 기인여옥이라 예찬한 김직원은, 지금에 와서는 돌과같은 완강한 머리로 조곰도 현의 말을 이해하려하지 않고, 다만, 같은 조선 사람인데 '대한'을 비판하는 것만 탐탁치 않았고, 그것은 반듯이 공산주의의 농간이라 자기류의 해석을 고집할 뿐이었다.[164]

공산당을 지지하는 현을 비판하는 김직원에게 그는 자신이 좌익을 선택한 이유를 밝히다. 현이 좌익에 동조하게 된 것은 그것이 구시대와 절연하고 새로운 시대로의 나아가는 길이었기 때문이다. 『해방』의 이장우가 미국과 소련을 통해 민주주의적 선진성을 발견했던 것처럼 「해방전후」의 현은 미국과 소련이 "세계에서 가장 실제적인 국가"라는 점을 강조하고 "세계사적인 확실한 견해와 준비"를 요청한다. 그리고 좌

---

164) 이태준, Op.Cit., p.33.

익을 선택하는 것이 보편적인 세계의 흐름을 따라 나아가는 것이라고 주장한다.

해방 직후 신탁통치는 좌우익의 갈등을 가시화하는 가장 극적인 사건이었는데, 「해방전후」의 현과 김직원의 관계는 신탁통치에 관련된 갈등을 세대의 문제로 전환한다. 해방 직후의 한국 사회에서 찬탁이냐 반탁이냐의 문제는 곧 좌익이냐 우익이냐를 선택하게 만드는 문제로 전이되었고, 문화 전선의 통일을 강조했던 현에게 있어서도 탁치에 대한 선택은 어려운 문제였다. 하지만 현은 곧 조선공산당의 논조에 공감하면서 신탁에 대한 지지의 태도를 보인다.[165] 민주주의적 근대국가의 이상을 바탕으로 현이 신탁을 찬성했다면, 김직원은 "이왕조의 대한"이라는 가치를 내세운다. 이같은 김직원과 현의 갈등 관계는 신탁과 반탁의 문제를 민주주의적 근대국가와 봉건주의적 전제 국가 사이의 갈등으로 전환한다.

김직원은 신탁통치에 동조하게 된 현의 변화가 "공산주의의 농간" 때문이라 추측하며, "조선사람이" "'대한'을 비판하는 것"이라 비난한다. 하지만 이의 반대편에서 현은 신탁을 지지하는 것이 곧 민족의 독립을 향하는 것이라는 점을 강조한다. 현에게 있어서 신탁은 곧 "전제제국"시대의 "대한"을 벗어나 근대적인 국가를 건설하기 위한 조건이었기 때문이다. 과거의 민족으로 회귀하는가 아니면 새로운 세계의 일원이 될 것인가를 두고 현과 김직원은 상이한 입장을 드러낸다. 식민지 시기 제국에 대한 저항정신을 공유하던 김직원은 이제 "대한"을 주장

---

165) 신탁통치에 대한 찬반 갈등 속에서 기존의 대일협력을 기준으로 하는 민족과 반민족의 구획이 크게 변모하게 된다. 「해방전후」를 통해 살펴볼 때, 반탁과 신탁 사이에서 혼란을 느끼던 이태준은 1946년 1월 좌익의 신탁지지 성명을 받아들이면서 독립을 위한 준비가 필요하다는 조선공산당의 논리에 동조하게 되는 것으로 보인다. 박명림, Op.Cit., p.141; 박태균, 『한국전쟁』, 책과함께, 2005, p.96 참조.

하는 과거의 인물이 되고 새로운 시대를 맞아 신생하는 현과 단절된다. 김직원이 현을 공산주의의 유혹에 빠졌다고 생각하는 것과 동시에 현은 "자신이 기인여옥" 이라 생각했던 김직원의 모습에서 세계사의 흐름에서 도태되는 "왕국유의 최후"를 연상한다.

> 일제시대에 그처럼 구박과 멸시를 받으면서도 끝내 부지해온 상투 그대로 '대한'을 찾아 삼팔선을 모험해 한양성이 올라왔다가 오늘, 이 세계사의 대사조속에 한조각 띄끌처럼 아득히 가라앉어가는 김직원의 표표한 뒷모양을 바라볼때, 현은 왕국유의 애틋한 최후를 연상하지 않을수 없었다.[166]

"세계사의 대사조" 앞에서 현과 김직원의 세계는 결별한다. 현이 김직원과 함께 할 수 없는 것은 그가 "과학적이요 세계사적"인 시각을 지니게 되었기 때문이다. 현은 조선의 해방이 국제사정의 영향으로 이루어진 것임을 강조하면서 조선의 미래는 과거의 '대한'이라는 봉건주의적 제국시대에 놓여있지 않다고 여긴다. 현은 더 이상 김직원이 표상하는 과거의 세계, 대한을 통해 민족을 사유하는 세계와 함께 하지 않는다. 그리고 상투를 한 김직원은 역사의 흐름을 따르지 못하고 "한조각 띄끌"이 되어 사라진다. 떠나는 김 직원을 보며 현은 프로예맹과의 합동을 끝내고 "전국문학자대회"를 준비하기 시작한다. 과거의 소극적인 태도를 버리고 대중을 계몽하는 새로운 지식인의 역할을 하고자 하는 현에게 민족은 새롭게 달성해야 할 미래에 놓여있다.

해방 이후 새로운 새롭게 태어난 현은 조선의 독립을 위해서는 '준비'가 필요함을 역설한다. 그리고 독립을 위해 그는 "전국문학자대회"

---

166) 이태준, Op.cit., p.34.

를 준비하고 냉전적 진영의 논리를 수용한다. 현은 "과학적" "세계사적" 흐름 속에서 조선의 완전한 독립이 아직 시기상조라고 평가한다. 현이 내세우는 신탁지지의 논리 하에서 조선인은 "환상이나 감상"에 따라 행동하는 대중으로 여겨진다. 조선인들은 독립적인 국민국가를 수립할만한 능력을 지니지 못한 민족으로 위치 지워지는 것이다.167) 그리고 이러한 인식에서 조선은 여전히 강대국에 의해 보호와 지도를 받아야 하는 대상으로 간주된다. 서구사회의 보호를 통해 제국을 극복하고 세계사적인 흐름을 따를 수 있다는 현의 '과학적인 논리'는 민주주의라는 이름을 통해 또 다시 서구적 질서를 수용하게 만든다.

「해방전후」에서 신탁은 민족을 발전시키고 국민국가라는 근대적 목표에 도달하기 위한 방법으로써 지지된다. 해방 이전 침묵을 통해 소극적으로 일제에 저항했던 이태준은 신탁통치와 관련된 일련의 사건들을 통해 민족의 발전을 위해 앞장서는 애국적인 계몽자로의 변모를 고백한다. 그리고 보편적인 세계사의 흐름을 강조하면서 냉전적 체제의 일부인 소련에 대한 지지를 공식화한다. 그에게 있어서 소련을 지지하는 것은 민족의 발전을 위한 것이며, 따라서 공산주의의 논리라기보다 합리적이고 이성적인 역사의 흐름을 따르는 과정이었다. 이태준의 이러한 선택은 『해방』의 이장우가 미국의 체제를 선택하는 논리와 매우 유사하다. 해방 이전 조선적 전통에 몰두해 왔던 두 작가는 해방을 거치며 정치담론에 적극적으로 개입하게 된다. 새로운 민족의 미래를 향해 나아가는 두 작가에게는 해방된 민족이 건설해야 할 '새로운 세계'에 대한 전망이 존재하기 때문이다. 이들은 민주주의적 국민국가라는

---

167) 열등한 조선의 사회라는 설정은 구식민지사회를 아직 아님(Not Yet)상태로 이해하는 서구중심의 역사주의적 사고와 연결된다. 디페시 차크라바르티, Op.Cit., p.56.

목표를 바탕으로 냉전의 체제를 수용하고 민족의 독립을 이끌어 나가고자 한다.

냉전의 이데올로기를 수용하면서 전개되는 민족발전의 이상은 민족의 미래를 위한 것이었으나 동시에 민족의 현실을 부정하는 것이기도 했다. 보편적인 세계사의 흐름 속에서 민족의 미래는 결국 서구사회로부터 기원하는 근대적인 국가로 한정되었기 때문이다. 그것은 미국과 소련이라는 선진적 문명에 의해 선점된 것이었다.168) 이러한 근대적 국가에 대한 전망 속에서 역사적 발전을 향한 문명화의 논리는 민족을 위한 것임에도 불구하고 해방을 맞은 조선인들을 여전히 후진적인 세계의 열등한 민족으로 규정한다는 한계를 노출한다. 그리고 열등한 조선이 그 자신이 제외된 세계의 보편을 따르기 위해 보다 발전한 강대국의 보호가 필요하다는 주장으로 이어진다. 해방기의 조선인들은 다시 또, 앞서있는 세계를 따르기 위해 그들을 모방해야하는 운명에 놓이게 되는 것이다.

(3) 냉전체제 내부의 국경과 죽음의 서사

이태준은 「해방전후」를 통해 이념 갈등의 상황에 놓인 문인들의 내면을 형상화 하였다. 그리고 이를 통해 국민국가건설의 이상을 향해 나아가는 민족지식인의 상을 구체화 했다. 「해방전후」가 1946년 조선문학가동맹이 주최한 1회 해방문학상을 수상했다는 점은 「해방전후」의 '현'이 당대 문인들이 상상한 민족문학 건설의 이상적 주체로 기능하였음을 말해준다. 역사의 흐름과 발맞추어 나아가는 젊은 지식인으로 등장하였던 현은 노인 김직원과 결별하고 새로운 현실을 위해 일할 것을

---

168) 빠르타 짯테르지, Op.Cit., p.40.

다짐하였다. 이태준의 「먼지」(≪문학예술≫, 1950.2)는 이와 같은 현의 선택 이후의 상황을 그리는 소설로 단정 수립 이후 남북의 갈등 상황을 배경으로 한다. 그리고 이러한 갈등의 상황 속에서 근대적인 국민국가의 이상을 향해 비약하지 못하는 현실적 한계지점들을 드러낸다.

월북 이후 발표된 「먼지」는 북한의 정치 체제에 대한 강력한 지지를 기반으로 하는 작품이다. 하지만 이러한 표면적 서사의 이면에 북한 정권을 통해 기대했던 조선의 발전과 민족의 독립에 대한 확고한 이상이 흔들리는 지점이 목격된다.[169] 해방 후의 조선에 대한 이상과 현실의 모순된 관계는 소설의 주인공 한뫼를 통해 구체화 된다. 「해방직후」에서 김직원을 통해 등장했던 과거의 '조선'은 「먼지」에서 한뫼의 얼굴로 다시 나타난다. 하지만 이때 새롭게 등장하는 과거의 조선은 결별되는 타자가 아닌 주인공의 모습으로 등장하면서 과거 극복의 필연성 대신 미래에 대한 회의적 전망을 드러낸다.

「먼지」는 「해방전후」의 현과는 다른 방식으로 이념적인 선택을 형상화한다. 현이 대중계몽을 전제로 공산당에 대한 부분적인 지지를 보냈다면 한뫼는 남한 사회의 실정을 확인한 뒤 북한의 체제에 대한 회의와 의심을 거두고 이에 대한 전폭인 지지를 드러낸다. 과거의 조선적 삶에 대한 애정을 지니고 남북의 통일을 바라던 한뫼는 서울의 부

---

169) 박헌호와 강진호 등은 「먼지」가 체제에 대한 회의를 드러내고 있음을 밝힌 바 있다. 이태준은 「먼지」를 발표한 이후 북한 문단에서 강하게 비판받게 된다. 한뫼의 죽음으로 끝나는 소설의 내용은 1955년 이태준의 숙청문제가 제기되는 근거가 되는데, 이는 「먼지」가 체제에 대한 긍정뿐만 아니라 그것의 모순을 드러내고 있다는 점을 밝혀준다. 따라서 「먼지」는 북한 체제에 대한 한뫼의 선택을 강조하는 동시에 체제에 대한 비판 정신을 동시에 나타낸다는 점을 이해할 수 있다. 그리고 이는 탈식민문학의 양가적인 성격을 드러내준다. 강진호, 「한 근대주의자의 신념과 좌절」, 「돈암어문학」 17, 2004, p.203 ; 박헌호, 「역사의 변주 왜곡의 증거」, ≪이태준 문학전집≫, 깊은샘, 2005.

패를 목도한 뒤, 북한이 내세운 사회주의 이념과 독자적인 발전 노선에 동의하게 된다. 하지만 단독정부 수립과정을 목격하고 결국 죽음에 이르는 한뫼의 운명은 체제 선택의 논리를 기반으로 민족발전의 이상을 추구하였던 현과 같은 계몽주의적 지식인들이 직면하게 되는 위기를 드러낸다.

한뫼는 "고서적 수집자이며 조선 것과 옛것을 즐기"는 인물이다.[170] 그는 통일이 되기를 기다리며 북조선에 머무르다 남한의 실정을 확인하고자 삼팔선을 넘어 서울로 들어오게 된다. 그리고 미국의 제국주의에서 벗어나지 못하고 다시 식민적 생활에 빠진 남한 사회를 목격한다. 남한에 도착한 한뫼는 동대문 안에 들어서자마자 총소리를 듣는다. "오후 여섯시 이후엔 길에 나서는 사람은 이유 여하를 불문하고 쏘아라 한 장택상 수도청장의 포고"[171]가 집행되고 있었기 때문이다. '3.1.운동'의 기억을 떠올리게 하는 유치장행을 거치고 나서야 한뫼는 비로소 자유의 몸이 되어 서울의 현실을 직접 관찰한다. 서울 생활을 통해 한뫼는 핍박받는 민족주의자들과 부패한 남한 사회를 발견한다. 그리고 부정부패의 원인이라 할 수 있는 모리배들이 일본 대신 미국에 복종하면서 남한을 다시 식민적 사회로 만들고 있음을 깨닫는다.

남쪽에는 우리 미국이 있습니다. 유엔조선위원단이 있습니다. 염려마십시오. 세계는 쏘련보다도 미국이 더 큰 세력으로 건재합니다. 불란서를 보십시오, 영국을 보십시오, 또 동양에서 제일 큰 중국을 보십시오. 장개석 국민당이 건재합니다. 아직 유명한 나라와 크고

---

170) 한뫼는 해방 직전에 옥사한 국어학자 '이윤재'의 호를 딴 인물이다. 배개화, 「해방기중간파 문학자의 초상」, 『한국현대문학연구』32, 2010, p.505.
171) 이태준, 「먼지」, ≪이태준 문학전집≫, 깊은샘, 2005, p.353.

문명한 나라는 우리 미국 편입니다. 안심하십시오.........정치는 훌륭
한 사람들이 하지 로동꾼들이 못합니다.172)

　　모리배 심기호의 집에서 만난 미군정의 관료 우드는 남한 사회에 미
국과 유엔이라는 배후가 있음을 강조한다. 미국을 비롯하여 불란서와
영국으로 상징되는 과거의 제국들은 다시 자신들의 발전된 문명을 강
조하면서 남한 사회를 보호해줄 것을 다짐한다. 한뫼는 그러한 보호의
논리가 조선의 여성에게 원삼에 족두리를 씌워 술자리에 내보내는 것
으로 이어지고 있다는 점을 이해한다. 그가 목격하는 남한은 일제시대
와 조금도 다름이 없다. 과거의 대일협력자들은 일본에 그러했든 미국
에 충성을 다하고, 이들과 결탁한 미국은 조선의 문화를 술자리의 여흥
으로 간주하면서 보호의 논리를 내세우고 있는 것이다. 이러한 남한의
현실을 발견한 한뫼는 북한 사회에 대한 자신의 의심을 거두고 다시 한
번, "북한이 옳다"는 생각을 확인하게 된다.
　　하지만 북한 사회의 정당성에 대한 확신에도 불구하고 한뫼는 북한
의 체제를 온전히 긍정을 하지 못하고 망설인다. "북한이 옳다"는 그의
판단에는 항상 "그러나"가 이어지는 것이다. 남한의 부패를 목격한 한
뫼가 북한에 돌아가지 않고 여전히 남한에 머무르는 이유는 그가 아직
민족 통일의 가능성을 믿고 있기 때문이다. 그는 "아무리 잘하는 정치
라고 통일과 다른 정치는 뭘하는 거냐?"는 입장에서 남북의 단독 정부
수립에 반대한다. 한뫼는 북한의 국가건설 방향이 올바른 것이라는 생
각을 함에도 불구하고 그것이 남한사회와 "마주잡아야할 손목"을 고려
하지 않고 있다고 비판한다.

---

172) Ibid., p.358.

「먼지」는 북한 사회에 대한 한뇌의 회의적인 태도를 그의 딸의 목소리를 통해 비판한다. 한뇌의 큰딸은 남한에 살고 있으면서도 오히려 남한 사회의 부정부패를 강하게 비판하고 북한의 체제를 긍정하는 인물로 등장한다. 이는 한뇌가 남한에서 만난 대다수의 사람들이 지닌 태도와 유사하다. 모두들 '왜 남한으로 내려왔냐?'는 말로 그의 월남행이 잘못된 결정이었음을 설명한다. 특히 큰딸은 "쏘미공동위원회 사업"을 파탄시키고 "쏘미 양군의 철퇴"를 반대한 것이 남한 사회였음을 상기시키면서 통일이 안 되는 이유를 온전히 남한 사회에 전가한다. 이러한 큰딸의 입장은 당대 북한 사회의 남한 비판의 논리를 그대로 드러내는 동시에 냉전체제로의 이행을 통해 국가건설을 완성하고자 했던 젊은 청년 세대의 모습을 목격하게 해준다. 그리고 이러한 딸의 목소리를 통해 아버지 한뇌는 다시 역사의 발전과정에 적극적으로 나서지 않는 "반동"이라는 비판을 받게 된다.

> "난 불편부당이다! 공정한 조선사람인 것뿐이다."
> "아버진 여태 꿈속에 계세요. 불편부당이란 게 얼마나 모호헌 건지 애태 모르시는 말씀이세요. 지금 어정쩡한 중간이란 건 있을 수 없는 거야요. 자긴 불편부당을 가장 공정한 태도로 알구 중립이라구 허지만 그는 자기도 모르는 새 자꾸 반동에 유리헌 역할을 노는 거야요...옳다구 인정되는 편에 꽉 밀착허시란 말이야요. 지금 시대가 어떻게 급격한 회전인지 아세요? 어름어름허구 떠도시다간 날려버리구 마십니다. 력사의 주인공은 못되시나마 력사의 먼지는 되지 마세요?"173)

북한 사회에 대한 한뇌의 비판이 바로 "매국노들을 변호하는 것"과

---

173) Ibid., p.381.

마찬가지임을 지적하는 딸에게 한뫼는 자신은 "불편부당"한 입장임을 강조한다. 하지만 딸은 아버지의 불편부당의 논리가 "꿈"일 뿐이라고 반박한다. 딸에게 있어서 어정쩡한 중간이란 있을 수 없다. 그것은 다만 반동에 이용되는 것일 뿐이기 때문이다. 딸은 급격하게 변화하는 시대의 흐름을 언급하면서 아버지의 태도가 역사를 거스르고 있음을 지적한다. 그리고 이 과정에서 작품의 제목인 "먼지"의 의미가 드러난다.

「해방전후」의 현이 비판했던 김직원의 모습은 「먼지」의 딸을 통해 더욱 강력하게 부정된다. 노인의 모습으로 등장하는 한뫼와 김직원은 모두 과거의 세계에서 벗어나지 못한 인물로 간주된다. 김직원이 "대한"의 세계에 머물러 새로운 조선의 건설이라는 목표를 거부했던 것과 같이 한뫼는 "불편부당"함을 외치며, 남북한사회의 독자적인 정권 수립에 반대한다. 하지만 딸은 "역사의 먼지"가 되지 말라는 말로 한뫼의 이러한 회의적 태도에 일침을 가한다. 그녀는 현실의 논리를 내세우면서 아버지의 중도적 태도가 더 이상 불가능함을 역설한다. 그리고 변화하는 현실을 살아가기 위해서, 한쪽 편에 서야 한다고 주장한다. 한뫼의 딸은 『해방』의 이장우나, 「해방전후」의 현과 같이 이미 분할된 두 개의 세계 중 하나의 세계를 선택해야 함을 강조하는 것이다.

한뫼의 딸은 남한 사회가 다시 제국화 되었음을 강조하면서 소련과 북한의 체제를 선진의 문명으로 설명한다. 「먼지」를 통해 제시되는 남한 사회는 식민성을 극복하지 못한 채 과거에 머물러있는 사회이다. 이와 달리 북한은 개혁의 의지를 바탕으로 하루가 다르게 발전해가는 사회로 설명된다. 한뫼는 이와 같은 남북한 사회의 발전 정도의 차이를 걱정하면서 통일을 위해서 서로 속도에 맞는 발전을 추구해야한다는 생각을 가지고 있었다. 하지만 중도적인 한뫼의 태도는 이제 현실에 맞지 않는 과거의 논리일 뿐이다. 발전하지 못하고 퇴보하는 남한 사회는 더 이상 북한과 함께 공조할 수 없는 대상이다. 이미 서로 다른 역사 속에 놓인 남한과 북한은 통합 대신 대립적인 관계에 놓인다. 그리고 이러한 관계 속에서 남한과 북한은 경쟁적인 발전의 논리를 따를 수밖에 없다. 통일을 위해 협력해야 한다는 중도파의 논리는 과거의 "꿈"이 되어버리고, 발전을 통해 먼저 미래를 선취해야 한다는 체제경쟁의 논리가 구성되는 것이다.174)

「해방전후」에서 현은 민족과 계급의 이념을 동시에 사유할 수 있었다. 좌익과 우익의 분열이 민족의 "자살행위"라 여겼던 현175)은 민족의 발전을 추구하되, 그것이 좌익과 우익의 공조를 통해서만 가능해질 것이라 여겼다. 하지만 그로부터 4년이 지난 후에 발표된 「먼지」에서 좌익과 우익의 통합을 지지하던 논리를 펼치던 한뫼는 결국 38선 위에서 죽음을 맞이한다. 이제 통일된 국가의 건설과 공산주의 체제의 수립이라는 두 개의 목표는 공존할 수 없는 상태에 놓이게 되는 것이다.

「먼지」에서 결국 죽음에 이르게 되는 한뫼의 모습은 "세계사의 대사조"를 따르던 현의 신생의 과정에 놓인 한계를 드러낸다. 김직원과의 결별을 통해 과거 봉건세계와 단절하고 건설되는 국가의 일원으로 신생하였던 현은 「먼지」에서 노인이 된 한뫼의 얼굴로 되돌아온다. 그리고 자신이 내세웠던 제3의 길이 불가능해진 상황에서 다시 한 번, 중간

---

174) 냉전시대는 군사, 이념적 대립과 더불어 진영 패권국가들이 헤게모니 구축논리로서 문명화담론(근대화론)을 전파한 시기였다. 이 속에서 두 분단국가들은 근대문명국가의 건설이라는 목표를 위해 진영패권국가의 '선진문명'을 수용하며 문화적 독자성을 확보하고자 시도했다. 그리고 이는 진영의 최전선국가 이전에 주권국가로서 확고한 지위를 확보하려는 남북한 분단국가의 정치적 지향과 동전의 양면을 이루는 것이었다. 허은, 「냉전시대 남북분단국가의 문화정체성 모색과 '냉전 민족주의'」, 『한국사학보』43, 2011, p.236.

175) 이태준, 「해방전후」, Op.Cit., p.33.

파적 민족주의의 태도와 결별할 것을 요구받는다. 이러한 선택의 상황에서 한뫼가 북한에 대한 절대적 지지를 보내고 있음은 부정할 수 없다. 하지만, 남으로 내려온 그가 북으로 돌아가지 못하고 결국 삼팔선 위에서 죽음을 맞이한다는 점은 냉전체제로의 이행을 통해 국민 국가 건설의 목표를 달성하고자 하였던 근대주의적 역사의 전망에 균열이 발생하고 있음을 드러낸다.

한뫼는 남한 사회를 통해 북한이 옳다는 것을 확인하였지만 결국 북한의 체제 내로 귀속되지 못한 채 소멸한다. 중도를 내세우는 한뫼는 과거의 잔재가 되어 역사의 흐름 속에서 도태되는 것이다. 한뫼의 죽음이라는 문제적인 결말을 고려할 때, 이태준의 「먼지」에 나타난 두 개의 서사적 층위를 읽어낼 수 있다. 그 하나가 표면적으로 드러나는 남한 정권에 대한 비판적 태도였다면, 그 이면에 놓인 것은 냉전체제로 이행하는 민족의 미래에 대한 비극적인 전망이다. 남북한의 통합을 강조하던 민족론은 냉전적인 체제경쟁의 논리로 전환된다. 그리고 이제 이념을 중심으로 분할된 남북한은 각자의 민족적 정체성을 증명하기 위해 세계사의 흐름이라는 보편의 이상에 자신들의 체제가 얼마나 가까이 놓여있는가를 증명해야만 하는 상황에 놓인다. 통일이 아닌 발전된 문명을 증명함으로써 민족적 정당성을 인정받을 수 있게 되는 것이다.

해방의 순간을 곧 발전하는 역사로의 비약으로 간주하였던 서사들은 식민 과거를 극복하고 근대적인 국가를 건설하는 것을 통해 독립된 민족의 이상을 달성하고자 한다. '민주주의'라는 이름으로 근대적 국가 건설의 방향을 모색하던 한국 사회는 미국과 소련을 중심으로 하는 냉전의 제체를 목격하면서 민족 발전의 방향을 냉전의 논리 내부로 수렴해 나간다. 민족의 발전과 근대적 국가의 건설은 체제 선택의 논리와 긴밀하게 연결되었으며, 해방된 민족의 미래를 이야기하기 위해서는 먼저 두 개로 나뉜 세계 중 하나를 선택해야 했다. 한국전쟁의 발발은 이러한 두 개의 세계 사이에 놓인 사상적 갈등의 구조를 물리적 갈등으로 경험하게 만드는 사건이었다. 전쟁을 통해 체제 선택의 문제는 사상의 문제가 아닌 생존의 문제와 직결된다. 이제 하나의 체제를 선택하지 않는다는 것은 단순히 저발전의 상태에 머무르는 것이 아닌, 죽음을 의미하는 것이 된다. 냉전적 체제로의 이행이 생과 사를 가르는 중요한 기준이 되면서 민족 운명은 곧 체제의 운명으로 사유된다. 국민국가를 중심으로 상상되었던 운명의 공동체는 이제 자유 진영 혹은 공산 진영 내부의 것으로 변화하는 것이다.

냉전의 체제를 기반으로 하는 민족의 담론은 민족의 정체성에 문명의 개념을 삽입하면서 선진적인 문명을 곧 민족의 문화로 설명한다. 그리고 민족의 정체성에 이념적 구획지점들을 만들어나간다. 조선의 민족은 민족의 발전을 위해 동일한 방향으로 나아갈 수 있는 사상의 공동체로 한정되는 것이다. 이헌구의 비평은 이와 같은 민족론의 냉전적 재편과정을 선명하게 드러낸다.

　　이러한 雰圍氣속에서 今年에드러 우리가 想見할수있는 것은 이러한 政治的 又는 勞動階級만의 世界의인 情神聯結運動에서 一般의 飛躍이있어 世界平和擁護를 위한 反共自由世界文化人大會가 반드시 開催되어 國際聯合總會의 政治的인 모든努力의 結實은 오로지 自由와 平和를 사랑하는 全世界文化人의 精神的이요 實質的이요 有機的인 結合에서만이 이루어진다는것을 必然的으로 切感케되여야 할것이다.

　　실로 1950년의 歷史的出發은 정히 이 大會를 具象하고 이의 實現을 위하여 世界文化人 知識人이 總蹶起하는데 있는것이요 우리한국에 있어서 南北統一이라는 國內的全國民의 絶代命題에서 더나아가 寧原한 우리의 自由와 平和를 위하여 世界文化人과의 呼應과 集結을 위한 與論喚起에 總執中되어야 할 것이다.[176]

"비상한 민족적인 대문명에 부닥치려는 4283-1950년을 맞이하는 각오와과 결의"를 다지는 이 글은 전쟁이 발발하기 전(1950년 1월)의 글임에도 불구하고 공산주의를 "악마"로 호칭하면서 전형적인 냉전체제의 진영론을 드러낸다. 그리고 모스크바의 지령에 움직이는 국제적인 대회들에 대항하기 위해 "반공자유세계문화인 대회"가 개최되어야 함을 주장한다. 이헌구는 2차대전으로부터 비롯된 세계의 위기 상황을 진단하면서 현재의 정세를 "선과 악, 정의와 불의, 평화와 전쟁, 자유와 굴종"으로 나누어진 두 개의 세계로 이해한다. 그리고 이러한 위기 상황을 극복하기 위해 전세계문화인의 결합을 촉구한다. 이때의 반공문화인단체는 자유와 평화라는 국제적인 이상을 공유한다. 자유와 평화가 반공문화인의 영역에 놓여있으므로 구속과 전쟁의 논리가 공산사회에 놓여있음은 분명하다. 즉 "자유와 개성과 이성과 오성과 신념을 방기해 버"리고 인간의 자율성을 상실한 채 구호만을 위치는 공산주의자로부터 문명화된, 문화적인 세계를 구원하기 위해 반공세계의 연합이 필요하게 되는 것이다.

현실을 선과 악의 이분법적 체제로 이해할 때 민족은 "선"의 세계 안에서만 존속할 수 있다. 이헌구는 자유와 평화라는 냉전체제의 진영론을 전제로 반공의 이념을 중심으로 하는 국제사회의 결속을 강조한다. 미소를 중심으로 냉전의 체제가 수립되고, 공산주의에 대항하는 진영이 구성되면서 반공의 논리에는 자유와 민주주의라는 개념이 새롭게

---

176) 이헌구, 「반공자유세계문화인대회를 제창한다」, ≪신천지≫, 1950.1.

결합된다.177) 이제 두 개로 나눠진 세계에서 민족은 '자유와 평화를 위하는 하나의 세계'를 선택해야 한다. "남북통일이라는 국내적" 문제는 자유 진영의 내부에서만 이루어질 수 있는 것으로 상상된다. 물론 한국의 '민족'을 자유 진영의 일부로 설명하는 이헌구의 논의는 민족을 곧 세계시민으로 환원하지는 않는다. 그는 "우리의 생리가 역사적으로 자연적으로 지리적으로 또는 혈통적으로" 다른 민족이나 세대와 다르다는 점을 재확인하고 있기 때문이다. 하지만 민족의 개념이 생리적인 것으로 한정됨으로써 그것은 결국 현대 과학 정신의 논리로 귀속된다. 민족개념은 다시 그 역사적 문화적 특수성을 망각하고 '현대'라는 세계사의 흐름, "전체적인 문화의 계몽과 보편화의 시대"를 따라야 하는 것으로 규정되는 것이다.

전쟁 발발 이후에 상상되는 민족은 이와 같은 냉전체제 위의 민족을 전제로 한다. 김송의 「서울의 비극」(『전쟁과 소설』, 1951)은 이러한 자유주의 국가의 일부로서의 민족의 운명을 지시한다. 이 작품은 전쟁이 발발한 그 순간, 즉 6월 25일을 기점으로 북한군의 서울 점령 상황을 그려낸다. 서울에 사는 형칠이 전쟁을 마주하는 것은 "북한 공산군"을 피해온 피난민들을 통해서이다. 몰아치는 피난민들을 바라보면서 형칠은 북한군의 잔혹성을 상상한다. 실제로 이 소설에서 북한군은 직접적으로 등장하지 않고 다만 형칠의 두려움을 통해서만 형상화된다.

서울에 들어온 북한군을 상상하는 형칠의 머릿속에서 그들은 더 이상 동족이 아닌 "폭력, 살육, 암흑"의 독재정치를 구현하는 악마 같은 존재로 설명된다. 이러한 경계설정이 가능한 것은 공산군이 민족을 위한 자들이 아니라 스탈린과 김일성의 지령에 따라 움직이는 군대로 설정

---

177) Christina Klein, Op. Cit., p.47.

II. 국가건설의 담론과 이행의 민족 서사   153

되었기 때문이다. 학살을 일삼는 북한의 공산군은 서울 시민을 공포에 떨게 하는 '민족의 적'으로 설정된다. 이러한 위기상황에서 서울을 떠난 남한의 정부를 대신하여 민족을 구하는 것은 미국이다. 소설은 비어있는 정부의 위치에 "우리를 도와서 공산군을 무찌르고 남북을 하나로 만드는" 미국을 놓는다. 전쟁으로 인해 국가 없음의 상황을 다시 경험하는 형칠에게 미국은 구원의 세력으로 간주된다. 남한의 시민들, 전쟁의 피난민들은 미국을 통해 다시 민족이 해방되기를 기원하는 것이다.

전쟁의 발발 순간 민족의 경계는 급격하게 변화한다. 소련의 괴뢰가 된 북한군이 민족을 위장한 적이 된다면, 미국은 조선의 해방을 돕는 형제가 된다. 한국의 위기는 냉전 진영의 위기로 간주되고 미국과 한국은 진영의 논리를 바탕으로 동일한 운명에 놓인 형제적 관계로 전환된다. 그리고 민족은 북한이 아닌 남한의 시민으로만 한정된다. 자유 진영의 외부에 있는 북한은 같은 민족이 될 수 없는 야만의 문명이기 때문이다.

형칠에게 있어서 서울함락이 지니는 의미는 중대하다. 그는 국민을 두고 남하한 정부를 비판하기보다는 자유 진영의 일부인 한국 사회가 종말의 위기에 놓여있다는 점에 좌절한다. 서울의 함락은 단지 민족의 위기가 아닌 진영 전체의 위기로 환원된다. 북한군의 승리는 곧 자유진영의 패배로 간주되고 이는 세계의 위기상황으로 인식된다. 서울의 점령은 선진적인 자유의 세계가 야만적 공산주의에 의해 파괴된 사건으로 의미화되는 것이다. 그리하여 인민군 점령 하의 서울은 인간 문명의 경계, 세계의 끝에 놓인다. 그가 피난을 가지 않고 죽음을 선택하는 것은 이러한 인식에 기반한다.

서울의 함락은 곧 이 민족의 대비극이다. 저 로-마 제국의 최후의 날을 연상케하는 비극, 예나 지금이나 하늘 빛은 변함없다. 해가 뜨

는것 달이 지는 것 달이 지는 것 바람불고 비 나리는 모-든 천리의
법측은 변함없건만 4천년 역사에다 "코리아 서울"은 굴욕의 환상을
그려놓고 말았다.

　형칠은 소나무에 기대여 서글픈 눈초리로 서울시가를 바라보며
애국가를 불렀다. 그가 최후로 부른 애국가 소리는 고주낙히 저 하
늘끝으로 살아지는것이었다.[178]

인민군이 서울에 들어오면 자신은 "무참히 피흘리고 죽"게 될 것이
라 짐작하던 형칠은 결국 자살을 선택한다. 더 이상 도망갈 곳이 없다
고 생각하는 형칠은 피난을 가자는 여동생의 제안을 거절한다. 피난을
떠날 곳이 없다고 여기는 이유는 형칠이 "민족은 수도가 없으면 죽는
다"는 인식을 지니고 있기 때문이다. 그에게 있어서 민족은 남한에 한
정되는 것이며 국가는 남한의 단독정부가 유일한 것이었다. 따라서 형
칠은 남한 정부의 부재 상황에서 민족이 곧 "대비극"에 이르게 될 것을
짐작하고 피난을 떠나는 대신 서울에 남아 죽음을 선택한다. 소나무에
기대 애국가를 부르며 죽어가는 형칠의 모습은 비극적인 민족과 운명
을 함께하는 희생자의 모습으로 형상화된다. 그는 전쟁에 직접 참여하
지 않았고 피난을 떠나지 못한 민간인이었지만, 나라를 위해 싸우다 죽
은 숭고한 전사자의 모습으로 각인되는 것이다.

「서울의 비극」은 전쟁의 비극성을 강조하면서 수도 서울을 중심으로
민족적 정체성을 점유한 남한의 민족 담론을 구체화한다. 그리고 남한
의 국민을 문명화된 민족으로 한정하면서 이들을 자유 진영의 일부로
귀속시킨다. 그리하여 형칠이 죽기 전 마지막으로 애국가를 부르는 순
간 수도의 점령은 고대의 제국이었던 로마 최후의 날과 겹쳐진다. 서울

---

178) 김송, 「서울의 비극」, 『전쟁과 소설』 계몽사, 1951, pp.88-89.

의 점령을 제국의 최후의 날로 이해하는 것은 북한군이 단순히 한국의 수도를 점령한 것이 아니었기 때문이다. 점령된 서울은 거대한 세계의 비극으로 전환된다. 한국전쟁은 두 개의 이념의 갈등 구도가 아닌 야만과 문명의 갈등 관계로 전환된다. 그리고 서울을 지켜내는 것은 인류의 문명을 지켜내는 것, 인류의 역사를 지키는 것으로 확장된다. 따라서 형칠은 남한만의 서울이 아닌 "코리아 서울"의 굴욕 앞에 놓여있다. 한국전쟁은 이제 남한시민의 위기가 아닌 세계의 위기로 사유된다.

「먼지」에서 냉전의 논리를 거부하고 민족의 통합을 기원했던 한뫼가 38선 위에서 죽음을 맞이했다면, 형칠은 국가와 자유 세계의 위기 앞에서 스스로의 목숨을 끊는다. 한뫼의 죽음은 냉전체제의 민족론으로 이행하는 역사 속에서 배제되는 민족의 비극적인 운명을 드러낸다. 그리고 남북의 갈등이 실제의 전쟁으로 이어졌을 때, 남한 사회에는 형칠과 같이 체제와 이념을 위해 자결을 선택하는 민족주의자들만이 남는다. 이들은 자결을 선택함으로써 악마와 같은 공산주의 사상에 오염되기 전에 순수한 민족적정체성을 보호하고자 한다. 이들의 비극은 국가의 분단에 놓여있는 것이 아니라, 자유 진영의 패배에 놓여있다. 민족의 정체성을 주장하는 것은 이제 과거의 제국과 식민의 논리에서 벗어나 냉전적 체제의 공산과 반공의 논리로 전이된다. 그리고 남한에서는 반공 국민만이 민족의 자격을 인정받는다.

해방을 제국의 종결로 이해하는 소설들은 해방을 통해 조선사회가 과거의 제국과 단절될 수 있을 것이라는 신념을 공유해왔다. 그리고 이를 바탕으로 세계사라는 보편의 역사를 따르는 민족의 발전의 과정을 기획한다. 이러한 목표 하에서 민족은 지역적 특수성을 소거하고 진보하는 세계의 일부로 설명된다. 이제 해방 사회의 민족 담론은 자신이 추구하는 보편이라는 이상이 결국 서구사회에서 유래하는 것임을 망각한 채, 조선 사회를 다시 선진의 문명을 지향하는 후진 사회의 지위에 놓는다. 그리고 남북의 민족은 두 개로 나뉜 냉전체제 내에서 각자가 상상하는 선진 문명이 되기 위한 과정에 돌입한다. 그 결과 조선의 독립은 냉전 질서 하의 역사발전 과정으로 전화된다. 이제 각각의 진영을 위한 전쟁은 곧 민족을 위한 전쟁으로 이해된다. 이러한 논리 속에서 냉전체제의 구획선 자체가 강대국들에 의한 것임은 더 이상 고려되지 않는다. 다만 좌우의 세력들은 서로를 향해 "괴뢰"의 호칭을 사용하면서 상대방의 식민성을 강조하고 스스로의 정당성을 증명하고자 할 뿐이다. 이제 민족은 통일된 민족이라는 목표가 아닌 경쟁적인 체제의 내부에서만 존재 가능한 "국민"으로 한정되는 것이다.

III. 냉전의 이데올로기와
결속의 민족 서사

III. 냉전의 이데올로기와 결속의 민족 서사

1. 미완의 해방과 단결의 민족록

(1) 혼종적 공간 '만주'와 불안과 혼돈의 해방 감각

1945년 8월 15일은 조선인들이 제국 일본으로부터 해방되는 날이었고, 당대의 많은 소설들은 이 순간을 제국에서 벗어난 식민지인의 감격을 통해 서사화하였다. 하지만 한편에서는 이러한 해방의 현실에서 혼란과 무질서의 상황을 발견한다. 해방의 순간 기쁨이 아닌 두려움과 불안감을 드러내는 작품들은 해방이 식민지인에게 자유를 가져다주는 것인 동시에 제국이 유지해온 질서에 균열을 일으키는 것임을 감지한다. 만주의 조선인을 통해 해방의 순간을 기록하는 소설들은 이러한 무질서한 해방의 현실에 대한 민감한 반응을 드러낸다. 해방 이전 만주는 식민지 조선의 경계 밖이자 제국의 경계 내부에 속한 공간이었다. 만주의 조선인들은 일본인들보다 열등한 지위에 있었으나, 중국인들보다는 우월한 민족적 위치에 놓여있었다. 이들은 식민지를 벗어났으되 여전히 제국에 속한, 2등 국민으로 살아간다.[179] 만주는 제국과 식민지의 사이에 놓인 혼종적 공간으로 기능하고 있었던 것이다. 그리고 해방은 이러한 공간 내부의 질서를 급격하게 전환한다.

만주 조선인들의 해방 순간을 기록하는 소설들은 해방을 기쁨이 아닌 혼란과 불안의 순간으로 서사화한다. 김만선의 「이중국적」(『압록강』, 1948)과 염상섭의 「혼란」(≪민성≫, 1949.2), 「모략」(『삼팔선』, 1948)등의 작품들은 해방 직후 만주에 살고 있던 조선인의 삶에 주목함으로써 제국의 일부인 동시에 식민지인이었던 조선인들의 양가적인 정체성을 가시화한다. 김만선의 「이중국적」은 식민지시기 만주로 이주해온 박노인의 삶을 통해 제국과 식민사회 사이에 놓인 만주 조선인의 정체성 문제를 다루고 있다. 만인 밀집 부락에서 만인들과 어울려 살고 있던 박노인은 일본어를 완전히 이해하지 못하면서도 중대한 소식이 있다는 정보에 라디오를 켠다. 일왕의 방송이 항복을 선언하는 것이었음을 알게 된 박노인은 여느 조선인들과 같이 조선의 해방을 기뻐한다. 하지만 다시 조선으로 돌아갈 생각에 기뻐하는 아들과 달리 박노인은 귀환을 망설인다. 그에게 조선인으로서의 정체성을 회복하는 것은 중요한 문제가 아니었기 때문이다.

> 조선으로 들어가 살자... 음 그것두 좋기는 허지만 뭘가지구 산단 말이냐! 몇십년 이렇게 떠돌아 다녔으니 고향이라구 가서 비벼댈 언덕거리가 이써야 하지 않겠니…. 난 아즉 돌아갈 생각까지는 못하겠다. 아무데서나 잘 살면 고만이지 여태까지두 살어왔으라구 ….그런데 여기서두 이제부턴 왜놈들 성활 받지 않구 살게 되질 않었느냐 180)

---

179) 천춘화, 「한국근대소설에 나타난 만주 공간 연구」, 서울대학교 박사학위논문, 2014, p.69.
180) 김만선, 「이중국적」, 『압록강』, 동지사, 1948, p.61.

해방이 되었음에도 불구하고 박노인은 조선으로 바로 돌아가기보다는 만주에서 살 방도를 마련하기를 원한다. 그에게는 조선으로 돌아가 조선의 민족으로 인정받는 것보다는 눈앞에 놓인 생활의 문제가 더 강렬하게 다가왔기 때문이다. 조선으로 돌아가는 대신 "아무데서나 잘 살면 고만이"라는 박노인의 모습은 해방의 순간 모든 조선인들이 민족적 주체로 신생할 것이라는 기대에 놓인 모순들을 드러낸다. 박노인에게 만주는 오히려 조선에서의 삶보다 더욱 익숙한 것이었다. 그는 만주인들과 함께 만주 옷을 입고 만주 말을 쓰면서 살아왔으며 중국인으로 귀화하여 민적까지 지니고 있었다. 따라서 박노인은 해방이 된 뒤에도, 무조건 조선인으로 돌아가기보다는 중국인으로 살아가는 것이 유리하다면 중국인으로, 조선인으로 살아가는 것이 유리하다면 조선인으로 살아가고자 한다. 이러한 그에게 민족적 정체성은 타고난 것이 아닌 선택되는 것으로 이해된다. 하지만 중국인으로 살고자 했던 박노인의 결정은 곧 그의 삶을 비극으로 이끈다. 그는 공동체의 이익이 아닌 개인의 이익에 따라 민족을 선택했기 때문이다.

박노인이 만주에 남기를 원했던 것은 그곳에서의 삶이 자신에게 더욱 이롭다고 생각했기 때문이다. 식민지시기에도 박노인은 일본인 앞에서는 조선인 행세를 하고 만주인 앞에서는 중국인 행세를 해왔다. 그에게 민족적 정체성은 다만 개인의 이해관계에 따라 선택되는 것이었다. 그리고 그는 "왜놈들"이 사라졌으니 만주에서의 생활이 더 나아질 것이라는 기대를 바탕으로 민족이란 공동체 의식을 회복하는 대신 국외자로 살 것을 결심한다. 하지만 해방은 민족적 공동체로의 즉각적인 귀속을 요청하는 사건이었다. 따라서 박노인 기회주의적 태도는 강력하게 부정될 수밖에 없었다. 공동체의 이익에 앞서 개인의 이익을 앞세우는 행위는 곧 청산되어야 할 제국의 것으로 간주되었기 때문이다.

만주국 하에서 박노인과 함께 살아온 만주인들은 이제 중국인의 정체성을 회복한다. 그리고 제국에 협조한 조선인이라는 이유로 박노인의 집을 습격한다. 폭도들에게 "우리두 중국사람"이라고 외치는 박노인의 호통은 통하지 않는다. 제국이 발행한 민적을 통해 증명받는 중국인의 정체성은 더 이상 유효하지 않기 때문이다. 박노인은 자신이 중국인임을 증명하기 위해 민적을 꺼내지만 오히려 그것은 폭도들을 더욱 흥분하게 만든다. 민적은 오히려 그가 스스로의 민족적 정체성을 숨기고 제국인으로 성공적으로 살아왔음을 증명하는 것일 뿐이었다.

「이중국적」은 두 개의 국적으로 살아간 만주의 조선인들을 통해 민족의 정체성이 하나의 국적을 선택하는 것이며, 이때 국적을 선택하는 것은 곧 제국적 질서를 청산하겠다는 의지로 해석되고 있음을 보여준다. 조선인으로 돌아오지 못하고 결국 중국인들에 의해 죽음을 맞이하게 된 박노인의 모습은 해방사회의 민족적 정체성이 단순히 핏줄이나 국적이 아닌 탈식민화의 의지를 통해 증명되어야 하는 것이었음을 드러낸다. 만주의 조선인들에게 조선인으로서의 정체성은 민족에 속하겠다는 선택과 의지를 통해 확보되는 것이다. 따라서 선택되는 국적으로 사유되는 민족의 정체성에는 민족적 본능이나 핏줄 대신 민족의 공동체를 향한 의지가 개입된다.

해방 직후 염상섭의 소설들은 만주라는 공간을 배경으로 식민과 제국의 혼종적 공간에서 조선인들이 '민족의 의지'를 회복하는 과정을 그려내는 데 집중한다. 「혼란」, 「모략」이 이에 해당하는 작품들이라 할 수 있다. 해방 이후 염상섭은 자신의 만주 경험을 바탕으로 하는 소설들을 다수 창작하는데, 이들 작품을 불안과 공포로 경험되었던 해방의 순간을 기록한다. 특히 창규를 주인공으로 하는 「혼란」과 「모략」은 연작소설이라 할 수 있을 정도로 유사한 배경 하에서 해방 직후 만주에서의 삶을 기록한다.

「혼란」은 해방 이후 만주국 내에서 각각의 민족들이 분리되는 과정에서 발생하는 조선인 사회 내부의 갈등 관계를 그려낸다. 그 제목에서 짐작할 수 있듯이 「혼란」은 해방의 상황을 무질서의 순간으로 기록한다. 창규가 해방의 현실에서 혼란과 무질서를 발견하게 되는 것은 그가 일본인과 함께 살아가고 있는 조선인이라는 입장에 놓여있기 때문이다. 창규는 조선인임에도 불구하고 일본인 거주지에서 일본인들과 이웃하며 살아간다. 이러한 창규의 삶은 해방 전 그의 삶이 식민지가 아닌 제국에 가까웠음을 짐작하게 한다.

식민지시기 만주에서 조선인, 만주인, 일본인의 공존을 가능하게 했던 것은 오족협화의 논리였다. 하지만 해방과 함께 이러한 제국의 원칙은 부정된다.181) 일본제국이 민족 내부의 계층화를 통해 만주국의 질서를 구성해 왔다면, 해방 후 만주 사회는 계층화된 민족적 질서를 거부함으로써 적극적인 반식민운동을 벌인다.182) 이 과정에서 만주의 조선인들은 불안감을 느낄 수밖에 없다. 이들은 조선이 아닌 만주에서 제국적 영토를 공유하며 살아왔기 때문이다.

일본인 거주지에 살고 있는 창규는 만주국 내의 조선인의 입장을 상징적으로 드러낸다. 만주인과 동일한 식민지인임에도 불구하고 그는 승전을 축하하기 위한 만주인들의 행사에도 함께 참여할 수 없을 정도

---

181) 분할과 정복은 실은 제국적 전략의 올바른 정식화가 아니다. 대개 제국은 분할을 창조하는 것이 아니라 오히려 현존하는 또는 잠재적인 차이를 인정하고 그 차이를 찬양하며 그 차이를 일반적인 명령경제 안에서 관리한다. 제국의 세 가지 명령은 '포괄하라, 구별하라, 관리하라' 이다. 안토니오 네그리. 마이클 하트, Op.Cit., p.269.

182) 이진영, 「중국공산당의 조선족 정책의 기원에 대하여」, 『재외한인연구』9, 2000.

로 미묘하고 불편한 위치에 놓인다. 만주인들과 함께 해방의 기쁨을 나누고자 하지만 일본에 협력하여 만주국이라는 제국의 체제를 구성해왔다는 점에서 환영받지 못하는 존재가 되었던 것이다. 그리하여 창규를 비롯한 만주의 조선인들은 일본인들과 마찬가지로 만주를 떠나야 하는 입장에 놓인다. 이러한 불안정한 상황을 기록하는 「혼란」은 해방된 사회의 급격한 변화에 대한 민감한 의식을 드러내면서 해방 이후 건설되는 민족 공동체에 대한 전망을 제시한다. 위태로운 만주 조선인들의 현실을 바탕으로 제국 이후 새로운 질서를 수립해야 하는 민족적 의무를 강조하는 것이다.

해방이 되고 제국의 권력이 소멸된 순간, 창규가 가장 먼저 염려하는 것은 제국적 질서가 사라진 뒤에 이어지게 될 무질서와 혼란이다. "국가의 보호도 없고 통제도 없이 굴레 벗은 말같이 날뛰기만 하는 이 혼란을 어떻게 무사히 가라앉히겠는가?"[183]라고 고민하는 창규의 독백은 만주국의 조선인들에게 해방이 다만 기쁨과 환희의 순간으로 설명될 수 없었음을 드러낸다. 제국이라는 권력이 소멸되는 해방의 순간은 필연적으로 혼란과 불안의 지점을 노출한다. 그리고 이러한 불안감은 일본인의 패전으로 종결될 수 없는 탈식민화의 과제를 발견하게 한다.

만주의 공간에서 조선인은 제국에 의해 희생당한 자들인 동시에 제국과 협조해온 자들이기도 하다. 따라서 조선인이라는 민족적 정체성은 '선한 희생자'라는 안정적이고 확고한 것이 아니라 언제든 제국에 포섭될 수 있는 위태로운 것으로 존재한다. 이러한 위태로운 현실을 바탕으로 창규는 조선인들 내부의 식민성에 대한 민감한 의식을 드러낸다. 그는 조선인들이 그동안 제국의 체제에 협조하면서 구축해온 식민

---

183) 염상섭, 「혼란」, ≪민성≫, 1949.2, p.65.

주의적 태도를 버리지 않는 한 해방으로 인한 위기 상황으로부터 벗어날 수 없을 것임을 예감한다. 그리고 위태로운 민족적 현실에서 벗어나기 위해 강력한 탈식민화의 의지를 요청한다.

창규가 민족의 분열에 대한 민감한 경계심을 지니는 것은 불안정한 민족적 정체성을 이해하고 있기 때문이다. 해방의 위기의식은 제국과 식민 사이에 놓인 불안정한 민족의 정체성을 발견하게 만들었으며 이를 극복하기 위한 통일된 민족 공동체를 요청하게 만들었던 것이다. 민족의 분열에 대한 위기의식을 바탕으로 창규는 하나 된 조선인회의 구성을 강조한다. 그리고 이를 위해 대일협력의 과거가 있는 임회장을 조선인회의 회장으로 내세운다. 조선인회의 분열에 대한 창규의 불안감은 민족의 단결과 통합에 대한 강조로 이어진다. 조선인의 정체성은 해방과 동시에 확보되는 확고부동한 것으로 간주되지 않는다. 조선인의 민족정체성은 이를 위한 실천과 실행의 의지를 담보로 구성되는 것이다. 하지만 조선인회가 지역 간의 감정을 내세우면서 분열의 위기에 놓이면서 창규의 노력은 좌절된다. 만주 조선인회의 설립과 관련된 일련의 과정 속에서 그는 민족적 주체로의 변화의 의지를 지니지 못한 조선인들의 어두운 미래를 예감한다.

「혼란」은 조선인회를 둘러싼 세력다툼을 통해 해방이 제국 권력을 소멸시키는 동시에 민족 간의 갈등과 무질서를 가져올 수 있음을 드러낸다. 그리고 이에 대한 경계심을 바탕으로 해방이후 조선인들이 스스로의 독립을 확보할 수 있어야 함을 강조한다. 이러한 의미에서 민족적 정체성은 외적인 측면에서 '일본인 아님'을 증명하는 것이 아니라 스스로의 의지를 통해 검증되는 것으로 설명된다. 「모략」은 이러한 관점을 전제로 민족정체성의 확보 문제를 다룬다.

「혼란」이 창규와 아내의 불안감을 통해 해방이 곧 민족의 독립과 자유로 이어질 수 없을 것이란 예감을 드러냈다면, 「모략」은 살인사건을 통해 이러한 불안감의 근본적인 원인을 보다 심층적으로 탐색해나간다. 「모략」은 일본인의 치안을 담당하던 일본인회의 노사끼가 조선 학교의 일본 선생을 조선인으로 오해하여 살인하게 되는 사건을 중심으로 한다. 살인사건은 해방 직후 만주사회의 불안감을 극대화하는 것이었는데, 특히 그것이 일본인을 조선인으로 오해하는 것에서 비롯되었다는 점에 주목할 필요가 있다. 해방 현실의 혼란과 불안을 민족정체성이 혼란해진 상황을 통해 설명하고 있는 것이다.

> 아직 초가을이라 일전만 같아야도 식후에 문앞에 평상들을 내어 놓고 동리 안악네들과 바람을 쏘이며 이야기판이 한참 버러졌을터인데 첩첩히 닫은 유리창 안에는, 인제는 떼어 버려도 좋을 방공 카-튼까지 치고 숨을 죽이고 들어 엎데었고, 밖앗만은 이때까지 시원히 켜보지도 못하던 외등을 집안보다 환히 켜서, 태극기를 중심으로 중국, 소련의 양국기를 종이로 만들어 좌우로 달은 문전을 환히 비치고 있다. 그나마 외등을 켠 집은 창규의 집뿐이요, 일본집은 감히 그것도 못키었다.184)

「모략」에서 해방을 맞이한 만주의 조선인들은 초가을임에도 불구하고 유리창을 닫고 "방공 카-튼"을 친 채 살아간다. 8월 15일 이후, 전쟁이 끝났음에도 불구하고 이들은 여전히 생존의 위기 상황에 놓여있는 것이다. 해방 이후 마주하게 된 이 새로운 위기의 상황에서 조선인들은 자신의 민족적 정체성을 밝힘으로써 생존을 도모한다. 외등을 켜지도

---

184) 염상섭, 「모략」, 『삼팔선』, 금룡출판사, 1948, p.81.

못한 채 집안에 숨어있는 일본인들과 달리 창규는 모든 빛이 집 앞에 걸린 태극기를 향하게 한다. 창규는 일본인 거주지에 살고 있음에도 불구하고 태극기를 중심으로 중국과 소련의 양국기를 내어 걸고 자신들이 일본제국이 아닌 식민지인이었음을 강조한다.

「이중국적」의 박노인과 달리 일본인 거주지에 살고 있다는 점에서 창규는 더욱 적극적으로 자신이 조선인임을 강조해야하는 상황에 놓인다. 그는 일제하에서 방공연습 등에 협조하지 않고 제국의 식민지인으로서 자의식을 버리지 않고 살아왔다. 하지만 자신이 일본인들의 회사에서 그들과 함께 일하며 그들이 구성한 사회 내에서 생활을 공유하며 살아가고 있었다는 점을 부정할 수는 없었다. 창규는 일본 사회 내에서는 불평등한 지위에 놓인 식민지인이었지만, 만주인들에게는 제국에 가까운 인물이었다. 따라서 창규과 같은 이들에게 해방은 제국 권력이 사라졌다는 안도감보다는 봉천의 중국폭동사건과 같은 공포와 불안감으로 경험된다. 그리하여 그는 다급히 태극기를 게시한다. 이는 해방의 기쁨을 나누기 위한 것인 동시에 생존의 위기 상황을 극복하기 위한 방책이었다.

「모략」은 만주의 조선인들을 통해 위태롭고 불안정한 조선인들의 처지를 드러냄으로써 조선인 공동체의 회복이라는 탈식민의 목표를 강조한다. 이러한 목표하에서 조선인이라는 민족적 정체성을 확립하는 것은 조선인의 핏줄이 아니라 공동체를 향한 의지가 된다. 타고나는 것이 아니라 의지적 수행을 통해 민족의 정체성을 달성하고자 하는 것이다.[185] 「모략」의 '야경'(夜警)은 창규의 조선인 되기의 의지를 드러내

---

185) 민족 서사는 교육적이고 수행적인 측면을 바탕으로 양가적인 기능을 한다. 호미 바바, 『국민과 서사』, Op.Cit.

는 중요한 소재이다.

해방 이후 조선인회와 일본인회는 각각 야경을 통해 각 민족의 안전을 도모한다. 각 민족의 안위를 보장하기 위한 활동이라는 점에서 야경 활동은 제국 이후에 구성되는 임시적인 국가권력을 상징하는 것이었다. 야경은 제국의 보호에서 벗어나 스스로의 힘으로 안전을 도모하고자 하는 민족적 의지를 드러내는 활동이었던 것이다. 창규는 야경의 문제 앞에서 다시 선택의 상황에 놓이게 된다. 그것은 일본인 구역에 살고있는 조선인으로서 일본인회가 운영하는 야경 활동에 동참할 것인가 하는 문제였다. 그가 살고있는 지역을 고려했을 때, 창규는 일본인회의 야경에 참여해야만 했다. 하지만 창규는 "더 이상 일본인회의 지휘명령을 받을 이유가 없으"므로 일본인회의 야경 활동에 동참하지 않겠다고 결정한다. 이를 통해 창규는 자신의 삶을 조선인의 영역으로 재조정하려는 강력한 의지를 드러낼 수 있게 된다. 창규는 자신의 집만 빼고 야경을 돌아도 좋다는 무리한 생각을 할 정도로 적극적으로 일본인의 생활영역에서 벗어나고자 노력한다. 그리고 이러한 선택의 결과, 그는 살해 위기에서 벗어나게 된다. 위태로운 해방의 상황에서 창규 대신 야경에 나간 가도우는 비극적인 살인사건에 희생자가 되었고, 창규는 살아남는다. "동리의 센진 창규"에서 조선인회의 지도자 창규로 변화함으로써 그는 실제로 자신의 생존을 보장할 수 있었던 것이다.

탈식민 사회는 민족을 위계적으로 나누는 제국의 논리를 해체하면서 등장한다. 제국 권력 하에서 일본인-조선인-만주인의 위계질서를 구성했던 협화의 논리는 부정되고, 만주의 각 민족들은 수평한 공동체적 관계로 변화한다. 「모략」은 조선인을 억압하고 착취한 과거의 일본인들이 아닌 제국의 정체성을 위장하여 민족 간의 독립적인 질서를 어지럽히는 해방 후의 일본인들의 모습을 서사화한다. 그리고 창규를 죽음의 위험에 놓이게 한 것, 그리고 조선인사회 전체를 혼란에 빠뜨리는 것들의 원인을 해소되지 못한 제국의 문제로 설명한다. 가도오의 살인 사건을 노사끼라는 제국적 주체의 기만적 태도로 제시하는 것이다. 노사끼는 각각의 민족적 질서를 구성하려는 의지를 무화하고 이들을 혼란에 빠뜨리기 위하여, 자신의 정체성을 숨기고 야경의 위협을 만들어낸다. 청산되지 못한 제국의 영향은 조선인과 만주인의 갈등을 만드는 모략으로 등장한다.

> 「만주인의 주목이 조선사람에게로 쏠리고 조선사람이 더미우면야 폭동이 일어난 대도 그 예봉이 조선사람에게로 가게될것이라는거죠.」
> 덕순이가 더 보탠다.
> 「그뿐인가. 지금 무기를 회수한다지만, 저의들야 얼마를 감추고 있는지 아나. 그것을 뒤로 빼돌려서 제공을 한다든지 웃돈까지 놓아서 매수를 한다든지 하게되면 저의들은 손하나 까딱 안하고도 골릴 수가 있거던. 만인은 고사하고 조선사람에게까지 또 무슨 손이 벌서 뻗쳐왔는지 알겠나.」
> 「참 그렇죠. 아까 이군더러 그 권총이 어디서 나온거냐고 물어야 좀처럼 출처를 대지도 않고 웃기만하는 눈치가 아는 일본놈에게서 얻어낸것인지도 모르죠.」
> 「어쨋든 혼란을 조선사람의 손으로 일으켜 놔서 만인과 싸움을 붙여놓고는 저의는 중재를 붖인다든지 그렇지 않드라도 조선사람 끼리의 갈등이나 혼란이 일어나도록 부채질을 할거니, 길 만 있으면 무기쯤 무에 아깝다고 안내놓겠나.」[186]

---

186) 염상섭, 「모략」, Op.Cit., p.102.

창규는 만주인과 갈등 관계를 야기하는 조선인들의 행태를 우려하면서 이러한 조선인들의 행동에 일본인들의 "모략"이 있을 것이라 짐작한다. 패전 이후에도 일본인들은 쌀과 총을 통해 만주 사회에 강력한 힘을 행사한다. 오족협화를 주장했던 제국의 권력은 해방 이후 정반대로 작동한다. 이들은 통제가 아닌 무질서를 만들어내는 존재로 변화한다. 과거의 제국은 해방 후에도 지속적인 효력을 발휘하면서 질서가 아닌 혼란을 유발하는 역할을 한다. 살인자 노사끼는 일본인의 신분을 숨기고 "일본놈에게 얻어낸 것"으로 간주되는 권총을 사용하여 식민사회 내부의 '혼란을 부채질'한다. 해방 후 민족적 구획과 분할을 통해 탈식민적 질서를 구축하려는 시도들을 무화하고자 했던 것이다.

청산되지 못한 제국은 민족의 분열과 갈등을 야기하는 새로운 위기로 다시 등장한다. 위장된 정체성은 이러한 제국의 위기를 전면화한다. 민족적 정체성을 위장하는 것은 민족의 구별을 통해 탈식민 사회의 질서를 구성하고자 했던 해방 사회를 혼란스럽게 하는 것이기 때문이다. 언제든 조선인의 얼굴로 위장할 수 있는 제국에 대한 불안감은 민족의 정체성을 지속적인 노력을 통해 증명되어야 하는 것으로 만든다. 창규는 수행적으로 완성되는 조선인의 정체성을 확보하기 위해 노력한다. 일본인들의 야경 활동을 거부하고 조선인회의 활동에 적극적으로 참여했던 것은 이러한 노력의 일환이다. 그리고 살인범 노사끼를 체포함으로써 제국에 대한 저항의 의지를 확고히 한다.

「모략」의 서사는 위장된 정체성을 민족의 내부에서 구축(驅逐)해내고자 한다. 이 때의 조선인은 단순히 '일본인이 아닌 자'라는 의미에서 나아가 제국과의 모든 관계를 절연한 주체로 이해된다. 제국에 협조해온 과거를 반성하고 제국적 질서로부터 벗어나기 위한 적극적인 노력을 통해 조선인 되기의 과정이 완성되는 것이다.

해방 후의 안전 확보가 결국 민족적 정체성의 확보와 연결된다는 점에서 이를 위한 일련의 과정은 결국 국경 내로의 귀환으로 종결될 수밖에 없다. 제국의 경계로부터 벗어나 국민국가의 경계[187]내부로 이동하는 과정은 위장된 정체성을 극복하고 민족의 정체성을 확립하겠다는 민족적 의지의 표현이었다. 따라서 만주에서 조선인의 안전을 보장하고자 했던 창규는 궁극적으로 조선으로 돌아가는 것을 목표로 한다.

위장된 정체성을 이용한 살인사건이 해결된 후 창규는 비로소 고국으로의 귀환을 결정한다. 혼종적 제국의 영역에서 귀환하는 조선인들은 위장된 제국인으로서의 정체성을 해소하고 민족됨의 의지를 통해 민족적 정체성을 확보한다. 그리하여 귀환을 미루던 창규는 노사끼에 의한 살인사건이 해결되는 시점에서야 비로소 떠나겠다는 결심을 한다. 노사끼를 처벌하는 과정은 만주 조선인 공동체를 보호하기 위한 것인 동시에 일본인 거주지에서 일본인과 살아가던 자신의 혼란한 정체성을 극복하기 위한 것이었다.[188] 창규는 혼란한 현실을 극복하기 위

---

187) 영역 국가란 단순히 영역에 관한 주권을 주장하는 국가가 아니다. 그것은 스스로의 권력을 영역적으로 조직하는 국가, 영역적인 조직을 통하여 그 내부의 신체나 재화의 배치 및 교통에 개입하고 이를 통제하는 국가이다. 와카바야시 미키오, Op.Cit., p.236.

188) 이러한 점에서 창규는 살해당한 가도오를 통해 만주에서의 삶을 극복하고 조선인으로서의 정체성을 확보했다(김윤식)기 보다는 노사끼를 통해 위장되어 있던 민족적 정체성의 문제를 해결하고 조선인으로 귀환하기 위한 자격을 얻게 되었다고 볼 수 있다. 그리고 이때의 민족정체성은 제국의 반대에 놓인 안정된 것이 아니라 내면의 식민성을 의심하면서 등장하는 불안한 것으로 존재한다. 살인사건을 통해 창규는 조선인이 될 수 있었지만 이러한 정체성 내부에 존재하는 양가적인 '조선인'의 모습을 발견하게 되었기 때문이다. 이는 해방 이후 염상섭이 더 이상 만주에서의 제국주의적 생활에 대해 이야기하지 않고 조선 민족 내부에서 제국 극복 문제를 다루고 있다는 점에서도 확인할 수 있다. 김윤식, 『염상섭연구』, 서울대학교출판부, 1999. p.711 참조.

한 강력한 민족적 의지를 증명해낸 뒤에야 비로소 조선인으로서의 귀환의 자격을 확보하는 것이다. 그리고 이때의 해방은 빼앗긴 과거의 민족적 정체성을 되돌려주는 사건이 아니라, 불안정하고 유동적인 민족적 정체성을 재구성하고 완성해내는 의지적인 과정에 놓여있다. 조선인이라는 정체성은 제국의 일부가 되어 살아온 식민지하의 삶을 반성하고 이를 극복함으로써 달성되는 주체적이고 적극적인 '되기'의 과정189)으로 사유 되는 것이다.

(2) 조선인으로의 귀환, 귀속 의지로서의 민족정체성

제국에서 조선으로 돌아오는 귀환의 여정은 단순히 제국의 소멸로 완성되는 것이 아니었다. 2등 국민이라는 만주인의 정체성이 말해주듯 식민사회의 내면에는 제국적 질서에 협조해왔다는 흔적이 남아있기 때문이다. 따라서 민족 내부에 남아있는 제국의 정체성을 소거하지 않는 한 조선인들은 국경 내의 민족적 정체성을 완성할 수 없다. 과거의 삶이 귀속되어 있었던 제국의 영역에서 벗어난다는 것은 민족 됨의 의지를 드러내는 첫 번째 과정이었다. 국경 내의 영역으로 돌아오는 과정은 '귀소 본능'에 의한 것이 아니라 민족으로의 '귀속 의지'를 드러내는

---

189) 염상섭의 민족 서사에서 제국의 기억이 은폐되고 있다는 점(김종욱), 애국주의에 기반한 언어민족주의가 드러나고 있다는 점(안미영)이 지적되어왔다. 이러한 논의는 염상섭 소설이 드러내는 구성주의적 민족론의 특성을 드러낸다. 하지만 이러한 민족정체성을 곧 국민국가의 국민으로 치환할 수는 없다. 염상섭의 소설에서 민족정체성은 선택하는 것인 동시에 스스로의 선택을 증명해야 하는 과정을 전제로 하기 때문이다. 즉 선택 이후 주체의 의지적 행위가 강조되는 것이다. 식민지인의 선택이라는 의미에 집중할 때, 국적이나 언어로 한정되지 않는 탈식민적 민족서사의 특징을 발견할 수 있다. 김종욱, 「언어의 제국으로부터의 귀환」, 『현대문학의 연구』 35, 2008; 안미영, 「염상섭 해방직후 소설에서 '민족'을 자각하는 방식과 계기」, 『한국언어문학』 68. 2009 참조.

것으로 간주된다. 이러한 의미에서 재만조선인의 귀환은 징용자나 징병자의 귀환과는 다르다. 이들의 귀환은 본능적이고 당위적인 것이 아니라 선택되고 또 연기되는 것으로 존재한다. 이때의 귀환은 조선인의 핏줄을 증명하는 것이 아니라, 제국적 질서 하에서 제국의 일부로 누려왔던 식민지인의 정체성에 대한 극복 의지를 증명하는 과정이다. 따라서 이들의 귀환은 단지 국경의 내부로 들어오는 것으로 끝나지 않는다. 내면에 남아있는 제국의 흔적을 완전히 지운 후에야 비로소 제국으로부터의 귀환은 완료되는 것이다.

민족의 공동체를 '매일매일의 투표'를 통해 유지되는 것으로 설명하는 구성주의적 민족정체성은 공동의 생활을 지속하겠다는 동의를 전제로 민족의 경계를 구성한다.190) 의지를 통해 증명되는 이 같은 민족의 정체성에서 중요한 것은 핏줄이 아닌 '민족의 정신'이다.191) 해방의 현실에서 불안과 공포의 감각을 재현하는 서사들은 귀환을 통해 이러한 '민족의 정신'을 가시화하고자 한다. 조선으로의 귀환은 곧 조선인으로의 귀속을 선택하는 의지로 서사화되는 것이다. 의지를 통해 증명되는 민족의 정체성에서 '귀속'의 감각은 공동체 의식을 구성하는 핵심적인 요소가 된다.192)

귀환을 통해 민족적 귀속 의지를 표명하는 서사들은 귀국의 과정을 제국으로터의 석방이나 탈출의 과정이 아닌, 내적인 고민과 회의의 결과로 형상화한다. 이들의 귀환은 운명적이고 절대적인 조국의 부름에

---

190) 앤서니 D. 스미스, Op.cit., p.68.

191) Ibid., p.70.

192) 구성주의적 민족론에서 국민은 "흘러가는 것의 망각 위에 쌓아 올려져, 매일 걸러지고 다시 새로워지는 귀속의식"으로 설명된다. 오사와 마사치, 『내셔널리즘론의 명저』, 김영작 외 역, 일조각, 2010, p.29.

대한 응답이라기보다 스스로의 민족적 정체성에 대해 질문하면서 조선인 되기의 의지를 확인하는 과정으로 기능하는 것이다. 염상섭의 「해방의 아들」193)은 만주에서의 귀환 과정을 통해 조선인으로서의 귀속의 의지를 확보하는 과정을 서사화한다. 귀속 의지를 통해 조선인의 정체성을 구성해나가는 「해방의 아들」은 「모략」에서와 마찬가지로 만주 조선인들의 위장된 정체성의 문제에 주목한다. 「모략」이 해방된 민족을 분열시키기 위해 조선인으로 위장한 노사끼의 이야기를 중심으로 한다면, 「해방의 아들」은 해방 전 일본인으로 살아가던 마쓰노를 통해 위장된 정체성의 문제를 다룬다.194)

「해방의 아들」의 주인공인 홍규는 이미 조선으로의 귀환을 결정한 인물이다. 「모략」의 창규와 마찬가지로 그는 불안정한 만주의 상황 속에서 민족적 귀속의 의지를 표명함으로써 위기를 극복하고 안정적인 민족의 정체성을 확보해나가고자 한다. 중국 안동에 살던 홍규는 만주 곳곳의 위험한 상황을 이겨내면서 아내와 함께 신의주로 돌아온다. 그리고 그곳에서 제국과 조선의 혼종적 정체성을 유지하고 있던 마쓰노라는 인물의 귀환을 부탁받게 된다. 마쓰노와 홍규를 통해 「해방의 아들」은 두 번의 귀환 과정을 서사화하게 된다. 조선인으로서의 선택을 완료한 홍규와 아내의 귀환이 안정적인 민족적 귀속의 과정을 그려낸다면, 마쓰노와 관련된 두 번째 귀국의 과정은 위기에 놓인 혼종적 민

---

193) 이 작품은 「첫걸음」이라는 제목으로 1946.11 ≪신문학≫에 발표되었다가 『해방문학선집』에 「해방의 아들」로 제목이 바뀌어 게재된다.

194) 마쓰노에서 준식으로 변화하는 과정이 민족에 대한 선택의 문제를 드러낸다는 점이 논의된 바 있다. 김승민, 「해방직후 염상섭 소설에 나타난 만주체험의 의미」, 『한국근대문학연구』16, 2007; 최진옥, 「해방직후 염상섭 소설에 나타난 민족의식 고찰」, 『한국현대문학연구』23, 2007.

족정체성의 문제를 드러낸다.

「해방의 아들」은 일본인의 국적을 지닌 '마쓰노'라는 인물이 조선인
이었던 부모를 따라 조선인 '준식'으로 변화하는 과정을 서술한다. 준
식은 비록 그가 자발적으로 선택한 것은 아니었지만 제국의 권력 하에
서 일본인으로 살아온 인물이다. 일본인에게 입양되면서 일본의 국적
을 얻게 되었기 때문이다. 만주라는 공간에서 준식 내외의 모호한 민족
적 정체성은 호기심과 궁금증의 대상이었다. 홍규 내외가 일본인이었
던 아내를 오히려 조선인이라 여겼을 정도로 준식은 조선인으로서의
자신의 정체를 철저하게 숨기고, 일본인으로 살아간다. 결국 준식이 조
선인이었다는 것을 알게 된 홍규는 그의 귀환을 돕는 과정에서 하나의
전제조건을 내세우는데 그것은 바로 일본인과 조선인의 사이에 놓인
스스로의 정체성을 명확하게 선택하라는 것이었다.

> 「그런이야기는 지금해 무얼하우, 다만 한가지 분명히 드러야 할
> 것은 조선으로 가겠느냐 일본으로 갈 생각이냐는 것이요. 다시 말하
> 면 당신은 조선사람이냐? 일본사람이냐?는 말이요. 한때 방편으로
> 이랬다 저랬다 할 세상도 아니오, 그래서는 나도 이러고 다닌 보람
> 이 없을 거니까....보람이 없다기보다도 나 역시 공연한 의심을 사고
> 뭇매에 맞어 죽을지 모르는 일이니까....」
>
> 홍규는 좀 더 단단히 일르소 싶으나 원체 기가 질리고 제려하니
> 더뼈지게 말이 아니 나왔다.
>
> 「부끄럽습니다. 하지만 지금와서 다시 이렇다 저렇다가 있겠습
> 니까. 이걸 보십쇼.」
>
> 마쓰노는 데블로 가서 문패와 손으로 그린 종이 태극기를 들고
> 나온다. 195)

---

195) 염상섭, 「해방의 아들」, ≪염상섭 전집≫ 10 ,p.24.

「모략」에서와 마찬가지로 태극기는 조선인으로서의 정체성을 증명하고 개인의 안위를 보장하는 역할을 한다. 만주에 살고있는 조선인의 귀환은 제국적 영역에서 태극기의 보호, 즉 국가권력의 보호 아래로 들어오는 것을 의미한다. 준식(마쓰노)역시 태극기를 들어 보이며 이제는 자신도 조선인으로서 살아갈 것이라 다짐한다. 그는 제국 아래서 일본의 국적을 지니고 일본인으로서의 혜택을 누리고 살았지만 해방 이후 스스로의 의지에 따라 조선인으로서의 정체성을 되찾고자 하는 것이다. 그리고 홍규는 위장된 정체성을 극복하고자 하는 준식을 같은 민족의 일원으로 받아들인다. 그는 과거 제국의 일부였으며 제국에 오염된 자였지만 태극기를 통해 스스로의 민족적 귀속 의식을 분명히 했기 때문이다. 준식과 그의 일본인 아내는 함께 조선에 남아 조선인으로서 살 것을 결심하고 이와 같은 선택은 받아들여진다.196) 이제 이들에게 중요한 것은 다만 오염된 과거를 지우고자 하는 의지에 놓인다.

「해방의 아들」에서 귀환의 전제는 제국인으로 살아온 과거를 반성하려는 의지이다. 조선인은 태어나는 것이 아니라 만들어지는 과정의 일환으로 간주된다. 그리하여 조선인이 되기로 결정한 후 준식은 비로소 조선의 역사와 조선의 글을 다시 배우면서 귀환의 과정을 준비한다. 준식의 귀환은 민족적 정신을 확보하는 과정이었으며 과거의 삶을 회복하는 것이 아닌 현재의 삶을 개척하는 것이 된다. 그는 장작을 패는 고된 노동을 통해 조선인으로서의 자격을 검증받으며, 일본인과의 갈

---

196) 「해방의 아들」은 조선인 남성을 중심으로 민족을 상상하고 있다는 점에서 일정의 한계(류진희)를 드러내는데, 이때의 민족 정체성을 단순히 부계중심의 국적 문제로 이해할 수는 없을 것이다. 『효풍』과 같은 서사에서 드러나듯 그것은 식민지인으로서의 자의식을 기반으로 여성-식민지의 규정을 넘어서 제국에 저항하려는 의지를 전제로 하기 때문이다. 류진희, 「염상섭의 「해방의 아들」과 해방기 민족서사의 젠더」, 『상허학보』27, 2009 참조.

등 관계를 극복함으로써 스스로의 정체성을 확보한다.

　새롭게 구축되는 민족의 정체성을 강조하는 「해방의 아들」에는 두 개의 탄생 장면이 등장한다. 해방의 순간 새롭게 태어나는 해방둥이는 홍규의 아들만이 아니었다. 일본인의 정체성으로 살아온 준식 역시 해방과 함께 새롭게 태어나게 되는 것이다. 위장된 정체성을 버리고 조선인으로서의 삶을 선택한 준식은 다시 조선의 아들로 태어나고자 한다. 그리고 이때의 탄생은 모든 과거를 잊고 이를 단절하면서 이루어지는 '신생'이 아니라, 과거의 과오를 인정하고 이를 반성하는 "갱생"[197]의 과정으로 형상화 된다. 준식은 식민적 과거를 망각하는 것이 아니라 이를 다시 기억해내는 과정을 통해 조선인으로의 귀환을 수행한다. 이러한 귀환의 과정 속에서 조선인은 더 이상 제국 일본에 의해 핍박당한 순수하고 선한 희생자들로 한정되지 않는다. 조선인들에게는 제국의 희생자라는 안정적인 정체성 대신 지속적으로 증명해야하는 민족적 의지가 중요해진다.

　「해방의 아들」은 언제나 위장된 형태로 존재할 수 있는 민족정체성에 대한 위기의식을 바탕으로 귀환을 향한 노력의 진실성을 강조한다. 그리고 이를 통해 구성되는 조선인의 민족적 정체성을 구체화하고자 한다. 하지만 마쓰노-준식은 이러한 정체성 회복의 의지를 지켜내지 못하고 결국 조선인이 되는 것에 실패한다. 홍규로부터 태극기를 받아들고, 조선인으로 갱생하고자 했던 준식은 결국 일본행을 택한다. 그는 위장된 조선인이라는 현실의 문제를 극복하지 못했던 것이다. 갱생에 실패한 준식의 서사는 해방기 귀환의 과정이 민족적 정체성을 시험하는 단계로 기능하고 있음을 드러낸다. 그리고 귀환의 완료가 곧 조선인

---

197) 염상섭, 「해방의 아들」, ≪염상섭 전집≫ 10, p.27.

이 되었음, 조선인으로서의 귀속 의지를 검증하는 결과였음을 보여준다. 이러한 귀환의 서사는 일본인을 일본으로 조선인을 조선으로 보내는 분리와 배제의 민족론을 넘어서 결속의 의지를 통해 새롭게 구축되는 탈식민적 민족론에 대한 기대를 엿볼 수 있게 한다. 엄흥섭의 「귀환일기」(≪우리문학≫, 1946.2) 역시 일본으로부터 귀환하는 순이의 여정을 통해 혈통이 아닌 민족 되기의 의지를 통해 민족 공동체를 구성하려는 시도를 드러낸다.

「귀환일기」의 주인공 순이는 정신대로 일본에 끌려가 군수공장에서 일하다, 가짜 형사에게 속아 술집에 팔리게 된 인물이다. 해방의 소식이 전해지자 순이는 아버지가 누구인지도 모르는 아이를 임신 한 채로 귀환의 여정에 나선다. 순이는 뱃속의 아이를 "큰 뱀"이나 들어있는 듯 "무섭고 정나미" 떨어져 하면서도, 아이의 아버지가 조선인임에 안도한다.

> 비록 몸은 천한 구렁 속에 처박히었을 망정 원수 일본인에게는
> 절대로 몸을 허하지 않았다. 그렇다면 뱃속에 든 어린아이는 역시
> 조선의 아들이 아닌가! 해방된 조선 독립되려는 조선에 만일 더러운
> 원수의 씨를 받아 가지고 돌아간다면 이 얼마나 큰 죄일까![198]

순이는 자신이 일본인에게 몸을 허락하지 않았으며 아이가 "조선의 아들"이라는 점을 강조한다. 그녀는 정조를 잃었다는 점에 죄의식을 느끼면서도 아이에게 일본인의 피가 섞이지 않았다는 점에서 안도한다. 자신이 "더러운 원수의 씨를 받아가지고 돌아"가지 않게 되었음을 다행이라 여기는 순이에게 핏줄은 민족적 정체성을 결정하는 중요한 요

---

198) 엄흥섭, 「귀환일기」, ≪우리문학≫, 1946.2, p.10.

소가 된다. 그리고 일본인의 핏줄을 지닌 아이를 귀환의 여정에 포함시키는 것은 곧 민족 대한 "죄"로 간주된다. 「귀환일기」의 귀환 서사는 이러한 인식 속에서 순이의 귀국과 출산을 민족정체성의 회복과정으로 설명한다.

순이는 조선인 피난민들의 배려로 기차표와 담요 등을 얻는다. 순이가 이러한 보호를 받으며 귀국할 수 있었던 것은 그녀가 조선인의 아이를 임신한 여성이었기 때문이다. 귀환하는 조선인에게 먹을 것조차 제공하지 않으려 하는 일본인의 모습과 대조적으로 조선인 피난민들은 순이를 적극적으로 돕고 서로의 안위를 살핀다. 조선인 피난민들은 순이와 순이의 아이를 공동체의 일원으로 여기로 이들을 보호한다. 그리고 배 위에서 아이를 낳게 된 순이는 얼굴 모르는 아이의 아버지 대신 조선인들로부터 아이의 탄생을 축하받는다. 이러한 과정을 통해 순이는 다시 한번 자신의 아이가 조선인이라는 점을 감사하게 여기고 스스로의 귀환의 정당성을 확보해나간다.

「귀환일기」는 일본에서 귀국하는 순이의 출산을 통해 민족의 정체성을 확인해나가는 귀환의 과정을 서사화한다. 순이의 아이는 아버지가 없는 아이지만 조선인의 아이였으므로 피난민들에게 "건국둥이", 민족의 아들로 환영받게 된다. 이처럼 귀환과 출산의 과정을 통해 조선 민족으로의 복귀를 서사화하는 「귀환일기」에서 주목할 것은 순이의 아들만이 조선의 아들로 수용되고 있지 않다는 점이다. 이 작품은 순이의 아들, 즉 조선의 아들이 탄생하는 순간의 이면에 놓인 또 다른 탄생 장면을 기록한다. 그것은 바로 중년의 대구 여성의 출산 과정을 통해 나타난다.

부인네 하나가 왈칵 달려들며 어린아이를 산모의 치마로 휘몰아 싸가지고 일어선다.
　　「내사두소, 웬수놈의 씨알머리요. 우리 조선이 인제 독립되게 됐는데 웬수놈의 씨를 나가지고 가면 되겠능기요!」
　　대구 여인은 이렇게 자기주장을 세우며 그래도 앉아서 일어날 생각도 않는다.
　　「웬수놈의 씨알머리고 아니고 간에 갓난 어린게 무슨 죄가 있수! 입 딱 다물고 잘 키워 노면 그래도 다 우리나라 백성 되지 지 아비 찾아가겠수!」
　　어린애를 껴안은 여인은 조심조심 걸어서 선실로 들어간다. 199)

　순이가 피난민의 도움과 축복 속에서 아이를 낳았던 것과 달리 이 이름 없는 대구 여성은 홀로 아이를 낳고 갓 태어난 아이를 돌보려하지도 않는다. 이 아이가 "원수놈의 씨알머리"였기 때문이다. 대구 여성의 이러한 잔혹한 모정은 제국의 과거를 분리함으로써 민족의 정체성을 확보하려는 민족의식을 드러낸다. 그녀는 "타국놈의 씨를 받았"던 자신의 과거를 원망하면서 일본인과 조선인 사이에서 태어난 혼혈의 아이를 부정하고 거부한다. 제국의 피가 섞인 자신의 아이를 버림으로써 조선으로 돌아가는 귀환 과정을 완성하고자 하는 것이다.
　「해방의 아들」이 조선인 홍규의 아들과 준식을 통해 민족적 주체의 탄생과정을 그리고 있는 것과 마찬가지로 「귀환일기」 역시 두 개의 탄생 장면을 겹쳐놓는다. 순이의 아들은 조선인의 아들로서 민족적 정체성을 확고하게 보장받았으며 이를 통해 순이 자신의 민족적 정체성을 증명할 수 있게 만드는 건국 둥이로 등장한다. 순이는 아비 없는 자식이라도 조선인의 자식을 낳았다는 점을 강조하면서 조선으로의 귀환

---

199) 엄흥섭, Op.Cit., p.18.

과정을 완료해나간다. 이와 달리 대구 여성의 아들은 "웬수놈의 씨"라는 타자의 정체성을 지니고 있다. 그리고 이 일본인의 아이는 어머니의 민족적 정체성마저 위태롭게 만든다. 그리하여 그녀는 자신의 아이를 부정함으로써 조선인 공동체에 귀속되고자 한다.

하지만 「귀환일기」는 이 두 개의 탄생을 모두 "건국둥이"의 출산으로 설명하면서 핏줄이 아닌 선택되는 민족의 정체성에 대한 전망을 드러낸다. 배 위의 피난민들은 순이의 아이에게뿐만 아니라 대구 여성이 낳은 아이에게도 축하의 인사를 건넨다. 갓 태어난 아이를 안은 조선인 여성은 아이에 대한 어머니의 태도를 비판하며 아이를 잘 키워 놓으면 결국은 "우리나라의 백성"이 될 것이라고 말한다. 이들에게 있어서 "우리나라의 백성"은 타고난 핏줄이 아니라 낳고 자라게 하는 과정을 통해 확보되는 정체성으로 사유되는 것이다. 홍규가 마쓰노에게 조선인으로의 귀속의 가능성을 열어두었던 것처럼, 「귀환일기」의 피난민들은 일본인의 핏줄을 가지고 태어난 아이에게도 조선인으로서의 탄생 가능성을 남겨둔다. 준식이 조선인으로 다시 갱생하고자 했던 것과 같이 대구 여성의 아이 또한 조선의 아들로서 살아갈 수 있는 자격을 얻게 된다. 그리고 이러한 과정 속에서 민족적 주체는 혈연이 아닌 민족의 정신을 확보하려는 의지를 통해 구성된다.

귀환을 통해 민족적 정체성을 설명하는 염상섭과 엄흥섭의 소설은 조선인의 정체성을 본질적으로 결정된 것으로 설명하지 않는다. 귀환의 과정을 통해 형상화되는 민족의 정체성은 식민과 제국 사이의 혼종성을 극복하고 스스로의 의지를 통해 증명되는 것으로 사유된다. 이 과정에서 제국은 단순히 일본이라는 외부의 대상으로 한정되지 않는다. 해방 이후에도 여전히 민족을 위태롭게 만드는 제국의 흔적들은 일본인뿐만 아니라 그들과 함께 살아온 조선인들에게도 남아있기 때문이다. 그리고 이같은 청산되지 못한 제국에 대한 위기 의식은 협조 관계를 청산하겠다는 강렬한 의지를 통해 탈식민의 민족론을 구성해낸다. 국경 내로의 이동을 통해 귀환민들은 '화합'되었던 제국 하의 신민으로서의 정체성에서 탈피하여, 독립된 민족의 일원으로 스스로의 정체성을 재조정할 수 있게 된다. 이때의 조선인의 정체성은 제국적 삶에 대한 극복 의지를 통해 증명되는 민족의 정신에 기반한다. 조선인이 되겠다는 귀속의 의지를 통해 탈식민적 저항의 의지가 확보되는 것이다.

(3) 해방 사회의 모리배들, 청산의 민족 윤리

해방과 함께 조선 사회 내에서 일본이라는 제국적 권력은 소거되었다. 하지만 일본인을 조선 내부에서 제거하는 것으로 해방은 완성되지 못했다. 제국의 권력은 단순히 일본이라는 대상에 한정되는 것이 아니라, 그 권력의 내부에 속했던 조선인들의 협조를 바탕으로 구성되는 것이었기 때문이다. 조선인들이 스스로의 내면에 존재했던 식민성을 극복해 내지 못할 경우 질서를 회복하는 것은 불가능하다. 해방의 혼란한 현실을 직시하는 소설들은 이러한 무질서와 혼란이 제국 이후에 구성되어야 할 민족적 주체의 모순에서 발생하는 것이라는 점을 인식하고 이를 극복하기 위한 노력을 강조한다. 이들 소설에서 제국의 극복은 조선인 스스로의 탈식민화 과정을 통해 완성된다. 그리고 이러한 인식은 해방과 독립의 의미를 분절하면서, 연합군에 의해 '공짜로 얻은' 해방에 대한 비판적 인식을 가능하게 한다.

귀국을 통해 조선인으로서의 정체성을 확보하고자했던 귀환민들은 해방 현실의 모순을 가장 먼저 목격한다. 이들은 제국의 영역을 벗어나 국경의 내부로 들어옴으로써 다시 국가권력의 질서로 귀속할 수 있을 것이라 믿었다. 하지만 돌아온 고국에는 여전히 무질서한 현실이 놓여 있었다. 제국을 벗어나는 것이라고 여겼던 조선으로의 귀환은 국경 밖의 생활과 다르지 않았던 것이다. 국경 내부의 조선 사회 역시 제국의 흔적에서 벗어나지 못하고, 혼란과 무질서의 상황에 놓여있었으며, 그 속에서 귀환 전재민은 여전히 민족으로서 기대했던 안전을 보장받지 못하고 소외되었다. 엄흥섭의 「집없는 사람들」(≪백민≫, 1947.5)은 귀환 전재민의 좌절감을 통해 해방 이후에도 여전히 독립하지 못한 조선의 현실을 비판적으로 기록한다.

「집없는 사람들」의 주인공인 종호는 귀환 이후에도 가족들이 머물 집을 구하지 못하고 불안정한 삶을 살아간다. 그는 만주에서 세탁 영업을 하던 기술을 활용하여 일자리를 찾아보려했지만, 결국 자신의 기술을 살리지 못하고 경험이 없는 사과 장수로 나선다. 사과 장사에도 성공을 못한 그는 집을 구할 돈을 마련하지 못한다. 겨울이 다가오는데도 가족이 생활할 수 있는 집 한 칸을 얻지 못한 종호는 자신의 귀환이 종료될 수 없음을 인식하고 좌절한다. 해방을 기뻐하며 무작정 귀환을 결심했을 때와 달리 조선 사회 역시 제국으로부터 온전히 해방되지 못한 사회라는 점을 알게 되었던 것이다.

> 종호는 자기가 전재민으로 들어와 아직까지 집한채는 고사하고
> 방한간 의지하지 못한 것을 생각할때에는 공연히 울화가 복바처 올
> 라오다가도 이것이 모도다 조선이 아직 독립못된 탓이라고 뉘우처
> 생각하곤 자기역 스스로 얼굴을 붉히곤 했다. 지나간 사십여년동안
> 우리민족의 등꼴을 처서 먹고살던 일본사람들의 일단 물러갓으면
> 응당 적산가옥은 그것이 집없는 전재민과 조선독립을 위하여 싸운

혁명투사에게 우선적으로 분배되어야 할것임에도 불구하고 적산가
옥의 반수이상이 악질모리배의 책동으로 부정점유되어있다는 사실
을 종호역 모르지는 않았으나 그렇다고 해서 자기한사람의힘으로
어떤집으로 강제돌입을 할수는 없는일이었다.[200]

    종호가 귀환을 결심한 것은 "민족의 완전독립"을 위해 노력해보자는
의지 때문이었다. 그는 해방 이후에 건설될 독립된 국가에 대해 의심을
갖지 않았다. 하지만 귀환 이후 종호가 발견한 것은 돈이 없는 자들에
게는 적산가옥 한 채 돌아오지 않는 현실이었다. 종호는 방 한 칸 내어
주기를 꺼려하는 조선인들을 통해 조선 사회 내부의 민족적 공동체가
여전히 불안정한 상태에 놓여있음을 알게 된다. 조선인들에게는 '동포'
에 대한 인정보다는 개인의 이익이 더 중요한 것으로 작용하고 있었기
때문이다. 이를 통해 종호는 해방된 사회를 살고 있음에도 불구하고 여
전히 독립되지 못한 조선민족의 현실을 발견한다. 그리고 종호의 비판
적 태도는 남한 사회의 적산배분 문제를 향한다. 혁명투사나 귀환민들
에게 보장되어야 하는 적산이 모리배에 의해 점유되는 현실의 모순이
지적되는 것이다. 종호는 패전한 일본인의 재산이 개인의 재산이 아니
라 민족의 자산으로 귀속되어야 함을 강조한다. 그리고 민족의 재산이
개인들의 이해관계에 따라 배분되는 현실을 "독립못된 탓"으로 돌린
다. 민족 공동체라는 공적인 정체성을 확보하지 못한 채 개인의 이익에
만 매달리는 조선인들의 모습은 곧 '해방이 왔으나 독립은 되지 않았
다.'는 현실의 문제를 자각하게 하는 것이다.
    「집없는 사람들」은 각각의 개인들이 확보해야 하는 민족적 공동체
의식을 강조한다. 이를 통해서만 종호와 같은 전재민들의 귀환은 종료

---

200) 엄홍섭, 「집없는 사람들」, ≪백민≫, 1947.5, p.63.

되고 조선의 독립이 이루어질 것이라 본다. 이 때 확보되는 독립은 일본이라는 제국이 제거되었는가 아닌가에 달려있지 않다. 민족의 정체성은 조선의 경계를 수립함으로써 완료되는 것이 아니라 이를 위한 노력의 과정을 전제로 한다. 그리고 이러한 노력은 제국 하에서 민족을 잊고 개인의 이익만을 위해왔던 자들이 다시 민족의 독립을 위해 스스로의 삶을 반성할 때 가능해진다. 따라서 모리배에 관련된 문제를 다루는 해방기의 소설들은 그들의 행동을 개인적인 윤리가 아닌 민족적인 윤리의 측면에서 비판한다. 이들의 행동은 단순히 부도덕하게 이윤을 추구하기 때문이 아니라 국가의 건설을 지연시키기 때문에 부정된다.

조선인들에게 사회적이고 공적인 주체로서의 역할을 강조하는 민족 서사들은 식민지와 제국의 협조 관계를 가능하게 했던 개인들의 부도덕성에 대한 청산을 요청한다. 민족적 정체성은 개인이 아닌 공동체를 위한 정신, 개인적 이해관계를 넘어선 내적 윤리를 통해 검증되는 것이다. 조선의 독립은 국가를 건설하려는 의지에 한정되는 것이 아니라 이러한 국가를 지속할 수 있는 공적이고 윤리적인 주체로의 회복에 달려 있다. 내적 반성을 탈식민화의 전제로 삼는 소설들은 윤리적이고 공적인 주체를 통해 새롭게 정립되는 민족의 공동체를 상상한다. 일본인이 경영하던 적산공장의 처리과정을 다루는 엄흥섭의 「관리공장」(≪민성≫, 1948.6)과 황순원의 「술이야기」(≪신천지≫, 1947.2-4)[201]는 이와 같은 탈식민적 청산의 과제를 구체화한다. 이들 소설들은 적산이라는 민족적 재산을 모리 행위로 부당하게 점유하는 자들을 비판함으로써 민족의 독립을 개인의 윤리와 연결시킨다. 그리고 이들의 비윤리적인

---

201) 「술 이야기」라는 제목으로 1947년 ≪신천지≫에 발표되었던 이 작품은 이후 「술」이라는 제목으로 바뀐다. 「술 이야기」와 「술」의 비교와 개작과정은 김한식에 의해 연구된 바 있다. 김한식, 「해방기 황순원소설 재론」, 『우리어문연구』44, 2014.

행동이 결국 제국에 협조해온 과거의 모습을 온전히 극복하지 못한 것에서 비롯된 것임을 밝힌다.

「관리공장」은 일본인 소유의 양조공장을 종업원들의 자치위원회를 통해 경영하려던 준오의 투쟁과 그 실패의 과정을 그린다. 「관리공장」은 공장 관리인의 비윤리적인 행동들을 반민족적인 행동으로 설명하면서 민족의 이익을 위해 노력하는 공적인 주체로서의 민족정체성을 강조한다. 그리고 이를 회복하기 위해 조선 사회 내부에 잔존하는 제국을 극복할 것을 요구한다. 준오가 일하던 양조공장은 "왜정시대 악질 일인의 손으로 운영되든 회사"로 해방과 동시에 적산 관리공장이 된다. 이러한 관리공장은 군정에 의해 관리되는데, 이후 군정이 일본인의 재산을 불하(拂下)하는 과정에서 많은 모순과 부정부패가 발생하게 된다.202) 적산가옥이 정당한 민족의 재산으로 귀속되지 못하는 상황은 「집없는 사람들」에서도 살펴볼 수 있는데 이는, 적산 기업에 있어서도 예외가 아니었다. 군정청은 적산 기업을 조선인에게 인수하는 과정에서 관리인제도를 실행하게 되는데, 이때 기업의 관리인이 기존에 기업에서 일하던 조선인들이 아닌 외부의 자본가를 중심으로 지명됨으로써 노동자와 관리인 사이에 갈등이 양산된다. 이러한 관리인들은 관리의 지위를 가질 뿐만 아니라 이후의 적산 배분 과정에서 유리한 입장에 놓이게 되고, 이들을 중심으로 적산이 처리되는 경우가 많았기 때문이다.203) 「관리공장」 역시 관리인과 종업원의 갈등 관계를 서사화함으로써 적산이 민족의 자산이 되지 못하고 자본가 개인의 이익을 위해 쓰이

---

202) 해방직후 일본인의 재산은 군정청의 법령을 통해 처리되는데, 남한의 미군정은 일본인의 재산을 압수한 뒤, 그것을 다시 조선인에게 돌려주는 과정에서 자본가 중심의 경제체제를 구성하게 된다. 이혜숙, 『미군정기 지배구조와 한국사회』, 선인, 2008.

203) Ibid., p.243.

게 되었음을 비판한다.

「관리공장」의 주인공인 준오와 공장의 노동자들은 해방과 함께 "모리배들의 착취회사"였던 회사의 운영권을 확보하게 된다. 하지만 군정 법령이 발표되고 난 뒤 일본인의 재산을 조선의 재건을 위해 활용하고자 했던 자치위원들의 계획은 무너지고 만다. 군정의 법령에 따라 "대야머리가 홀떡 벗겨진 중년신사"가 하루아침에 관리인이라는 지위를 얻어 회사를 경영하게 되었기 때문이다. 이 소설에서 준오는 조선의 건국을 위해 일인의 매수에도, 관리인의 매수에도 넘어가지 않는 민족적 주체로 형상화 된다. 그리고 공장관리인은 준오를 핍박하고 결국은 해고하는 반민족적 모리배로 등장한다. 이때의 반민족적인 주체는 "악질 일본인"이 아니라 자신은 "일제시대의 공장자본가"와 다르다고 주장하는 조선인이다. 「관리공장」은 민족의 내부에서 반민족적인 주체들을 발견하고 있는 것이다.

관리인은 조선인임에도 불구하고 개인의 이익에 집중함으로써 민족적 정체성을 확보하지 못한 비윤리적인 인물이다. 준오와 공장의 노동자들은 공장의 운영을 정상화하고 적산을 민족의 재산으로 환수하기 위해서 이같이 부도덕한 조선인들의 청산을 강력하게 요구한다. 독립된 국가가 건설되고 조선이 진정한 해방을 맞이하기 위해 제국의 세력뿐만 아니라 자신의 이익에만 관심을 두는 자들을 소거하여 공적이고 윤리적인 민족을 구성해내야 한다는 점을 강조하는 것이다. 이러한 청산의 목표하에서 민족이 아닌 개인을 위한 삶을 사는 자들은 민족국가의 건설, 즉 독립이라는 민족적 과제를 방해하는 자들로 설정된다.[204]

---

204) 이러한 관점은 "빨갱이 때문에 독립이 안된다."고 말하는 김동리의 「상철이」와 대조적이다. 해방 사회의 국가건설론은 동일한 목표를 내세우면서도 전혀 상이한 방향을 제시하고 있었던 것이다.

개인의 이익만을 위하는 모리행위는 비도덕적인 행위인 동시에, 과거의 제국적 삶의 방식을 극복하지 못한 비민족적인 것으로 이해된다. 이들의 모리행위는 개인의 영달을 위해 살아가던 식민지적 삶의 형태로 규정된다. 따라서 공장관리인의 배임행위를 발견하게 된 준오는 관리인의 비리문제를 조선의 독립문제로 직결시킨다.

> 8.15직후 공장자치위원회를 조직하든때 서로 배반하지말고 조선의 완전독립을 위하야 우리들의 손으로 직장을 직히고 생사를 같이 하자든 굿센 맹서를 생각한다면 그들은 얼골을 붉히며 반다시참회의 눈물을 흐려야 맛당할것이라고 생각된 준오는 자기 스스로 두눈 시울이 뜨거워졌다.
> 사십이 넘도록 아직 눈물을 흘려본 일이 없는 준오가 이렇게 두 눈알이 흐릿해지는 이유는 무엇인가?
> 준오는 그것이 얼른 독립이안되는 조선의 혼란한 현실이 안타깝고 설어워졌기때문이라고 스스로 대답하여
> 어째서 얼른 독립이안되는가? 그 원인의 하나는 대야머리관리인 같은 모리배가 날이 갈수록 더욱더 수효가 늘어가기때문이라고 생각되었다.[205]

준오는 해방의 현실에서 환희가 아닌 좌절을 경험하고, 기쁨의 웃음이 아닌 눈물을 보인다. 식민지하의 조선 사회에서도 "사십이 넘도록 눈물을 흘려본 일이 없는 준오"였지만 독립이 되지 못하는 조선의 혼란한 현실을 발견하고는 눈물을 짓는다. 조선인인 공장 관리인을 통해 "악질 일본인" 공장주인 밑에서 일을 하던 때보다 더욱 심한 좌절감을 맛보게 되었기 때문이다. 그는 일본이 패망했음에도 불구하고 공장의

---

205) 엄흥섭, 「관리공장」, ≪민성≫, 1948.6, p.67.

관리인과 같은 모리배가 늘어나는 해방의 현실에서 조선의 독립은 더욱 어려워질 것이라 예감한다. 일본이라는 제국적 주체가 소멸되었음에도 불구하고 조선의 사회는 여전히 온전한 해방을 이루지 못했음을 발견하는 것이다. 이러한 현실 인식 속에서 해방은 일본이 패배한 순간 도래하는 것이 아니라 조선인 스스로가 민족 되기의 과정을 완료할 때 가능한 것으로 사유된다.

해방을 혼란의 현실로 설명하는 소설들은 개인의 이익만을 추구해 왔던 모리배들을 청산하지 않는다면 진정한 조선의 해방이 불가능하다는 점을 강조한다. 모리배들은 해방된 사회 내에서 여전히 극복되지 못한 제국적 관계를 가시화한다. 그리고 제국 극복의 과제가 조선인들을 핍박한 일본인들을 내쫓는 것이 아니라 제국에 협조해온 식민지인들을 청산하는 과정에 놓여있음을 강조한다. 해방 사회가 혼란을 극복하고 질서를 세우기 위해서는 제국을 축출해 내는 것만큼이나 조선인 내부의 식민성을 축출해내는 것이 중요해지는 것이다. 그리고 조선의 독립은 이들과 같이 자신의 이익만을 위해 살아온 개인적인 태도를 버릴 때 가능한 것으로 설명된다. 따라서 독립을 이루고 국가를 건설하고자 하는 탈식민적 목표에는 청산되지 않은 식민지인들의 삶과 이를 소거하기 위한 윤리적 반성의 문제가 강조된다. 황순원의 「술이야기」는 신민과 국민 사이에 놓여있는 해방기 조선인의 위태로운 정체성을 효과적으로 형상화하면서 조선인들에게 남겨진 내적 청산과 민족 되기의 과제를 제시한다.

「술이야기」는 「관리공장」과 마찬가지로 해방 직후 군정에 의해 관리를 받게 된 적산 공장(양조장)의 경영권 관련 갈등을 다룬다. 그리고 공장경영과 관련된 조선인 관리인의 모리행위를 부각시킴으로써 민족의 온전한 독립의 전제가 되는 내적 청산의 과제를 강조한다. 주목할 것은 청산되지 못한 조선인의 문제가 다만 민족 공동체의 이익을 내세우는 공장 노동자들 외부의 인물로 한정되지 않는다는 것이다. 「술이야기」는 조합원들과 함께 적산공장을 경영하고자 했던 준호의 타락을 통해 외면화되지 않는 제국의 위협을 서사화한다. 「술이야기」에서 공장의 노동자였던 준호는 「관리공장」과는 달리 양조장의 경영권을 얻는 데 성공한다. 가난하지만 공장을 위해 성실하게 일했던 준호가 조합원들에게 그 자격을 인정받아 양조장의 대표가 되고 공장의 사장 역할을 대리하게 된 것이다. 하지만 공장의 관리자가 된 후 준호는 과거 제국의 경영인들과 유사한 모습으로 변화하게 된다.

「술이야기」는 악한 반민족자와 선한 민족적 주체의 대립적인 관계보다는 선한 조선인이 악한 자본가로 변모하는 과정을 다룬다는 점에서 다른 소설들과 변별점을 지닌다. 준호는 여타의 소설에 나타나는 모리배의 모습과는 사뭇 다르다. 처음 준호는 모리배들이 공장의 물품을 빼내기 위해 "백원지폐 한 뭉치"를 손에 쥐어 주었을 때도 이를 뿌리치며 공장을 지켰을 정도로 윤리적인 인물이었다. 그는 처음부터 개인의 이익만을 생각하여 민족을 배신하는 모리배가 아니었던 것이다. 오히려 그는 해방의 혼란 속에서 반민족적인 모리배의 모습으로 변화한다. 해방 이후 양조장의 관리를 맡게 되고 그 경영권에 욕심을 내게 되면서 준호는 여느 모리배와 같은 모습으로 변화한다. 그는 공장을 차지하기 위해서 교제에 나서고, 조합원들이 공동으로 만든 생산물인 술을 개인을 위해 쓴다. 이러한 준호의 변모를 상징적으로 드러내는 것은 바로 해방 후 준호네 가족이 살게 된 일본인 가옥에서의 삶이다.

양조장이 그러했듯 일본인의 집 또한 조선인의 재산으로 환원되는

데, 양조장의 관리인으로 인정받게 된 준호는 일본인 지배인이 살던 집에 들어가 살게 된다. "다다미 바닥"을 지닌 이 집은 과거 지배인의 전형적인 일본식 취향을 드러낸다. 이사한 직후의 준호는 이러한 일본의 취향을 강력하게 거부하면서 집안에 남아있는 모든 일본적 잔재들을 제거하기 위해 노력한다. 일본식의 모든 물품들을 옮겨내고 들어선 준호의 가족은 조선 사회 내에서 일본적 문화와 사상 일체를 제거함으로써 민족의 독립과 해방을 달성하고자 했던 청산의 논리를 상징적으로 드러낸다. 하지만 이러한 청산의 과정은 끝까지 완료되지 못한다. 그 불완전함의 시작은 일본인이었던 지배인의 부인과 함께 살면서 시작된다. 일본인 여성은 일본으로 송환될 때까지 머무를 데가 없다며 다시 자신의 옛집으로 돌아오고자 하는데, 준호는 이러한 태도에 침묵함으로써 다시 이 여성을 집안에 들이는 데 동조한다. 그리고 이 일본인 여성이 적산가옥에 들어온 이후, 집안 내에서 진행되었던 청산의 과정은 급격히 약화된다.

> 이러한 어떤날 준호는 방안 구석구석이 허퉁함을 느끼게 됐다. 이게 아무래도 그 자리자리에 노혀잇서야 할 가구들이 업서진 탓이리라 사실 가구야 무슨 죄가 잇느냐. 건섭이가 일본적인 것은 일소해 버려야 한다는 말에도, 이 가구 가튼 것은 들지 안헛스리라. 당장 이러케 방안이 텅 비여서는 큰 집다운 격에 맛지 안허안댓다. 준호는 물치간에 치웠던 가구들을 도루 내여다 제 자리에 노키로 하엿다.206)

일본인 부인은 자신이 조선에서 누려온 것에 대해 여전히 아쉬워하면서 집안의 물품을 다시 모으기 시작한다. 일본인 부인이 다시 집안의

---

206) 황순원, 「술이야기」, 《신천지》, 1947.2, p.150.

청소를 맡게 되면서 집안은 다시 일본인 취향에 맞춰서 정리된다. 준호는 자신을 대신해 집안을 청소하는 부인의 빗자루 소리를 일본의 기질에 빗대어 이해하면서 불쾌감을 드러내지만, 시간이 지나면서 그는 일본인 부인에게 익숙해진다. 그는 곧 신경이 쓰이던 일본인의 빗자루 소리를 잊게 된다. 그렇게 시작된 변화는 준호 자신이 집안에 다시 예전 지배인의 물품을 가져오는 것으로 본격화 된다. 이제 집은 일본식 가옥의 모습을 되찾고 준호는 이전의 지배인이 그랬던 것처럼 매화꽃을 즐기며 살아가게 된다.

준호는 조합원들과 함께 "일본적인 것"을 "일소"하는 과정에 동참해왔다. 하지만 공장의 경영권을 얻게 된 후 청산의 윤리를 망각하면서 식민사회의 지배인과 동일한 모습으로 변모한다. 이제 그는 자신이 가진 것을 잃게 될까 연연하면서 조합원들과 대립한다. 결국 준호가 조합이 아닌 스스로의 이익을 추구하게 되었을 때, 조합원들은 그에 대한 신뢰를 버리고, 새로운 경영자를 내세우고자 한다. 준호는 이러한 조합원들의 태도에 분노하면서 지극히 모리배적인 방식으로 공장의 경영권을 유지하고자 노력한다. 이제 준호에게 조합원들과 공장의 이익은 전혀 고려되지 않는다. 그는 다만 자신만의 이익을 지키기 위해 전전긍긍한다. 그리고 이처럼 개인의 이익을 추구하던 준호는 조합원들의 의견을 "음모"로 규정하며 칼을 들고 그들에게 대항한다.

결국 "검붉은 피"를 "다다미 위"에 쏟으며 죽음에 이르게 되는 준호의 모습은 탈식민의 윤리를 망각한 조선의 최후를 상상하게 한다. 준호는 공장의 관리인이 되고, 적산 가옥에 들어서면서부터 조합원의 이익이 아닌 자신의 이익에 집중하게 된다. 이러한 변모는 일본적 삶의 양식을 수용하게 되는 과정을 통해 상징화된다. 준호는 일본 여성을 자신

의 집에 들이게 되는 순간부터 과거 청산을 중단하였고, 조합의 대표가
아닌 공장의 경영자로 변모한다. 식민지인으로 살아가던 자신의 과거
를 잊고 제국인의 삶을 모방하는 순간 그의 타락이 시작되었던 것이다.
따라서 준호의 비극은 단순히 권력욕에 빠진 개인의 타락으로 읽을 수
없다. 그의 죽음은 보이지 않는 제국의 흔적들에 의해 위협받는 조선의
현실을 지시하고 있는 것이다.

「술이야기」는 준호의 타락을 통해 탈식민화 과정에서 청산의 중요
성을 강조한다. 이 때의 청산은 다만 일본인을 배제하는 것이 아닌 식
민사회 내부에 상존하는 제국의 흔적을 모두 제거하는 것을 의미한다.
비가시적이지만 위협적인 제국의 흔적은 민족적 공동체를 자각하지
못한 모리배적 행위에 내포되어 있다. 해방 사회의 모리배에 주목하는
서사들은 개인적 이익에 앞서 공동체의 이익을 사유하는 윤리적 태도
를 확립함으로써만 민족의 독립이 가능함을 강조한다. 공동체적 윤리
의식의 회복이 탈식민사회를 위한 우선적인 과제로 제시되는 것이다.

해방기의 채만식 소설 역시 풍자적 소설들을 통해 민족 내부의 청산
과제를 강조한다. 그리고 이를 통해 탈식민사회에서 구성되어야 할 민
족정체성을 공적이고 윤리적 것으로 구체화한다. 「논 이야기」(≪협동≫,
1946.4)와 「미스터 방」(≪대조≫, 1946.7)은 모리배를 통해 해방되지 못한
현실의 문제를 지적한다. 「논 이야기」는 해방의 '만세'가 모두의 것이
아니었음을 전제로 한덕문의 왜곡된 현실 인식을 비판적으로 그려낸
다. 한덕문은 일제 말 자신의 빚을 청산하기 위해 일인에게 재산을 판
뒤, 일본인이 조선에서 물러날 것을 기다리다가 해방을 맞이한 인물이
다. 한덕문은 해방의 소식이 전해지던 날, 다른 사람들과 함께 조선의
해방을 축하한다. 그가 다른 사람들과 함께 해방을 기뻐하는 것은 조선

의 민족이 제국으로부터 해방되었기 때문이 아니라, 다만 일본인에게 판 자신의 땅을 찾게 될 것이라 생각했기 때문이었다. 그에게 해방은 민족이 아닌 개인을 위한 것으로 이해되는 것이다.

한덕문이 나라를 불신하고 개인의 이익을 추구하게 된 것에는 식민 사회 이전부터 지속되어오던 부패한 권력의 문제가 존재한다. 동학운 동 때 아버지를 살리기 위해 나라에 땅을 바쳤던 한덕문에게 '나라'는 민중을 보호하는 제도가 아닌 부패와 착취의 구조였으며, 가난한 농민 들은 나라에 의해서도 제국에 의해서도 보호받지 못하는 대상이었다. 따라서 그는 일본이 "조선을 합방"하는 순간 "그깐 놈의 나라 시언히 잘 망했지."라고 말한다. 백성에게 고통을 준다는 점에서 그는 제국과 국가의 제도를 동일한 것으로 간주했던 것이다. 따라서 한덕문에게 있 어 '나라'를 통해 규정되는 민족의 정체성은 더 이상 유효하지 않다. 한 덕문이 일본인에게 땅을 팔면서도 죄책감을 지니지 않는 것은 바로 이 러한 이유 때문이다. 그는 과거의 경험을 바탕으로 민족을 망각하고 철 저하게 개인의 이해관계 속에서만 살아왔던 것이다. 나라를 부정하는 한덕문에게 패전한 일본인의 재산이 민족의 재산으로 귀속된다는 것 은 이해되지 않는 결과였다. 따라서 한덕문은 적산이라 할 수 있는 일 본인의 재산이 자신의 것임을 주장하고, 그것이 국가에 귀속된다는 것 에 강하게 분노한다.

> 「일 없네. 난 오늘버틈 도루 나라없는 백성이네, 제길 삼십육 년 두 나라 없이 살아왔을려드냐. 아니 글쎄 나라가 있으면 백성한테 무얼 좀 고마운 노릇을 해주어야, 백성두 나라를 믿구, 나라에다 마 음을 붙이구 살지. 독립이 됐다면서 고작 그래, 백성이 차지할 땅 뺏 어서 팔아먹는게 나라 명색야?」

그러고는 떨고 일어서면서 혼잣말로
「독립됐다구 했을 제, 내 만세 안부르기, 잘했지.」[207]

땅을 되찾을 수 없게 되었다는 것을 알게 된 한덕문은 스스로를 다시 "나라 없는 백성"으로 규정한다. 자신에게 이익이 되지 않는다는 이유로 민족을 부정하는 한덕문은 해방된 조선이 가장 먼저 극복해야할 문제가 민족 그 내부에 있음을 밝혀준다. 한덕문과 같은 이들이 민족을 버리고 개인을 위해 살아가는 한 조선 사회는 진정한 해방을 누릴 수 없다. 독립된 국가의 건설은 불가능해지고 제국적 삶은 해방 이후에도 지속되는 것이다. 따라서 민족의 진정한 해방을 위해서는 개인의 이익을 앞세워 민족을 망각한 자들이 다시 스스로의 윤리성을 회복하는 과정이 필요하다. 그런데 「논 이야기」에서 이와 같은 반민족적인 인물이 봉건적 사회구조의 희생자였다는 점은 윤리적인 주체로서 민족 되기의 과제가 개인적 측면에 한정되는 것이 아님을 말해준다.

한덕문이 민족으로부터 이탈되는 것은 단지 개인의 부덕함 때문만은 아니었다. 이들이 다시 민족으로 돌아오기 위해서는 착취와 지배의 논리 위에 세워진 권력의 구조가 우선적으로 해소되어야 한다.[208] 개인의 청산뿐만 아니라 조선 사회 내부의 부당한 권력구조가 청산되지 않는 한, 여전히 조선에는 "나라 없는 백성"들이 존재할 수밖에 없는 것이다. 특히 「논 이야기」에서 중심적으로 다루어지는 토지개혁의 문제

---

207) 채만식, 「논 이야기」, ≪협동≫, 1946.4, p.121.
208) 봉건적 착취 구조에 대한 비판은 채만식 소설이 좌익 문단의 민족담론에 공감하고 있었음을 보여준다. 하지만 봉건적 사회에 대한 비판이 과거-제국의 시기에 한정되지 않는다는 점은 당대 좌익문단의 봉건 사회 비판과의 중요한 변별점이다. 채만식의 소설에서 봉건 사회는 제국과 동시에 소멸되지 않는다. 해방 후의 사회에도 여전히 "나라 없는 백성"들은 남아있기 때문이다. 채만식은 봉건의 사회가 제국의 종결과 함께 극복된 것이 아니라 독립의 그 순간까지 지속되고 있음을 지적한다.

는 청산의 과제가 민족적 제도 내부에도 상존하고 있음을 말해 준다. 토지개혁은 조선 내부 권력층의 의식변화를 전제로만 해소될 수 있는 것이었기 때문이다.[209] 따라서 조선의 진정한 해방은 단지 일본제국주의 하의 기억을 망각하는 것이 아니라 그전부터 지속되어오던 불합리한 권력의 구조를 해소하려는 적극적인 노력을 통해 가능해진다. 제국은 바로 이러한 권력의 구조 하에서 존재해왔기 때문이다.

민족적 청산의 윤리를 강조하는 서사들은 약자를 배제하고 착취하는 제국적 권력의 구조를 해소하지 않는 한 해방이 완성되지 못할 것이라 강조한다. 과거를 직시하고 배제된 민중을 포섭할 수 없다면 해방 이후에 건설되는 국가는 더 이상 민족의 '나라'로 존재할 수 없기 때문이다. 따라서 채만식의 소설은 민족의 외부에 놓인 특정한 대상(일본)을 제국으로 이해하는 대신 비대칭적인 관계를 통해 질서를 만들어간 권력의 구조를 제국으로 설명하는 데 집중한다. 식민지인과 제국인의 관계를 구성해낸 제국적 '체제'를 탈식민화의 대상으로 삼는 것이다. 그리고 진정한 독립과 해방은 윤리적인 공동체로서의 조선 사회가 회복된 이후에 달성되는 것으로 설정된다.

「미스터 방」은 제국적 체제를 청산하지 못한 조선의 사회에서 다시 조선인들이 식민적 주체로 귀속되는 과정을 구체화한다. 그리고 이 과정을 통해 일본으로 상상되었던 제국이 언제든 미국이란 대상으로 대체될 수 있음을 밝힌다. 「미스터 방」은 "미천"하고 "가난"하던 방삼복이라는 인물이 "영어 마디나 익힌 것"을 활용하여 해방 사회에서 모리 활동을 하는 것을 풍자적으로 그려낸다. 「논 이야기」의 한덕문처럼 방

---

209) 유인호, 「해방후 농지개혁의 전개과정과 성격」, 『해방전후사의 인식』, 한길사, 2006, p.455.

삼복 역시 민족의 해방 앞에서 무조건적인 환희를 느끼지 않는다. 오히려 그는 8.15 당일 거리에 사람이 없어 손님이 없어졌다는 이유로 독립을 원망한다. 방삼복이 해방을 기뻐하게 되는 것은 해방된 사회의 혼란이 자신에게 기회와 이익을 제공했을 때뿐이다. 해방 직후 무질서한 상황을 이용해 돈을 벌 수 있게 되었을 때 비로소 방삼복은 만세를 외친다. 개인의 이해관계를 앞세우며 해방의 현실을 살아가는 방삼복은 해방 이후에도 여전히 민족이 되지 못한 비윤리적 인물로 형상화된다.

방삼복이 해방 사회에서 새로운 기회를 얻게 된 것은 우연히 미군을 만나면서부터이다. 미군과 간단한 소통을 할 수 있었던 그는 여러 이권 문제에 개입하게 되면서 급속히 부를 축적한다. 그가 해방 이후 부와 권력을 얻을 수 있었던 것은 다만 짧은 영어 덕분이었다. 해방이 된 조선 사회에서 중요한 것은 여전히 강대국의 언어를 구사하는 것이었다. 반면에 조선 민족의 독립과 자치를 위한 노력은 정당한 대가를 얻지 못한다. 그리고 과거 식민지시기 일본인과 유지했던 관계는 미국인을 대상으로 반복된다.

방삼복은 미군과의 관계에서 독립된 민족의 지위를 확보하지 못하고 다시 식민적 관계를 만들어 나간다. 조선의 문화를 소개해달라는 미군의 요구에 그는 경희루를 "임금이 기생 데리고 술 마시고, 춤추고 노래 부르고 하던 집"으로 소개하고, 양장을 하는 조선의 여성들을 "서양 사람한테로 시집을 가고파서 그런다."고 설명한다. 조선 사회에 대한 인식이 부재한 미군과 그런 미군을 대하는 방삼복의 관계 속에서 조선은 다시 야만적이고 열등한 사회로 위치 지워진다. 해방 이후의 사회에 다시 제국과 식민의 관계가 등장하게 되는 것이다. 물론 이때의 조선인은 더 이상 일본에 주권을 빼앗긴 식민지인은 아니었다. 하지만 여전히 스스로의 문명을 열등한 위치에 놓으면서 제국에 복종하고자 한다는 점에서 과거 일본인과 유지했던 것과 동일한 관계가 구성된다.

미군을 대상으로 다시 제국적인 관계를 반복해 나가는 방삼복은 과거의 제국주의를 청산하지 못한 자들과 재결합한다. 「미스터방」의 중심 서사를 구성하는 백주사와 방삼복의 만남은 바로 이러한 장면을 형상화한다. 백주사 부자는 전형적인 대일협력자로 제국에 협력하면서 개인의 부를 축적해왔다. 식민지 시기의 지주였던 백주사가 농민들을 착취하여왔다면, 그의 아들은 순사가 되어 주재소와 경찰소를 거치면서 해방 직전까지 토지와 통장과 패물 등을 장만하였다. 결국 해방 후 조선의 민중들에 의해 공격을 받은 백주사는 재산을 몰수당한 뒤, 빈손으로 서울로 올라오게 된다. 그리고 우연히 처지가 바뀐 방삼복을 발견한 뒤 새로운 계획을 세우게 되는데, 그것은 방삼복의 "힘을 빌려 분풀이와 빼앗긴 재물을 도로 찾"는 것이다.

> 「어쨌든지 그 놈들을말이네, 그놈들을 한 놈 냉기지 말구선 죄다 붙잡다가 말이네. 괴수놈들일랑 목을 썰어 죽이구, 다른 놈들일랑 뼉다구가 부러지두룩 두둘겨 주고, 끓어앉히구 항복받구. 그리구 빼앗긴 것 일일히 도루 다 찾구. 집허구 세간 처부신 것 말끔 다 물리구....그렇게만 해준다면, 내, 내, 재산 절반 노나 주문세, 절반. 응 여보게 미씨다 방」[210]

방삼복과 백주사가 만나 서로 협력을 다짐하는 장면은 제국을 극복하지 못한 조선 사회가 다시 재식민화의 위기 상황에 놓이는 순간을 드러낸다. 백주사는 방삼복에게 재산을 되찾게 해달라고 요구하고 방삼

---

210) 채만식, 「미스터 방」, ≪대조≫, 1946.7, p.265.

복은 백주사의 재산을 탐내면서 그 청을 받아들인다. 과거 제국에 협조하며 살아왔던 백주사는 이제 다시 새로운 권력을 통해 민족이 아닌 개인의 이익을 달성하고자 한다. 백주사는 방삼복에게 자신을 공격한 농민들의 "목을 썰어 죽이구" 그들의 "뼉다구가 부러지두룩 두둘겨" 주기를 부탁한다. 그리하여 해방과 함께 자신이 상실했던 모든 것을 "도루 다 찾"고자 한다. 백주사와 방삼복의 결합은 곧 과거의 복귀를 의미하는 것이다. 제국과의 관계를 극복하지 못한 이들은 제국의 복권을 희망하고 다시 새로운 권력에 종속된다. 절박하게 도움을 요청하며 백주사가 외치는 "미씨다 방"은 극복되지 못한 식민사회의 문제가 어떻게 다시 현재로 이어지고 있는지를 드러낸다.

방삼복은 짧은 영어로 미군을 돕는 과정에서 '미스터 방'이라는 이름을 얻게 되었다. '미스터 방'을 통해 구성되는 미국과 조선의 관계는 동등한 협조의 관계가 아닌 문명과 야만의 관계였다. 백주사는 이러한 방삼복과 미군의 관계를 전제로 과거의 부를 되찾고자 한다. 방삼복의 도움을 요청하는 순간 백주사는 그를 "미씨다 방"이라 호칭한다. 백주사는 과거 자신이 낮춰 부르던 '삼복'이 아닌 미군에 의해 호명된 이름으로 그를 다시 불러낸다. 일제시기의 창씨개명을 연상시키는 듯한 이 "미씨다 방"이라는 새로운 이름은 해방의 현실에서 어떻게 방삼복이라는 조선인의 이름이 다시 사라지고 있는가를 드러낸다. 방삼복이라는 인물은 그렇게 다시 한 번 조선인의 이름을 버리고 제국의 이름으로 호명되어 과거의 식민성을 반복하는 것이다.

방삼복과 백주사의 결속 아래서 조선 사회는 진정한 해방을 맞이할 수 없다. 이들의 세계에서 과거는 반복되며 역사는 진보하지 않는다.[211] 해방의 혼란을 기록하는 민족 서사들은 이처럼 해방된 조선이 과거와 단절하고 미래로 향하는 보편적 역사 세계와 합치될 수 없음을 드러낸다. 조선인들에게는 종결된 제국을 지속적으로 상기하고 반성해야하는 과제가 남아 있었다. 따라서 미래를 선취하는 것은 더 이상 민족적 정체성을 확보하는 방안이 될 수 없다. 완료되지 못한 해방을 전제로 조선인들에게는 보편적 세계로의 비약이 아닌 과거의 청산이 요청되는 것이다. 이러한 민족적 목표는 제국과는 다른 탈식민 사회의 현실을 반영하는 것이다. 따라서 독립은 미국이냐 소련이냐를 선택함으로써 달성되는 것이 아니라 그 두 개의 세계에 포섭될 수 없는 제3의 노선을 의도함으로써 가능한 것으로 설정된다. 불균형한 권력의 구조에서 벗어나 민족공동체의 이익을 위해 노력함으로써 탈식민화의 과정을 완료할 수 있다고 보았던 것이다.

2. 냉전 제국주의와 분단의 위기의식

(1) '차가운 해방'과 위기의 민족

해방기 다수의 문학 작품들은 제국의 과거를 서둘러 극복하고 국가 건설을 위한 일꾼이 되어야 함을 강조하였다. 이러한 역사의 흐름을 따르지 않는 것은 '반동'으로 여겨졌으며, 민족적 정체성조차 의심하게 만들었다. 하지만 이러한 담론적 규준의 이면에는 미래의 국가로 전진하지 못한 채 과거에 놓인 삶을 이야기하는 목소리들이 남아있었다. 이

---

211) 채만식은 식민지 시대의 모순과 경험이 반복되고 있다는 판단에 근거하여 해방기 현실을 식민지 체제의 대체에 지나지 않는 부정적인 형상으로 간주하고 준열한 비판의 태도를 감추지 않았다. 그것은 사회 전반에 만연한 부정적 세태에 대한 역사적 심미적 관점이기도 했다. 박종수·유임하, 「죄인 의식과 분단 멘탈리티의 서사화」, 『용인대학교논문집』17, 1999, p.10.

러한 소설들은 단순히 제국을 다시 이야기하는 것에서 머무르지 않고, 이 제국이 아직 종결되지 않았으며 그것이 여전히 조선인의 삶에 영향을 미치고 있음을 강조한다.

해방 직후의 현실을 비판적으로 바라보는 작품들은 현실의 모순 속에서 과거의 잔영을 발견해낸다. 이들 소설들은 해방된 조선 사회가 여전히 과거의 세계에서 온전히 벗어나지 못했으며 따라서 해방 후에도 조선이 언제든 다시 식민지화 될 수 있다는 위기의식을 드러낸다. 그리고 조선인 스스로의 내적 청산 과정을 통해서만 이를 극복할 수 있다는 점을 강조한다. 따라서 민족 공동체를 위한 윤리적 의지를 강조하는 민족 서사들은 주권국가의 건설이라는 미래의 목표로 나아가기보다는 과거로부터 이어져오는 제국의 문제에 주목한다. 이들 소설에서 조선의 해방은 국가건설을 통한 주권의 확보를 통해 보장되는 것이 아니라, 부정한 제국의 논리를 극복한 통일된 공동체를 회복하는 과정을 통해 이루어지는 것으로 이해된다.

하지만 국가건설을 통해 근대적인 국민으로 이행해나갈 것을 강조하는 정치 이념들은 여전히 청산의 문제에 머물러있는 민족 서사에 대해 비판적인 태도를 드러낸다. 정치 이데올로기를 통해 구성되는 국가건설의 담론 속에서 제국은 이미 종결된 것이었으며, 따라서 조선인들에게는 새롭게 건설되는 국가로 앞장서 나아가야 할 의무가 남아있었기 때문이다. 정치적 이념을 선택하고 그에 맞는 국가를 건설하는 것은 곧 해방을 완성하는 일이었다. 그리고 과거의 식민사회를 기억하고 이를 반성하는 것은 역사의 흐름을 따르지 못하는 지연된 의식들로 간주되었다. 「이중국적」을 통해 제국적 삶을 청산하지 못한 조선인을 비판한 바 있는 김만선이 스스로의 작품에 대해 내세우는 변명은 이러한 비판을 의식한 것이라고 할 수 있다.

현재의 나는 이러한 진지한 애국적 인민들 보다 확실히 낙후되어 있다. 그러므로 이 책을 꾸미게 되었을 때 저윽이 주저한 바 있었다. 낙후된 지극히 자유주의적인 경향이 농후한 내가 쓴 소설이 어찌 저들을 만족시킬수가 있겠는가 말이다. 「노래기」 이전 소위 만주에서 취재한 제작품과 그 이후의 작품들 사이에는 상당히 상이한 체취를 풍기고 있어, 이것은 바로 나의 사상적발전의 한 흔적이기는 하나 그렇다고 해서 「노래기」 이후의 제작품에 대해서도 그닥 애착을 가질 수만은 없다. 212)

1948년 12월에 발간된 김만선의 『압록강』은 표제작인 「압록강」을 비롯하여, 「귀국자」, 「이중국적」, 「노래기」, 「홍수」 등의 작품을 수록하고 있다. 자신의 작품집 『압록강』에 대한 김만선의 후기는 일종의 보이지 않는 시선을 전제로 하고 있는데, 그 시선은 바로 자신이 만족시켜야 하는 "저들", "애국적 인민"들의 시선이다. 후기의 내용과 월북이라는 작가의 전기적 사실을 참조할 때, 그가 말하는 "애국적 인민"은 좌익문단의 지향점을 지시하고 있음을 추론할 수 있다. 즉, 애국적 인민을 위한 문학은 부르주아 민주주의 혁명에서 프롤레타리아 독재로 이어지는 진보의 과정 위에 놓여있는 것이다. 이 급진적인 역사의 흐름 속에서 제국의 과거는 종결되어야 했으며, 해방된 조선인들은 신속하게 국가를 위한 체제 선택을 완료해야 했다. 제국을 넘어 인민의 국가를 건설해야 한다는 발전론적 역사관이 인민의 문학을 위한 자기 검열의 시선으로 존재했던 것이다. 김만선이 스스로의 작품을 향해 "낙후된 자유주의적 경향"이라는 평가를 내리고 있는 것은 바로 이러한 시선에 대한 응답이라 할 수 있다. 극복되지 못한 제국의 문제를 다루고 있는

---

212) 김만선, 「후기」, 『압록강』, 동지사, 1948.

한 그것은 역사에 뒤떨어진 것으로 비판받을 수밖에 없었던 것이다.

이념적 선택을 완료한 1948년 말의 시점에서 김만선은 만주 체험을 바탕으로 하는 자신의 소설들이 좌익문단이 주장했던 발전과 이행의 목표에 이르지 못하고 있음을 고백한다. 그가 언급하는 만주 체험 소설은 과거의 자신의 삶을 반성하고 이를 반영하는바, 제국의 종결을 의심하는 현실 비판적 소설의 한 측면을 드러낸다. 그리고 이러한 작품들에 대한 반성을 통해 그는 자신이 이제는 과거의 제국에 연연하지 않는, 열정을 갖춘 국가건설의 주체로 변모하였음을 선언한다.213) 하지만 미래를 향해 나아가는 열정적인 주체로의 변모를 주장하는 「후기」는 역설적으로 제국의 기억을 "낙후"된 것으로 규정하는 관점의 문제성을 드러낸다. 해방 사회에는 여전히 식민사회의 모순들이 목격되고 있었고, 그것은 낙후된 과거가 아닌 현재의 문제였기 때문이다. 이처럼 달성해야 할 민족의 미래와 낙후된 현실의 간극을 드러내는 것이 「후기」에서 비판의 대상이 되는 소설 중 하나인 「귀국자」(『압록강』, 1948)이다.

「귀국자」는 주인공인 혁을 중심으로 과거 만주에서의 삶을 극복하는 것과 새로운 국가의 체제를 선택하는 것 사이에 놓인 갈등 관계를 그려낸다. 혁의 갈등은 신탁통치 문제와 긴밀하게 연관된다. 과거를 극복하지 못했다는 자책감에 시달리면서 신탁통치에 관한 입장을 정하지 못하고 망설이는 혁은 친구 김인수를 만나면서 자신이 처한 상황을 구체적으로 인식하게 된다. 김인수는 혁을 서울운동장에서 있었던 좌익의 삼상회담 지지대회로 이끌려 했었다. 하지만 혁은 어느 편에도 서

---

213) 열정을 요구하는 현실과 냉정한 주체 사이에 놓인 갈등 관계는 '난민'과 '인민' 사이의 모순된 정체성(이양숙)으로 드러난다. 이를 통해 해방기의 김만선의 소설들이 단순히 좌익의 이데올로기를 드러내는 것이 아니라 민족과 국가 사이의 균열을 드러낸다는 점을 확인할 수 있다. 이양숙, 「에스니시티와 민족의 거리」, 『인문과학연구』38, 2013 참조.

지 못하고 행렬의 한가운데에 놓이게 된다. 그리고 그는 자신을 이끌었던 김인수가 시위대의 가장 높은 곳에서 거리의 군중들을 내려다보고 있음을 발견한다.

> 혁은 트럭위의 손을 쳐든 사람이 김인수임을 발견하고 놀랜다. 몇번이나 혁은 그도 목이 터지도록 만세를 불러보려고 했으나 목에서 걸려가지고서는 기회를 놓쳤다. 지금도 움찔움찍해지는 몸을 가누고 있는데 김인수를 발견하고서는 움찔하고 만다. 혁의 낯은 확근 닳아오른다. 해방후 한번도 그는 마음껏 조선독립만세를 외쳐본 일이 없다. 그것은 그런 기회가 없어서가 아니라 만세를 부를 용기가 없어서였다.
> (그렇기 때문에 넌 조선을 떠나야 할게 아니냐?)214)

해방기 조선 사회에서 신탁통치에 관한 입장을 밝히는 것은 곧 새롭게 건설되는 체제를 선택하는 것을 의미했다. 김인수가 삼상회담과 신탁통치의 의미를 알게 해줄 것이라 했던 시민대회는 국가건설에 대한 좌익의 정치적 입장을 드러내는 중요한 사건이었다. 죄익이 신탁통치에 대한 찬성입장을 밝히면서 우익과의 갈등은 심화 된다. 신탁통치에 관련된 갈등을 겪으면서 당대 사회는 급속하게 좌우대립의 체제로 전환되었던 것이다.215) 신탁통치와 관련된 갈등은 민족의 독립을 주장하던 국가건설의 담론이 이념 선택의 문제로 전환되는 계기가 된다. 김인수는 혁을 행렬로 이끌며 이념적 선택을 유도하였지만, 혁은 끝내 그의 손을 잡지 못한다. 그리고 트럭 위에서 손을 든 김인수를 발견한 혁은 모자를 눌러쓰면서 자리를 피한다. 이념을 선택하고 민족의 미래를 향

---

214) 김만선, 「귀국자」, 『압록강』, 동지사, 1948, p.37.
215) 박찬표, 『한국의 국가 형성과 민주주의』, 후마니타스, 2007, p.125.

해 투신하는 김인수의 시선을 통해 혁은 '낙후된 자'라는 자기인식을 발견하게 되었기 때문이다. 혁는 "임시정부 수립 만세라는 외침"과 "매국노란 욕설"이 격렬하게 대립하는 행렬의 한가운데에 놓이게 되었음에도 불구하고 어느 편에도 서지 못하고 망설인다. 신탁통치의 행렬 속에서 김인수를 마주한 혁은 자신의 현실과 정치적 이념 사이에 놓인 거리감을 발견하게 된다. 역사적 변혁의 순간 앞으로 나아가지 못하는 자신을 원망하는 혁은 도망치듯 행렬을 빠져나오면서 조선을 떠나야 한다는 결론에 이르게 된다.

혁이 행렬의 일부가 되지 못하는 것은 그에게는 "만세를 부를 용기"가 없기 때문이다. 그는 조선인이 되기를 선택하고 이를 위해 험난한 귀국의 여정을 통과하였지만, 여전히 해방된 조선을 위해 투신하지 못한다. 혁이 신탁통치의 행렬을 따를 수 없었던 것은 제국적 삶이 여전히 지속되는 것으로 존재했기 때문이다. 그리고 그는 '우익에 설 것인가 좌익에 설 것인가'의 문제 이전에 '조선인이 되었는가'에 대해 먼저 답해야 했다. 이러한 혁의 처지는 그의 아내와 딸을 통해 선명하게 드러난다. 조선어보다 일본어가 익숙한 그의 딸은 귀국한 뒤 학교생활에 적응하지 못했고, 그의 아내는 "일인들의 체취를 소생시키는 듯한 취미"를 드러내며 적산가옥을 꾸민다. 만주에서 일본인들과 함께 "도모나가이"를 주도하면서 철저한 황민이 되고자 했던 아내는 다시 조선에 돌아와서는 "애국부인회에 참가해 '조선의 어머니'"가 되어 보이려 한다. 그는 조선인이 되기 위해 귀환하였지만 그의 귀환은 조선에 들어온 후에도 완료되지 못한다. 귀국을 통해 과거와는 전혀 다른 삶을 기대했던 혁은 자신과 가족의 삶이 여전히 제국의 과거에서 벗어나지 못했음을 알게 된다.

귀국 후 혁은 조선인으로서의 안정적인 생활을 위해 노력해 보았지만, 그에게 제안된 것은 미군의 통역이라는 직업뿐이었다. 하지만 혁은 이를 거절한다. 일본과 조선 사이에 놓였던 삶을 정리하고 조선으로 돌아온 그는 다시 미국과 조선의 사이에 놓인 삶 살지는 않을 것을 결심한다. 이러한 혁의 태도는 민족적 정체성을 확보하고자 하는 반성적인 의식을 드러낸다.216) 하지만 이러한 노력에도 불구하고 결국 혁은 자신이 "과거에만 그랬던게 아니라 현재도 매한가지"인 삶을 살고 있음을 깨닫는다.217) 체제 선택을 통해 건설되는 국가의 미래로 함께 나아갈 수 없는 자신의 처지를 발견하게 되는 것이다. 이러한 혁에게 민족의 정체성은 미래에 대한 열정을 증명하는 것이 아니라, 스스로의 과거를 냉철하게 반성함으로써 확보되는 것이었다.

여전히 식민적 과거로부터 벗어나지 못했음을 자책하는 혁은 시위 행렬에 참여하지 못한 채 행렬 밖으로 나온다. 그리고 자신이 이 민족의 행렬과 함께 독립된 국가의 국민이라는 미래로 함께 나아갈 수 없음을 예감한다. 제국적인 과거를 단절해 내지 못하고 과거와 연속적인 삶을 살고있는 혁은 새로운 시대로 나아가지 못하고 좌절하는, 시대에 뒤떨어진 인물이었던 것이다. 혁의 좌절감은 단순히 '시위에 참석하라'는 인수의 요구에 따를 수 없었기 때문이 아니었다. 그보다 근본적인 측면에서 혁은 자신이 체제의 선택과 국가건설을 향해 나아가는 조선인들과 다른 시간에 속해있음을 발견한다. 귀국 후에도 여전히 온전한 조선인이 될 수 없음에 좌절하는 것이다.

혁은 국가와 민족과 이념이 모순 없이 결합하는 인수의 세계와, 과거

---

216) 김종욱, 「'거간'과 '통역'으로서의 만주체험」, 『한국현대문학연구』24, 2008, p.317.
217) 김만선, 「귀국자」, Op.Cit., p.25.

에 기인한 모순을 극복하지 못한 자신의 세계에 놓인 거대한 시간의 낙차를 느낀다. 인수가 이미 공산당에 대한 신념을 확보하고 조선이 공산주의 체제를 선택함으로써 소련과 동등한 국가를 달성할 수 있다는 믿음을 지닌 인물이라면, 혁은 그러한 믿음에 동조하지 못하고 회의한다. 건설되는 국가의 국민이라는 목표는 그에게 너무 먼 미래에 속한다. 혁이 속한 현실은 여전히 식민의 과거가 극복되지 못한 사회이기 때문이다. 이같은 시간의 낙차는 미래를 향한 열정의 순간에 그것을 위한 정열을 드러내지 못한다는 온도의 차이로 전이된다.

> 남을 가르칠 실력이 있다 해도 우선 먼저 그는 진정한 의미의 조선사람이 되어야 한다는 것을 깨달았으면서도 무한히 바쁘고 피가 끓어야할 순간에 가르친다는 것에까지 정열을 못내니,
> 「넌 사람이 아니다. 조선 사람이 아니다!」
> 「어디로든지 가 버려라!」
> 그는 이따금씩 만주로나 어디로나 좌우간 멀리 도망할 일을 꿈꾸기도 했다. 218)

혁은 해방된 사회에서 "진정한 의미의 조선사람"이 되지 못하고 정열을 느끼지 못하는 자신에 대해 치열한 비판을 가한다. 여전히 과거의 문제에 머물러있는 혁은 이념을 선택하고 국가건설의 적극적인 이데올로그가 되지 못하는 자이며 따라서 미래의 발전을 추구할 수 있는 "사람이 아닌"자로 반성된다. 이때의 "사람"은 과거를 극복하고 발전된 미래를 추구한다는 점에서 서구적 근대가 구성해내는 역사주의적 이상을 반영한다. 그리고 '열정 없음'은 역사의 흐름에 맞추어 갈 수 없는

---

218) 김만선, 「귀국자」, Op.Cit., p.29.

낙오자의 징표가 된다. 김만선이 「후기」에 내세운 자기반성은 이러한 비판의 가능성을 미리 예상한 발언이었다. 그리고 스스로의 작품을 "낙후"된 것으로 규정하고 자신의 "발전"을 강조하는 방식으로 그는 이 열정적인 인민의 시선에 미리 답하고자 하였다. 하지만 「귀국자」의 혁은 여전히 냉전적 체제로 이행해 나가는 것에 망설인다. 그에게 과거는 여전히 단절되지 못한 것으로 남아있기 때문이다. 「귀국자」의 혁은 열정 없는 자신을 강력하게 부정했지만 이와 같은 자기비판은 과거를 완전히 망각할 때까지 불가능한 것으로 남는다. 끝내 행렬을 따라가지 못한 혁의 뒷모습은 이념의 선택을 통해 완료될 수 없는 탈식민화의 지난한 과정을 암시한다.

　해방기 현실의 모순을 드러내는 민족 서사들이 이념 선택의 문제 앞에서 망설이는 것은 이와 같은 이념과 현실 사이에 놓인 시간의 낙차를 발견했기 때문이었다. 좌우 이념의 논리가 제국의 과거를 신속하게 망각하고 국민국가라는 새로운 시대로의 이행을 강조하고 있었다면, 눈앞에 놓인 현재는 여전히 제국적 과거와 단절하지 못한 상태로 남겨져 있다. 해방을 통해 단절될 수 있을 것이라 여겼던 제국의 흔적이 여전히 조선 사회 내부에 상존하고 있음을 발견했을 때, 이념을 선택함으로써 체제 수립이라는 목표에 동참하지 못하고 망설이는 자들이 목격된다. 이들은 발전과 진보라는 강력한 역사주의적 요구에 앞서서 이에 부합할 수 없는 현실의 모순들을 발견한다. 지하련의 「도정」(≪문학≫, 1946.6) 역시 주인공 석재를 통해 국가건설이라는 미래를 향해 비약하지 못하는 인물을 형상화한다. 그리고 변화의 현실 속에서 정치적 주체가 되는 것에 망설이는 주인공에게 선택의 필요성을 강조하면서 당대의 사회가 얼마나 강력하게 미래로의 이행을 요청하고 있었는지를 역설적으로 드러낸다.

「너두 기뿌냐」

「그러믄요-」

「그럼 웨 울었어?」

그는 기어히 뭇고 말었다.

소년은 좀 열적은 듯이 머리를 숙이며 대답했다.

「징 와가 신민 또 도모니, 하는데 그만 눈물이 나서 울었어요. .... 덴노우헤이까가 참 불상해요.」

「덴노우헤이까는 우리나라를 뺏어갓고, 약한 민족을 사십년 동안이나 괴롭헛는데, 불상허긴뭐가 불상허지?」

「그래도 고-상을 허니까 불쌍해요」

「.......」

「.......목소리가 아주 가엾서요-」[219]

　　해방의 순간 석재가 발견하는 조선인은 패전으로 인해 슬퍼하는 제국인의 모습도, 제국으로부터의 해방을 기뻐하는 식민지인의 모습도 아니다. 그는 일왕의 항복 선언에 울음을 터트린 한 아이를 만난다. 아이는 조선의 독립이 기쁘다고 하면서도 일왕의 목소리를 듣고 눈물을 감추지 못한다. 이 아이에게는 제국의 질서가 오히려 익숙한 것이었다. 그가 경험한 조선은 오직 제국에 종속된 조선이었기 때문이다. 그리하여 아이는 항복 선언을 통해 쉽게 자신을 제국적 세계와 단절시키지 못한다. 그리고 조선의 독립이 기쁘면서도 "고-상"을 하는 일왕에게 동정을 느끼게 된다. 아이의 감정은 자신이 경험하지 못한 '국가'의 체제보다 아직 단절되지 못한 제국과 연결되어있었던 것이다.

　　"징 와가 신민 또 도모니"(짐은 우리 신민과 함께)라는 말과 함께 시작된 항복 선언을 통해 일본 왕과 신민의 관계는 깨졌다. 항복 선언은

---

219) 지하련, 「도정」, ≪문학≫, 1946.6, p.55.

제국의 종결을 의미하는 것이었지만 제국 이후의 세계에 대비할 것을 요청하는 긴급한 명령이기도 했다. 라디오를 통해 들리는 일왕의 목소리는 즉각적으로 제국과 식민지를 분리하고 조선인들이 독립된 국가 건설을 준비하도록 했다. 하지만 이 일방적인 해방의 선언으로 모든 식민지인이 한 순간에 독립된 민족으로 복귀할 수는 없었다. 종결을 선언하는 제국의 목소리 뒤에는 이러한 선언까지도 극복해야 하는 식민지인들의 과제가 남아있었다. 이는 여전히 극복되지 못한 과거의 흔적, 식민지의 기억으로 해방 사회에 다시 등장한다. 독립된 조선의 '국민'이라는 목표는 이 남겨진 과거의 기억을 직면하는 것에서 시작할 수밖에 없는 것이다. 석재가 해방 이후 곧바로 당의 활동에 적극적으로 참여하지 못하는 것은 바로 이러한 이유 때문이다. 그는 "당"의 목표 아래서 과거의 문제들이 모두 소거되는 모순적인 상황을 감지하게 되는 것이다.220)

석재는 "동무"라는 한 마디 말에 "어제까지 고루거각에서 별별짓을 다 허던 사람"도 "일등공산주의자"가 되고 마는 현실에 아연하다. 하지만 결국 그는 당에 이름을 기입함으로써 이들의 "동무"가 되고, "소시민과 싸우"겠다는 급격한 인식의 전환을 이루어낸다. 그리고 앞으로 나아가는 "용기"를 증명해 보이고자 한다.221) 새로운 역사의 흐름에 뒤처

---

220) 이러한 점에서 지하련의 「도정」이 이태준의 「해방전후」보다 우월한 위치에 놓여 있음이 지적되었으나(권성우) 「도정」이 문학가동맹의 '해방문학상'에서 제외된 것은 지하련의 자기반성에서 살펴볼 수 있듯 문학가동맹의 문학론에 온전히 일치하지 않기 때문이었다고 설명할 수 있다. 권성우, 「해방직후 진보적 지식인 소설의 두 가지 양상」, 『우리어문연구』 40, 2013 참조.

221) 이러한 모순적인 장면은 '비민주적인 남성인물의 연대'에 대한 지하련의 반성적 의식이 표출되는 지점으로 이해할 수 있을 것이다. 그리고 이는 표면적인 결론과 달리 「도정」이 이념-정치적 주체에 대한 반성적 자의식을 드러내고 있음을 말해준다. 손유경, 「해방기 진보의 개념과 감각」, 『현대문학의 연구』 49, 2013, p.166 참조.

지지 않기 위해 그는 행동하는 길을 택하게 되는 것이다.222) 이러한 석재의 급격한 변모는 당대 사회에서 제국적 과거를 단절하고 미래로 이행하라는 요구가 얼마나 강력하게 작용하고 있었는지를 드러낸다. 미래로 나아가는 민족 앞에서 식민 과거와 스스로의 내면을 돌아보는 '냉정의 태도'는 부정과 비판의 대상일 뿐이었다.

지하련: 허준 씨의 세계는 그 높이에 있어서나 깊이에 있어서 도저히 저같은 사람으론 족하에도 이르지 못할 줄 잘압니다. 그러나 어딘지 그 동안 제가 만지고 있는 사람과 허준 씨의 사람이 어느 모습에 있어서 다소 비슷한 데가 있는 것으로 느껴왔기 때문에 지금 허준씨의 찬데(감동하지 않는) 대하여 말씀드린 건 사실은 제 자신 속에 있는 이러한 면에 항거하는 자세일지도 모릅니다. 방금 저부터도 잘 감동하지 않고 자꾸 차지려고 해서 난처해요. 그런데 제가 본시 이처럼 찬 사람이냐 하면 그렇지 않아요. 거의 주책없이 감동하고 더워지기 잘하는 사람일지도 몰라요. 그럼 지금 것 소설 가운데 '내 사람'이 그처럼 차지려는 것은 무슨 까닭일까 하고 생각할 때 간단히 말해서 우리가 정치적 서민으로서 개성이 일종 불구의 발전을 해온 데 소치가 있다고 생각했어요, 본시 문학이란 자연과 함께 싱싱하고 완전해야만 정말이고 아름답고 착할 수 있다고 생각해요. 다 까닭이 있어 서민으로 불구와 같은 허약자가 된 것도 생각하면 분할 텐데 이제 '새것'이 있고 정열이 솟아 부끄러움이 없을 때 무슨 사중으로 불구의 취미를 가지겠습니까. 너무 어두운 방 속에 있던 사람

---

222) 또 때로는 '암 가야지. 반성이란 앞날을 위해서만 소용되는 것이니까. 과도한 자책이란 용기를 저상케 하는 것이고, 용기를 잃게 되면, 제이 제삼의 잘못을 또다시 범하게 되는 거니까……' 이렇게. 누구나 다 할 수 있는 말로다 배짱을 부려보기도 하는 것이었으나 '용기'란 대목에 와서는 끝내 마음 한 귀퉁이에서 '뭐? 용기?' 하고 방정맞게 깔깔 거리는 바람에 그만 그도 따라. 허 웃고 만셈이다. 지하련, Op.Cit., p.57.

은 바깥에 나와도 한참동안 캄캄할 것이라고 스스로 위로하지만 아무튼 나의 찬면엔 어딘지 죄스럽고 염체 없어 제가 미워져요. 223)

　김남천, 허준 등과 함께 해방 후의 작품들에 대해 논의하는 좌담회에서 지하련은 허준의 "찬데"에 대해 조심스럽게 비판한다. 그리고 이러한 비판을 허준의 작품에 대한 평가로 끝내지 않고, 자신에 대한 반성으로 이어간다. 지하련은 자신의 찬 데에 대해 "죄스럽고 염체 없어 제가 미워"질 정도로 불쾌한 감정을 느낀다. 차가운 면에 대한 이와 같은 불쾌감은 "불구와 같은 허약자"라는 자의식과 연관된다. 지하련은 조선 사회가 제국주의 하에서 "불구의 발전을 해"왔음을 지적하고 "싱싱하고 완전한" 문학을 위해 "불구와 같은 허약자"로서의 의식을 극복할 것을 요청한다. 그리고 이를 위해 문학이 "새것"에 대한 "정열"로 나타나야 한다고 강조한다. 싱싱하고 완전한 미래를 향하는 문학론에서 아직 남아있는 차가운 것은 낡은 것들이며 역사의 발전에 부합하지 않는 "낙후"된 것으로 간주된다. 아직 자신의 정열을 증명하지 못한 작가들은 역사 앞에서 "죄스럽고 염체 없어"질 수밖에 없는 것이다.

　찬 것에 대한 지하련의 비판은 과거를 단절하고 새로운 시대로 나아가는 역사에 대한 갈망에서 비롯된 것이며, 따라서 과거의 식민성을 단절해 내고자 하는 강렬한 욕망을 드러낸다. 하지만 조선인의 내면에서 여전히 청산되지 못한 과거의 흔적을 발견할 때, 이러한 신생의 욕망은 좌절되고 불구의 내면을 직시하는 차가운 시선이 나타난다. 이 차가운 시선은 해방 후에도 여전히 "불구와 같은 허약자"로 남아있는 조선 사회를 인식하게 한다. 미래를 향한 열정의 시선이 놓친 조선사회의 현실

---

223) 좌담회, 「해방후의 조선문학」, 《민성》, 1946.4.

이 발견되며, 종결되지 않은 탈식민화의 과제가 떠오른다. 그리고 동시에 조선 사회가 냉전의 체제와 일치될 수 없는 뜨거운 갈등의 상황에 놓여있음을 발견하게 한다. 냉전의 체제로 전이될 수 없는 제3 세계의 민족으로서 조선 민족이 살고있는 세계의 온도를 실감하게 하는 것이다. 허준의 「잔등」(≪대조≫, 1946.1-2)이 내세우는 다른 "조망"은 바로 이와 같은 탈식민사회로서의 조선의 현실을 바라보는 시선에서 비롯된다.

> 하지만 너의 문학은 어째 오늘날도 흥분이 없느냐 왜 그리 희열이 없이 차기만하냐, 새 시대의 거족적인 열광과 투쟁속에 자그마한 감격은 있어도 좋을 것이 아니냐고들 하는 사람이 있는데는 나는 반드시 진심으로는 감복하지 아니한다. 민족의 생리를 문학적으로 감득하는 방도에 있어서 다시 말하면 문학을 두고 지금껏 알아보고 느껴오는 방도에 있어서 반드시 나는 그들과 같은 방향에 서서 같은 조망을 가질수 없음을 아니 느낄수 없는 까닭이다.224)

앞선 좌담회에서의 비판을 의식하는 듯한 이 글에서 허준은 자신의 '찬 면'에 대해 다시 한 번 변호한다. 그는 자신의 작품을 비판하거나, 작품의 주인공에게 열정을 부여하는 방식으로 냉정한 자신의 시선을 부정하지 않는다. 오히려 그는 "새 시대"의 열정을 강조하는 자들의 관점을 거부하면서 현실을 바라보는 다른 "조망"을 이야기한다. 모두가 열정의 문학을 강조할 때, 여전히 현실을 바라보는 냉정한 시선이 필요함을 말하고 있는 것이다.

허준이 말하는 '다른 조망'의 정체를 좀 더 정확하게 설명하기 위해서는 우선 「잔등」을 연재한 당시의 상황을 고려할 필요가 있다. 「잔등」은

---

224) 허준, 「小序」, 『잔등』, 을유문화사, 1946, p.4.

≪대조≫의 창간호에 연재되었는데, ≪대조≫는 신탁통치로 인해 좌우익의 갈등이 격화되기 시작했던 1946년 1월에 창간되었다. 해방된 조선이 아닌 남조선과 북조선이라는 서로 다른 두 개의 세계가 존재하고 있음을 발견하게 되는 그 시점에, 대조는 중간파 문인이라 할 수 있는 계용묵과 백철을 중심으로 창간 된다.[225] ≪대조≫의 창간호에는 "신탁통지 반대특집"이 실렸던 바 이를 통해 ≪대조≫가 문학가동맹 중심의 문단세력과는 다른 입장에 서 있는 잡지였음을 확인할 수 있다. 안재홍의 글로 시작하는 ≪대조≫는 이념적 선택을 유보하면서 민족의 독립을 내세운 중간파의 입장을 드러낸다. 「잔등」은 이러한 ≪대조≫에 2회 분량으로 연재된 작품이었다. 지하련의 「도정」이 ≪문학≫의 창간호에 1946년 '해방기념 조선문학상 소설부문 최종 경선작'으로 실렸다면[226], 허준의 「잔등」은 중간파의 입장에 놓인 ≪대조≫의 창간을 알리며 연재된 소설이었다. 이는 허준의 「잔등」이 왜 「도정」과 같이 자신의 냉정한 태도를 쉽게 부정하고 당의 일원이 되는 과정을 그리지 않고 있는가를 설명해준다.

「잔등」은 '나'(천복)의 "제3자 정신"을 통해 회령에서 청진까지의 여로에서 발견되는 조선의 현실을 기록한다. 천복은 귀환 여정을 통해 패전 후의 일본인을 감시하는 아이와 일본인에게 먹을 것을 제공하는 국밥집 할머니를 만난다. 소년이 "행동적이요 감각적이요, 적절하고 선명한" 성품을 지닌 인물이라면 할머니는 "넓고 너그러운 슬픔"을 지닌 인물이다. 이 상반되는 인물들은 패전 뒤 조국으로 돌아가는 일본인들에 대해

---

225) 김윤식,『백철연구』, 소명, 2008 p,403.
226) 지하련의 「도정」은 이태준의 「해방전후」와 함께 조선문학상 경선부분에 올라갔지만, 최종적으로 당선되지는 못한다. 하지만 해방직후 좌익이 내세운 최초의 문학상의 후보로 선정되었다는 점에서 「도정」 역시 문학가동맹을 중심으로 하는 문단의 지향점을 선명하게 드러내고 있음을 알 수 있다.

대조적인 태도를 보인다. 천복은 아이를 통해 언제 다시 살아날지 모르는 일본인에 대한 조선인의 경계심을 확인한다. 그리고 할머니를 통해 굶주림에 지쳐있는 일본인의 모습에 대한 공감의 정서를 발견하고 "가혹한 혁명"기에 놓인 해방의 중층적 현실을 발견하게 되는 것이다.

해방 후 귀환하는 일본인들은 조선의 피난민들보다 더욱 열악한 처지에 놓이게 된다. 「잔등」은 이러한 일본인들의 처참한 상황을 사실적으로 묘사한다. 「잔등」에 드러나는 일본인들은 더 이상 제국인이 아닌 패전한 난민의 모습으로 등장한다. 할머니는 아이를 데리고 국밥집에 들어서는 일본 여성의 모습에서 제국의 일본인이 아니라 제국에 반대하던 일본인 가토의 얼굴을 발견한다. 할머니에게 일본인들은 단순히 적으로 간주되지 않는다. 할머니의 가게에서 천복은 민족과 민족의 구획을 횡단하는 다양한 인간적 교류를 이해하게 된다. 할머니의 태도에서 "크나큰 경이"를 발견하게 되는 천복은 해방기 조선에는 행동적인 아이의 길뿐만 아니라 너그러운 할머니의 길이 놓여있음을 발견하게 된다.227)

할머니와 소년의 상반된 태도 속에서 천복은 다만 "애꿎은 제3자 정신"을 드러낼 뿐이지만, 이 차가운 제3자의 시선을 통해 조선 사회가 극복해야할 문제는 가장 선명하게 드러난다.228) 소년에게 있어서 제국은 일본인을 격리하고 처단하는 '열정적인 행동'을 통해 극복되는 것이

---

227) 이러한 점에서 「잔등」은 노파의 이미지를 통해 식민사회를 극복하기 위한 가능성을 제시한다. 김종욱, 「식민지 체험과 식민주의 의식의 극복」, 『현대소설연구』 22, 2004.
228) 「잔등」의 '나'가 자신의 '본성'이라고 말하는 "구슬픈 제3자의 정신"(102)이 국외적 입장에서 매번의 상황을 보려는 관찰자의 자세를 뜻하는 것이라면, 그것은 신생의 기획으로부터도 자신을 소격시키는 정신일 수밖에 없다. 신형기, 「허준과 윤리의 문제」, 『상허학보』17, 2006, p.192.

었다. 하지만 제국은 소년과 같은 태도를 통해서만 극복되는 것은 아니었다. 할머니가 보여주는 용서와 화해의 태도는 제국을 극복하는 또 다른 길을 제시한다. 이때의 제국은 일본인이라는 눈에 보이는 대상이 아닌, 조선인과 일본인의 삶을 비참하게 만든 권력의 구조로 존재한다. 천복의 '제3자 정신'은 일본인과 조선인의 구획 너머에서 현실을 바라봄으로써 제국의 문제가 보다 근원적인 차원에 놓여있음을 보여준다. 냉정의 시선을 통해 일본인의 핏줄에 한정되지 않는 제국적인 권력의 체제를 바라볼 수 있게 되는 것이다. 열차가 떠나는 「잔등」의 마지막 장면에서 천복이 일본인이 아닌 조선인 역시 난민의 위기에 놓여있음을 발견하게 되는 것은 바로 이러한 현실 인식에 근거한다.

> 몸을 떨치고 일어나서 보니 과연 까맣게 내려다보이는, 아마 이 차 마지막으로 달렸을 두어서너 개 유개화차 지붕 위에는, 강한 서치라이트와 같이 불길이 잘 뻗는 군인용 회중전등 집중적인 불빛 속에 사람들이 앞뒤로 이리 몰리고 저리 몰리는 것이 자주자주 갈리는 먼 환등 속같이 건너다 보였다. 이리저리 몰리는 사람들의 무리를 따라 불을 지펴가며 쫓아 몰아대는 것인데, 두터운 구름이 내려 덮인 그믐밤 하늘에다 중공에서 끊어진, 끝이 퍼진 그 불꼬리들 밑에 전개하는 이 혼란 광경은 무심히 바라볼 사람들에게는 음침한 처절한 짓들이었다. SOS를 부르는 경종속에 살 구멍을 찾아서 허둥거리는 조난 군중의 참담한 광경은 이런 것이 아닐까 하는 환각이 잠이 잘 아니 깨인 어리둥절한 내 머리에 어른거리었다.[229]

소련 병사와 교섭 후 열차에 올라타는 것에 성공한 천복은 허가를 얻지 못하고 군용차에서 떨어져 나가는 조선인들의 모습을 목격한다.

---

229) 허준, 『잔등』, 을유문화사, 1946, p.100.

"군인용 회중전등"의 "서치라이트"에 몰리며 열차에 매달리는 이들은 어느새 처절하게 "살 구멍"을 찾아 헤매는 일본인과 같은 난민들이 되어버린다. 조선인들은 결국 소련병의 총소리가 나고 나서야 열차에서 떨어진다. 이들을 바라보며 "충분히 찬(冷) 나"로 돌아온 천복은 아직 미래로 나아갈 수 없는 조선인의 현실을 발견한다. 조선인들은 여전히 나라 잃은 난민의 모습에 다를 바 없었던 것이다. 빠른 속도로 앞을 향해 나아가는 열차는 소련이라는 냉전체제의 강대국과 여전히 제국을 극복하지 못한 조선 사이에 놓인 간극을 드러낸다. '차가운 나'는 비로소 냉전의 체제가 조선의 현실과 다른 차원에 놓여있음을 발견하게 된다. 조선 사회에 미래를 위한 열정만이 강조될 수는 없음을 깨닫게 되는 것이다.

조선인들을 몰아내는 소련병의 강렬한 "회중전등"은 귀국하는 일본인들을 포용하는 "할머니의 장막의 외로운 등불"과 대조된다. 이러한 극적인 대조 속에서 「잔등」은 해방 사회에 놓여있는 빛의 의미를 다시 생각하게 만든다. 해방이 곧 광복이라 했을 때, 이 빛(光)은 서치라이트와 같은 강력한 질서의 논리를 구성해낸다. 차가운 제3자의 정신이 소련군 병사의 서치라이트 속에서 조선인들의 비극적 현실을 읽어내는 것은 우연이라 할 수 없다. 해방기 조선 사회에서 혼란을 극복하기 위해 등장한 새로운 질서는 우선 소련(남한의 미국)으로부터 부여되는 것이었기 때문이다. 하지만 「잔등」은 '차가운 나'를 통해 희미한 할머니의 '잔등'의 가능성을 발견한다. 그것은 외부에서 부여된 질서의 논리를 넘어서 자신의 내면을 들여다보게 하는 것이었으며, 조선인들에게 아직 해결되지 못한 민족적 과제를 직시하게 만드는 것이었다.

(2) 냉전-제국의 발견과 독립을 향한 제3세계의 가능성

채만식의 「역로」(≪신문학≫, 1946.6)는 혼란한 현실에 놓인 조선인에게 냉전체제로의 이행이 아닌 새로운 미래의 가능성을 제안하고 있다는 점에서 주목할 만한 작품이다. 「역로」는 작가와 유사한 주인공과 그의 친구 김이 기차를 통해 이동하는 과정을 서사화한다. 그리고 이러한 여로에서 발견하게 되는 해방 직후 남한의 혼란스러운 상황을 사실적으로 그려낸다. 「잔등」이 패전한 일본인의 모습을 통해 제국적 주체를 그려낸다면, 「역로」는 일본 제국주의 사회 이후에 구성되는 새로운 제국의 모습에 주목한다. 「역로」의 주인공인 '나'와 김은 기차 속에서 격렬한 정치론을 펼치는 사람들을 마주하고 이들의 모습이 이념적으로 분열된 조선의 축도(reduced drawing)와 같다고 느낀다.

기차에서 만난 조선인들은 건설되어야 하는 국가의 상에 관해 열띤 토론을 벌인다. 하지만 이러한 정치 논란의 이면에는 여전히 해결되지 못한 생활의 문제가 존재하는데, '야미쌀'을 구하기 위해 부산을 오가는 회사원의 모습은 바로 이러한 현실의 문제를 드러낸다. 극렬한 정치적 대립 속에서 이와 유리된 일반 민중들은 일본으로 팔리는 쌀로 인해 생존에 위협을 받는다. 이념에 관한 열띤 토론이 체제의 선택과 국가건설의 문제에 집중하는 동안 민중들은 다시 고통받는 처지에 놓이는 것이다. 정치인들을 향해 "다들 죽어버려"라는 강력한 비판을 쏟아내는 회사원의 분노는 냉전의 이념 담론 속에서 소외되는 조선인의 현실을 드러낸다. 그리고 이러한 현실 속에서 '나'는 해방된 조선 사회에 놓인 새로운 위협을 발견하게 된다.

> 「그래 약소민족국 싸베에트.이란이 처억 모스코바에 있는 이란
> 공살 시켜 스딸린 수상더러 싸베에트 노서아를 싸베에트 이란의 한

연방으루 편입을 시키겠으니 생각이 어떠시뇨? 하는 교섭을 한다면
그 자리에서 스딸린 영감의 얼골이 어떨꾸?」

「울상을 하겠지」

나는 김군과 어울어져 한참이나 웃었다. 그러고 나서 다시

「그럼 이번엔 이란이 아니라 불란서나 영국쯤이 싸베에트 불란서
혹은 싸베에트 영국이 돼가지구 처억 모스코바에 있는 불란서 공사면
불란서 공사 영국 공사면 영국 공살 시켜 크레물린으루 스딸린 수상
을 찾아 가 싸베에트 노서아를 우리 싸베에트 불란서(혹은 싸베에트
영국)의 한 연방으루 편입을 시키겠으니 생각이 어떠시뇨 한다면?」

「원자폭탄을 자네네만 발명한줄 아나? 우리두 있어요 그리겠지」

「그보담은 여보 불란서(혹은 영국) 동지 우리 두나라가 꼭 같은
권리와 의무를 가지는 한 개 한개의 연방이 되기루 하세나 이럴껏
같은데」

「문제는 그러니깐 조선이 내일 바루 싸베에트 조선이 되어버리
느냐 내일은 고구려 그리구나서 모래 싸베에트 고구려가 되느냐에
달렸겠지」[230)]

'나'는 약소민족인 이란을 빗대어 같은 약소민족인 조선의 미래에 대
해 이야기한다. 당시 이란은 소련군의 주둔으로 인해 재점령화되는 위
기 상황에 놓이게 되는데[231)], '나'는 이러한 이란의 상황이 조선과 매우
유사하다는 점을 발견한다. 주둔지역이 다를 뿐, 이란과 조선은 모두
강대국의 주둔을 통해 민족의 독립이 위협받고 있는 상황이었기 때문
이다. 따라서 '나'는 이러한 이란의 상황을 통해 조선에게 요구되는 역
사가 "내일 바루 싸베에트 조선"이 되는 것이 아니라 "내일은 고구려"
가 된 뒤 그 다음 "싸베에트 고구려"가 되는 것임을 강조한다. 「역로」

---

230) 채만식, 「역로」, ≪신문학≫, 1946.6, p.51.
231) 大國의 小國 內政干涉이 世界平和를 破壞, ≪동아일보≫, 1946.11.3.

의 화자는 냉전체제로의 이행 전에 조선 사회가 해방과 독립을 완성해야함을 주장하는 것이다.

서둘러 냉전의 세계로 진입하는 것이 아니라 우선 통일의 과제를 달성한 후에 체제를 선택해도 늦지 않을 것이라는 「역로」의 논리는 냉전 세계로의 이행이 아닌 지연을 목표로 민족의 서사를 구성한다. '내'가 내일 당장의 '소비에트 조선'이 아닌 독립된 조선, 그 뒤에 소련의 연방이 되어야 함을 이야기하는 것은 냉전적 체제의 논리가 강대국들의 것임을 이해하기 때문이다. '나'는 강대국이 내세우는 연방과 연합의 논리가 수평적인 관계에서 비롯되는 것이 아니라 점령이라는 수직적인 관계를 전제로 한다고 말한다. 따라서 연합의 논리가 언제든 제국의 논리로 변모될 수 있음을 예감한다. 소련과 같이 "원자폭탄"의 힘을 가지고 있지 않은 한 강대국 중심의 냉전 구도 하에서 조선의 위치는 여전히 점령당하는 약소국의 위치에서 벗어날 수 없다는 점을 지적하는 것이다.

냉전 강대국을 향하는 이러한 위기의식은 남한 사회에서 소련에 대한 공포를 자극하는 데 이용된 바 있다.[232] 남한의 우익들이 북한의 정권을 비판하기 위해 소련의 제국성을 강조해왔기 때문이다. 하지만, 채만식의 「역로」는 이와는 달리 소련의 점령뿐만 아니라 미국인과 조선인의 관계에 대한 우려를 동시에 드러낸다. 기차에서 내려 미군 군용차에 타려는 조선인과 무덤한 태도로 찻간 위를 가리키는 미군의 모습은 해방 현실에서의 미국과 조선의 관계를 상징적으로 보여준다. 해방자로 나타난 미군이 기차간 안에서 살아간다면, 미국을 환영했던 조선인들은 오히려 기차의 지붕 위로 밀려난다. 미국은 더 이상 조선인과 동등한 관계에 놓인 연합이 아니었다. '나'와 김에게 세계를 구획하는 논

---

232) 김송의 「인경아 우러라」와 같은 소설이 이러한 예라 할 수 있다.

리는 남북 사이에 놓인 냉전의 논리가 아니라 강대국과 약소국의 사이에 놓인 제국의 논리이다. 「역로」의 소련은 북한의 배후로서의 제국이 아니라 미국과 동일한 강대국으로 존재한다. 그리고 이때의 남한 사회는 소련의 괴뢰라 비판받는 북한의 처지와 다르지 않다. 북한의 조선과 남한의 조선은 강대국의 점령이라는 동일한 위기 상황에 놓인 약소민족일 뿐이다. 이러한 세계 인식 속에서 조선이 달성해야 하는 것은 상대의 이념에 대한 우월성을 강조하는 체제경쟁의 논리가 아니라 강대국에 의한 점령을 극복할 수 있는 협력에 기초한 통합의 논리이다.

해방기 국가건설의 담론은 이념적 선택과 밀접히 연관되었다. 미국과 소련에 의해 남북의 사회가 점령된 직후부터 독립된 국가를 건설하는 문제는 미국식의 자본주의와 소련식의 공산주의를 선택하는 문제로 전이되었다. 국가건설이 미국과 소련으로 대표되는 체제를 선택하는 것과 결부될 때, 이는 필연적으로 민족 내부의 갈등을 예고한다. 해방된 조선은 두 체제의 영향이 모두 공존하는 사회였다. 제국에 대한 위기의식을 다시 호출하는 민족 서사들은 민족의 미래가 미소를 중심으로 구획되는 냉전체제와 일치할 수 없다는 인식을 드러낸다. 강대국들을 중심으로 기획된 냉전의 구획선이 조선인의 현실을 포섭할 수 없다는 점을 설명하는 것이다. 따라서 이들 소설들은 약소국으로서의 조선의 지위를 이해하고 냉전의 구획선에 의해 분할되지 않는, 제3의 위치에 놓인 민족 정체성의 확보를 강조한다.

염상섭의『효풍』은 이러한 관점을 전제로 두 개로 나뉜 냉전의 체제로 귀속되지 않는 민족의 지위를 강조한다. 이는 해방기의 한국 사회에 남북을 나누는 냉전의 구획선뿐만 아니라 강대국과 약소국을 분절하는 제국적 구획선이 존재하고 있다는 인식을 전제로 한다.『효풍』은 ≪자유신문≫(1948.1.1-1948.11.13)에 연재된 장편 소설로 비슷한 시기에

≪동아일보≫(1949.9.1-1950.2.16)에 연재되었던 김동리의 『해방』과 유사한 서사의 구조를 드러낸다. 신문 연재소설이었던 두 작품은 독자들의 흥미를 유발하기 위해 한 명의 남성과 두 명의 여성을 중심으로 삼각관계를 만들어낸다. 그리고 이러한 연애 서사의 이면에 추리소설의 방식을 활용하여 정치적 갈등 관계를 배치한다. 두 작품은 연애, 추리라는 대중적인 소재들을 정치적 상황과 결합하는 해방기 소설의 특수한 서사구조를 드러내는 것이다. 하지만 이러한 갈등의 구체적인 결과는 전혀 다른 형태로 나타난다. 『해방』에서 정치적 갈등 관계가 좌익에 의해 공격을 당한 우익 인사의 살인사건으로 드러난다면, 『효풍』은 중간파 인사인 병직을 향한 테러가 사건 전개의 핵심적인 요소로 등장한다. 당대 현실에 대한 두 작가의 관점의 차이가 서사적 지향의 차이로 이어지고 있는 것이다.

『효풍』은 표면적으로 혜란과 병직, 화순의 연애 관계를 중심으로 한다. 하지만 이들의 관계가 진전되는 과정에서 중심적으로 진행되는 사건들은 삼팔선 위에 놓여있는 자들의 월남과 월북에 관련된 문제이다. 『효풍』은 어떤 이념을 선택할 것인가와 다른 차원에서 체제 선택의 문제를 제기한다. 그것은 선택이라기보다 오히려 강요에 의한 것이라 할 수 있는데, 세 명의 인물들이 모두 "빨갱이"로 의심받는 상황에 놓여있음이 이를 증명한다.[233] 소설은 빨갱이라는 이유로 학교에서 쫓겨난 혜란이 경요각에 들어간 뒤 마주하게 되는 사건으로부터 시작된다. 빨갱이라는 의심을 받은 혜란은 자신의 영어 실력을 교육의 현장에서 활용할 기회를 잃고, 경요각에서 외국인들에게 골동품을 파는 점원이 된다. 그녀의 연인인 병직 역시 빨갱이라는 오해를 피해 A 신문사로 이직한다. 그리고

---

[233] 김재용, 「8.15 이후 염상섭의 활동과 ≪효풍≫의 문학사적 의미」, 『효풍』, 실천문학사, 1998, p.347.

병직의 또 다른 연인인 화순은 좌익 계열의 신문사에서 일하고 있다는 점에서 빨갱이라는 의심으로부터 자유로울 수 없는 인물이다. 좌익과 우익으로 갈린 해방 현실 속에서 이들 세 사람들은 모두 사상을 의심받으며 자신의 선택을 증명해야 하는 위치에 놓여있는 것이다.

세 사람이 경험하게 되는 '유치장 사건'은 국가권력이 어떠한 방식으로 민족의 정체성을 이념적 체제 내부로 귀속시키는지를 드러낸다. 세 명의 인물 중 가장 먼저 월북을 선택하는 화순은 좌익의 사상에 동조를 보내면서도 월북을 결심할 정도의 열정은 지니지 못한 인물이었다. 하지만 동료 이동민을 구하려다가 유치장에 갇히게 되고, 좌익으로 몰려 부당한 대우를 받은 뒤 화순은 "사상적으로도 반발적인 격동"[234]을 경험한다. 경찰들이 보내는 의심의 시선은 화순을 더 이상 남한에 머물 수 없게 만든다. 유치장에서의 경험은 우익을 선택한 자들은 남한에 남고 좌익을 선택한 자들은 북한으로 가야한다는 체제의 논리를 발견하게 했던 것이다. 화순은 "이지적인 반면 열정적인" 여성으로 설명되는데, 이러한 화순의 열정은 곧 이념의 선택이라는 문제에 대한 적극적인 태도로 전화한다. 그리하여 좌익의 경향성을 드러내면서도 북한의 체제를 선택할 것이라 생각되지 않았던 화순은 유치장에서 하룻밤을 보낸 뒤 곧 월북을 결심한다.

화순이 가장 먼저 스스로의 이념적 위치를 결정했던 것과 달리, 우유부단한 성격을 가지고 있는 병직은 화순과 같이 좌익의 이념에 공감을 표하면서도 월북을 결심하지 못한다. 아버지에게까지 빨갱이라는 오해를 받는 병직이면서도 그의 사상적 지표란, "삼팔선 위에 암자나 짓고 들어앉았고 싶다"는 정도일 뿐이다. 따라서 병직은 화순의 설득에도

---

234) 염상섭, 『효풍』, 실천문학사, 1998, p.81.

불구하고 월북에 대해서는 부정적인 태도를 보인다. 그에게 중요한 것은 남한과 북한을 선택하는 것이 아니라 삼팔선으로 나뉜 현실을 극복하는 것이었기 때문이다. 하지만 이러한 병직의 중도적인 태도는 길에서 테러를 당한 이후 급변한다.

『효풍』에서 테러의 범인은 분명하게 밝혀지지 않는다. 하지만 그것이 바로 남한과 북한 사이에 있는 자들에 대한 폭력적 강압에서 비롯된 것이었다는 것은 분명하다. 화순과 함께 유치장에서 심문을 당하고 나온 병직은 자신이 일하던 신문사에서도 사직을 권유받게 된다. 그리고 이러한 적대적인 태도는 알 수 없는 사람들에 의한 테러를 통해 극대화된다. 테러단은 "눈깔이 외루 배긴 게"라는 한 마디의 말로 자신들의 폭행을 정당화한다. 그리고 이들을 만난 뒤 병직은 남한 사회에서 삼팔선 위에 놓인 자신의 태도가 얼마나 위태로운 것인지를 알게 된다.

병직이 월북하게 된 것이 경찰의 병원 방문 때문이었다는 점은 당대 사회에서 이념을 통한 구획의 논리가 어떠한 방식으로 민족의 공동체를 분열시키는지를 드러낸다. 병직은 자신을 의심하고 감시하는 경찰의 시선을 발견하는 순간 북한으로 떠난다. 좌와 우라는 이념적 선택만이 요구되는 남한 사회에서 중간파적인 위치에서 조선인의 현실을 조망하고자 했던 그는 쫓기듯 떠날 수밖에 없었던 것이다. 따라서 『효풍』은 병직과 화순 그리고 혜란의 관계를 중심으로 서사를 진행하면서도 화순이 월북한 이후에는 이들의 애정 문제를 서사의 중심으로 삼지 않는다. 이들의 위기 상황은 애정의 갈등 관계에서 비롯되는 것이 아니라, 오히려 경찰이나 청년단과 같은 외부 권력에 대항하는 과정에서 발생하는 것이었기 때문이다.

혜란 역시 병직과의 애정 문제보다는 빨갱이로 몰려 결국 모리배의 골동품 상점으로 들어앉은 자신의 현실을 어떻게 극복해야 하는가에 대한 고민에 몰두한다. 『효풍』에서 초점화자[235])의 역할을 하고 있는 혜란은 두 개의 세계 사이에 놓여있는 인물이다. 그녀에게 두 개의 세계란 누님집에서 유치장 사건으로 경험하게 되는 정치적 세계가 그 하나이며, 경요각 주인 이진석과 함께 일하면서 발견하게 되는 생활의 세계가 또 하나이다. 첫 번째 세계가 병직과 함께 경험하는 분열된 조선의 상황과 관련되어 있다면 두 번째의 세계는 미국 무역상인 베커를 통해 경험하게 되는 제국화의 위기에 놓인 현실과 관련되어 있다. 혜란이 병직과 함께 체제의 적으로 배제당하는 동안, 베커는 혜란에 대한 애정을 나타내며 그녀를 통해 '조선적인 것'을 구하고자 한다. 혜란은 자신의 위기가 단지 이념을 증명함으로써 극복되는 것이 아님을 알게 된다. 혼란한 조선의 현실에는 또 다른 위기 상황이 존재하고 있었던 것이다.

경요각에서의 사건들을 통해 혜란은 냉전적 강대국과 조선 사이에 놓인 비대칭적인 관계를 발견하게 된다. 경요각의 주인인 이진석은 영어에 능통한 여성인 혜란을 이용하여 자신의 사업을 확장하고자 한다. 베커는 이러한 이진석에 대한 의심의 시선을 거두지 않으면서도, 그와의 협조 관계를 유지하는데, 그것은 혜란에 대한 개인적인 관심 때문이다. 베커는 혜란을 '조선의 미'로 규정함으로써 그녀를 대상화한다. 조선인으로서 혜란은 어느 순간 '헬렌'으로 불리면서, 베커의 시선에 사로잡힌다. 베커와 혜란의 관계는 식민사회를 여성화하는 오리엔탈리즘적 시선[236])과 공명하게 되는 것이다.

---

235) 초점화자는 성분들이 보여지는 지점으로 독자에 의해 수용되는 시선을 지닌 인물을 지칭한다. 미케발, 한용환 역, 『서사란 무엇인가』, 문예출판사, 1999, p.189.

236) 식민지적이고 제국적인 통치는 피식민지 세계의 사람들을 열등하고 어린아이 같고, 여성적이며(수 천년 동안 스스로를 너무나도 완벽하게 돌봐 왔음에도 불구하고) 스스로를 돌볼 수 없으며, 서양의 온정적인 지배가 최상의 이익을 가져다 줄 것(오늘날은 '개발'이 필요하다고 여겨진다.)이라고 묘사하는 인류학 이론들에 의

조선인-혜란은 제국의 시선에 의해 여성화되는 식민지인의 정체성을 드러낸다. 베커는 혜란에 대한 호감을 드러내지만, 이러한 혜란에 대한 감정은 평등한 관계 속에서 이루어지지 않는다. 베커는 혜란을 조선의 미, 즉 조선인의 정체로 정형화하면서 그녀에게 관심을 보이기 때문이다. 혜란을 향하는 베커의 태도는 "지참금 백만원의 신부님"이라는 단어로 명료하게 드러난다. 혜란에게 금전적인 이익을 약속하는 베커의 호의는 원조를 중심으로 조선과의 관계를 수립하는 미국의 태도와 유사하다. 이 때의 미국의 원조는 단순히 해방자로서의 역할이 아닌, 냉전체제의 지도자로서의 역할을 담보한다. 제 3세계에 대한 원조와 지원의 관계를 통해 미국은 자유 진영의 큰 형(Big Brother)으로 스스로의 지위를 확보할 수 있었기 때문이다.[237] 혜란을 향한 베커의 호감에는 이와 같은 제국과 식민의 관계가 전제되어 있다.

『효풍』에 나타나는 이와 같은 베커의 태도는 일본 이후 수립되는 새로운 제국의 현실을 발견하게 한다. "미국 사람은 어느 나라 어느 민족에게나 일 대 일이지 그 이상의 자긍은 없다."고 단정하는 베커의 모습은 제국의 일원이었던 스스로의 정체성을 망각하고 우정을 강조하였던 전후 미국의 태도와 많은 점에서 유사하다. 2차 대전 이후 미국은 유럽 서구 사회와의 변별성을 강조하면서 필리핀 등과 구성했던 제국적 관계를 소거해 나간다. 그리고 민족의 다양성을 인정하는 방식으로 새로운 질서를 구성한다.[238] 이러한 새로운 질서 하에서 '동양'은 낯선 타자가 아닌 자유 진영의 연합국으로 설정된다. 하지만 이와 같은 관계

해 정당화 되었다. 그러한 인류학 이론들의 근간에는 인종 개념이 자리하고 있다. 로버트 J. C. 영, 『아래로부터의 포스트 식민주의』, Op.Cit., p.18.
237) 냉전기 미국은 아시아 사회에 대한 책임감을 강조하면서 지도자상을 구축한다. Christina Klein, Op.cit., p.188.
238) Ibid., p.16.

형성은 전적으로 평등한 다양성을 전제로 하지 못한다. 원조의 문제에서 살펴볼 수 있는 것처럼 미국 사회는 동양 사회에 대한 경제적 종속의 관계를 만들어나갔고, 미국은 타자들의 다양성을 인정하되, 스스로가 만들어내는 위계질서 내부로 수용하는 방식으로 새로운 제국의 논리를 고안해냈기 때문이다.[239]

이진석과 같은 모리배들이 해방 이후 새로운 제국적 체제를 구축하고 있다면 병직과 화순은 이러한 현실에 대한 강한 비판 정신을 드러낸다. 이들은 비록 체제의 적으로 의심받고 있었지만 모리배들과는 다른, 하나 된 공동체를 꿈꾸는 민족의 일원이었다. 이들에게는 빨갱이라는 오해를 극복하고 민족의 정체성을 회복해야 한다는 과제가 남아있는 것이다. "스왈로댄스장"에서의 장면은 체제 선택의 논리를 넘어선 민족 담론의 실체를 선명하게 드러낸다.

> "그래 그런 것만 아십니까? 콩가루가 몇천톤 인지? 우웃가루가 몇만 톤인지? 설탕이 몇십만톤인지도 잘 아시겠지요……"
> 화순이는 자신의 첫째 화살을 쏘아보았다.
> "허허허……"
> 베커는 도리어 유쾌한 듯이 웃으며 이것은 진짜 A신문 기자로구나 하는 생각으로 뒷말을 기다리고 앉았다.
> "중석은 홍삼은 얼마나 실어내 가는지 모르시는 모양이로군? 홍삼은 일제시대에는 미쓰이에게 내맡겼던 것이죠? 이번에는 어떤 '미국 미쓰이'가 옵니까?"
> 화순이는 이 청년이 무역관계의 일이면 잘 안다는 말에 기가 나서 콕콕 쏘는 것이다.[240]

---

239) 안토니오 네그리, 마이클 하트, Op.Cit., p.269.
240) 염상섭, 『효풍』, 실천문학사, 1998, p.112.

무역상의 얼굴로 조선에 나타난 미국인 베커에게 화순은 제국의 책임을 묻는다. 화순은 미국과 조선의 무역 관계가 평등한 관계에서 이루어지는 것이 아니라 제국화 과정의 일환으로 이어지고 있음을 지적한다. 홍삼과 중석의 수출문제에 관해 "어떤 미국 미쓰이"가 오느냐고 묻는 화순의 질문은 해방 사회에서 미국과 조선의 관계가 과거 일본과 조선의 관계와 다를 바 없음을 전제로 한다. 이들에게 있어 이념적 선택을 강요하는 냉전의 논리는 변형된 제국의 논리로 이해된다. 냉전의 강대국들은 우정을 내세우며 탈식민지화 된 조선 사회에 들어오게 되었지만 이들이 조선 사회와 맺는 관계는 예전의 제국적인 관계와 다름이 없다고 간주되는 것이다. "스왈로 회담"의 장면은 국민국가라는 정치적 독립을 보장하면서 동등한 우정의 관계, 자유 진영의 일원으로서의 관계를 보장하는 냉전체제의 이면에 여전히 경제적으로 종속되는 제3세계의 운명이 놓여있음을 보여준다.

『효풍』은 조선 사회의 불안한 현실을 직시하는 시선을 통해 이념이 아닌 제국의 구획선241)을 발견해낸다. 이를 통해 냉전체제에 의해 규정된 남과 북의 갈등 관계 이면에 미국과 조선이라는 제국적 갈등 관계가 지속되고 있음을 강조한다. 강대국과 약소국 간의 수직적인 관계를 만들어나가는 이 구획선 속에서 『효풍』은 이념적 선택이 의도하는 보편적 발전의 모델을 넘어서는 조선의 미래를 구상한다. 혜란과 병직은 혼란스러운 조선 사회에 냉전의 질서를 부여하고자 하는 미국의 제국주의적인 태도를 비판하면서 제3의 민족으로서 조선이 자립할 수 있어야 함을 강조한다. 이들은 외부의 제국으로부터 부여되는 질서가 아닌

---

241) 이러한 두 세계는 이념적인 구획이 아닌 인종적으로 나뉘는 (제국적) 구획선을 드러낸다는 점에서 20세기의 두 컬러라인 중 하나라고 할 수 있다. 권헌익, Op.Cit., p.55 참조.

민족 내부에서 발견되어야 하는 질서를 추구한다. 이러한 점에서 두 사람의 결합은 조선의 새로운 가능성, '효풍'(曉風)으로 설명될 수 있다.

> "결혼 문제 때문이 아녜요. 첫째는 그 사람의 호의가 어떤 동기에서 나온 것인지? 그 호의를 받아서 좋을지? 또 하나는 비릿비릿하게 가서 천대나 받으면 무얼 합니까. 공부야 할 마음만 있으면 집에서 책을 주문 해다가 보죠. 그래 조선도 원자탄을 만들게 쯤 되면 구경 가마고 했었죠." 242)

혜란은 베커가 지원하는 미국으로의 유학을 포기하고 병직과의 결혼을 선택한다. 그녀가 유학을 거절하는 이유는 미국 유학이 문명국으로부터의 계몽을 전제로 하는 제국주의적 관계를 바탕으로 하기 때문이다. 그녀는 베커의 설득에도 불구하고 여전히 미국에서 "천대나 받으"며 배울 필요가 없다는 입장을 보인다. 혜란은 미국으로의 "유학"이 아닌 "구경"을 선택하는데, 그것은 조선과 다른 미국을 전제로 하되 선진과 후진의 관계를 거부하려는 태도를 드러낸다. 조선의 '효풍'으로서 혜란은 조선이 원자탄을 만들게 되는 날 미국을 방문할 것을 약속한다. 혜란 역시 「역로」의 '나'와 같이 조선에 충분한 힘이 없다면 우정을 전제로 수립되는 조선과 미국의 관계가 수직적인 지배와 종속의 관계로 이어질 것임을 예상하기 때문이다.

월북에 실패해 다시 돌아온 병직 또한 북한이나 남한의 체제를 선택하는 것으로 그 자신의 미래를 결정하지 않는다. 병직 역시 남북을 나누는 이념적 경계가 아닌 미국과 조선 사이에 놓인 제국의 경계를 발견하게 되었기 때문이다. 따라서 월북에 실패한 병직은 다시 북한으로 가

---

242) 염상섭, 『효풍』, Op.Cit., p.331.

겠다는 의지를 드러내지 않으며, 남한의 체제에 온전히 적응하겠다는 반성적 태도를 보이지도 않는다. 그는 다만 남북으로 나뉜 "두 세계가 한데 살 방도"243)를 고민해보겠다는 다짐을 밝힌다. 이념적 선택을 통해 냉전적 체제로 이행하기 전, 우선 조선이 동등한 관계를 지속할 수 있을 정도로 발전할 수 있어야 한다는 것을 강조하는 병직과 혜란은 냉전적 강대국들이 내세우는 선택의 과제를 지연시키면서 조선이 스스로 달성해야하는 미래에 관심을 둔다. 따라서 그의 공부는 선진적인 미국 사회를 따라가기 위한 것이 아니라, 민족의 분열을 극복하기 위한 것이 된다. 병직과 혜란은 두 개로 나뉜 냉전적 세계로 귀속되지 않는 독자적인 조선의 미래를 상상하고 있는 것이다.

『효풍』의 연재가 마무리 되던 1948년 11월은 이미 단정이 수립되고 상이한 두 체제의 화해 가능성이 현저히 낮아지던 시기였다. 그럼에도 불구하고 해방된 조선 사회의 새벽바람을 기원하는 『효풍』은 두 세계의 합일을 시도하고자 한다. 이는 조선을 두 개로 나눈 삼팔선의 경계가 민족의 것이 아니라 제국의 권력 하에서 만들어진 것이라는 인식이 존재하기 때문이다. 이러한 인식하에서 『효풍』은 남북의 분열이 한쪽 사회의 제국화로 인한 어쩔 수 없는 것이 아니라 탈식민 이후 진행되는 새로운 제국화의 한 결과임을 설명한다. 그리고 두 개로 나뉜 세계를 이미 결정되어 수용할 수밖에 없는 것이 아니라, 싸워서 극복해야 하는 것으로 이해한다.

『효풍』에서 조선의 미래가 '원자탄'을 통해 구성된다는 점에서 이들의 목표가 완전히 근대세계의 발전적 역사주의에서 벗어났다고 보기는 어렵다. 하지만 냉전체제와 다른 조선의 미래를 구상한다는 점에서

---

243) Ibid., p.336.

이들의 목표는 탈식민 사회에서 구성되는 제3 세계의 정체성을 드러낸
다. 그리고 제3 세계의 정체성을 바탕으로 독자적인 민족의 삶을 추구
한다는 점에서 이들의 민족 서사는 제국 이후에 구성된 탈식민적 민족
담론의 또 다른 가능성을 보여준다. 이미 두 개로 나뉜 세계에서 이들
의 결정이 비록 때늦은 것이라 할지라도, 조선 사회를 재영토화하려는
냉전 제국의 논리를 발견하고 이에 저항하는 민족의 삶을 의도한다는
점에서 이는 한국 사회 민족 담론의 중요한 축이라 할 수 있다.

(3) 열전의 감각과 피난의 서사

남북으로 나뉜 조선 사회에서 이념의 선택은 국가의 체제를 선택하
는 문제와 직결된다. 남북으로 분리된 국가 수립의 불가피성을 주장
할 수 있었던 것은 국민국가의 건설을 통해서 제국 이후에 구성되는
세계의 동등한 일원이 될 수 있을 것이라는 믿음 때문이었다. 해방된
조선이 여전히 서구 강대국들에 비해 뒤쳐져있다는 인식을 바탕으로
국민국가 수립을 통한 발전의 목표를 강조해왔던 것이다. 하지만 미
완의 해방을 인식하는 소설들은 냉전적인 체제의 선택이 아닌 제3의
길을 통해서 탈식민화를 달성해야 함을 강조한다. 그리고 국가건설을
통해 확보되는 정치적 주권확보의 문제 이전에 민족 통합의 과제를
제시한다.244) 제국의 구조가 지속되는 현실의 문제에 주목하는 서사
들은 이념에 따라 국가체제를 수립하는 것이 민족의 발전을 위한 유
일한 방법이라는 믿음에 의문을 제기하면서, 조선의 오늘이 냉전적

---

244) 이때의 통합은 정치적, 영토적 통일에 한정되지 않는다는 점에서 정체성 구성의
문제와 연관된다. 해방 직후의 민족의 통합은 탈식민사회의 민족이라는 정체성을
기반으로 정치적인 주권에 한정되지 않는 민족주의의 목표를 드러내는 것이다.
앤서니 D. 스미스, 『민족주의란 무엇인가』, Op.Cit., p.50 참조.

강대국들의 현재와 다른 상황에 놓여있음을 설명한다. 그리고 냉전의 체제로 귀속되지 않는 제3세계의 가능성을 통한 민족 자립의 목표를 제시한다. 하지만 전쟁의 위기가 심화 됨에 따라 냉전체제 너머를 향하는 이와 같은 전망은 위태로운 민족의 현실에 대한 비극적 인식으로 전환된다.

채만식의 「낙조」(『잘난사람들』, 1948)는 남북통합의 가능성이 소실된 상황에서 체제를 중심으로 사유되는 민족 개념의 모순을 지적하고 냉전의 체제 내에서 통일과 독립을 이야기하는 급진적 민족론의 위험성을 경고한다. 1948년 단정 수립의 순간을 배경으로 하는 「낙조」는 염상섭의 『효풍』과 상반되는 현실관을 드러낸다. 『효풍』은 1948년의 현실에서 혜란과 병직을 통해 제국적 권력에서 벗어난 강력한 조선, "원자의 나라"가 된 조선을 기대하면서 새로운 시대의 새벽(曉風)을 희망한 바 있다. 하지만 「낙조」는 해방의 현실을 해가 저무는 '낙조'의 상황으로 설명한다.

이러한 인식의 기반에는 통일된 조선의 민족이라는 이상이 좌절되었다는 절망감이 존재한다. 1948년 5.10 선거부터 8.15 정부 수립의 과정에 이르는 시기를 배경으로 하는 「낙조」는 더 이상 냉전체제로의 이행이 미루어질 수 없을 것이라는 예감을 드러낸다. 단독정부의 수립은 남북의 경계를 더욱 공고하게 할 것이며, 이후의 조선 사회는 통합이 아닌 체제경쟁의 논리를 따라 스스로의 정치적 정당성을 강화해 나갈 것이기 때문이다. 이태준의 「먼지」가 중간파였던 한뫼의 죽음이라는 비극적인 결말을 제시했던 것과 같이 「낙조」는 또한 5.10선거를 배경으로 통일된 조선이라는 이상이 불가능진 현실에 대한 절망적 인식을 드러낸다.

「낙조」는 「민족의 죄인」이나 「역로」에서와 같이 대일협력의 과거를 지닌 '나'의 시선을 통해 해방기의 혼란한 현실을 묘사한다. 소설의 화자인 '나'의 시선의 중심에 놓여있는 것은 황주 아주머니네 가족이다. 이들은 일본 제국주의 시절에 북한으로 올라가 부유한 생활을 하다가 해방된 후 토지와 재산을 몰수당하고 남한으로 추방당한 일가이다. '나'의 시선을 통해 묘사되는 황주 아주머니네의 가족은 체제 중심적인 민족론이 어떠한 방식으로 전쟁의 논리로 전환되고 있는지를 선명하게 드러낸다. 이들은 남한의 체제를 중심으로 '민족'의 정체성을 구성하면서 북한 사회에 대한 강렬한 적대감을 드러낸다. 이를 통해 남북의 체제는 화해할 수 없는 적대적인 관계로 설정된다. 따라서 민족 통일의 유일한 방법은 화해가 아닌 침략을 통한 것으로 사유되고 민족의 회복은 상대의 체제를 붕괴시킴으로써만 가능한 것으로 이해된다. 「낙조」는 단정이 수립되는 그 순간부터 이미 전쟁이 예비되고 있었음을 보여주는 것이다.

> "그래두 인제 두구 보시우, 아재. ......이승만 박사루 대통령이 났으니깐, 이내 곧 정부가 생기구, 이어서 독립이 되구. 그리군 국방경비대가 쏟아져 나가서 38선을 뚜드려 부시구. ......우리 영춘인, 이박사께서 쳐랏, 호령만 내리시면 지금 당장이래두 뛰어가, 38선을 무찌를 테라구. 저이 동간들 허구두 늘 얘기하느니 그 얘기라구 비번날 집일 다니러 오는 족족 그리면서 벼른답니다. 아유, 난 그 원수의 공산당 그놈들 잡아 죽일 일을 생각하면, 사흘 아니 먹어두 배가 부르니."[245]

---

245) 채만식, 「낙조」, ≪채만식전집≫, p.382.

이승만 박사를 "대통령으로 뫼셔 앉혀야 우리 죄선 사람 살길"이 날 것이라고 강조하는 황주 아주머니는 5.10선거가 성공하면 곧 새로운 시대가 시작될 것이라 강조한다. 새로운 시대는 "38선을 뚜드려 부시는 것"을 통해 가능해진다. 조선의 통일을 지향한다는 점에서 황주 아주머니는 민족적인 태도를 보인다. 하지만 이때의 통일된 민족은 북한 사회를 포용하고 그들과 협조하는 과정이 아니라 원수를 "무찌"르는 과정을 통해 구성된다. 공산당을 "잡아 죽일 일을 생각하면, 사흘 아니 먹어두 배가 부르"다고 이야기하는 황주 아주머니에게 있어서 조선의 통일은 오직 공산당을 "잡아 죽이"는 것으로 가능한 것이 된다. 전쟁을 통한 통일을 기원하는 황주 아주머니 태도는 북한의 모든 체제를 부정하고 남한의 이념을 절대화함으로써 달성되는 민족 담론의 위험성을 드러낸다.

황주 아주머니가 내세우는 '조선 사람'에는 북한의 공산당은 포함되어 있지 않다. 이승만 박사를 통해서만 조선의 통일이 가능해질 것이라고 믿는 황주 아주머니에게 있어서 가능한 하나의 세계는 자신이 속한 남한 사회 뿐이다. 이러한 관점에는 자유 진영과 공산 진영을 두 개의 세계로 나누고 이 두 세계를 대립과 경쟁의 관계로 만들어내는 냉전의 논리가 전제되어있다. 황주 아주머니의 통일론에서 두 세계를 지양하면서 새롭게 구성되는 국가를 향한 제3의 가능성은 소멸된다. 그리고 두 개의 세계 중에서 하나의 세계만을 인정하는 반공의 통일론이 구성된다.

대일협력의 혐의에서 자유롭지 않은 '나'는 이러한 황주 아주머니의 좌익에 대한 증오와 반감을 이해하는 태도를 보인다. 황주 아주머니가 북한에서 축적한 부가 "남달리 더 뜻이 깊고 소중한" 것이었음을 전제로, 재산을 몰수당한 황주 아주머니의 안타까움과 노염이 "당연한 인정"이었다고 보는 것이다. 하지만 좌익에 대한 극렬한 부정이 어떠한 원인에서 기원한 것인가를 따질 때, 이러한 "당연한 인정"은 전혀 당연하지 않은 것으로 변화한다. 황주 아주머니가 극렬한 반공주의자가 된 배경에는 제국주의의 청산 문제가 놓여있기 때문이다. 황주 아주머니가 북한에서 "안정과 성취"를 이룰 수 있었던 것은 경제계 주임의 요직을 거치면서 재산을 축적하고 창씨를 박촌으로 변경한 아들 박재춘 덕분이었다. "조선 사람은 일본과 떨어져 살지 못한다는 것"을 강조하면서 일본 사람이 되는 것이 조선 사람이 행복하게 하는 길임을 강조한 박재춘은 제국에 협력함으로써 개인의 이익을 추구해온 인물이었다. 그 결과 해방 후 박재춘은 모든 재산을 몰수당하고, 참혹한 죽음에 이르게 된다. 북한 사회에 대한 황주 아주머니의 분노는 북한을 무찌르는 통일이 아닌 제국적 과거에 대한 반성과 극복의 과정을 통해 해소되어 했던 것이다.

황주 아주머니의 분노는 반성적 태도를 갖추지 못한 이들이 주장하는 통일의 이상이 지닌 위험성을 드러낸다. 황주 아주머니는 대일 협력의 과거를 반성하지 못하고 개인의 이익만을 위해 살아가는 모리배적인 인물로 등장한다. 이러한 인물이 다시 '조선의 살길'을 말할 수 있었던 것은 그녀가 남한의 정치적인 이념에 동조하였기 때문이다. 식민지인으로서 제국과 협조한 과거를 청산하지 않은 채, 냉전의 논리를 그대로 수용함으로써 황주 아주머니는 다시 조선인으로 돌아올 수 있게 된다. 그리고 이때의 조선인은 두 개로 나뉜 세계의 한편에서 다른 한 편을 침략함으로써 통일을 이루고자 하는 민족론을 만들어 낸다. 과거의 제국을 극복하지 못한 남한 사회는 전쟁의 위기상태에 돌입하게 되는 것이다.

이러한 문제적 현실 앞에서 주목할 것은 황주 아주머니와 박재춘에 대한 '나'의 태도이다. "의 아닌 부와 귀는 뜬 구름과 같"다는 군자의 도리와 윤리를 강조하는 '나'는 오히려 현실에 대해 어떠한 윤리적 판단도 내리지 못한다. 그는 일본 사람이 되어야 행복해질 수 있다는 박재춘을 보면서, "발랄한 재기와 영리함과 그리고 민첩한 수완과 넘치는 패기"에 경복치 아니할 수 없었음을 고백한 바 있다. 자신의 이러한 태도가 "맹추"와 같은 것이었음을 깨닫는 것은 최군이라는 과거 제자의 가르침 때문이다. 최군이 황주 아주머니 가족의 부에 관련된 인과관계를 설명한 후에야 '나'는 자신의 생각을 뉘우친다. 그리고 자신 역시 조선의 어린아이들에게 일본말을 쓰도록 가르친, 타성적이고 용렬한 인간이었음을 인식하게 된다.

하지만 '나'의 이러한 반성은 오래가지 않는다. 식민지 시기 "편안하고도 만족한 세상을 살아"온 '나'는 제국 시절 선생으로서 했던 행동을 치열하게 반성할 새도 없이 다시 "나라를 새로이 세우는 아침"을 위해 여전히 가르치고 지도하는 역할을 맡게 된다. '나'는 민족 지도자의 역할을 자처하면서 군자의 도리와 의를 내세우지만 정작 제국에 협조한 용렬한 과거에 대해서는 반성할 줄을 모르는 인물이라 할 수 있는 것이다. 이렇게 과거를 청산하지 못한 '나'는 다시 황주 아주머니의 배타적인 민족론에 동조한다. 스스로를 반성하지 못하는 '나'는 분열되어가는 민족의 현실을 인지하지 못한 채 표면적으로 민족을 내세우는 이들의 논리에 또 감복하게 되는 것이다.

「낙조」는 이처럼 믿을 수 없는 화자246)의 시선으로 해방의 현실을 기

---

246) 랜서의 시점의 기술적 시학에 따르면 이는 서술자의 권위를 보증하는 신뢰성에 한계를 지닌 인물로 설명될 수 있다. 조남현, 『소설신론』, 서울대학교, 2004, p.136.

록한다. 그리고 이를 통해 당대 사회가 내세우는 민족담론이 어떠한 위기상황에 놓여있는지를 그려낸다. 믿을 수 없는 화자인 '나'의 위태로운 민족 인식은 황주 아주머니의 아들인 영춘과의 대화를 통해 더욱 선명하게 드러난다. '나'는 박재춘을 보고 감탄했던 것과 같이 전쟁을 주장하는 영춘의 태도에 대해 다시 한 번 경탄한다. 영춘은 형 박재춘 덕분에 부유한 생활을 하면서도 일본인 아이들 사이에서 괴롭힘을 당해왔다. 이러한 제국으로부터의 억압을 조선인인 형에게 조차 알릴 수 없었다는 점에서 영춘은 이중적인 수난을 당해온 인물이라 할 수 있다. 따라서 그는 가장 해방을 기다려 왔으며, 형의 죽음에 대해서도 그것이 과거의 행동에 대한 대가라는 점을 인정한다. 특히 영춘은 제국의 과거를 청산하지 못하고 여전히 개인의 이해관계에만 매달리는 사람들을 강력하게 비판하는데, 자신의 어머니에 대해서도 그것은 예외가 아니다.

> "전 오마이 생각과 태도가 대단히 불순하다구 보야요. 오마인 늘 말씀이, 어서 바삐 이승만 박사께서 북조선을 처라 하는 영을 내리서야 우리 국방경비대가 38선을 직쳐 넘어가서 그놈들 공산당-살인강도 놈들을 모주리 쳐 죽여, 형의 원술 갚구 우리 재산을 도루 찾구하느니라구, 머 노래부르듯 하신답니다. 그리시면서두 절더런 북조선을 치다 죽으면 안되겠으니, 슬며시 지끔 빠지구, 남이 피흘려가면서 일해놓는다치면, 가만히 앉았다. 그 덕이나 보자는 교활한 타산이 아냐요? 그렇잖아요 형님?"[247]

영춘은 전쟁을 염려하여 자신을 국방경비대에서 나오라고 하는 어머니의 태도를 "교활한 타산"이라며 강력하게 비판한다. 영춘은 자신

---

247) 채만식, 「낙조」, Op.Cit., p.388.

이 어머니와 다르다는 것을 강조하면서 스스로의 목숨이 위태롭게 되더라도 "북조선을 치다 죽"겠다는 각오를 강조한다. 영춘은 과거의 제국적인 태도를 극복하지 못한 조선인들에게서 "망국 민족의 기질"을 찾고 이들의 "게으르고 이기적인 타산"을 비판한다. 이러한 영춘의 논리에서 문제적인 것은 그 "망국 민족의 기질"을 극복하는 것이 북한에 대한 공격으로 증명된다는 점이다. 제국을 극복하고자 하는 민족론이 전쟁의 논리로 전이되고 있는 것이다.

이와 같은 논리가 가능할 수 있었던 것은 냉전 체제의 일부가 될 때에만 민족의 통일이 가능하다는 전제 때문이다. 영춘은 제국의 과거를 강력하게 비판하면서 통일의 논리를 전개한다. 영춘에게 있어 통일은 제국으로부터 진정한 독립을 위해 가장 먼저 요구되는 것이라 할 수 있다. 통일이 이루어지지 않는 한 조선은 "이름만 독립이요, 실상은 보호국 노릇"을 하며 살아가야하기 때문이다. 그리고 이를 위해 전쟁까지도 불사하겠다는 '민족적인' 결심을 내세운다. 영춘은 탈식민사회의 내적 반성을 강조한다는 점에서 윤리적인 민족 주체로 기능한다. 하지만 이러한 강력한 탈식민의 의지가 냉전의 체제로 이행하는 순간 그것은 오히려 민족에 대한 폭력을 정당화하는 논리로 변화한다.

　　남조선이 북조선을 치는 날이면?
　　혹은 북조선에서 남조선을 먼저 칠는지도 모르는 것인데, 한번 사단이 이는 날 우리는 남북을 헤아리지 않고 대규모의 동족상잔, 골육상식이라는 피의 비극 속에 휩쓸려 들고라야 말 것이다. 제주도의 사태가 전조선적인 규모로 확대가 되는 것이었었다.
　　"영춘아"
　　"네?"

"너하구 나허구쯤 백날 낮아서 그런 걱정을 한댔자 아무 소용두
없는 노릇은 노릇이지만서두, 그 남조선이 북조선을 친다는 것 말이
다. 그런 수단이 아니군 달린 남북통일을 할 도리가 없을 꺼나? 동족
동포끼리 서루 죽이구 필 흘리구 하질 말구서 말이야."
　　"그야 슬픈 일이죠. 허지만 그밖엔 아무 도리가 없을 땐 그렇게라
두 해서 남북을 통일을 해놓아야 할 게 아니겠어요?"[248]

　　영춘은 동족 동포끼리 서로 죽이고 피 흘리는 상황이 되더라도 남북통
일은 이루어져야 한다고 말한다. 통일이 되지 않는다면 진정한 독립을
이룰 수 없을 것이라 생각하기 때문이다. 통일을 향한 맹목적 열망을 드
러내는 영춘의 민족론은 "절대로 둘이 다시 남아"있을 수 없는 양극화된
세계를 전제로 한다. 이 때의 통일은 상대방이 쓰러질 때까지 계속되는
싸움을 통해 달성될 수밖에 없다. 영춘은 자신의 어머니의 이기적인 태
도를 비판하면서도 38선을 넘어가 공산당을 "모주리 쳐죽여"야한다는
목표에 있어서는 이의를 제기하지 않는다. 오히려 그는 이 전쟁에 스스
로가 직접 나서는 것이 개인이 아닌 민족을 위한 것이라고 확신한다.
　　냉전의 체제에서 벗어난 통합된 남과 북에 대한 전망이 사라지는 순
간 민족의 미래를 위한 열망은 전쟁의 논리로 전화한다. 화해할 수 없
는 두 개의 세계라는 전제 위에서 민족의 통일을 이야기하고 있다는 점
에서 황주 아주머니나 영춘은 모두 냉전의 체제로 이행한 자들이다. 이
들이 추구하는 하나의 세계에는 상대의 세계를 무너뜨림으로써만 우
리의 세계가 가능해질 것이라는 잔혹한 전쟁의 논리가 작용하고 있다.
과거를 반성하고 이를 극복하고자 하는 영춘은 윤리적이고 공적인 민
족적 주체로 성장하고자 한다. 하지만 제국을 극복하기 위한 하나의 민

---

248) Ibid., p.398.

족을 강조하는 영춘의 목표에서 냉전체제를 극복하기 위한 제3의 가능성은 사라진다. 그래서 영춘의 결심에는 "평화적인 방법"이 안 될 경우 "비상수단"을 취하게 될 최고 지도자 "이승만 박사의 어짐과 총명"[249)에 대한 절대적인 신뢰가 존재한다.

영춘의 민족론에서 남한 사회의 제국성에 대한 반성은 사라진다. 그리고 "이승만"이라는 정치적 주체[250)에 대한 맹목적인 신뢰만이 남는다. 그리하여 영춘은 대통령의 민족론을 자신의 민족론으로 내화하여 개인으로서의 생명을 민족을 위해 바치는 것에 주저하지 않는다. '나'는 이러한 영춘의 논리에 대해 다시 한 번 감탄한다. 북침을 강조하는 영춘의 모습에서 '나'는 남조선과 북조선의 전쟁을 상상하고 "제주도의 사태가 전조선적인 규모로 확대"가 되는 것이 아닌가라는 염려를 하였다. 하지만 전쟁에 대한 이러한 염려는 곧 "무서운 후진"에 대한 경탄으로 변화하고 만다. 믿을 수 없는 화자인 '나'는 다시 현실에 대한 반성적인 태도를 망각하고 민족의 통일을 내세운 영춘의 논리에 감복하게 되는 것이다.

영춘의 논리에 감탄하는 '나'는 "대규모 동족상잔"에 대한 위기의식을 다시 자신의 용렬함에 대한 반성으로 전환한다. 그리고 위기에 놓인 민족의 운명을 바라보던 그의 시야는 다시 개인에 대한 반성으로 축소된다. 시대와 현실에 대한 비판적 관점을 확보하지 못한 채, 군자의 도리만을 강조하는 '나'의 태도는 자신의 용렬함에 대한 반성으로 이어질

---

249) 북한의 침공가능성을 전제로 적극적인 전쟁 논리를 수행한다는 점에서 영춘의 논리는 북침을 주장하는 이승만 정권의 논리를 효과적으로 드러낸다. 박태균, Op.Cit., p.130 참조.

250) 이때의 정치적 주체는 유럽의 근대를 통해 발아한 이념과 사상을 통해 개인의 정체성을 구성해내는 근대적 주체의 모습으로 나타난다. 디페시 차크라바르티, Op.Cit., p.110.

뿐 현실에 대한 본질적 비판 정신에 도달하지 못한다. 황주 아주머니의 딸 춘자는 이러한 '나'의 피상적인 반성을 날카롭게 비판하면서 시대 정신을 확보한 반성적 주체를 강력하게 요청한다.

"흥 할말이 없기두 할 테지 그럼 내가 대신 말을 하지. ……자기가 데리구 가르치는 철없는 어린 아이들더러 왜놈이 되라구 시킨건 누구신구? 조선을 내다버리구 왜말을 쓰라구 딱딱거린 건 누구신구? 하루두 몇번씩 황국신민서살 외우게 하구, 걸핏하면 덴노에이가 반사일 불러준 건 누구신구? ……그뿐인감? 왜놈이 물러가니깐 이번엔 왜놈 대신 온 XX놈 한테 붙어서, 조선 아이들을 XX놈의 노예를 만드느라구 온갖 짓 다하구 있는 건 누구신구?"

"……"

"난 양갈보야. 난 XX놈 한테 정졸 팔아먹었어. XX놈의 자식 애 뱄어. 그러니깐 난 더런 년야. ……그렇지만서두 난 누구들처럼 정신적 매음은 한 일 없어. 민족을 팔아먹구, 민족의 자손까지 팔아먹는 민족적 정신 매음은 아니 했어. 더럽기루 들면 누가 정말 더럴꾸? 이 얌체 빠진 서방님네들아!"[251]

'나'는 대일협력자에게 감탄하고 모리배적인 반공주의자의 논리에 공감하면서 전쟁을 앞세우는 극단적인 민족론 앞에서 경외감을 느낀다. 이러한 '나'의 모습은 스스로에 대한 치열한 반성을 완료하지 못한 채 맹목적으로 약속된 민족의 미래로 나아가고자 하는 자들의 모순을 드러낸다. 미군의 아이를 임신한 춘자는 자신의 정조를 탓하는 '나'에게 오히려 "정신적 매음"의 죄를 묻는다. 춘자는 제국에 협조한 '나'의 태도가 정신적 매음을 한 것과 같다면서, '내'가 스스로의 죄를 돌아볼

---

251) 채만식, 「낙조」, ≪채만식전집≫, p.411.

것을 요구한다. 이러한 강렬한 자기비판의 요구는 '나'를 당황스럽게
한다. 지금까지 '나'의 반성은 타인을 향한 것이었기 때문이다. '나'는
황국의 신민이 되라고 아이들을 가르쳐왔던 스스로의 과거를 외면한
채 해방을 통해 새로운 민족적 주체가 될 것을 다짐하면서 이를 통해
용렬함을 극복하고자 했던 것이다.

춘자는 대일협력자인 오빠 박채춘 때문에 파혼당하고 군자의 도를
내세우는 '나'에게 모욕적으로 거절당한 뒤, 어머니를 비롯한 가족들의
생계를 위해 미군들에게 몸을 파는 처지에 놓인 인물이다. 통일이 되어
북조선의 재산을 찾을 날만을 기다리고 있는 영춘은 "조선놈"이 아닌
자들과 관계를 갖는 춘자를 비판하고 '나' 역시 정조를 잃은 춘자를 동
정한다. 하지만 춘자의 육체적 매음에는 한때 조선의 민족을 위했던 자
들의 정신적 매음이 선행한다. 춘자의 비극적 현실은 '나'의 용렬함의
결과이기도 했던 것이다. "더럽기루 들면 누가 정말 더럴꾸?"라고 반문
하는 춘자의 목소리는 국가건설이라는 정치적 이상의 이면에 놓인 현
실의 모순과 위기를 단번에 가시화한다. 그리고 스스로에 대한 반성을
개인적인 윤리의 차원이 아닌 현실에 대한 비판 정신으로 확장할 것을
요청한다.[252]

군자의 도리를 내세우는 '내'가 자신의 지조와 윤리를 지켜온 것은
민족이 아니라 자신에게 연애편지를 보낸 춘자에게였을 뿐이다. 숭고
한 민족의 이념 밖에 놓인 춘자의 목소리는 용렬함에 대한 '나'의 반성
이 해방과 동시에 민족과 국민으로 이행하고자 하는 "얌체 빠진 서방님

---

[252] 이와 같은 춘자의 시점은 믿을 수 없는 화자인 '나'를 대신해 반성의 윤리를 제기
하고 있다고 할 수 있다. 방민호는 춘자의 시점을 통해 비로소 「민족의 죄인」에
나타난 비판의 주체와 반성의 대상 사이에 놓인 모순이 해결됨을 논의한 바 있다.
방민호, 『채만식과 조선적 근대문학의 구상』, 소명출판, 2001, p.129.

네들"의 기만적인 태도에 불과했음을 지적한다.[253] 그리고 과거를 철저하게 반성하지 못한 민족의 현실이 어디에 와있는지를 드러낸다. 이러한 관점에서 민족을 잊고 개인의 안위를 위해 살아왔던 '나'는 춘자보다 더 심한 훼절의 죄를 지은 인물이다. 내가 내세우는 군자의 도리는 과거의 반성으로부터 벗어나기 위한 수사였을 뿐이기 때문이다. 치열한 내적청산 대신 '용렬함'이라는 피상적인 반성만을 되풀하는 '나'는 결국 제국의 문제에 대해 침묵한 채 냉전의 이데올로기를 수용한다. 그리고 그 결과 해방된 조선 사회는 민족의 독립이 아닌 전쟁의 위기에 놓이게 된다.

「낙조」는 정부 수립과정에서 근대적 국가건설이라는 전망을 발견하는 대신 새롭게 시작될 전쟁에 대한 위기를 감지한다. 청산을 완료하지 못한 민족 앞에 놓인 국가건설의 목표는 오히려 스스로를 위태롭게 하는 것이 된다. 영춘의 논리에서 살펴볼 수 있는 것처럼 냉전의 체제하에서 국가건설의 과정은 전쟁의 이념으로 전화하기 때문이다. 채만식은 「낙조」를 통해 과거를 극복하지 못한 채 냉전의 체제로 이행하는 것은 곧 "왜놈" 대신 온 자들의 또 다른 "노예"를 만들어 내는 길임을 강조한다. 약소국 조선이 냉전의 체제로 유입되었을 때, 민족 담론은 오히려 잔혹한 동족상잔의 논리로 변화하게 될 것임을 예고하는 것이다.

민족의 독립을 위해서는 "오늘의 고구려"가 된 뒤 내일의 "소비에트 고구려"로 이행할 수 있어야 한다는 「역로」의 이상은 「낙조」에 이르러 좌절되고 만다. 정부 수립의 과정을 거치면서 남한과 북한 사회는 미국

---

253) 작가 채만식이 '잘난 사람들'이 만들어놓은 전쟁에 가까운 상황을 넘어설 존재로 설정한 것은 비유하자면 '못난 존재들', 그러니까 '잘난 사람들'에 의해 쓸모없는 실존으로 격하된 존재들이다. 채만식의 작품 그중 주목하고 있는 것은 여성과 (청)소년들이다. 류보선, 「반성의 윤리성과 탈식민성」, 『민족문학사연구』45, 2011, p.83.

과 소련을 중심으로 하는 갈등과 대립의 구조를 수용한다. 「낙조」는 냉전의 체제를 지연시키면서 달성하고자 했던 탈식민사회의 제3의 독자적 가능성이 불가능해졌음을 드러낸다. 그리고 이러한 현실 인식 속에서 '통일'이라는 민족론을 바탕으로 시작될 전쟁에 대한 비관적인 전망이 가시화한다. 독립된 조선을 강조했던 민족 서사들은 해방된 민족의 모순들에 민감하게 반응하면서 냉전의 체제에서 시작될 열전에 대한 예감을 드러내는 것이다.

채만식의 「낙조」가 단정 수립의 순간, 냉전으로 이행하는 민족론의 비극적인 미래를 발견하고 있다면 『취우』는 한국전쟁을 통해 현실화된 미래 속에서 개인들이 경험한 위기를 형상화한다. 그리고 이를 통해 전쟁이 발발한 상황에서도 여전히 하나의 체제에 귀속되지 못한 채 망설일 수밖에 없는 민족의 불안한 운명을 가시화한다. 한국 전쟁이 두 체제의 대립으로 인한 것이었다면, 『취우』에는 이러한 대립의 관계로 설명될 수 없는, 군인이 되지 못한 민족들의 현실이 드러난다. 잔류파의 전쟁 경험은 냉전체제의 한 축에 속하지 못한 조선인의 위태로운 삶을 보여준다. 그리고 이를 통해 통합이 불가능한 현실에서 여전히 이념적 경계로 분할될 수 없는 피난민으로서 민족의 위치를 발견하게 한다.

『취우』는 1950년 6월 25일 개전 직후부터 다시 서울이 수복되는 1950년 12월 13일까지의 시공을 배경으로 한다. 이러한 소설의 배경은 전쟁의 발발과 동시에 '남한의 국민'으로 보호받지 못하는 자들의 현실을 그려낼 수 있게 한다. 서울의 잔류파는 남한 정부와 함께 이동하지 못하고 피난에 늦어버린 자들이다. 정부가 사라진 수도에 잔류하게 되는 『취우』의 인물들은 국민국가의 경계밖에 놓인 피난민의 모습으로 등장한다. 이들을 통해 염상섭은 변모하는 체제의 경계를 따라 이행하지 못하고 남한의 국민과 북한의 점령 권력 사이에 지연된 상태로 남아 있는 민족들이 직면하게 되는 위태로운 현실을 드러낸다.

6.25의 순간 조선인들은 냉전의 체제로 이행할 것을 요구받는다. 전쟁은 두 개의 세계 이외의 다른 세계의 가능성을 폐쇄하는 것이었기 때문이다. 「낙조」에서 영춘의 입장과 같이 이제 민족의 통일은 하나의 세계를 소멸시킴으로써만 가능해진다. 『취우』는 한국전쟁의 발발 순간을 기록함으로써 이러한 선택의 상황을 묘사한다. 서울에 남은 시민들은 공산군의 감시를 받게되고, 주인공들은 북한군의 시선을 피해 서울 내부에서 피난을 가야 하는 처지에 놓인다. 이러한 위험한 상황은 남한 정부가 서울을 수복한 후에도 지속된다. 남한과 북한 사이 사이에서 갈 곳을 잃었던 자들은 자신의 위태로운 삶을 보호하기 위해서 이념적 선택을 완료하고 스스로의 충실성을 증명해야 했던 것이다.

『취우』는 이러한 잔류파의 자기증명 과정의 일부에 놓여있다.254) 특히 신영식을 중심으로 하는 서사는 이를 선명하게 드러낸다. 신영식은 전쟁이 발발하자 피난을 시도했으나, 한강 대교 폭파 등으로 인해 강을 넘어가는 것에 실패하고 만다. 피난에 실패하고 서울에 남은 신영식과 강순제, 김학수 영감은 "북한 괴뢰군"의 위협을 피해 생존을 도모해야 하는 위기에 놓인다. 피난의 실패로부터 시작되는 『취우』는 잔류파의 위기 인식과 불안감을 강조하면서 이들의 잔류가 불가항력적인 상황에 의한 것이었음을 강조한다. 그리고 북한군의 위협을 강조함으로써 잔류파를 남한 정부의 '복귀'를 바라는 반공 국민으로 설정한다. 의용군으로 끌려가게 되는 신영식의 상황은 북한군에 의한 남한 시민의 수

---

254) 잔류파가 '빨갱이'라는 오해를 극복하기 위해 공산당에 협력한 이웃을 고발하는 과정은 6.25와 9.28 서울 수복 사이의 시간을 배경으로 하는 염상섭의 또 다른 소설인 「해방의 아침」(≪신천지≫ 6권1호, 1951)에 보다 분명하게 드러난다.

난을 드러내는 지점이다. 그리고 신영식을 중심으로 하는 서사는 서울 수복이후 남한 정부의 보호 아래 놓인 잔류민이 경험하는 안도의 감정들을 강조한다.

> 길에 지나가는 사람들의 눈길이, 양장미인과 과거의 거지의 탈을 쓴 남자가 나란히 소근거리며, 지나치는 광경에, 눈이 휘둥그래져서 힐끗힐끗 치어다보여 지나칠 때마다, 영식이는 개선장군이나 되는 듯이 어깻바람이 났다.
> (......난 살았다! 집에 왔다! 애인이 이렇게 옆에 있다!......)
> 영식이의 머릿속을 차지한 것은 이 생각뿐이었다. 모든 것이 꿈결같고 신기하고 기적 같았다. 무서운 것이 없고 거리낄 것이 없었다.[255]

피난 실패 후 북한군의 징집을 피해 순제의 본가로 가있던 신영식은 결국 의용군에 동원되어 평양으로 끌려가게 된다. 『취우』는 북한군이 서울에서 철수하는 것과 동시에 다시 서울로 돌아온 영식의 비참한 몰골을 통해 그동안의 고생을 설명한다. 그리고 북한군으로부터 살아나왔다는 것에 대한 기쁨을 강조한다. 이러한 신영식의 귀환이 해방 이후 일본 제국으로부터의 귀환과 매우 유사한 모습으로 묘사되고 있다는 점은 주목할 만하다. 특히 의용군에서 풀려나온 신영식이 국군을 따라 종군하고 싶다는 희망을 내비칠 때, 잔류의 경험이 북한군에 대한 적대를 강화하고 남한 국민으로서의 정체성을 확보하는 과정으로 서술되고 있다는 점을 알 수 있다. 신영식이 경험한 수난과 고통은 피난을 떠나지 못한 잔류민이 남한의 국민으로서 스스로의 정체성을 증명하는

---

255) 염상섭,『취우』,≪염상섭전집≫, 1987, p.232.

과정256)과 연관되는 것이다. 북한에서 돌아온 신영식은 종군을 통해 남한 국민으로서의 정체성을 강화하고자 한다. 이와 같은 신영식의 희망은 순제의 만류로 거절당한다. 하지만 다시 국군이 평양에서 철수하는 시점을 기록하는 소설의 말미에서 피난을 망설이던 이전과는 달리 "뜨겠다"는 결심을 드러내는 그의 태도는 이제 그가 정부와 운명을 함께하는 국민이 되었음을 말해준다.

해방기의 귀환 서사와 유사한 방식으로 북한군 점령 하의 서울을 그려내는『취우』는 염상섭의 또 다른 해방기 소설과 비교를 통해 그 의미가 보다 명확하게 드러난다. "전시중 학도병을 피해서 만주로 시골로 뿔뿔이 떠돌아다"녔다고 간략하게 기록되는 신영식의 해방 전 삶은「모략」과「혼란」의 서사를 떠올리게 한다. 신영식의 수난이 대동아전쟁과 한국전쟁의 사이에 놓여있다는 점은『취우』가 단지 한국전쟁을 배경으로 하는 것이 아니라 그 전사로서 2차 대전 이후 해방의 현실을 전제로 하고 있음을 드러낸다.「모략」과「혼란」에서 해방 후의 상황은 독립한 만주인의 공격을 염려하면서 숨어 지낼 수밖에 없는 불안하고 혼란한 전후의 상황으로 그려진 바 있다. 해방의 혼란과 불안은 조선인이었던 주인공이 일본인들과 공유하던 만주의 세계를 벗어나 조선이라는 국경 내부로 오면서 극복될 수 있었다. 제국적 권력이 부재하는 만주의 상황이 정부가 남하한 뒤 서울의 상황과 유사하다고 할 때, 정부를 따라 피난길에 나서는 신영식의 모습은 혼란한 만주를 벗어나 조선인이 되기 위해 국경 너머로 들어왔던「모략」의 주인공과 닮아 있다.

「모략」의 주인공이 조선인의 정체성을 위장한 일본인 노사끼를 처벌한 후에야 만주를 떠날 결심을 한 것처럼,『취우』의 신영식은 위태로

---

256) 서동수,『한국전쟁기 문학담론과 반공프로젝트』, 소명출판, 2012, p.119.

운 민족 정체성의 문제를 인식한 뒤 피난을 통해 남한 국민의 정체성을 확보하고자 한다. 자신을 보호할 수 있는 권력과 질서가 부재하는 적치하 3개월을 보낸 그는 불안정한 현실을 극복하기 위한 방안을 모색하면서, 피난이 민족의 정체성을 확보하기 위한 필연적인 과정임을 이해하게 된다. 그리고 이때 정체성 증명의 과정은 단순히 조선인의 정체성을 증명하는 것이 아니라 남한의 체제를 지지하는 국민적 정체성을 증명하는 것으로 변화한다. 주목할 것은 『취우』에 이렇게 이념적 구획을 따르려는 논리가 선명하게 드러나는 한편 이러한 분할의 논리에 온전히 귀속될 수 없는 세속적이고 일상적인 세계가 동시에 드러나고 있다는 점이다.

신영식의 서사 너머에 있는 강순제의 서사는 국민화의 과정을 통해 의도된 안정적인 정체성이 민족의 비극적 현실을 온전히 해소하는 방안이 될 수 없음을 드러낸다. 이는 강순제를 중심으로 묘사되는 전쟁터에서의 생활의 문제를 통해 나타난다. 『취우』는 전쟁의 순간을 기록하는 소설임에도 불구하고 전쟁의 문제를 후경화 하고 신영식과 강순제의 연애를 전면에 내세운다. 그리고 북한군 점령하의 서울이라는 전쟁의 한복판을 배경으로 하면서도 그 속에서 일상성의 세계를 드러낸다. 이러한 『취우』의 서술전략은 민족의 위기인 전쟁을 한 차례의 소나기로 묘사하는 방식으로도 짐작할 수 있다. 『취우』는 중간파로서의 민족론이 불가능해진 현실에서도 여전히 이념에 의해 재단되지 않는 조선인들의 삶이 이어지고 있음을 보여주고 있는 것이다.

순제에 의해 구성되는 『취우』의 서사는 북한군을 피해 도망을 다니고 결국 의용군에 끌려가 갖은 고생을 하고 돌아온 영식의 서사와 전혀 다른 전쟁의 현실을 기록한다. 피난을 떠나지 못하고 서울에 남은 순제의 상황은 적과 아군 사이에 놓인 엄중한 전쟁의 질서를 흩뜨리면서 이념적 전쟁의 논리 외부에 놓인 개인의 삶과 생존의 문제를 드러낸다. 특히 『취우』가 북한군에 끌려간 영식의 고생담에 대해서는 그 구체적인 상황을 설명하지 않는다는 점에서 서사의 목적이 전쟁의 수난을 강조하는 국민화 과정에 놓여있지 않음을 알 수 있다.

　『취우』에서 가장 밀도 있는 갈등을 구성하는 것은 순제-영식-명신의 삼각관계나 공산군과의 적대 관계가 아니다. 소설의 인물들은 가짜 빨갱이와 모리배의 관계 속에서 가장 큰 위기를 경험한다. 피난에 실패한 직후 순제와 영식이 가장 먼저 직면하게 되는 문제는 사장 김학수의 거취에 관련된 것이다. 김학수 영감이 영식의 집으로 피신하면서, 순제와 영식은 영감을 찾아 돈을 받아내려는 임일석과 갈등 관계에 놓이게 된다. 『취우』는 이러한 갈등 관계를 이념적 대립으로 치환하지 않는다. 임일석과 김학수의 갈등은 좌와 우의 갈등이 아니라 돈과 생활의 윤리에 관련된 문제로 그려진다.

　『취우』의 세계가 이념대립을 중심으로 하는 전쟁의 논리에서 벗어날 수 있었던 것은 두 종류의 '빨갱이'를 전제로 갈등의 관계를 구성하기 때문이다. 첫 번째 빨갱이가 임일석과 같은 빨갱이들, "좀 똑똑한 체를 하구 말 마다나 하"는 사람들을 지칭하는 가짜 빨갱이들이라면, 두 번째의 빨갱이는 순제의 전 남편 장진과 같은 "팔티산"[257]들이다. 소설 속 유일한 '적'으로 등장하는 장진은 실제로 순제의 피난 생활에 직접적인 위협이 되지 않는다. 소설을 통해 부각되는 것은 남북의 체제 사이에 놓인 이념적 갈등 관계가 아닌 개인들의 이해관계이다. 개인들의

---

257) 「해방의 아침」은 빨갱이의 호칭과 팔티산의 호칭을 분리해서 사용하고 있다는 점에서 주목해 볼 수 있다. 염상섭, 「해방의 아침」, ≪신천지≫6권1호, 1951. p.101.

갈등 관계가 부각되면서 이념적이고 정치적인 구획의 논리는 작동하지 않고 속물적이고 일상적인 순제와 같은 자들의 시선이 드러난다.

순제의 시선을 중심으로 하는 세계에서는 개인의 이익을 위하는 것은 민족에 반하는 것으로 환원되지 않는다. 『취우』에서 전형적인 모리배라 할 수 있는 김학수 영감에 대한 윤리적인 비판이 이루어지지 않고 있다는 점은 바로 이를 증명한다. 『취우』에는 윤리적인 민족의 시선으로 모리배를 비판하는 주체가 사라져버린다.[258] 이념 갈등이나 국가건설론과 같은 거대 담론을 이야기하는 대신 생활과 생존의 문제에 천착하는 『취우』는 현실을 조망하는 비판적인 주체의 시선을 삭제하는 대신 순제라는 세속적인 인물을 통해 불가해한 전쟁의 현실을 그리는데 집중한다.

순제에 의해 서사화되는 전쟁은 제3차 세계대전을 가져올지도 모르는 냉전진영 간의 거대한 갈등 관계의 일부가 아니라 다만 일상의 위기로 경험된다. 전쟁을 통해 순제가 경험하는 세계는 북한군에게 침략당한 남한 시민들의 수난과는 전혀 다른 모습이다. 피난은 절박한 전쟁의 위기 인식에서 비롯된 것이라기보다 "괜히 끌어내서 고생"[259]만 한 결과로 설명되고 전쟁 통에 부족해진 쌀을 구하러 도심 밖으로 나가는 여정은 영식과의 "원족"으로 이해된다. 전쟁을 통해 순제가 경험하는 세계는 북한군에게 침략당한 남한 시민들의 수난과는 전혀 다른 모습으로 묘사된다. 순제는 전쟁을 설명하는 거대 담론들을 우회하면서 철저히 개인적인 입장에서 전쟁을 경험한다. 전쟁을 개인적인 피난과 연애

---

258) 이는 『효풍』과의 변별점을 드러내는 것이기도 한데, 『효풍』에서 혜란의 아버지는 서재에 갇힌 과거의 세대로 그려지기는 하지만 경요각을 중심으로 진행되는 모리배의 활동에 대해 강력한 비판의 목소리를 낸다. 혜란이 이러한 아버지의 시선을 의식하고 있다는 점에서 『효풍』의 민족적 주체는 여전히 윤리적이고 공적인 주체를 지향하고 있다고 할 수 있을 것이다.

259) 염상섭, 『취우』, Op.Cit., p.33.

의 서사로 서술함으로써 『취우』는 냉전적 국제질서의 이데올로기로 환원될 수 없는 실질적인 전쟁의 체험을 다루고 있는 것이다. 그리고 이때의 전쟁은 온전히 이해되지 않는 것이지만 여전히 고통스러운 설명불가능한 경험으로 재현된다.

전쟁을 우연히 등장한 갑작스러운 시련으로 서사화하는 방식은 전쟁의 고통과 좌절을 설명하지만 그것의 원인과 결과를 설득하지는 못한다. 『최우』의 서사는 전쟁을 정당화하거나 이것을 이해하려는 시도를 거부한 채, 전쟁의 경험 그 자체를 재현한다. 이러한 방식은 반공국가의 국민이라는 이상을 통해 해소될 수 없는 전쟁의 현실을 발견하게 한다. 전쟁의 상황에 놓인 인물들은 냉전의 이념으로 비약하는 대신 현실의 공포와 고통에 직접 대응하면서 성장해 나간다. 그리고 이러한 성장은 국민이라는 정체성을 확보하는 것이 아닌 새로운 삶을 목표로 하는 개인적인 변화로 이어진다.

> 순제는 이때까지 이 세상에서 자기는 혈혈단신이라고 생각하였다. 계모가 있고 이복동기가 있어야 그것은 자기에게는 아랑곳없는 사람들이었다. 그러나 지금은 커단 의지가 생기고, 커다란 희망과 목표를 붙잡고, 커다란 살림이 벌어져 나간다고 생각하는 것이다. 그것은 순제에 있어서 공상이 아니라 발밑에 닥쳐온 실제의 문제였다. 아들 딸 낳고, 며느리와 사위를 보고, 손주새끼가 늘어가고…… 하는 상상의 나래를 펴지 않고라도 다만 영식이 하나만 바라보아도 화려하고 다채롭게 인생의 대향연이 눈앞에 떡 벌어졌다는 실감을 느끼는 것이었다. 그러나 나이 지긋한 순제에게는, 다만 행복한 것만이 아니요, 향락에 도취한 것만이 아니었다. 이 잔치에 설계가 있어야 하겠고, 어떻거면 이 잔치를 잘 치러내겠는가를 지금부터 궁리하고 걱정하는 것이었다.[260]

영식과의 관계가 진전됨에 따라 순제는 변모한다. 이러한 변화는 전쟁의 위기를 이겨낸 국민으로의 변모가 아닌 개인의 삶에 대한 열정을 되찾는 방식으로 설명된다. 순제는 이념 갈등이라는 냉전 세계의 구획을 변용하면서 오로지 사랑과 연애라는 개인의 감정에만 충실하고자 한다. 빨갱이와 모리배는 이러한 "잔치"를 방해하는 요소로 간주된다. 그리고 영식과의 미래를 설계하는 순제는 절망과 혼란의 전쟁이 아닌 "화려하고 다채로운 인생의 대향연"에 대한 실감을 느낀다. 순제는 정치적 이념을 향한 비약이 아닌 사랑과 연애라는 생활의 감각을 통해 전쟁의 위기를 극복하는 또 다른 삶의 가능성을 재현하고 있는 것이다.

『취우』의 순제는 영식이 의용군에 끌려간 후에도 철저하게 개인의 생활영역에만 관여한다. 그녀가 삶의 안정을 취하기 위해 걱정하는 것은 얼마 남지 않은 돈으로 쌀을 사서 생존하는 문제이다.[261] 민족과 이념의 거대 담론의 세계에서 벗어난 『취우』는 전쟁이라는 극한의 상황에서 새로운 세계를 드러낸다. 그것은 정치적인 선택을 통해 자신을 증명하고 위기를 극복할 수 있게 하는 세계가 아니다. 『취우』에서 생활과 생존의 문제는 냉전과 전쟁의 논리 너머에 존재하는 또 다른 삶의 가능성을 향하는 것이다.

한국전쟁 직후 서울은 정부가 부재하고 적의 군대가 지배하는 위태로운 상황에 놓여있었다. 그리고 서울에 남은 잔류민들은 남한의 시민인

---

260) Ibid., p.154.
261) 이 일상성의 세계는 중산층의 세계에 대한 비판적 거리를 확보하는 과정(김양선)으로 설명되는데, 그것이 탈이념적인 성격을 지니고 있다는 점에서 비판적 관점에서만 설명될 수는 없다. '윤리적 민족'의 이상이 좌절되는 순간 새롭게 관찰되는 일상생활은 중산층의 타락이 아닌 전쟁기 피난민들의 생존의 문제로 존재했기 때문이다. 김양선, 「염상섭의 취우론: 욕망의 한시성과 텍스트의 탈이념적 성격을 중심으로」, 『서강어문』14, 1998, p.149.

동시에 북한군의 지배를 받는 예외적인 존재가 되었다. 이러한 상황에서 이들은 전쟁의 바로 그 장소에 있었지만, 냉전이라는 거대한 이념의 논리로 설명되지 못하는 위기를 경험한다. 『취우』는 이러한 위태로운 전쟁의 상황에 놓인 인물들의 삶을 생존의 문제로 재현한다. 그리고 이를 통해 강조되는 것은 전쟁터를 향해 나가는 군인들의 숭고한 여정이 아닌 비루하고 세속적인 피난의 과정이다. 순제에게 전쟁은 어떠한 이념적 효과도 지니지 못한 채 이해할 수 없는 고난으로 기능하는 것이다.

『취우』는 영식의 집을 중심으로 생존을 위해 끊임없이 이동해야하는 잔류민의 고단한 삶을 기록한다. 소설에서는 김학수 영감이 영식의 집으로 피난을 온 것을 시작으로 다시 영식의 집으로 온 순제의 피난 생활이 이어진다. 이어서 북한군을 피해 영식의 집에 온 순제의 동생, 순철의 피난을 다루기도 하다가, 결국 영식이 순제의 본가로 피난을 떠나기도 한다. 이처럼 반복되는 피난의 과정 속에서 부각되는 것은 북한군과 국군의 대립 관계가 아니라 그 사이에 놓여있는 자들의 생존의 문제이다.

지속적으로 피난의 상황을 만들어내는 『취우』에는 격렬히 갈등하는 전장이 아니라 이를 피해 도망 다니는 피난민의 현실이 놓여있다. 이들의 삶은 언제나 혼란스럽고 불안정한 삶으로 존재한다. 이러한 점에서 『취우』는 냉전 체제하에서 국민이 되지 못하고 난민의 삶을 이어가야 하는 조선인들의 현실을 드러낸다. 냉전으로 인한 전쟁의 영향 하에 가장 직접적으로 노출되어 있으면서도 연합국이나 국가로 부터 어떠한 보호도 받지 못한 채 스스로의 생존을 도모해야했던 소설 속의 인물들은 국민으로 비약하지 못한 민족들의 위태로운 현실을 가시화한다.

『취우』는 잔류파가 경험하는 피난의 생활을 그려냄으로써 공통의 정치적 이념에 따라 동일한 운명을 살아가는 민족공동체로 이행하지 못한 난민의 삶을 재현한다. 냉전의 논리로 구획될 수 없는 이들의 삶은 반공의 목표를 통해 정당화 될 수 없는 또 다른 전쟁의 일부이다. 정치적인 이념으로 해석되지 못하는 전쟁의 상황을 통해 발견되는 것은 반복되는 역사의 결과들이다. 대동아전쟁을 경험했던 주인공은 다시 한국전쟁을 겪게 된다. 그리고 생존을 위해 움직이는 인물들은 전쟁 참여를 통해 국민/신민 되기를 강조했던 권력의 시선을 피해 한번 더 피난을 준비한다. 이들에게 전쟁은 이념이라는 정치적인 목적으로 환원될 수 없는 절대적인 고통의 경험으로 남는다.

『취우』가 그려내는 피난민의 서사는 국민을 만들어 내는 전쟁 서사의 또 다른 면을 노출한다. 전쟁이 희생과 추모의 과정을 통해 국민을 만들어내는 과정이라고 할 때262), 『취우』의 전쟁 서사는 극단적인 전쟁의 위기 속에서도 국민으로 환원되지 않는 개인들의 세속적인 삶을 재현한다. 영식을 통해 냉전체제로 이행하는 당위적인 국민화의 과제를 내세우는 한편, 피난을 지속하며 생존을 도모 순제를 통해 국민으로 전화하지 못하는 개인들의 현실이 가시화된다. 이러한 이중적인 서사의 구조를 통해 『취우』는 반공 국민이라는 이상 대신 전쟁의 상황에 놓인 자들이 경험하는 생존의 문제를 이야기할 수 있게 된다. 그리고 또 한 번의 피난을 예고하면서 끝나지 않는 전쟁의 비극성을 암시한다. 종결되지 않은 전쟁의 상황 속에서 분단의 체제를 유지하며 살아가야하는 위태로운 민족의 미래를 예고하고 있는 것이다.

---

262) 다카하시 데쓰야, 이목 역, 『국가와 희생』, 책과함께, 2008, p.114.

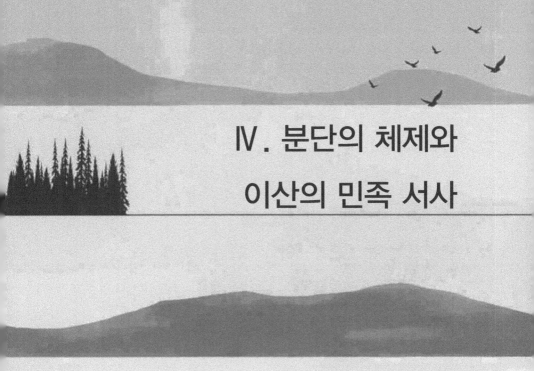

IV. 분단의 체제와
이산의 민족 서사

Ⅳ. 분단의 체제와 이산의 민족 서사

1. 비극적인 해방의 감각들과 전망 부재의 현실 인식

(1) 길 위의 삶과 낙오하는 민족들

1945년 8월 15일 일왕의 항복 선언은 중대한 역사적 사건이었다. 당대의 소설들은 이러한 선언의 순간을 다양한 방식으로 묘사하면서 해방의 역사적 의미를 기록해 나간다. 김동인의 「석방」이 항복 선언의 순간을 일본인 공장에서 일하는 조선인 여성의 관점에서 기록하고 있다면 염상섭의 「모략」은 이 순간을 일본인 이웃과 함께하는 재만조선인의 관점에서 묘사해낸다. 전자의 소설이 해방을 감옥에 갇힌 남편이 돌아오는 '석방의 순간'으로 이해한다면, 후자의 소설은 해방을 그동안 자신과 함께한 일본의 권력에서 벗어나야 하는 '혼란의 순간'으로 설명한다. 그리하여 한편에서는 환희와 기쁨으로 재현되는 해방이 다른 한편에서는 공포와 불안으로 경험된다. 석방된 남편을 맞으러 가는 소설의 주인공이 만세의 행렬 속에서 해방의 감격과 희열을 실감한다면, 귀환민은 제국의 질서에서 국민국가의 질서로 복귀하는 고난을 경험한다.

‘만세의 행렬’ 혹은 ‘귀환의 행렬’로 설명되는 해방의 순간은 1차적으로 환희와 불안이라는 상반된 감정으로 나타난다. 하지만 이러한 상반된 감정들은 ‘조선인’이라는 민족적 주체로의 회복과정에 놓여있다는 점에서 본질적으로 동일한 의미를 지닌다. 기쁨과 환희의 과정이든 불안과 혼란의 과정이든, 이들은 해방을 통해 자신의 삶을 민족의 운명과 동궤에 놓을 수 있었던 것이다. 해방 직후의 조선 사회가 이러한 행렬을 통해 민족 정체성을 구성하고 있다면, 또 다른 한편에는 이러한 민족의 공간에서 이탈한 거리의 삶이 놓여있다.263) 이들의 삶은 해방을 맞은 민족의 삶과는 전혀 다른 모습을 나타낸다. 해방은 급변하는 역사적인 순간이 아닌 여전히 예전과 같은 시공으로 귀속된다. 그리고 행렬에서 이탈한 거리의 사람들은 마치 해방이라는 사건이 발생하지 않은 것과 같이 이전의 가난하고 고통스러운 삶을 반복한다.

　홍구범264)의 「서울길」(≪해동공론≫, 1949.3)은 병에 걸린 손자를

---

263) 귀환민의 삶과 관련하여 다양한 논문(김예림, 이종호, 차희정)들이 축적되고 있다. 본 연구는 해방 현실에 완료되지 못하는 귀환의 과정이 놓여있음을 전제로 하되, 국민국가의 경계 외부에 놓인 삶들을 귀환의 과정에 한정하지 않고자 한다. 귀환 자체가 민족 되기의 과정과 긴밀한 연관 관계를 지니고있는 만큼, 이들의 삶을 곧 난민의 삶으로 환원할 수는 없다고 보기 때문이다. 따라서 귀환민의 이동이 아닌 거리의 행렬 외부에 놓인 삶이 해방 사회 전반에 놓인 불안정한 국민국가의 경계를 통해 발현되고 있다는 점을 전제로 해방 이후 난민적 삶에 대한 논의를 진행하고자 한다. 이러한 논의는 역시 해방기 국가건설과 거리 혹은 광장의 정치에 주목한 여타의 논의(정호기, 천정환)들과 달리 국가의 외부에 놓인 민족의 서사를 탐구하고자 하는 목적에서 비롯된다. 김예림, 「배반으로서의 국가 혹은 난민으로서의 인민: 해방기 귀환의 지정학과 귀환자의 정치성」, 『상허학보』29, 2010; 이종호, 「해방기 이동의 정치학」, 『한국문학연구』36, 2009; 정호기, 「국가의 형성과 광장의 정치」, 『사회와 역사』77, 2008; 천정환, 「해방기 거리의 정치와 표상의 생산」, 『상허학보』26, 2009.

264) 홍구범은 김동리, 조연현 등과 ≪문예≫의 간행에 참여하고, ‘청년문학가협회’의 간부 회원이었을 정도로 우익의 문인들과 긴밀히 교류한다. 하지만 그의 작품은 이러한 이념적 지향성을 통해 충분히 설명되지 못한다. 이는 전쟁기 납북된 홍구

데리러 서울로 올라가는 노인의 이야기를 담고 있다. 노인은 "북해도 탄광에서 일본놈의 일 하다 죽"은 아들을 대신해 손자를 찾아간다. 그의 손자는 "이렇게 시골구석에서 썩으면 나라가 서도 사람값에 못 간다."며 고학을 하겠다고 서울로 떠났었다. 하지만 뜻을 이루지 못하고 상점 점원으로 일하다 병에 걸리게 된다. 손자를 찾아나선 서울의 거리에서 노인은 또 다신 누군가를 잃게 될지도 모른다는 것을 예감한다. 그는 식민사회에서는 아들을 잃고, 해방 사회에서는 손자를 잃게 되는 운명에 놓여있는 것이다.

> "이것아 얼른 나려."
> 하자 조수는 그순간 노인을 끌다시피 자기 옆으로 X차X 해서는 날쌔게 번쩍 들어 땅에 덜컥 내려놓았다. 그리고는 제일 커다란 목소리로
> "오라잇!"
> 하고 운전수에게 호통을 치며 얼른 차대위로 껑충 올라타자, 차는 다시 움직이기 시작하였다.
> "서울까지에 이 늙은것......."
> 하며 노인을 차에 매어 달린다.
> "이 자식아 죽어......."
> 하는 조수의 하직 인사를 발길과 함께 받은 노인은 드디어 차에서 떨어졌다.265)

범의 소식을 묻는 조연현의 글을 통해서도 살펴볼 수 있다. 전쟁발발 직후 서울에 남겨진 홍구범은 "자기는 政治色이 없는 小說만을 써왔을뿐 아니라 文壇의 一部에서는 자기의 作品內容을 左翼的이라고까지 잘못 判斷하는 傾向도 있음으로 붙잽힌다 할지라도 그렇게 苛酷한 處斷을 당할것같지는 않"다고 말한다. 전쟁의 위기상황에서 오히려 그는 자신의 정치적 활동과 작품의 내용 사이에 괴리가 있음을 설명하는 것이다. 이는 홍구범 작품에 대한 이념적 규정의 부적절함을 드러낸다. 조연현, 「홍구범은 어디에 있는가?」, ≪문예≫, 1950.12.
265) 홍구범, 「서울길」, 『홍구범 전집』, 현대문학, 2009, p.139.

가난한 노인에게 해방의 사회는 식민의 사회와 전혀 다를 바가 없다. 서울에 도달하지 못하고 차주인 운전수에게 쫓겨 다시 길 위에 놓이는 것으로 끝나는 노인의 여정은 과거와 변함없는 현재를 살고 있는 자들의 운명을 드러낸다. 노인이 서울에 이르지 못하고 쫓겨나는 것은 그에게 충분한 여비가 없기 때문이다. 차비를 선불할 것을 요구하는 운전수와 조수는 노인이 충분한 돈을 지니고 있지 않음을 알자, 중간에서 그를 하차시켜버린다. "차에 매어달리는" 노인이 도달한 곳은 "경안", 노인이 가진 돈만큼 올 수 있는 곳이었다. 철저하게 계산된 비용에 따라 노인은 결국 서울이 아닌 근교의 길 위에 던져진다. 서울로 떠난 손자가 삶의 방도를 찾지 못하고 병에 걸렸듯, 가난한 노인은 나라가 서고 사람값을 할 수 있다는 서울에 온전히 도달하지 못한다. 이미 죽음에 임박한 손자의 상태를 고려할 때 노인이 힘겹게 걸어서 올라갈 서울에 새로운 시대의 가능성이 존재할 것이라 기대하기는 어렵다. 다만 얼마 남지 않은 돈으로 죽어가는 손자를 고향으로 데려오기 위해 노인은 다시 "죽어"버리라는 위협을 경험하게 될 것이라는 점은 짐작할 수 있다.

도달할 수 없는 서울이라는 공간처럼 가난하고 무지한 노인에게 민족의 해방은 도달할 수 없는 미래로 놓여있다. 홍구범의 등단작이라 할 수 있는 「봄이 오면」(≪백민≫, 1947.11) 역시 해방의 순간 거대한 역사의 흐름에 동참하지 못하고 소외된 자들의 삶을 그려낸다. 「봄이 오면」은 해방 직후의 가난한 전재민의 삶을 어린 딸 순녀의 시선을 통해 그려낸다. 제목에서와 같이 소설은 "이미 봄철에 들었건만" 여전히 "연방 춥고 쌀쌀한" 초봄을 배경으로 전재민의 고통스러운 삶을 그려낸다. 순녀의 어머니와 아버지는 해방과 함께 북간도에서 돌아온 귀환민이다. 이들은 "나라를 찾았다기에 물불을 가리지 않고 몇 달을 주야로 걸어" 고국으로 돌아왔지만 여전히 살아갈 방도를 찾지 못한다. 식민사회에서와 마찬가지로 이들은 여전히 통치 권력의 보호 대상이 되지 못하는 것이다. 결국 이들이 생존을 위해 강구하는 방안은 식민시대의 가난한 농민들이 했던 것처럼 딸을 술집에 팔아버리는 것이었다.

> 「뭐, 이년! 너 같은 년은 죽어도 고만이다. 애비 어미 사정도 모르고 나대는 년은 살아 소용될 게 있어야지. 이년아, 네년도 사람이거든 몇 달전 이곳으로 오던 생각 좀 해봐라......그 치움을 무릅쓰면서, 수십년 간 살던 북간도에서 나라를 찾았다기에 물불을 가리지 않고 몇 달 동안을 주야로 걸어오던 생각을...... 몇 번 죽을 고비를 넘어가며 죽이지 않고 데려왔으면 그만이지 뭐가 부족해 성화를 대니? 응이 얌통머리 없는 것아!」 266)

순녀의 언니인 순히는 술집에 팔려가는 운명에 저항하면서 학교에 보내달라고 요구하지만 돌아오는 것은 어머니의 혹독한 매질이다. 이들은 고국으로 돌아왔음에도 불구하고 여전히 자신의 몸을 팖으로써만 유지할 수 있는 가난한 삶을 살아간다. 해방된 조국에서 "사람값"을 하겠다며 서울로 온 빈민들은 교육을 받을 기회를 얻기는커녕 오히려 자신을 돈에 팔아버림으로써만 생존할 수 있게 되는 것이다. 그렇지 않다면 이들은 "죽어도 고만"인 상태에 놓인다. 귀환 이후에도 이전과 다름없는 가난한 삶을 살고 있으며, 오히려 이러한 고통의 삶 위에 지독한 "치움"(寒)의 경험이 더해졌을 뿐임에도 불구하고, 순히의 어머니는 "죽이지 않고 데려왔으면 그만이지 뭐가 부족"한 것이냐며 딸을 내몬다.

순녀와 순히의 가족들에게 귀환은 선택이 아닌 필연적인 운명과 같

---

266) 홍구범, 「봄이 오면」, ≪백민≫, 1947.11, p.25.

은 것이었다. 이들은 정치적 이념에 선행하는 고향이라는 장소성267)을 바탕으로 고국으로 돌아온다. 고향의 장소성은 자신이 태어난 곳을 스스로의 정체성과 연관시키면서 민족의 상을 구상한다. 그리고 주권회복을 목표로 하는 국민이 아닌 생존을 보장받을 수 있는 공동체의 일원이라는 목표를 강조한다. 하지만 이러한 귀환의 이상은 곧 좌절된다. 전재민들은 국경 안에서도 여전히 극도로 가난한 처지에 놓여있었으며, 생존의 위협을 받으며 살아갈 수밖에 없었다.

해방의 순간은 독립이라는 민족의 전망이 가장 선명하게 경험되는 순간이었다. 하지만 이러한 해방의 이상이 경계 내의 모든 사람들에게 적용되는 것은 아니었다. 해방의 행렬이 아닌 길 위에서 생존을 도모해야했던 사람들은 국경의 내부에서도 소외됨으로써 포함되는 상태에 놓이게 된다.268) 이들은 돌아온 고국에서도 죽어도 상관없는 혹은 죽어버리기를 요구받는 상태에 놓이는 것이다. 이 같은 가난한 전재민들에게 건설되는 국가의 국민이 되는 길은 요원하다. 딸팔기를 통해 순희의 가족은 며칠간의 먹을 것을 얻을 수 있을지도 모른다. 하지만 이러한 생계의 방편 속에서 이들이 온전히 경계 내에 귀속될 수 있을 것이라는 전망을 발견하기는 어렵다. 교육이 국어와 역사를 통해 민족적 주체를 구성해내는 역할을 한다고 할 때269), 이들의 비극성은 단순히 먹

---

267) 정체성이 장소 경험에 영향을 주고 다른 한편으로는 영향을 받기도 하는 장소 경험의 기본적 측면이라는 점은 명백하다. 더 나아가 정체성은 장소 간의 차이나 동일성을 인식하는 것만이 아니라, 차이 속에서 동일성을 확인하는 훨씬 근본적인 행위이다. 그리고 중요한 것은 '장소의 정체성'만이 아니라, 한 개인이나 집단이 가지는 그 '장소에 대한 정체성'이다. 특히 장소를 경험하는 사람들이 내부인으로서 경험하는가, 외부인으로서 경험하는가의 문제가 중요하다. 에드워드 랠프, 김덕현 외 2명 역, 『장소와 장소상실』, 논형, 2005, p.110.

268) 이러한 점에서 해방기 국가 권력의 경계 위에 놓인 자들은 추방의 양가성을 드러낸다고 할 수 있다. 조르조 아감벤, 박진우 역, 『호모사케르』, 새물결, 2008.

을 것이 부족한 현실에 놓여있는 것이 아니다. 가난은 교육의 기회를 박탈하고 시민으로서의 성장의 가능성을 제거한다. 이들의 비극은 주권을 지닌 자로서 체제의 내부에 귀속될 가능성을 망실하게 된다는 점에 있다.

길 위에 놓인 가난한 자들에게 해방 전과 후의 삶은 다를 바가 없다. 통치 권력에 의해 온전히 보호받지 못하고 삶과 죽음의 경계 위로 내몰린다는 점에서 이들은 제국의 세계에서도 해방된 세계에서도 동일한 위치에 놓인다. 경계가 이동할 뿐, 이들이 경계 위에 놓여있다는 점에는 변화가 없다. 이러한 전재민의 현실에서 따뜻한 봄이 도래할 것이라는 예측은 불가능하다. 이들의 삶에서 '봄'이라는 미래는 달성되지 못하고 지연된다. 그래서 봄이 오면 길에 나가 돈을 벌어오겠다는 어린 순녀의 다짐은 이들의 닫혀있는 현실의 비극성을 더욱 강조할 뿐이다.

> 제가 입고 있는 아버지의 양복저고리가 문제였다. 이것을 벗어버리자면 적어도 이 추운 겨울이 풀리고 날씨가 따뜻하여야 할 것이 아닌가. 그러자 순녀의 입에서는
> 「옳지, 얼른 추위만 풀려라」
> 하는 말이 나왔다 그렇게만 된다면 그까지 이런 짓 안하고도 얼마든지 돈을 벌 수 있을 것이다. 그러면 순히 모양으로 구박을 받는 대신 얼마든지 어머니와 아버지에게 귀여움을 받을 것은 말할 것도 없고 그들도 좋아들 할 것이 아닌가. 이렇게만 된다면 학교 다니는 것도 부럽기는커녕 그까진 데는 다녀 무엇하랴 싶은 마음까지 들자 순녀는 학교에 넋을 잃은 순희가 바보 같기만 하였다.[270]

---

269) 호미 바바, 『국민과 서사』, Op.Cit., p.467.
270) 홍구범 「봄이 오면」, 《백민》, 1947.11, p.41.

순녀는 학교 다니는 것을 부러워하기는 커녕 "그까진 데는 다녀 무엇하랴"는 마음으로 봄을 기다린다. 순녀는 봄이 되면 거리로 나가 '담배, 껌, 드로프스' 따위의 "좋은 서양의 것"들을 팔아달라며 손님들을 쫓아다닐 것을 다짐한다. 간도에서 받을 수 있었던 교육의 기회조차 상실한 순녀는 해방된 고국에서도 거리로 나서야 하는 운명에 처한다. 어린 순녀의 기대와 달리 봄이 온다고 하여도 순녀의 가족이 경험하는 추위가 사라지지 않을 것임을 추측하기는 어렵지 않다. 이들의 봄은 도래할 수 없는 미래로 남겨지는 것이다.

「봄이 오면」의 거리에서는 조선의 독립을 외치는 만세의 행렬도, 제국과의 분리를 통해 민족이 되고자 하는 귀환의 열망도 발견할 수 없다. 다만 그곳에는 국민의 권리(주권)나 반식민 운동을 위해서가 아니라 생존을 위해 나선 자들의 가난하고 고통스러운 삶이 발견될 뿐이다. 해방된 사회에는 제국을 극복하고 국가를 건설하고자 하는 역사 흐름과 동떨어진 또 다른 세계가 놓여있는 것이다. 홍구범의 소설은 감격스러운 해방의 순간이 아닌 춥고 고통스러운 거리의 풍경을 통해 민족의 발전을 향해 나아가는 역사의 흐름과 상관없이 과거와 변함없는 세계를 살아가는 자들의 삶을 형상화한다.[271] 이를 통해 제국에서 해방으로 이어지는 진보적 역사 세계가 아닌 과거의 삶이 현재의 삶과 동시적으로 놓여있는 복합적이고 이질적인 세계를 발견할 수 있다.

해방된 사회에서도 제국적 규율의 구조에서 벗어나지 못하는 민중들의 모습은 국가 건설과 민족 되기의 목표 이면에 놓인 극복 불가능한

---

271) 발전론적인 역사주의는 벤야민에 의해 지적된 바 있는 '균질적인 텅 빈 시간'을 전제로 한다 따라서 역사를 통해 설명되는 현실은 진보에 대한 강력한 믿음을 전제로 다중의 삶을 하나의 시대에 속하는 것으로 균질화한다. 이러한 역사주의적 시간은 시대의 변화를 따르지 못하는 자들의 삶을 설명할 수 없게 만든다는 점에서 한계를 지닌다. 차크라바르티, Op.Cit., pp.167-170 참조.

현실을 드러낸다. 1946년에 창작되어 1949년에 발표된 홍구범의 「쌀과 달」은 '해방된 조국'과 유리된 자들의 모습을 통해 식민사회의 기억을 환기한다. 그리고 이를 통해 국가건설의 이념에서 소외된 채 과거의 삶을 반복하는 자들의 비극적인 해방 경험을 생생하게 그려낸다. 「쌀과 달」은 해방 직후 시행된 쌀 공출제를 배경으로 가난한 농민들이 경험하는 현실의 문제들을 가시화한다. 해방 직후 미군정은 미곡 수집정책을 실행하였는데, 이러한 정책은 공업노동자의 저임금정책실시를 위한 저미가정책(低米價政策)을 전제로 수행되었다.[272] 저미가정책을 기반으로 하는 군정의 미곡수집제도는 배급제를 기반으로 쌀의 유통을 철저하게 통제하였고, 따라서 농민 개인 간의 쌀 거래는 규제될 수밖에 없었다. 가난한 농민들은 농사를 지으면서도 자신이 먹을 쌀을 구하지 못해 굶주리는 상황에 놓이게 되었고, 해방기의 다양한 문학 작품들은 이러한 현실의 문제들을 반영하면서 야미쌀이나 쌀 밀수에 관련된 서사들을 창작한다. [273] 「쌀과 달」 역시 가난한 농민 만삼을 주인공으로 삼아 쌀 공급과 관련된 문제들을 서사화한다.

만삼은 그 자신이 농민임에도 불구하고 쌀이 없어 쌀을 구하기 위해 돈을 들고, 삼촌의 집으로 향한다. 삼촌의 집에서 괄시를 당하면서도 결국 쌀을 구한 만삼은 굶고 있을 아이와 아내를 생각하며 기차역으로

---

272) 해방 직후 급격한 인플레이션의 진행에 힘입어 비료 등의 가격이 상승함으로써 양곡수집가격이 생산비의 6분의 1 내지 7분의 1에도 미치지 못하는 가격이 됨으로써 농민들은 농업의 재생산이 불가능할 정도가 되고 있었다. 이에 주수입원을 미곡판매에 의존해야 하는 대부분의 농민은 다시 공업 생산의 급격한 위축으로 인해 폭등한 생활필수품 등을 고가로 구입해야 함으로써 농민경제의 파탄은 극도로 심화될 수밖에 없었다. 박혜숙, 「미군정기 농민 운동과 전농의 운동」, 『해방전후사의 인식』 3, 한길사, 2006, p.375.
273) 채만식 「역로」, 손소희 「현해탄」, 안회남 「농민의 비애」 등의 소설에서 쌀과 관련된 해방기의 현실을 살펴볼 수 있다.

나선다. 하지만 기차에 쌀을 가지고 탈 경우 순사에게 빼앗길지도 모른
다는 소문을 듣고 그는 불안감에 빠진다. 쌀 공출제로 인해 개인적인
쌀 거래가 금지된 상황에서 만석은 순사의 눈을 피하기 위해 변소에 쌀
을 숨기는 등의 노력을 한다. 하지만 결국 열차를 향해 다가오는 순사
의 시선을 피할 수 없다는 것을 알고 자신의 어려운 처지를 사정해 쌀
을 가져갈 수 있게 해달라는 요청을 하기로 한다. 쌀을 가져갈 수 있게
하는 것이 제도나 법의 규제가 아니라 순사의 결정에 달려있다고 생각
했기 때문이다.

> "순사 나리! 저 쌀좀 가지고 가는데 어떨런지유?"
> 작은 목소리로 물었다.
> "음. 쌀?"
> 순사는 이 한마디만으로 그냥 더 말이 없다. 그는 순사 뒤를 따랐다.
> 쌀을 금하는 것은 사실이 아닌 모양이다. 그러나 만약 금하는 것이라면
> 지금부터 사정을 하는 것이 차라리 이로울 것 같아 연해 뒤를 쫓으며
> "얼마 안 되오니 가지고 가게 하여 주십소서. 식구가 굶고 있으니……"
> 하고 순사의 뒷모양을 열심히 바라보며 애걸하였다.
> "음. 가만있어!"274)

    기차역에서 순사를 본 뒤 불안감을 감추지 못했던 만삼은 결국 순사
에게 다가가 자신의 죄를 실토한다. "순사 나리"로 시작되는 만삼과 순
사의 대화에서 해방된 조국의 새로운 현실은 발견되지 않는다. 순사는
여전히 "나리"로 불리며 민중 위에서 군림한다. 그리고 전쟁물자 수급
으로 인해 쌀 배급이 제한되었던 식민지 말처럼 가난한 자들은 다시 쌀
배급의 문제에 직면하게 된다. 먹고 살기 위해 법의 시선을 피해 쌀을

---

274) 홍구범, 「쌀과 달」, 『홍구범 전집』, 현대문학, 2009, p.183.

구해야했던 농민들의 처지는 해방이 된 후에도 변함이 없는 것이다.

해방을 통해 구축된 민족적인 통치 권력은 절박한 농민의 호소에 대해 다만 "가만 있"으라고 응답한다. 그리고 만삼을 파출소로 끌고 가 그의 죄를 심문한다. 심문의 과정은 만삼의 무지와 곤궁한 삶을 더욱 극명하게 드러낸다. 순사는 명령조로 죄인을 취조하듯 만삼에게 주소와 성명을 대기를 요구하고 만삼은 그에 복종한다. 하지만 만삼은 자신이 사는 곳의 번지를 모르고 한자 이름 역시 대지 못한다. 무지한 농민인 만삼의 삶은 통제를 기반으로 하는 권력의 경계 위에 놓여있다. 그리고 순사는 그의 삶을 더욱 가혹하게 통제함으로써 권력을 확보해나간다. 해방된 사회의 순사는 일제시기 순사의 목소리를 그대로 반복하면서 만삼을 향해 "바보 같으니."[275]라는 욕설을 내뱉고, 그를 훈계한다. 그리고 그의 쌀을 압수하는 대신, 쌀값에 해당하는 돈을 돌려주겠다고 말한다. 하지만 만삼이 받은 돈은 자신이 쌀을 샀던 750원에 한참 못 미치는 140원 뿐이다. 순사가 쌀의 실거래가가 아닌 공식적인 거래가, 저가미곡정책에 근거한 계산법을 내세웠기 때문이다. 만삼이 두려움을 무릅쓰고 다시 순사에게 돈의 "계산"에 관해 물었을 때, 돌아오는 대답은 "이 도적놈아! 팔 수 있고 팔 수 없는 것은 내 알 수 있어?"[276]라는 위협뿐이다.

순사에 의해 만삼은 "바보"에서 다시 "도적놈"으로 변화한다. 실로 그가 훔쳐낸 것이 없고, 도적질의 혐의는 오히려 순사에게 놓여있음에도 불구하고 순사는 그를 도적이라 부르고 격검채를 휘둘러 내쫓는다. 그렇게 만삼은 "하머터면 죽을 뻔"한 위기에서 벗어나 다시 기차역으로 돌아온다. 기차는 이미 떠나고 그에게는 쌀을 살 돈도 남아있지 않

---

275) Ibid., p.185.
276) Ibid., p.190.

있다. 만삼은 무작정 집을 향해 걷는다. 달빛이 비치는 그 길 위에서 제법 콧노래까지 부르던 만삼의 "미친듯" 한 외침은 가난한 농민으로서 그의 현실이 어디에 놓여있는지를 선명하게 지시한다.

> 그러나 가끔가다 시커먼 구름 뭉치가 달빛을 먹었다. 이럴 때마다 만삼은 미친 듯 외치는 것이다.
> "이 도적놈아"
> "어른도 몰라보고"
> "당장 못 물러가?"
> "이 자식아, 거기 가만있어."
> 하는 말을 아까의 순사와 같이 닥치는 대로 뻑뻑 지르면서 공중으로 향하여 주먹질을 하며 펄떡펄떡 뛰었다. 뒤 허리끈에 매어달린 빈 자루는 이럴 적이면 더욱 춤을 추었다.[277]

순사에게 쌀을 빼앗기고 다시 집으로 돌아가는 만삼은 달빛 아래서 순사를 흉내 내는 기이한 행동을 보인다. 만삼의 삶에서 진보하는 역사를 향한 전망은 발견되지 않는다. 그가 만난 순사는 일본 제국의 순사이기도 하며, 군정의 권력을 대리하는 순사이기도 하지만 결국 조선의 순사이기도 하다. 해방이 되었음에도 불구하고 그는 여전히 폭력적인 권력의 구도에서 벗어날 수 없는 것이다.

자신을 보호하는 것이 아니라 자신을 착취하고 억압하는 해방된 조선의 순사는 제국의 그것과 전혀 다르지 않다. 해방이 되었음에도 불구하고 만삼은 여전히 순사라는 권력 구조, 통치 체제에 기만당한다. 조선인이라는 민족의 내부에서 다시 "도적"이 되어버렸다는 점에서 그의 삶의 전망은 오히려 해방 이후 더욱 어두워졌다고 할 수 있다. 이제 그에게는

---

277) Ibid., p.192.

돌아갈 민족이 남아있지 않기 때문이다. 그렇게 다시 권력의 경계에 놓인 만삼은 순사를 흉내냄으로써 그 절대적 권력의 구조를 희화화한다. 자신에게 쏟아진 순사의 말을 그대로 반복하면서 만삼은 허공을 향해 주먹질을 한다. 그의 주먹질은 이미 늦은 것이지만, 그가 여전히 반복되는 제국의 세계로부터 온전히 벗어나지 못했다는 점에서 유효하다.

식민지배에 대한 미메시스의 흠집[278]으로 설명되는 흉내의 방식은 계몽과 문명화라는 식민권력의 엄숙한 논리를 균열시키면서, 식민지인의 저항 가능성을 발견하게 한다. 권력를 흉내는 것은 정형화된 권력자의 상을 의심하게 만들고 권력 구조의 엄숙한 권능에 내재하는 양가적인 성격을 발견할 수 있게 한다. 타자화의 과정을 통해 구성되는 제국 권력의 불안한 정체성이 노출되는 것이다.[279] 해방의 사회에서 '민족적'이라 사유되는 정치적 권력 구조는 '제국적'인 것과 동일하게 존재한다. 그리하여 만삼의 흉내는 제국을 모방하는 식민지인의 방식과 동일한 방식으로 자신을 "도적놈"으로 규정하는 해방 후의 통치 권력을 되돌아보게 한다.

(2) 소문의 세계, 발화불가능한 현실의 서사구조

해방 직후 최정희는 관찰자적 시선으로 가난한 농민들의 삶을 기록하는 작품들을 다수 창작한다. 해방 후 자신이 살았던 덕소를 배경으로 하는 최정희의 소설들은 해방의 전망을 유실한 채 가난하고 고통스러운 삶

---

278) 데이비드 허다트, Op.Cit., p.110.
279) 식민지적 모방은 거의 동일하지만 아주 똑같지는 않은 차이의 주체로서 개명된 인식 가능한 타자를 지향하는 열망이다. 다시 말해 모방의 담론은 양가성을 둘러싸고 구성된다. 즉 효과적이 되기 위해서, 모방은 끊임없이 그 미끄러짐, 초과, 차이를 생산해야 한다. 호미 바바, Op.Cit., p.178.

을 반복하는 자들의 삶을 형상화한다. 이러한 작품은 역사의 변화와 상관없이 반복되는 착취와 억압의 현실을 기록하면서 해방의 예외가 된 삶들을 발견하게 한다. 「봉수와 그 가족」(『풍류 잡히는 마을』, 1949), 「점례」(≪문화≫,1947.7), 「풍류 잽히는 마을」(≪백민≫, 1947.10), 「우물 치는 풍경」(≪신세대≫, 1948.2-5) 등은 작가 최정희와 유사한 서술자의 시선을 바탕으로 비극적 현실을 감내하면서 살아가는 농민들의 삶을 그려낸다. 이들 소설들은 가난한 농민의 삶을 소재로 한다는 점 그리고 이러한 농민의 삶을 작가와 유사한 여성 지식인의 관점을 통해 설명하고 있다는 점에서 공통적인 특징을 드러낸다. 특히 농민들의 삶이 자신이 직접 보고 들은 바나 경험한 것으로 재현되는 것이 아니라 '소문'의 형식을 통해 전달된다는 점에서 특유의 서술 방식을 드러낸다.[280]

「봉수와 그 가족」, 「점례」, 「풍류 잽히는 마을」, 「우물 치는 풍경」의 화자인 '나'는 해방 이후 급변하는 정치적 현실을 마주한 지식인-서술자의 위치에 놓여있다. 하지만 이러한 '나'의 시선은 정치적 이데올로기와 국민국가의 건설이라는 역사적 책무가 아닌 주변을 살아가는 농민들을 향한다. 이러한 서술자가 기록하는 세계는 직접 전달되지 못한 채 소문의 형식으로 등장한다. 지식인 서술자가 멀리서 바라보고 짐작할 수밖에 없는 소문의 세계를 통해 해방의 역사적 전망과 동떨어진 채 가난하고 고통스럽게 살아가는 농민들의 삶이 목격된다.

최정희 소설들은 가난과 싸워 이기기를 종용하는 계몽적 지식인 대신, 멀리서 농민들의 삶을 바라보는 서술자를 등장시킨다. 그리고 이들의 시선을 통해 스스로의 삶을 이야기하는 농민들의 불확실한 목소리들을 전달한다. 「봉수와 그 가족」은 서술자인 '나'의 집에 세 들어 살게

---

280) 서여진, 「해방후 최정희 소설 연구」, 서울대학교 석사학위논문, 2010, p.14.

된 봉수네 가족의 이야기를 기록한다. 소설의 서술자인 '나'는 봉수네를 통해 "내가 보아온 중 가장 가난한 사람들"의 생활을 목격하게 된다. 그리고 이들의 삶이 '해방 된 민족'의 삶과 전혀 다른 지점에 놓여있음을 발견한다. 해방 후 가난한 농민들의 생활을 보장하기 위한 배급제[281]가 실시되고 있음에도 불구하고 이들은 열흘 동안 "맨풀"만 먹으면서 연명해 나간다. 성실한 농민인 이들이 배급이라는 제도의 보호를 받지 못하는 것은 해방이 된 사회에서도 배급은 여전히 "권리 좋은 사람들"에게만 이루어지고 있기 때문이다.

> 아직 배급을 탈 날짜는 멀고 그것도 꼭 정해 준 날 타게 된데도 열흘 가까이 견디어야 되겠는데 이때까지의 예를 보아서 배급을 준다는 날에 타본 적이 없다. 그 중에도 이번엔 분량이 또 더 줄어든다는 소문이 들린다. 번번이 줄어드는 이유를 면사무소 당국에 물으면 삼팔 이북서 디리 밀리는 사람과 또 양식이 떨어진 농가에 분배해 주는 때문이라고 대답하고 배급을 받는 부락민측에서는 그 말이 거짓말이라고 쑥덕공론이다. 배급이 자꾸만 줄어들게 되는 까닭의 가장 큰 원인은 면사무소와 배급소와 또 그들과 특별한 관련이 있는-(소위 이곳 사람들이 말하는 권리 좋은 사람들)-끼리끼리 진탕만탕 나눠 먹는 바람에 그리되는 것이라고 한다. [282]

가난한 봉수네 가족이 충분한 배급을 받지 못하고 풀만 먹고 지내고 있음에도 불구하고 면사무소 당국은 농가에 쌀을 분배해주는 탓에 배

---

281) 지배체제의 재편과정은 식량문제를 매개로 거부할 수 없는 명분을 가지고 추진되었다. 이 과정에서 5.10 선거를 실시할 수 있는 지배 기반이 아래 단위까지 구축되고 있었다. 김영미, 「해방직후 정회를 통해 본 기층 사회의 변화」, 『근대를 다시 읽는다』, 역사비평사, 2008, p.347.
282) 최정희, 「봉수와 그 가족」, 『풍류 잡히는 마을』, 아문각, 1949, p.150.

급이 부족하다는 변명을 반복한다. 물론 이러한 "당국"의 설명을 "부락민측"에서는 전혀 믿지 않는다. 배급쌀에 대해 면사무소와 부락민은 전혀 다른 이유를 내놓는다. 가난한 사람들이 더욱 가난한 삶을 살 수밖에 없는 것은 배급소와 관련된 사람들끼리 쌀을 나눠먹기 때문이라는 것이다. 면사무소의 설명이 권력 기구의 공식적인 발언이라면, 부락민의 설명은 진위를 알 수 없는 소문일 뿐이다. 하지만 소설의 서술자는 이 두 가지의 설명 중 후자의 것이 더욱 진실에 가까운 것임을 이해하게 된다. 가난한 봉수네 가족이 여전히 배급을 받지 못하고 있는 것을 목격했기 때문이다.

봉수네 가족의 삶을 직시하는 '나'는 해방 사회에 공존하는 전혀 다른 두 개의 세계를 발견하게 된다. 해방된 사회의 한편에서 조선인들은 주권을 회복하고 건설되는 국가의 국민으로 이행해나간다. 하지만 또 다른 세계에서 그들은 여전히 지주에 의해 착취당하고 먹을 것을 구할 수 없어 생존의 위기에 놓이게 되는 삶을 살아간다. 이들에게 해방 이전과 이후의 삶의 변화는 목격되지 않는다. 부락민들의 삶은 '민족의 역사'로 설명되지 않는 지점에 놓인다. 하나의 세계에서 민족의 해방과 발전의 역사가 흘러가고 있다면 또 다른 세계에서 이러한 변화는 아무 의미가 없었다.

'나'는 해방이 한 달 정도 지났을 무렵 "정자나무 그늘에 모여 앉은 마을 사람들이 여운형씨의 이야기로 세월 가는 줄 모른" 것을 기억한다. 해방 직후에 가난한 농민들은 정치를 고민하고 민족의 역사를 이야기했었다. 하지만 이들이 국가와 정치 권력의 세계에 접근할 수 있었던 것은 이 짧은 기간뿐이었다. 군정이 제국의 권력을 이양받게 되면서 이들은 정치적인 민족의 세계에서 쫓겨나 다시 과거와 같은 소작인의 지위로 돌아온다. 최정희의 소설이 주목하는 삼분병작제는 권력의 세계에서 추방당한 농민들이 해방의 성지담론과 현실의 간극을 마주하게 되는 첫 번째 사건이었다.

삼분병작제는 1945년 10월 미군정이 실시한 제도로, 지주에게 지급하는 쌀의 양을 수확량의 3분의 1로 제한하는 제도였다. 이러한 제도의 취지는 지주의 착취에 시달리는 빈농의 삶을 보호하기 위한 것이었다.[283] 하지만 '나'가 목격한 것은 삼분제의 실시로 가난한 삶에서 벗어나게 된 농민들의 모습이 아니었다. '나'는 봉수네 가족이 "삼분병작 토지 개량이 실시되므로 말미암아서 소작권을 떼우게 되었다"는 사실을 전해 듣는다. 삼분병작제의 실시로 농민은 오히려 더욱 궁핍한 처지가 되었던 것이다.

가난한 농민들은 여전히 제도의 효과 밖에 놓인다. 그리고 이들은 자신들의 부당한 현실에 저항하면서 제도의 모순을 개선하려고 하기보다는 오히려 제도가 시행되기 이전의 삶으로 복귀하기를 희망한다. 민족이 해방된 현실에서 이들은 오히려 "재래의 반작제"를 지속하겠다고 애원하는 것이다. 이들의 삶에서 과거를 극복하고 해방의 현실을 따라가려는 의지는 찾아 볼 수 없다. 해방의 현실을 살아가는 빈농들은 정치적 격변의 세계와 상관없이 오래전부터 스스로가 지속해왔던 삶을 지속하고자 한다. 이들은 국가의 건설이나 민족의 독립이 아닌 생존을 목표로 살아가기 때문이다. 그리고 이러한 삶은 과거에서 미래로 향하는 발전적인 역사의 흐름에 영향받지 않은 또 다른 현실들을 이끌어 나간다.

---

283) 3.1제는 본질적으로 식민지적 지주제의 현상유지라는 미군정의 공식 입장을 표명한 것에 다름 아니었다. 3.1제 법령은 농민운동, 나아가서는 좌익 주도의 변혁운동의 급속한 진전 가능성에 대한 임시 대응 조치, 즉 농민운동의 개량화를 목적한 정책이었다는 점에서 찾을 수 있다. 박혜숙, Op.Cit., p.373.

가난한 농민들이 살고있는 세계는 지식인 서술자인 '내'가 살고있는 해방의 세계와 전혀 다른 형태로 존재한다. 통치 권력에 의해 보호받지 못하는 빈농들은 과거 제국적 권력의 착취 구조에 저항할 기회조차 얻지 못했다. 그리고 이는 해방과 함께 등장한 새로운 '민족'의 권력 앞에서 역시 마찬가지이다. 해방과 함께 등장한 통치 권력은 이들을 민족으로 호명하지만, 이들은 어떠한 보호도 받지 못한다. 보호받지 못한 채 다시 통제의 대상이 되어버린 가난한 농민들에게 조선인이라는 정체성은 더 이상 운명의 공동체로 사유되지 않는다. 두 개의 세계는 각각의 운명을 향해 나아가고 있는 것이다.

지식인인 '나'는 진보와 발전을 향해 나아가는 역사 세계에 속해있지만, 가난한 농민들의 세계를 향한 시선을 거두지 않는다. 관찰자적 시점을 전제로 구성되는 서사구조를 통해 농민들의 삶은 사실적으로 기록되지만 온전히 이해되지는 않는 것으로 남겨진다. 그리고 극복될 수 없는 두 세계의 차이로 인해 '나'와 '그들'사이에는 오해가 생기기도 한다. '내'가 봉수 아버지의 죽음을 알게 되었을 때, 봉수의 할머니는 자신의 "죽을 죄"를 용서해 달라며 애원한다.284) 죽은 자에 대한 애도의 과정이 없음을 안타까워하는 '나'와 달리, 할머니는 살아있는 자신들이 추방당할 것을 염려하며 오히려 잘못을 비는 것이다. '나'는 병이 있는 환자는 의사에게 보이고, 죽은 사람에게는 정당한 장례를 치러줘야한다고 생각했지만 봉수네 가족은 이러한 당연한 애도의 과정을 이해하지 못한다. 봉수네 가족에게는 염병으로 죽은 아들을 지게에 지어 내보내는 "지게장"이 당연한 장례의 절차였다. 서술자는 이러한 상황을 '가난과 무지가 빚어낸 세계'로 설명한다. 하지만 자신의 죽은 아들을 지

---

284) 최정희, 「봉수와 그 가족」, Op.Cit., p.152.

게에 지어 보내는 노파의 세계는 이러한 '나'의 설명 너머에 있다. 그리고 '내'가 그들의 삶을 다만 관찰하는 것이 아니라 이를 직접 접촉할 수 있었을 때, 온전히 이해될 수 없는 세계의 일부가 드러난다.

> 지게는 사립문을 나갔다. 나가다가 사립문 부출에 걸렸다. 나는 나도 모르는 결에 달려갔다. 가서 시체 엮은 소나무를 밀려 사립문 부출을 잡아다니려 하였다. 시체의 발이 내 손에 닿는 것을 알았다. 아무렇지도 않았다. 송장도 옘병도 무섭지 않았다. 가난과 무지가 빚어낸 세계에 유례없을 지게장 예식 앞에 나는 거저 침착해질 뿐이었다. 285)

서로 다른 세계에 속한 이들 사이에서 지게장의 의미는 온전히 전달되지 못한다. 지식인 서술자인 '나'는 지게장을 무지와 가난의 소산으로 읽어낸다. 그리고 언어를 통한 소통은 오해를 불러일으킨다. 하지만 시체의 발이 손에 닿는 순간, 내가 소문으로 접했던 "그들의 세계"는 눈앞에 현전한다. 그들의 죽음을 피부로 느끼는 순간 '나'는 무지한 농민들의 지게장을 하나의 "예식"으로 받아들이며 죽음을 애도하는 그들의 방식에서 경건함을 느낀다. 여전히 '나'의 세계는 그들의 세계와 동일하지 않지만 '나'는 그들의 세계에 근접해 나간다. 그리고 마침내 '나'는 봉수를 내 아이처럼 끌어안을 수 있게 된다. '내'가 봉수를 끌어안는 순간은 '나'와 다른 그들의 세계가 접촉하는 찰나적인 순간이다. 이 순간 '나'와 봉수네 가족은 이해할 수 없는 서로에 대한 오해를 쌓아가는 대신 끌어안음으로써 연대할 수 있는 희망을 발견한다.

하위계층의 삶에 주목하는 최정희의 소설들은 이들의 비극적인 삶

---

285) Ibid., p.158.

을 멀리서 기록할 뿐만 아니라 그 삶이 더 나아지기를 기원하는 마음으로 그들의 세계와의 적극적인 접촉을 이뤄낸다. 해방 후 최정희의 소설이 경향적이라는 평가를 받는 것286)은 바로 이러한 서술의 방향에 기인한다. 하지만 그녀의 소설에서 농민들의 삶을 계몽하여 국가의 국민이라는 정치적 주체로 변모시키고자 하는 의도는 발견되지 않는다. "소재가 달라졌을 뿐이지 작품의 세계"가 달라지지는 않았다는 작가의 언급 역시 이를 뒷받침한다.287)

찰나적인 접촉을 통해 이해불가능한 세계의 단면을 드러내는 최정희의 작품들에는 서로 다른 두 개의 세계가 놓여있다. 이 둘의 세계에서 비극적인 현실은 선명하게 드러나지만 혁명을 통해 이를 극복하고 미래로 나아가려는 계급문학적인 전망은 발견되지 않다. 소설 속의 '나'는 무지하고 가난한 그들의 세계를 가까이서 기록하지만, 이들의 삶에 개입하지는 않기 때문이다. 농민은 계몽의 대상이 되지 못하고 '나'와 다른 세계에 머물러있는 상태로 다만 실재할 뿐이다.

「봉수와 그 가족」은 민족과 국가의 목소리로 환원될 수 없는 자들의 세계를 발견하게 한다. 새롭게 발견되는 이 세계는 해방 이후의 변화로 인해 구성된 것이 아니라 오래전부터 지속되어 오던 세계라 할 수 있다. 그리고 아주 오래전부터 변함없이 지속되어오던 세계이기에 오히려 그것은 눈에 띄지 않는 세계였다. 최정희는 격변하는 해방의 현실을 배경으로 이 변함없는 세계의 모습을 대조적으로 그려낸다. 「점례」역시 가난한 농민의 이야기를 통해 지식인 작가의 정치적 이념으로 승화되지 못하고 소문의 세계에 머무는 또 다른 현실을 모순들을 그려낸다.

---

286) 이병순, 「현실추수와 낭만적 서정의 세계」, 『현대소설연구』26, 2005.
287) 최정희, 「뒷말 몇마디」, 『풍류 잡히는 마을』, 아문각, 1949.

「점례」의 서술자인 '나'는 점례에 관한 소문을 중심으로 가난한 농민의 삶을 재현해나간다. 이 작품에서는 지주 허승구의 딸과 가난한 소작농의 딸 점례의 운명이 극적으로 대조되면서 농민들의 비극적인 삶이 강조된다. 그리고 비극적인 점례의 운명을 통해 환희와 감격으로 경험되지 못한 해방 이후의 또 다른 현실이 목격된다.

「점례」는 14살의 어린 나이에 굶주림을 피해 혼인을 하게 된 점례의 이야기를 다룬다. 지주 허승구의 딸과 같은 날에 혼인을 하게 된 점례는 결국 자신의 혼인날을 늦추기로 결정한다. 그리고 이러한 과정에서 결혼 준비를 위해 키우던 닭이 허승구에게 잡히는 일이 발생한다. 마을 대부분의 땅을 점유하고 있던 허승구는 자신의 땅에 닭이 들어오는 것을 막기 위해 마을의 모든 닭을 없애라고 지시했었다. 「봉수와 그 가족」에서와 같이 마을 사람들은 그의 명령에 무조건적으로 복종하면서 마을의 모든 닭을 처분해버린다. 하지만 점례는 결혼을 준비하기 위해 닭을 몰래 키우고 있었고, 이 닭이 허승구의 눈에 띈다. 결국 허승구는 닭을 산 채로 매달아 죽인다. 점례의 비극은 여기에서 시작되는데, 자신의 닭이 우는 소리를 모른 척 할 수 없었던 점례는 결국 허승구의 마당에 몰래 들어갔다가 그가 던지는 돌에 맞아 죽음에 이르게 된다. '닭을 키우지 말라'는 지주의 명령을 어겼기 때문에 점례의 가족들은 매달린 닭을 그대로 두고 보는 수밖에 없었으며, 그러한 닭을 몰래 구하려 했기 때문에 점례의 죽음은 온전히 애도되지 못한다. 돌을 맞고 돌아와 앓아눕게 된 점례가 결국 죽음에 이르게 되었을 때, 그녀의 죽음은 다만 "닭의 귀신이 씌"운 것으로 이해된다.

지주의 횡포를 '닭의 귀신'으로 이해하는 마을 사람들의 세계에서는 해방의 역사적 변화가 효력을 지니지 못한다. 이 작품 역시 삼분병작제의 실시를 소설의 배경에 두고 있는데, 이때에도 농민을 위한 이 제도는 농민의 삶에 긍정적인 영향을 미치지 못한다. 「봉수와 그 가족」에서 농민들을 위한 삼분병작제가 오히려 그들의 가난과 고통을 더욱 심화시켰던 것처럼, 「점례」에서도 해방으로 인한 변혁은 새로운 가능성을 제공해주지 않는다. 오히려 그것은 이들의 삶을 더 위태롭게 하는 것으로 작용한다.

실제로 닭을 산 채로 매다는 허승구의 잔혹한 행동은 해방으로 인한 불안한 심경에서 비롯된 것이었다. 딸이 화려한 혼례를 마치게 되었을 무렵, 허승구는 "해방 이후에 변동"으로 인한 "불안스런 마음"에 시달린다. 서술자는 그 "불안에서 생기는 신경의 이상"이 닭에 대한 "악형"을 감행하게 만들었다고 기록한다. 해방의 현실은 허승구에게 직접적인 영향을 주었지만 이러한 현실이 점례에게도 동일하게 적용되는 것은 아니었다. 점례를 죽음에 이르게 만든 허승구의 행동이 '신경의 이상'으로 설명될 때, 점례의 죽음에는 어떠한 역사적인 이유들도 개입될 수 없기 때문이다. 그녀의 죽음은 역사적 우연성으로 존재하고 따라서 누구에게도 발화될 수 없는 것으로 남는다.

> 아무도 점례의 분홍 숙고사 교직 치마와 흰숙고사 교직적삼은 이야기하지 않았다. 그 치마와 적삼이 복이의 다섯달 월급을 모은 돈 이천 오백 원으로 사온 것이라는 것도 이얘기하지 않고, 또 점례가 닭을 잘 길러서 팔아서 버선 같은 것은 그만두고 작년에 시집간 순이처럼 인조 관사 적삼을 해 입으려 들었다는 것을 이야기하는 자도 없었다.[288]

---

288) 최정희, 「점례」, 『풍류 잡히는 마을』, 아문각, 1949, p.79.

점례의 죽음을 애도하기 위해 가족들은 무당을 불러 그녀의 혼을 위로한다. 하지만 무당은 점례의 목소리를 대신해 말하기보다는 자신의 이익을 위해 점례의 목소리를 빌린다. 그래서 무당의 굿을 통해서도 죽음의 원인은 밝혀지지 않는다. 서술자는 닭의 귀신에 씌어 죽은 점례가 아닌, 살아있는 점례의 목소리를 대신해 말해주고자 한다. 소문으로 전달되는 이야기는 지식인 서술자가 점례의 삶을 이야기 할 수 있는 유일한 방법이다. 서술자는 이루어지지 못한 점례의 결혼을 이야기하고 점례에게 닭이 어떠한 의미를 지니고 있는지를 말하고자 한다. 하지만 이미 죽은 닭의 환영을 보며 헛소리를 하다 죽어버린 점례의 마지막 순간은 여전히 설명되지 못한 상태로 남아있다. 점례의 죽음은 어느 누구에게도 충분히 이해되지 못하는 것으로 남겨지는 것이다. 이 서술 불가능한 지점은 가난한 농민들의 세계가 누군가에 의해 대신 발화될 수 없는 곳에 놓여있음을 드러낸다. '나'에 의해서 뿐만 아니라 마을 사람들에 의해서도 그것은 설명될 수 없는 것으로 남는다.

점례의 죽음을 통해 드러나는 것은 빈농들의 삶이 '가난하고 무지한 농민'라는 설명으로 전형화 될 수 없다는 것이다. 「점례」에서 마을 사람들은 허승구의 부당한 명령으로 인해 고통을 받으며 살고 있음에도 불구하고 이들은 계급적으로 동일한 '집단'으로 존재하지 않는다. 이들에게서 공동의 목표나 저항의 정신은 찾아볼 수 없다. 다만 생존을 도모하려는 개인의 의지만을 목격할 수 있다. 지식인 서술자는 이들에게 지속적으로 '가난하고 무지한 농민'이라는 규정을 부여하지만, 이들의 세계는 이러한 설명으로 한정되지 않는 다양한 목소리를 포함하고 있다. 점례의 목소리를 '우리'의 목소리로 대신해 말하는 자들이 없다는 것이 바로 이를 증명한다. 점례의 죽음은 지주 허승구에 의해 묵인될 뿐만 아니라 점례의 가족과 같이 가난한 농민들에 의해서도 온전히 이해되지 못한다. 그리고 '나'의 서술 속에서도 비극적인 죽음에는 여전히 발화될 수 없는 지점들이 남아있다.

「점례」는 해방 사회의 정치 담론들이 구상했던 '민족'의 외부에 놓인 자들의 삶을 기록한다. 비록 서술자인 '나'가 그것을 정확하게 재현하지 못한다 하더라도 「점례」는 새로운 세계를 마주할 수 있는 기회를 제공한다. 점례와 그의 가족들이 살아가는 세계는 민족의 역사가 기록할 수 없었던 세계이다. 이들의 세계에서 정치 권력은 다만 죽음의 권력으로 기능한다. 그리고 삶은 이념적이고 정치적인 담론들이 영향을 미치지 못하는 곳에서만 가능한 것으로 존재한다.

빈농의 삶을 중심으로 하는 최정희의 소설들은 하나의 균질적인 시간에 속한 통일적이고 유기적인 민족의 역사[289]대신 모순적이고 이해 불가능한 세계를 기록한다. 국가의 건설을 통해 제국을 극복할 수 있을 것이라 믿었던 운명 공동체로서의 민족 내부에서 오히려 다양한 운명을 살아가는 자들의 삶을 발견하게 만드는 것이다. 그리고 이는 해방이 된 현재에도 여전히 종속적인 과거의 삶을 살아가고 있는 이질적인 민족들, 시간적으로 혼종적인 민족의 공동체를 이해할 수 있게 한다. 「풍류 잽히는 마을」은 '무지한 농민'으로 단일화 될 수 없는 이 비역사적인 민족들의 목소리를 보다 선명하게 드러낸다.

「풍류 잽히는 마을」은 작가-서술자의 관점을 통해 가난한 농민들의 삶을 이야기한다. 이때 서술자 역시 소문의 힘을 통해 가난한 농민들의 삶을 발견하게 된다. 그리고 서술자는 그 소문에 따라 "하나의 안면조차 본 일이 없는" 지주 서홍수에 대한 적대적인 감정을 지니게 된다. 소설은 '내'가 서홍수네서 들려오는 회갑잔치의 풍류를 들으며 "몽뎅이"

---

289) 디페시 차크라바르티, Op.Cit., p.83.

를 들고 달려가려는 장면으로 시작된다. '내'가 얼굴도 보지 못한 서홍수에게 참을 수 없는 분노를 느끼는 것은 서홍수로 인해 '나'의 닭이 족제비에게 물려가게 되었으며, 또한 그로 인해 아끼는 채마밭이 망가지게 되었기 때문이다. 이러한 결과는 서홍수로부터 받은 직접적인 피해는 아니다. '나'의 닭이 족제비에게 잡혀간 원인은 닭장을 완성하지 못한 것에 있으며, 닭장을 완성하지 못한 것은 시일을 지키지 못한 목수 영감의 탓이기 때문이다. 하지만 '나'는 이러한 상황에서 목수 영감을 원망하는 대신 회갑연을 벌이는 서홍수를 원망한다. 서홍수의 부당한 착취와 억압으로 인해 목수 영감이 닭장을 완성할 수 없었다고 생각하기 때문이다.

「풍류 잽히는 마을」은 목수 영감을 통해 제국을 극복하고 독립된 국가를 완성해 나가는 자들과는 다른 세계를 살아가는 민중의 삶을 그려낸다. 해방 전과 다를 바 없는 이들의 삶은 '국가'의 건설과 독립을 통해 나아질 수 있는 것이 아니었다. 닭장이 완성되지 못해 내가 목수 영감을 찾아갈 때마다, '나'는 농민의 비참한 현실을 목격한다. 첫 번째 방문 때 식량이 부족해 채독에 걸리게 된 목수 영감을 보게 되었던 것처럼, 두 번째 방문했을 때는 양옥수수를 먹고 설사로 인해 고생하는 영감의 모습을 발견하게 된다. 매번 방문할 때마다 목수 영감의 안타까운 사정을 동정하던 '나'는 마지막으로 서홍수에게 소작지를 떼이고 슬퍼하는 목수 영감을 목격하면서, 국민으로 상상되는 민족의 외부에 놓여있는 위태로운 자들의 삶을 발견하게 된다. 국가 건설이라는 해방과 진보의 역사에서 벗어나 있는 또 다른 민족들의 공동체가 가시화되는 것이다.

소설의 주인공인 '나'는 빈농의 삶에 동정적인 태도를 가지고 이들의 삶을 돕고자 하지만, 실제 '나'는 이들의 세계에 개입하지는 못한다. 지식인 서술자로서 '나'는 역사의 발전과 진보를 통한 극복의 방향을 제시해줄 수 있을 뿐이다. 하지만 이러한 '나'의 전망은 이들의 세계에 유효하지 않다. 목수 노인은 과거를 극복하고 미래로 나아가는 세계의 외부에 놓여있기 때문이다. 따라서 이들의 고통은 발화될 수 없으며, '나'에 의해 해결될 수도, 계몽될 수도 없는 것으로 남는다. '나'는 다만 소문을 통해 이들의 삶을 이야기하는 역할에 머문다. 따라서 '나'는 고통받는 목수 영감을 위해 몽뎅이를 들고 서홍수를 찾아가는 대신 그 자리에서 잠이 들고 만다.[290] '나'는 더 이상 이들의 세계에 개입할 수 없었던 것이다. 그리고 갑작스럽게 '내'가 잠이 들어버린 사이 목수 영감의 아들이 자신의 부당한 현실에 대해 저항하기 위해 나선다. 목수 영감의 아들은 오래전부터 지속되어온 서홍수와 농민들의 관계에 저항하면서, 회갑 잔치에 "난리"를 일으킨다. 목수 영감의 아들을 통해 가난한 농민들은 비로소 풍류가 울리는 화려한 회갑 잔치의 부당함을 이해하게 된다. 그리고 이 순간 농민의 아들은 이념적이거나 정치적인 발화를 하지 않고 다만 행동으로써 자신의 의지를 드러낸다.

그런데 목수 영감의 아들은 처음부터 끝까지 한마디의 말이 없이 기저 행동만 하였다고 하였다. 열마디의 말보다 한 개의 참된, 스무 마디, 설흔 마디 백 마디의 말보다 오직 하나의 진실된 행동은 세상의 온갖 귀한 것 중에 가장 귀한 것이 아닐까.[291]

---

290) 나는 그 자리에 푹 주저안고야 말았다. 마음의 격동을 어찌하는 수가 없을 때에 늘 하는 내 버릇인 것이다. 주저 앉아서 나는 무었을 생각했든지 모른다. 나는 새납 소리, 징소리를 귀에 아련히 느끼며, 잠이 들었든 것만은 사실이다. 독자는 날더러 맹탕이라고 우서도 좋다. 내게는 푹 주저앉는 버릇과 함께 절박한 감정을 누를 수 없을 때, 잠이 소로르 들어 버리는 버릇도 있는 것이다. 정말 나는 자 버렸다. 그처럼 나를 격동 식히든 풍류 소리가 내게 자장가로 들렸을 리는 만무했을 게나 분명 나는 잠들어 버린 것이다. 「풍류 잽히는 마을」, ≪백민≫, 1947.10, p.82.
291) Ibid., p.84.

목수 영감의 아들은 자신의 고통과 수난에 대해 어떠한 말도 하지 않은 채 다만 행동으로 저항한다. 「점례」의 주인공과 같이 이들의 삶은 발화의 형식으로 설명될 수 없는 고통, 번역될 수 없는[292] 고통의 영역에 남아있는 것이기 때문이다. '나'는 이러한 목수 영감 아들의 행동이 어떤 정치적인 이념에서 비롯된 것이 아님을 설명한다. '나'는 목수 영감 아들이 어떠한 사상을 가지고 있는지 '모른다'고 말한다. 그는 지식인으로서의 '나'의 관찰이 닿지 않는 부분에 존재하기 때문이다. 하지만 그의 사상이 "이승만 박사주의"인지, "공산주의"인지 알 수 없음에도 불구하고 그의 저항은 여전히 강력한 효과를 발휘한다. "오직 하나의 진실된 행동"은 오랜 시간 착취당하고 억압되어온 현실을 말하는 가장 효과적인 방법이기 때문이다. 그의 행동을 통해 발화할 수 없는 민중의 세계는 자신의 일부를 드러낼 수 있게 된다.

목수 영감의 아들은 결국 순사에게 잡혀가고 목수 영감은 '나'에게 돌아와 그간의 사정을 이야기하며 울음을 터트린다. 목수 영감의 아들이 보여주었던 행동은 해방된 조선의 일원이 되지 못한 자들에게 남은 유일한 가능성이었다. '내'가 개입하거나 대신 말해줄 수 없는 현실 앞에서 목수의 아들은 행동을 통해 자신들의 삶에 놓인 말할 수 없는 고통을 드러낸다. 하지만 이와 같은 저항은 결국 목수 영감의 울음으로 끝난다. 목수 영감이 "선상님"이라고 부르는 순간 잠이 들었던 '나'는 다시 깨어나 지식인 서술자의 위치로 돌아온다. 그리고 곧 마을 사람들 모두가 풍류를 즐길 수 있는 시대가 올 것이라는 미래에 대한 낙관적인 전망을 제시한다. 하지만 목수 영감의 울음을 달래기 위한 '나'의 위로

---

292) 지식인 '나'를 통해 이루어지는 발화를 번역의 형태로 이해할 때, 그들의 고통은 결국 이질적인 것으로 남을 수밖에 없다. 사카이 나오키, 후지이 다케시 역, 『번역과 주체』, 2005, 이산, p.122 참조.

는 어떠한 효과도 가져오지 못한다.

최정희 소설이 그려내는 가난한 농민들의 삶에는 정치적 이상이나 독립의 목표로 해소될 수 없는 고통스러운 현실이 존재한다. 소설의 서술자는 지식인의 시선을 지니고 있지만 이들을 계몽하기보다는 이들의 삶에 가까이 다가가고자 한다. 그리고 그 속에서 해방과 함께 상상되었던 균질한 정체성을 공유하는 상상된 민족과는 다른 민족들의 공동체가 존재하고 있음을 발견한다. 알지 못하는 것을 다만 소문의 형식으로 기록하는 '나'의 서술은 해방의 정치적이고 이념적인 담론들이 구성해낸 민족이라는 공동체에 이질적이고 혼종적인 성격들이 혼재되어 있음을 드러낸다.

(3) 연착하는 해방과 이탈하는 민족들

해방이라는 사건은 제국의 영역에 놓여있던 개인들을 정치적이고 공적인 민족으로 귀속시키는 강력한 효과를 발휘했다. 하지만 국경 너머에 있던 자들은 이러한 해방의 순간에도 즉각적인 변모를 이루어내지 못하고 과거의 기억에 사로잡힌다. 이들의 삶에 주목하는 소설들은 해방을 통해 등장한 국가건설의 담론이 민족의 정체성을 담보할 수 없음을 예감하면서 정치적이고 이념적인 주체로 환원될 수 없는 개인들의 삶에 주목한다. 박영준, 손소희 등의 작가들은 해방의 현실에서 국가라는 체제와 정치적 이념으로 귀속되지 못하는 민족의 문제를 탐색하는 다수의 작품들을 창작한다.

박영준과 손소희는 일제 말 만주에서의 삶을 비롯하여 국경 밖의 삶에 대한 경험을 바탕으로 근대적 국민국가를 향한 해방 사회의 전망에 대한 불안한 시선을 드러낸다. 박영준은 이념적 구획으로는 파악될 수 없는 대표적인 작가이다. 해방 후 문인단체에서 박영준의 이름을 가장 먼저 발견할 수 있는 것은 좌익의 문인들을 중심으로 하는 조선문학가동맹 조직원 명부에서이다. 1946년 8월 박영준은 조선문학가동맹 서울 시지부 조직부의 간부로 허준, 박노갑, 홍구 등과 함께 이름을 올리고 있다. 이 시기 박영준은 조선문학가동맹의 기관지인 《문학》에 소설 「물쌈」(1946.11)을 연재하는 등 좌익의 문인들과 긴밀하게 교류한다. 이러한 박영준의 이념적 입장은 이념적 갈등 관계가 심화되고, 월북과 월남을 통해 지리적 공간과 이념적 정체성을 연관시켜나가던 1947년까지도 지속되었던 것으로 보인다. 김동리는 1947년 상반기의 창작계를 논하는 논평에서 문단의 이분화를 언급하면서 당의 문학에 동원된 작가로 박영준을 지목하고 있기 때문이다.293)

하지만 이러한 분명한 이분법적 명명 하에서도 박영준의 작품에서는 당의 문학을 기도하는 일련의 논리들이 분명하게 가시화되지 않는다. 1948년 백철이 '중간파'라는 문인집단의 목록에 손소희와 박영준의 이름을 거론하는 것294)은 이와 같은 맥락에서 이해할 수 있다. 박영준의 작품에는 '경향성'으로 충분히 설명될 수 없는 다양한 입장이 드러나고 있었던 것이다. 그리고 한국전쟁 이후 박영준은 납북과 탈출의 과정을 경험하면서 종군작가단 상임위원으로서 적극적인 반공서사를 창작하기도 한다. 작가 박영준의 삶에 놓인 이러한 변화의 지점들은 정치담론으로 구획될 수 없는 민족서사의 가능성을 마련한다.

---

293) 이 기간에 있어 <당의 문학>에 동원된 작가로는 안회남, 정인택, 홍구, 엄흥섭, 박영준, 지봉문, 박승극, 김영수, 이봉구, 김영석, 김만선, 박찬모, 설정식, 황순원, 이주홍, 강형구, 김명선 등 제씨 <인간의 문학>에 노력한 작가로는 계용묵, 장덕조, 김동인, 정비석, 김광주, 최태응, 김송, 최인욱, 임옥인, 홍구범 등 제씨다. 김동리, 「당의 문학과 인간의 문학-1947년도 상반기 창작 총평」, (《김동리 전집》 재인용)
294) 손혜민, 「단정 수립 이후 전향과 문학자의 주체구성」, 『사이』11, 2011.

정치적 이념과 적극적으로 교류하면서도 안정적으로 체제의 내부에 귀속되지 못했던 박영준은 좌익과 우익이라는 이념적 구획에 의해 설명될 수 없는 민족의 현실을 다양한 방식으로 서사화한다. 과거에 "빨간 사상을 가졌던" 주인공이 경험하는 만주에서의 삶을 형상화하고 있는 소설 「과정」(《신문학》, 1946.4)은 일제 말, 만주의 일본인 회사에서 일하는 인주를 중심으로 제국에 포섭될 수 없었던 조선인이라는 정체성의 문제를 기록한다. 이 작품은 "증자"라는 일본인 이름을 지닌 경숙과 일본 직원과의 갈등으로부터 시작된다. 인주는 "조선의 본이름"인 경숙의 이름을 부르면서 경숙의 수난이 "조선 사람으로 태어났기 때문"이라고 설명하고 그녀를 위로한다. 일본인의 회사에서 일본인과 함께 근무하는 두 사람에게 만주에서의 생활은 제국에 협조한 과거가 아닌 조선인으로서의 정체성을 확인하는 계기로 삭동한나. 그리고 강압에 의한 고통과 착취의 희생자로서 민족적 정체성보다 내부에서 배제되는 식민지인의 모순적 처지가 형상화된다. 만주의 조선인과 일본인은 협조의 관계를 맺고 있었기 때문에 「과정」에서 제국을 부정하고 조선인의 정체성을 확보해내는 과정은 단순히 일본을 제국에 한정하는 방식으로 이루어지지 않는다. 소설 속의 제국은 민족의 외부에서 민족을 착취하거나 유혹하는 주체로 등장하는 대신 양가적인 권력의 구조로 드러난다. 조선인을 2등 국민으로 규정함으로써 이들을 제국 내부의 질서로 포함하는 동시에 차별화하는 제국적 동화와 차별의 논리를 가시화하고 있는 것이다.

> 월급은 물론 그들보다 적다. 전문학교를 나왔고 나이가 삼십이 훨씬 넘었지만 아직 군대에도 가지 못한 일본 나이 어린 직원들보다 월급이 적은 것은 둘째 문제다. 학식이나 나이로 보아서 대접할 것

은 대접해 줄만도 하건만 도의를 존중하는 동양 도덕을 살리는 대
지도 민족이라고 스스로 일컫는 그들에게 인격적으로 경멸을 당하
고 있음을 어쩌랴. 일본종자라고 하면 상대자가 어떤 자건 이름 밑
에 군자를 붙이고 이편에서는 누구에게나 상자를 붙여야 한다.295)

  일본 제국에 대한 인주의 비판은 적은 월급과 부당한 호칭을 향한다.
만주에서 일본인과 함께 일하는 인주는 자신이 제국의 체제의 내부에
속해있다는 죄책감보다는 체제의 내부에서 다시 배제당하고 있다는
것에 분노를 느낀다. 그에게 있어서 권력에 대한 비판은 개인의 이익을
위해 제국에 협조하였다는 윤리적인 자기비판의 논리와는 다른 차원
에 놓인다. 인주는 "그자들이 없는 사회에서 살 수는 없"다는 인식을 바
탕으로 일본인과의 협조 관계를 수용한다. 따라서 그는 협조를 강요하
는 제국이 아니라 협조를 내세우면서 여전히 조선인을 배제하고 타자
화 하는 기만적인 제국 권력의 수행방식을 비판한다. 인주는 "도의를
존중하는 동양 도덕"을 내세우면서 "지도 민족"이라는 정형화
(stereotype)된 자기규정을 수행해나가는 제국의 논리를 비판하는 것이
다. 이를 통해 제국은 식민지인을 계몽한다는 논리 하에 식민지인을 포
섭하는 한편, 식민사회의 열등성을 강조함으로써 그들을 다시 배제해
나가는 권력의 구조로 그 모습을 드러낸다.296)
  내선일체의 논리는 이러한 포함과 배제의 위태로운 관계를 선명하게
드러낸다. 내선일체를 강조하는 제국은 내지인과 조선인의 일체(一體)
를 강조하면서도, 끊임없이 내지인과 조선인의 비대칭적인 관계를 만
들어낸다. 만주에서 일본인들과 함께 생활하는 인주는 이러한 모순적

---

295) 박영준, 「과정」, ≪박영준전집≫1, p.295.
296) 호미 바바, 『문화의 위치』, Op.Cit., p.166.

인 제국과 식민의 관계를 발견한다. 만주의 조선인들에게 제국은 "자기네와 같은 일본 사람이라고 늘상 말로만 씨부려대"면서도 결국 월급이나 배급 앞에서는 다시 "선계"를 강조하는 모순적 권력으로 실재한다.

인주에게 있어서 제국의 권력은 식민지인을 무조건적으로 배제하는 타자가 아니라, 식민지인을 포함하면서 다시 배제해 나가는 양가적인 모습을 하고 있다. 인주는 일본인들이 내세우는 기만적인 포섭의 논리에 민감하게 반응한다. 인주에게 제국은 "줄 것은 안 주고 일은 자기네들을 위해서 정성껏 하라"는 "모순"적인 권력으로 비판된다. 그리고 모방과 동화의 논리를 통해 드러나는 제국의 모순을 발견한 식민지인은 제국의 질서에 온전히 포함될 수 없음을 깨닫는다.

인주는 조선인과 만주인을 제국의 내부로 포함으로써 권력의 구조를 실현하는 식민화의 논리를 발견하는 인물이다. 따라서 인주와 경숙을 통해 재현되는 제국에 대한 협조 관계는 죄의식을 불러일으키는 것이라기보다 제국의 모순을 발견하게 하는 것으로 기능한다. 채만식의 「민족의 죄인」에서 주인공인 '나'는 대중 앞에서의 연설과 자신 내면의 논리가 불일치하는 "양서류 같은"[297]이중적인 태도를 강력하게 비판한 바 있다. 하지만 인주에게 이러한 태도는 비판의 대상이 아니다. 그는 "우리 민족은 일본 국민이니 우리가 전체로 욕을 보지 않기 위해서는 증산을 하여야 하며 김을 부지런히 매야한다."는 것을 연설하면서도 동시에 "우리끼리의 희생자가 없도록 단속"해야 한다는 본심을 말하는 것에 어떠한 모순도 느끼지 않는다. 도리어 그는 이렇게 본심을 조선인들에게 발설함으로써 조선인들 간의 연대를 확인하게 된다.

---

297) 채만식, 「민족의 죄인」, 《백민》, 1949.1, p.53.

"그게 되려 좋은 일이라구 생각합니다. 만약 그놈들이 우리에게 배급도 많이 주고 대우두 잘해준다면 우리는 우리의 피가 없어질지두 모르니까요. 우리는 고통을 받아야 합니다."[298]

일본이 패망할 경우 배급문제를 걱정하는 조선인들 앞에서 인주는 오히려 그것이 "좋은 일"이라는 점을 강조한다. 배급은 질서화를 통해 식민지인과의 관계를 수립하는 제국의 모순적인 권력 구조를 드러내는 대표적인 기제이기 때문이다. 배급을 받음으로써 조선인들은 제국의 일부가 되는 동시에, 그 차등적인 배급의 논리에 따라 배제적인 위치에 놓이게 된다. 배급으로 인해 "우리의 피가 없어질지두 모"른다는 위기의식은 이러한 제국의 포섭 논리에 대한 경계심을 드러낸다. 그리고 이러한 인식을 바탕으로 인주는 "우리는 고통받아야 한다"는 극단적인 주장을 내세운다. 제국으로부터의 수난을 오히려 긍정함으로써 동화의 논리를 내세우는 제국을 거부하고자 하는 태도를 드러내는 것이다. 이러한 제국 권력에 대한 비판은 조선인 공동체에 대한 새로운 인식을 가능하게 하는데, 그것은 제국에 대한 거부가 아닌 제국을 전유하는 민족의 정체성을 기반으로 한다.

XX군이 군인으로 간다는 것보다도 조선 사람에게 대하는 그놈들의 행동이 얄미워서 한 잔 먹을 술을 두 잔씩 마시었다. 장행회식에서 인주는 개회사를 하며 다음과 같이 말했다.
"우리는 한 사람의 군인을 내보낸다. 그러나 그가 뿌린 피를 우리는 우리의 피를 살리는 양식으로 하자."
라고! 그리고는 젊은 사람들과 같이 술을 마시었다.[299]

---

298) 박영준, Op.Cit., p.304.
299) Ibid., p.306.

조선인 XX군이 소집되는 데도 일본인 이사장이 장행회를 하라는 말을 하지 않자, 인주는 "조선 사람들끼리만" 연락을 취해 징병되는 조선인을 위로하기로 결정한다. 징병과 징용은 식민지인에 대한 대표적인 착취행위였다. 하지만 이는 제국과 함께 싸운다는 점에서 동화의 논리를 내포한다. 징병과 징용에 대한 모순적인 감정은 이러한 상황에서 비롯된다. 징병과 징용에서 그 강압성이 강조된다면, 그것은 저항적 민족 정체성을 구성하는 수난의 과정으로 서술 될 수 있지만, 징병을 통한 신민화의 논리가 강조된다면, 그것은 대일 협력의 태도를 드러내는 것이 된다.

이러한 모순적인 의미를 지니고 있는 징병의 상황에서 인주는 제국의 논리를 전유함으로써 민족적 정체성을 구성해나가고자 한다. 그리고 그것은 제국을 위해 "뿌린 피"로 "우리의 피"를 만드는 과정으로 설명된다. 이때의 "우리의 피"는 제국을 위해 뿌려진 피라는 점에서 순수하지 않은 '오염된 피'이다. 하지만 인주는 이러한 피를 거부하고 분리해 내고자 하기보다는 그 피흘림의 과정을 통해 제국에 거부하는 민족의 정체성을 재구성하고자 한다. 이는 제국에 대한 협력과 저항이라는 이분법으로 형성되는 것이 아니라 제국의 내부에서 제국에 저항하는 양가적인 태도를 기반으로 한다.

제국적 동화의 논리를 전유하는 민족 인식을 바탕으로 「과정」은 재만 조선인 인주를 통해 내부와 외부의 경계 구성을 담보로 하는 민족적 정체성을 넘어서는 "장행회"의 공동체를 이야기할 수 있게 된다. 제국과 식민지 사이에 놓인 오염된 피의 공동체는 위태로운 것이다. 하지만 그것은 경계 위에 놓인 자들의 고통을 이해함으로써 서로를 위로하게 만든다. 그리고 타자화와 정형화의 과정을 통해 구성되는 민족적 정체성 너머에서 새로운 연대의 가능성을 드러낸다. 이때의 민족은 제국을 일본으로 타자화하고 조선인을 상상된 국가의 일부로 환원하는 분절된 정체성이 아니다. 그것은 오염된 제국의 피를 통해 조선인의 피를 상상할 수 있게 하는 것이다. 이러한 민족의 정체성은 국경 너머의 민족을 상상하게 하는 기반이 된다.

「과정」은 협력과 저항의 이분법 사이에 놓인 모순적인 상황들을 그려낸다. 이는 제국과의 협력관계를 민족적 서사 내부로 전유하고 있다는 점에서 과거에 대한 합리화로 읽힐 수 있다. 하지만 이 같은 서사의 구조는 제국을 모방하는 식민지인들의 삶에 놓인 한계를 가시화하는 것이기도 했다. 협력의 문제는 동화와 차별이라는 양가적인 제국의 규율이 내포한 모순을 드러내는 가장 효과적인 방법이었던 것이다. 「과정」을 통해 재현되는 식민 과거는 망각되거나 부정되는 것이 아니라 해소될 수 없는 질문으로 남겨진다. 제국과 식민의 모순적 관계에 대한 인식은 건설되는 국가를 통해 완료될 수 없는 민족적 정체성에 대한 전망으로 이어진다. 「과정」 이후에도 박영준은 다양한 소설들을 통해 경계를 횡단하면서 구축되는 민족적 정체성에 대한 가능성을 탐색해나간다. 특히 「희망은 살고」(≪민족문화≫, 1950.2)는 국가 건설의 담론이 주를 이루던 당대에 국가를 넘어서는 세계 시민을 통해 조선인의 삶을 상상해 낸다는 점에서 주목할 만하다.

「새로운 휴머니즘이란 어떤 것일까요?」
「희생정신을 가지는 것 아닐까요. 그 점은 나두 잘 모르겠습니다. 다 같이 연구해야할 문제겠지요.」
「그러면 민족이나 국가 같은 것을 초월해야 하겠군요?」
「그러니까 세계국가를 논의한다는 말이 생기지 않습니까?」

「세계국가를 운영하는 것두 사람일 텐데 사람이 그렇게 민족과 국가를 초월할 수 있을 까요?」

「그것두 문제이지.」

「모르겠어요. 그저 모를 따름이에요.」

「그것이 개인의 마음에까지 삼팔선을 생기게 하는 세계의 비극일 것입니다. 그러나 희망을 가질 필요는 있겠지요. 슬퍼만하고 타락해서는 안 되니까요. 니체도 고독했을 겁니다. 예수도 그렇지요. 그러나 모두들 희망을 갖지 않았습니까?」

이 말에 경란이는 용기를 생각했다. [300]

「희망은 살고」는 2차 대전 후 한국의 고아를 돌보면서 살아가는 독일인 시칠만과 한국인 경란의 관계를 다룬다는 점에서 독특한 설정을 지니고 있는 소설이다. 이 소설을 통해 2차 대전의 패전국이며, 동시에 한국과 같은 분단 상황에 놓인 독일인 시칠만과 경란은 연대와 결속의 관계를 구성해 나간다. 독일이 과거 제국적 주체라는 점에서 1950년의 현실에서 독일인과 조선인의 관계를 이야기한다는 것은 매우 특수한 의미를 지닌다. 이들은 냉전의 위기 인식을 공유하면서, '새로운 휴머니즘'이라는 대안을 구성한다. 이 "새로운" 휴머니즘이란 "한 명의 영웅에 의해 움직이는 시대"[301]를 넘어서는 휴머니즘이라는 점에서 초월적 개인을 부정한다. '영웅'을 넘어서는 휴머니즘은 닫힌 정체성으로서의 인간이 아닌 세계 시민의 정체성을 구성한다. 그리고 이는 냉전의 이념을 기반으로 하는 발전의 논리와는 다른 차원의 휴머니즘을 상상할 수 있게 해준다. 세계 시민을 전제로 할 때 조선인은 국가를 중심으로 상상되는 민족에서 벗어나 열린 공동체로 존재할 수 있다. 시칠만은

---

300) 박영준, 「희망은 살고」, ≪민족문화≫, 1950.2, p.157.

301) Ibid., p.157.

민족과 국가를 초월하는 휴머니즘을 통해 마음의 삼팔선을 극복할 수 있게 될 것이라 예상한다. 삼팔선이 개인을 정치적이고 이념적인 주체로 한정함으로써 국가라는 경계로 민족을 귀속킨다면, 세계 시민은 이러한 경계를 넘어서는 공동체를 상상할 수 있게 한다. 조선인이라는 민족적 정체성은 삼팔선이라는 닫힌 경계를 횡단하는 열려있는 공동체로 비약할 수 있게 되는 것이다.

한국전쟁의 위기 상황이 극대화 된 1950년의 현실에서 「희망은 살고」는 이념의 갈등 관계를 극복하기 위한 새로운 가능성들을 모색한 결과라 할 수 있다. 이러한 과정에서 등장하는 휴머니즘은 범박한 인간애 이상의 전망을 드러내지 못한다는 명백한 한계를 지닌다. 하지만 이러한 인식은 세계 시민의 차원에서 정치적 이데올로기를 중심으로 하는 국민국가의 경계를 넘어서고자 하는 구체화 된 의지를 드러낸다는 점에서 의미를 지닌다. 그리고 이는 해방 된 한국 사회에 냉전의 이념으로 구획될 수 없는 민족공동체에 대한 다양한 전망들이 모색되었음을 알려준다.

박영준의 소설들이 제국의 모순을 인식하고 열린 공동체로서 조선 민족의 새로운 이상을 구상하였다면, 손소희는 제국의 경계로 귀속될 수 없는 자들의 삶을 해방된 조선의 현실과 적극적으로 연결시킨다. 그리고 이를 통해 경계 위에 놓인 민족의 비극적인 삶을 형상화한다. 「도피」(≪신문학≫, 1946.12)는 만주 일본인의 회사에서 근무하는 조선인 주인공 철의 생활을 다루고 있다는 점에서 박영준의 「과정」과 매우 유사한 서사 구조를 취한다. 「도피」 역시 같은 회사에서 일하는 에이꼬라 불리는 여직원 영희와의 관계를 통해 철의 내면을 기록하는데, 이를 통해 내선일체라는 포섭의 논리 이면에 놓인 제국의 기만적인 태도가 가시화된다.

"도피"라는 제목에서 살펴볼 수 있는 것처럼 만주에서의 철의 생활은 깊은 무력감으로 표현된다. 철은 일본인 직원의 명령에 복종하면서 조선인에게 제국의 논리를 강요해야 하는 상황에 대해 깊은 좌절감을 느낀다. 철은 일본인과 조선인 그리고 만주인을 계급화하여 질서의 내부로 편입하는 제국의 논리에 대한 민감한 비판 정신을 지니고 있다. "선계 문제 좌담회"의 장면은 식민지인을 야만의 상태로 타자화함으로써 스스로의 정체성을 구성하는 제국적 규율의 모순302)을 선명하게 드러낸다.

그중에서도 직업소개소 소장이라는 자가 가장 엄숙한 표정을 지으며 자기가 식모 셋을 알선했는데 결과로 보아서는 성적이 매우 좋더라고, 선계도 다 그렇게 꽁무니가 가볍다고 규정지을 수는 없다고 좋은 예를 든다는 것이 식모이었다. 무엇이 잘났다고 민족을 능멸하고 그리면서도 고양이가 잡아먹기 전 쥐 어르듯이 부려먹기 위해서는 등을 어루만져 가면서 자기를 또한 노무 주임을 봉해서 산림지대인 통화로 보낸 것이 아닌가. 지방인 통화에서는 농민을 징용하면 또한 증산의 본의가 아니라 하여 부정업자와 거리의 부랑배를 모아서 송근유화 주석산 제조 공장으로 보내는 일거양득의 비방을 내어 가지고 구체적 실시는 조선 사람인 철 자신이 하라는 그 능란한 수단 사람을 코ㅅ펜 소 부리듯이 조종하는 것 등 그는 자기 자신이 한낱 허울 좋은 사람이란 도구와 같이 생각되었다. 확실히 패기는 없다. 확실히 그들의 말을 빌면 꽁무니도 가볍다. 왜 불평을 품은 자는 만주로 흘러와서도 역시 흘러 다니지 아니치 못하지 않는가? 배설구에서 또 배설구로 흘러 다니는 사람들. 그것은 조선 사람이 아니면 이해할 수 없는 심정일 것이다.303)

302) 호미 바바, 『문화의 위치』, Op.Cit., pp.145-148.
303) 손소희, 「도피」, 『여성단편소설-해방기』, 역락, 2011, p.174.

일본인들은 마치 "의붓자식의 방탕성을 교정"이나 할 것처럼 조선 사람의 책임감과 패기의 부족을 지적한다. 자식이되 영원히 '진짜' 가족의 범주에 속하지 못하는 의붓자식으로서 조선인들은 일본인들의 끊임없는 전형화 과정, "책임감과 패기 없는 조선인"이라는 비판에 노출된다. 그리고 철은 이러한 비판의 논리가 결국 조선인의 위치를 "식모"로 규정짓는 과정일 뿐이라는 점을 인식한다. 만주의 조선인으로서 철은 제국이 온전히 착취와 배제의 관계로 존재하는 것이 아니라 포섭과 동화의 관계를 만들어내고 있음을 발견한다. 그리고 이때의 동화의 논리가 결국 조선인들을 그들의 질서체계의 가장 하위에 놓는 과정일 뿐이라는 점을 깨닫는다. 이러한 동화의 논리 역시 제국의 권력을 강화해 나가기 위한 수단임을 이해하게 되는 것이다. 따라서 제국에 대한 철의 비판의 초점은 조선인에 대한 착취가 아닌 조선인인 자신을 "도구"로 삼아 조선인들을 부리는 그 "능란한 수단"에 놓인다.

조선인에 대한 일본인의 평가와 비판 앞에서 철은 확실히 조선인이 '패기가 없고, 꽁무니가 가볍다'는 점을 인정한다. 하지만 이러한 조선인의 모습은 역설적으로 제국의 것이기도 하다. 제국의 논리는 패기 있고 책임감 있는 '일본인'을 구성하기 위해 그 반대편에 조선인의 정체성을 놓아둔다. 내부의 조선인을 타자화함으로써 제국은 권력의 정당성을 확보하고 있는 것이다. 제국의 질서 하에서 조선인들은 "배설구에서 배설구로 흘러다니는 사람들"일 뿐이다. 제국이라는 권력의 중심에 도달하지 못하고, 최저 계층으로 남게 되는 조선인들에게 패기와 책임감을 발견하는 것은 불가능하다.

경계를 오가며 부유하는 조선인들의 삶은 도피라는 방식 외에는 생존의 방도를 모색할 수 없는 철의 삶을 통해 구체화 된다. 모순적인 제국 권력에 대한 인식에도 불구하고 철은 제국주의적 질서로부터 벗어나지 못한다. 제국으로부터의 도피를 꿈꾸며 무력하게 지내던 철은 아주 특수한 방식으로 제국에 대해 저항하고자 한다. 조선인 징용노동자를 감독하게 된 철은 무책임한 조선인이라는 제국의 평가에 저항하기 위해 오히려 더욱 열심히 제국에 협조하고자 한다. 그리고 제국에 저항하기 위한 그의 노력은 더욱 깊숙이 그를 제국의 질서에 귀속시킨다. 따라서 이러한 노력의 결과 철은 오히려 해방을 '늦게' 맞이하게 된다.

> 두 달이 지난 어느 날 본사에서 기별이 왔다. 군에서 인제는 송근유도 주석산도 필요치 않으니 중지하고 곳 내려오라는 기별이었다. 그는 그런 기별을 받고는 간다고 좋와라고 날뛰는 대원을 타이르며 조선 사람의 하든 일이 유종의 미가 없다는 말을 안 듣겠다고 이를 악물고 하루 일을 더하여 공장을 채견채견 알뜰히 정리하였다. 그리하여 팔월 십오일이 지난 이틀뒤 부랑자와 부정업자로 조직된 근로대원을 인솔하고 대오 정연이 산마루턱에 이르렀을 때 행인의 입으로부터 일본이 십오일 정오에 항복했다는 말과 통화 시민은 지금 피난처로부터 돌아오고 있다는 이야기를 들었다.[304]

「도피」에서 철은 해방과 동시에 신속하게 민족적 주체로 환원되지 못한다. 제국으로부터 조선인 감독의 역할을 부여받은 철은 제국의 부당한 전형화에 저항하기 위해 "이를 악물고 하루 일을 더해" 공장일을 마무리 짓는다. 조선인들은 "유종의 미가 없다."는 비판에 저항하기 위한 철의 노력은 오히려 제국에 대한 과잉복종의 형태로 나타난다. 그리고 이러한 과잉복종의 결과 철은 해방에 늦는다. 그가 해방의 소식을 듣는 것은 이미 항복 선언이 있은 지 이틀이나 지난 뒤였다. 철은 "맹랑

---

304) Ibid., p.189.

이 헛되이 보낸 이틀 위대한 역사의 날" 앞에서 다시 한번 좌절을 경험한다. 그리고 이러한 철의 한계는 제국 권력을 극복하기 위한 저항에 놓인 모순을 드러낸다.

도피가 아닌 저항을 선택했던 철은 오히려 독립된 민족적 정체성을 요구하는 해방의 현실에 즉각적으로 합류하지 못한다. 헛되이 보낸 철의 이틀은 해방이 되었어도 국경의 내부로 귀속되지 못한 자들의 때늦은 운명을 드러낸다. 「도피」에서 민족 되기의 과정은 지연되고, 조선인들은 여전히 국경의 내부로 귀속되지 못한다. '유종의 미'가 있는 조선인을 위해 애써온 철의 노력이 오히려 제국에 대한 철저한 종속을 만들어냈던 것처럼, 이들에게 제국에 저항하는 조선인의 정체성은 도달할 수 없는 것으로 남는다. 이러한 철의 상황은 내부로 귀속되려는 의지가 언제나 그 경계에 또 다른 삶을 남겨둘 수밖에 없음을 드러낸다. 그리고 이는 제국이 아닌 민족을 내세우는 논리에서도 마찬가지였다. 해방후에 구성되는 민족의 정체성 역시 강렬한 통합의 논리를 내세울수록 그 경계에 놓인 삶들을 강하게 배제하게 되는 것이다. 손소희의 「삼대의 곡」(≪민성≫, 1946.11)은 정치적인 주체가 될 수 없는 자들의 목소리를 통해 민족의 담론이 어떻게 다시 배제와 소외의 논리로 작동하고 있는지를 드러낸다.

이 작품은 국민화의 과정을 연기하면서 국경 내부로 귀속되지 않는 개인의 삶을 다룬다는 점에서 해방 사회에서 정치화되지 않는 민족의 의미를 살펴볼 수 있게 한다. 「삼대의 곡」은 그 제목이 암시하는 바와 같이 삼일만세 때, 감옥에서 죽음을 맞은 조부와 간도에서 일본인에게 죽임을 당한 아버지, 그리고 해방 뒤의 삼일기념식에서 죽음에 이르는 손녀 옥경까지 삼대에 놓인 비극적인 운명을 다룬다. 해방 뒤 간도에서 돌아온 옥경은 오빠 박철의 사상이 자신의 사상이라 믿으며 유치장에 있는 오빠의 석방을 기다린다. 하지만 이러한 현실 속에서도 옥경은 "나를 유지하려는 욕망이 나라보다 앞서는" 자신의 모습을 발견한다. 이러한 인식은 해방 후 다시 돌아온 삼일절을 배경으로 강력한 갈등의 관계를 만들어나간다.

삼일기념식 준비를 도와달라는 부녀동맹의 요구에도 불구하고 옥경은 이들의 사업에 흥미를 보이지 않는다. 옥경이 현실에 대한 흥미를 잃고 나라를 위한 삼일절 기념식에 열의를 보이지 않는 것은 개인적인 애정 문제에 기인한다. 남몰래 사랑해왔던 오빠 친구 영식의 결혼 소문을 듣고 옥경은 오빠 박철과 영식의 세계로부터 분리되기 시작한다. 그리고 이러한 분리의 과정에서 자신의 오빠를 비롯하여 아버지와 조부를 잃게 만든 비극적인 운명이 '제국'에서 '나라'로 이어지는 정치 권력에 기인하는 것임을 발견한다.

"조상의 유지는 싸움으로 일삼으라지 않았을 것입니다. 어디 누구는 불의의 핏줄을 계승받았던가요. 흥 나라가 다 무엇이에요. 내가 있기 때문에 있는 나라가 아니든가요. 양대의 피값두 몰라주는 나라, 이러한 나라는 저주받아두 좋아요. 우리들의 조상을 빼앗구 또 우리 두 남매의 청춘을 빼앗구 태양을 빼앗구 자유를 짓밟어서 어두운 XX속에 몰아넣는 나라가 고마울 것이 무엇인가요?"

영식은 너무 뜻밖이어서 웃으면서 대답했다.

"사리에 어그러진 그런 트집은 그만두어요. 권리를 잡은 자의 법률에 배치되는 행동을 할 때는 구속을 가하는 것이 그들의 자기 방위의 의무가 아니겠소. 대체 누구를 원망하는지 슬픈 자기도취라 할까? 인류 역사의 갈래길에서 우리가 원망할 상대는 나라도 아니요. 직권을 행사하는 법관도 아니요. 정의를 미워하고 불의에 가담하는

자들 뿐이오. 자연적인 과도기적 현상을 정상한 입장에서 개개인이
분개하고 옥경이처럼 돌아만 앉을 수는 없지 않소?"

　"그럼 우리에게 삼대의 희생을 강요할 권리를 가진 자는 누구란
말씀입니까? 정의도 일방적인 것은 아닐테니까요."305)

　삼일절기념식 준비에 참여하지 않는 옥경을 설득하기 위해 찾아온
영식은 그녀에게 '나라'를 위해 나설 것을 요청한다. 그는 옥경이 행사
에 참여해야 하는 이유를 "나라에 태어난 관련", "조상의 핏줄기를 물
려받은 관련", 그리고 "박철의 누이 동생인 관련"으로 설명한다. 핏줄
의 민족공동체를 전제로 영식은 나라를 위해, 그리고 조상이 흘린 피를
헛되게 하지 않기 위해 옥경이 삼일기념식에 나서야 한다고 주장하는
것이다. 영식은 옥경의 가족이 경험해온 비극적인 운명을 모두 "나라"
의 운명으로 귀속시키고, 조국을 할아버지와 아버지 그리고 오빠의 희
생으로 지켜낸 숭고한 대상으로 설명한다. 그리고 이 같은 논리를 바탕
으로 옥경에게 "나를 유지하려는 욕망" 대신 조국을 위한 희생을 강조
한다. 이러한 영식의 논리는 정치적 주체로 민족을 한정하는 해방 사회
의 국가건설론이 어떻게 개인의 삶을 무화시키고 있는지를 드러낸다.

　옥경을 설득하는 영식의 논리는 조국을 위한 희생을 강조하는 한편
그러한 조국을 건설하기 위한 이념에 투신할 것을 요청하는 것이기도
했다. 「삼대의 곡」이 배경으로 삼는 삼일기념식은 제국 극복을 위한 민
족적 저항운동을 기념하는 것인 동시에 좌익과 우익의 치열한 갈등의
지점이었기 때문이다. 해방 직후 좌우익의 단체들은 반식민 저항운동
인 3.1 운동을 정치적 이념으로 재의미화 함으로써 각 세력의 정당성을
확보하고자 한다. 「삼대의 곡」의 배경이 되는 1947년의 삼일절행사에

---

305) 손소희, 「삼대의 곡」, 『여성단편소설-해방기』, 역락, 2011, p.381.

서는 이러한 이념적인 갈등이 극대화되어 결국 무력적인 대립으로 이어졌다. 좌우로 나뉘어 진행된 3.1절 기념식에서 이들의 갈등은 격렬해지고 결국 다수의 희생자들이 발생하였다.[306] 해방기의 삼일기념식은 조선인이라는 '민족'의 정체성을 이념의 논리로 분절시키는 중요한 사건이었던 것이다. 따라서 삼일기념식 참여를 거절하는 옥경의 선택은 조국을 위한 희생에 의문을 제기하는 것인 동시에 정치화된 민족적 주체의 한계를 지적하는 것이기도 했다.

삼일운동으로부터 이어진 조국을 위한 희생은 해방의 사회에서도 반복되면서 옥경의 가족을 위태롭게 한다. 이러한 가족의 비극을 조국의 운명으로 해석하지 못하는 옥경에게 조국을 위한 희생은 다만 고통과 아픔의 과거로 기억될 뿐이다. 따라서 옥경은 "나라가 고마울 것"이 없다고 이야기하며 3.1절 행사에 참여하기를 거부한다. 좌익단체에 깊숙이 개입되어 있는 영식은 이러한 옥경의 태도를 사리에 어긋난 것으로 비난하면서 역사적 흐름과 함께 하기를 요구한다. 영식에게 있어서 "갈림길"에 놓인 조선의 역사를 위해 노력하는 것은 민족을 위한 유일한 삶의 방식으로 이해되기 때문이다. 역사적 운명 앞에 놓인 조선인들에게는 이 길 밖에 놓인 어떠한 삶의 가능성도 상상되지 못하는 것이다. 하지만 옥경에게 역사는 제국과 해방의 현실에서 반복적으로 개인의 희생을 강요하는 타자적 권력으로 존재한다. 영식의 "애국심"을 고통스러운 죽음으로 이해하는 옥경은 새로운 역사를 위한 임무를 강조하는 영식의 논리에서 "동족상잔"의 비극을 예감한다. 개인의 희생을 담보로 하는 애국의 논리 속에서 고통받게 될 민족적 주체들의 삶을 발

---

306) 좌우익은 각각 1947년 3일절 기념식을 끝낸 뒤, 행렬을 주도하다, 남대문에서 무력 충돌하는 사건을 일으키게 된다. 「삼일절남대문충돌사건 기자단서 진상조사 발표」, ≪경향신문≫, 1947.3.14.

견하게 되는 것이다. 그리하여 옥경은 민족을 위한 역사의 길 대신 자신의 삶을 찾아가기를 희망한다.

할아버지와 아버지 그리고 옥경의 오빠 박철을 통해 설명되는 역사의 흐름 속에서 민족은 남성을 중심으로 상상되는 이념적이고 정치적인 세계 위에 놓인다. 하지만 옥경에게 민족의 역사는 삼대를 거치며 반복되어 온 죽음의 기억이다. 조국을 위한 희생으로 설명될 수 없는 고통의 기억을 지닌 옥경에게 역사는 잔혹한 폭력의 기억으로 실재하는 것이다. 다시 또 조국을 위한 임무를 부여받게 된 옥경은 역사의 밖에 놓인 민족들의 삶을 기억하면서 역사 세계의 밖을 향해 나아가고자 한다. 하지만 이러한 옥경의 노력은 성공하지 못하고 결국 옥경은 비극적인 죽음을 맞이하게 된다.

옥경은 개인으로서의 자신을 강조하면서 이들의 역사 세계에 포획되기를 거부했지만 영식에 대한 애정으로부터는 벗어나지 못했다. 결국 '나'를 유지하려는 욕망'을 지키지못하고 영식과 함께 삼일운동 기념식의 행렬에 서게 된 옥경은 자신도 모르게 행렬의 맨 앞에서 "민족 반역자 타도, 반동 백색 타도"의 욕설을 내뱉는다. 민족을 위한 역사의 흐름은 다시 그녀를 싸움과 폭력의 현장으로 이끌어 낸 것이다. 그리고 격렬했던 삼일 기념식 현장에서 옥경은 반대편(우익)으로부터 날아온 돌에 맞는다.

> 몇 시간 뒤 읍내 병원 침대 위에는 잠자는 듯 고요한 옥경의 사체가 높이여 있었다. 거짓말 같은 사실이 삶과 죽음의 경계가 백짓장보다도 엷음을 증거나 하듯이 그렇게 젊음을 고집하고 자기를 주장하던 생명은 간 곳 없이 점점 차가워만지는 해쓱한 그의 주검 앞에 몇 사람 부녀들이 소리없이 흐느끼고 있었다.[307]

---

307) 손소희, 「삼대의 곡」, Op.Cit., p.396.

삼일절의 행사가 끝난 뒤 옥경의 사체는 병원의 침대로 옮겨진다. 민족의 내부에서 정치적인 주체로 귀속되기를 거부하고 "젊음"과 "자기를 주장하던 생명"이 결국 죽음으로 끝난다는 것은 해방의 현실에서 이념과 국가건설의 논의에서 벗어난 개인의 삶이 얼마나 험난한 것이었는가를 여실히 드러낸다. 이러한 비극적 상황에서도 그녀의 "동지"들은 그녀의 죽음을 "나라와 더불어 영원히 살"게 될 국민을 위한 희생으로 추모한다. 전사자들의 추모 과정을 통해 국민의 정체성이 구성되었던 것처럼[308] 옥경의 죽음은 "나라"를 위한 죽음으로 애도되는 것이다. 정치적 주체들에 의한 이러한 추모가 옥경의 죽음을 온전히 설명할 수 없음은 분명하다.

옥경의 죽음에는 나라를 위한 희생으로 설명할 수 없는 비극적인 현실의 모순들이 결합 되어 있다. 옥경의 장례식은 이러한 현실의 모순들을 발화하는 데 실패한다. 그녀의 죽음을 조국을 위한 숭고한 희생으로 설명하는 준엄한 역사세계 속에서 옥경의 고통은 온전히 설명되지 못한다. 그리고 기념식에 참여하기를 원치 않았던 옥경의 목소리와 그럼에도 불구하고 시위대의 맨 앞에 설 수밖에 없었던 영식에 대한 옥경의 마음은 다만 "웃어버린 풍설"로 귀결된다.

영식은 옥경이 죽은 뒤 자신에 대한 옥경의 마음을 알게 된다. 그리고 옥경이 기념식에 나가길 원치 않았던 것이 모두 자신의 결혼에 관한 소문 때문이었을 것이라 추측한다. 결혼에 관한 소문이 "그저 풍설"이었을 뿐이라고 밝히는 영식의 설명 속에서 자신의 생명을 찾고자 한 옥경의 모든 갈등과 번민은 다만 거짓된 풍설에서 시작된 오해로 간주된다. 이 같은 결말을 통해 자신을 지키려고 했던 옥경을 죽음에 이르게

---

308) 다카하시 데쓰야, Op.Cit., p.236.

했던 강력한 역사의 힘은 다시 앞으로 나아가게 될 것임을 짐작할 수 있다. 이미 죽어버렸기에 자신의 죽음을 설명하기 위한 어떠한 기회도 얻을 수 없었다는 것은 옥경의 삶에 놓인 비극의 본질이다.

죽음 뒤에도 설명되지 못하는 것으로 남겨지는 옥경의 삶은 역사의 흐름 밖을 상상하는 민족의 운명이 얼마만큼의 위태로운 상황에 놓여 있는가를 드러낸다. 옥경의 삶 속에서 민족은 이념을 통해 구획되는 "나라"로 한정되지 않는다. 그것은 과거의 "핏줄"을 이어가는 것이되 여전히 개인으로서의 삶을 가능하게 하는 공동체로 상상된다. 이러한 민족은 개인을 역사라는 공동의 운명에 귀속시키고 그 차이들을 국가라는 경계 내부로 단일화하는 민족국가의 국민화 과정의 너머에 존재하는 것이며, 따라서 정치적인 주체로 환원될 수 없는 것이다. 하지만 이러한 민족공동체의 가능성은 국가건설을 제국 극복의 우선적이고 유일한 과제로 설정했던 해방 사회에서 더 이상 허용되지 않는다. 이념적 구획에 따라 나뉜 국가의 경계에 포함될 수 없는 조선인들은 과거 식민사회에서 그러했듯 정치 권력에 맞서 자신의 생존을 위해 싸워나가야 하는 위태로운 위치에 놓이는 것이다.

2. 반공 민족주의의 구성과 난민들의 민족론

(1) 월경자들, 정주 불가능한 민족의 운명

해방기 국가건설론은 탈식민적 민족담론의 중심적인 지위를 차지하고 있었다. 미소군정에 의해 분리된 남북의 사회는 각각의 진영에 맞는 체제를 강조하면서 국가건설론을 구체화한다. 이러한 과정에서 국민국가 건설의 과제는 냉전의 논리를 따라 체제를 선택하는 것으로 전환된다. 남북한은 '자유진영'과 '공산진영'으로 나뉜 냉전체제를 기반으로 각자의 이념에 맞는 국가를 건설하고자 한다. 그리고 각자의 체제에 대한 정당성을 강조하기 위해 상대의 체제를 제국주의 하의 식민사회로 간주한다. 남한 사회가 소련의 괴뢰라는 비난으로 북한 정권의 식민성을 비난했을 때, 북한에서 역시 동일한 방식으로 남한의 정권을 비난했던 것은 바로 이러한 이유 때문이다.

남북의 진영은 탈식민적 민족주의를 전유함으로써 체제의 정당성을 확보하게 된다. 하지만 당대 사회에는 정치적 이념에 따라 분리된 체제에 온전히 귀속되지 못한 자들이 여전히 남아있었다. 이들은 스스로의 민족적 정체성을 이념적으로 분절된 국민의 정체성과 일치시키지 못하고 두 체제의 경계 사이에 놓이게 된다. 체제의 선택을 전제로 하는 국경의 내부로 귀속되지 못하는 주체들은 월경의 문제를 다루는 소설들을 통해 선명하게 드러난다. 월경의 서사 속에서 냉전체제라는 새로운 현실 앞에서 자신이 속할 곳을 찾지 못한 경계위의 주체들은 불안정한 삶을 지속해 나간다.

국민국가 건설의 담론이 강력한 효력을 발휘하고, 그 중에서도 이념과 체제선택의 논리가 핵심적인 경계구획의 논리로 작용했던 해방 사회에서 비정치적 주체들은 이 새로운 경계에 적응하지 못하고 다시 배제되는 처지에 놓인다. 특히 탈영토화 하는 제국의 권력309)에 의해 국

---

309) 프랑스 철학자인 질 들뢰즈와 펠릭스 가타리는 법적 권리가 있든 없든, 이전에 땅을 사용해왔던 사람들로부터 땅을 빼앗거나 징발하는 것을 이른바 영토화와 탈영토화라는 개념을 통해 이론화 해왔다. 이 두 계기는 세 번째 계기인 재영토화로 이어지는데, 재영토화는 식민적 혹은 제국적 시각에서 원주민 문화에 대한 경제적, 문화적 사회적 변형을 선전하는 폭력적 역학을 기술하는 동시에 반식민 운동을 통해 탈영토화에 대해 저항하는 성공적인 과정을 특징짓는 것이다. 로버트 J. C. 영, 『아래로부터의 포스트식민주의』, Op.Cit., p.85.

외로 이주했던 이주민들은 고국에 들어온 후에도 자신이 정주할 곳이 없음을 발견하게 된다. 이들은 해방 이후 진행된 국가건설이라는 재영 토화의 과정에서 다시 배제되는 상황에 놓이는 것이다.

손소희의 「회심」(≪백민≫, 1948.5)은 만주에서 북한으로 그리고 북 한에서 남한으로 이주하는 전재민의 삶을 통해 이 정주불가능한 민족 의 현실을 그려낸다. 소설의 주인공인 춘삼은 자신의 "팔짜"를 원망하 면서 힘겨운 하루하루를 살아간다. 춘삼의 삶을 결정짓는 팔자는 벼랑 사고로 "절름바리"가 되어 북한의 토지분배 과정에 포함될 수 없었던 것에서 시작된다. 해방된 조선에서는 새로운 역사가 시작되고 있었고 이러한 역사적 현실 속에서 이북에서 "해방이 준 농민의 위대한 향연" 은 바로 토지분배였다. 하지만 벼랑에서 떨어져 절름발이가 된 춘삼은 이러한 토지분배의 순간에 늦어버린다. 이미 토지분배가 끝난 뒤에야 면소에 도착한 춘삼은 농사를 짓지 못하고 한해를 버텨야 한다는 현실 에 좌절하고 만다.

만주로부터 귀환한 춘삼은 「도피」의 주인공처럼 해방이라는 역사적 순간에 늦게 도착한다. 역사의 흐름에서 뒤쳐지는 이들의 삶은 제국에 서와 마찬가지로 통치 권력에 의해 보호받지 못하는 유민의 삶으로 귀 결된다. 춘삼은 고향에 돌아왔으나 경작할 토지를 분배받지 못하고 생 존의 방도가 막혀버려 결국 북한보다 살기에 낫다는 남한으로 다시 이 주한다. 하지만 남한에서도 역사에 늦어버린 민족들이 살아갈 방도는 존재하지 않았다. 남한에 도착한 춘삼에게 주어진 것은 "누구의 밭을 누가 준다더냐는 핀잔과 비웃음"뿐이다. 집조차 구할 수 없어 방공호에 서 살아가는 춘삼은 불편한 다리로 짐꾼 노릇을 하면서 생계를 유지해 나간다.

서울은 민족의 담론이 치열하게 전개되는 곳으로 가장 강력하게 정치적 주체를 소환해내는 공간이었다. 이곳에서 춘삼은 서울이 "자기와는 아무 관련이 없는 세계"라는 것을 알게 된다. 민족과 국가의 이념을 향해 치열한 싸움을 벌이던 서울의 거리 한편에는 이러한 갈등 관계와 관련 없는 춘삼의 세계가 놓여있다. 춘삼은 "자기 같은 사람은 아른체 안는" 서울이 자신이 속할 수 없는 공간임을 발견한다. 그리고 자신과 상관없는 세계에서 살아가기 위해 춘삼은 정치적인 민족의 정체성을 흉내낸다.

　춘삼은 북한의 토지 분배 제도를 피해 남한으로 온 여타의 월남민들과 다른 처지에 놓여있다. 그는 프롤레타리아를 보호하는 북한의 체제에서도 자본가를 중심으로 구성된 남한의 체제에서도 보호받지 못한 채 살 곳을 찾아 헤맨다. 짐꾼 노릇을 하던 춘삼은 서울의 사람들에게 자신의 과거에 대해 거짓말을 한다. "이북서는 가난한 사람 잘 산다는데 뭣하러 오셨"냐는 짐 임자의 말에 춘삼은 자신은 토지를 다 떼이고 온 것이라는 지주의 말을 흉내낸다. 이 "계획적"인 거짓말, 지주 계층으로 스스로의 과거를 만들어 내는 것은 "돈이 없어 왔다고 했다가 냉대"를 받은 경험에서 비롯된다. 이념을 중심으로 구획된 민족적 정체성으로 설명될 수 없었던 춘삼은 규정된 민족의 정체성을 꾸며냄으로써 생존의 방도를 모색해나가고자 했던 것이다.

　살 방도를 찾아 남한에 온 춘삼에게 남한의 사람들은 '왜 왔느냐'고 묻는다. 이 질문은 당신은 우리와 같은 선택을 했느냐는 의미를 내포한다. 팔자를 따라 남하한 춘삼에게 이러한 질문은 대답할 수 없는 것으로 남는다. 춘삼의 아내 역시 이와 같은 질문 앞에서 기대하는 바의 대답을 내놓는다. 하지만 "토지를 다 빼아끼구 할 쉬 없어 왔다."는 아내의 대답은 곧 거짓임이 드러난다. 가난한 월남민의 삶을 목격한 남한의 시민은 오히려 "서울 오면 거저 살려준다는 바람에 들떠 왔지요 하면서 핀잔"을 할 뿐이다.

아내마저도 '무엇을 하러 남한으로 왔냐'는 질문에 직면하게 되었을 때, 춘삼은 서울을 떠날 것을 결심한다. 자본주의를 선택한 정치적 주체이기를 요구하는 질문 앞에서 춘삼은 자신이 남한의 사회에 속할 수 없음을 확인한다. 그리고 이들의 가난한 삶은 제국에서와 같이 보호를 받지 못하고 소외된다. 자신이 찾아온 곳이 경계 내부의 삶을 보장하는 공간이 아니었음을 알게 된 춘삼은 다시 유민의 삶을 선택할 수밖에 없는 것이다.

> 「해방 죠선 독립.」 몹시 좋고 또 기뻐서 목이 쉬게 만세를 부른 것이지만 그 만세 소리가 아픈 신음소리로 변한 듯 했다. 모두 팔째 소관이었다. 그는 속으로 '또 가 봐야지'를 부르짖었다. 그리고는 또 한 번 돌아누으면서,
> 「베-엥 났는데루 또 도라가야지. 저것덜이 여기서 살다가는 무슨 짓을 하겠는지 한심해서……」
> 이렇게 아낙에게 말한다.
> 「간다잉 어디르 벨소리를 다하우, 가아더니 무슨 짓을 하겟소. 아바지 베-나스문 밑천을 모다서 나두 장사를 하겠소. 고향 가두 그렇지비 집두 없으면서 어디 간다구 편할까.」
> 「그래두 가야지.」
> 「홍 고향서 비러먹기는 더 슬타우.」
> 「그러문 만주라두 가야지.」
> 「되놈이 새앙이 난 모앵.」[310]

---

310) 손소희, 「회심」, ≪백민≫, 1948.5, p.138.

춘삼의 가족에게 있어 해방은 새로운 삶의 가능성을 제공해주지 못한다. "해방 죄선 독립"이라는 춘삼의 만세는 "아픈 신음소리"로 변한다. 춘삼은 해방된 조선 사회가 요구하는 민족에 속할 수 없음을 깨닫게 된다. 해방은 오히려 이들이 상상해온 민족의 영역이 존재하지 않음을 알게 해 주었던 것이다. 그리하여 이들은 다시 만주로 돌아갈 것을 결심한다. 북한의 고향에서도 남한 도심에서도 생존을 위한 방도를 찾지 못한 춘삼의 가족들은 결국 국외를 떠도는 유민의 삶으로 돌아간다. 다시 만주로 떠나는 춘삼의 가족은 해방을 통해 상상되었던 민족의 공동체에 놓인 균열을 가시화한다. 이들의 "회심"은 기대되었던 민족의 미래를 통해 설명될 수 없는 해방의 불안감을 드러내고 있는 것이다.

춘삼은 해방의 순간 만세를 부르며 이를 환영했지만 때에 맞추어 도착하지 못한 그의 삶은 역사의 흐름이 아닌 우연적인 사선들에 의해 좌우된다. 춘삼의 삶의 방향은 민족의 역사가 아니라 우연히 벼랑에 떨어지게 만든 팔자로 정해지는 것이다. 그리고 팔자에 따라 다시 만주로 떠나는 춘삼에게 근대적 국민국가를 이상으로 삼는 민족공동체는 여전히 도달할 수 없는 것으로 남겨진다. 제국으로부터의 해방과 독립된 국가의 건설이라는 역사적 발전을 향한 전망은 춘삼의 가족에게 적용되지 않았던 것이다.

정치적 이데올로기가 아닌 생존을 향해 움직이는 춘삼과 같은 이들의 삶은 통일과 독립의 민족론으로 재현될 수 없는 또 다른 해방의 현실을 드러낸다. 이들에게 해방은 서로 다른 목소리와 속도를 지닌 것으로 실재한다. 그리고 이와 같은 현실 속에서 민족의 역사는 발전의 전망을 유실하고 방향을 잃는다. 남한과 북한의 경계를 오가다 결국 국경의 밖으로 쫓겨가는 춘삼의 가족들처럼 부유하는 민족들은 방향 잃은 현실의 위태로움을 체현한다. 근대적인 국민국가를 향해 비약하는 민족적 전망 대신 이산의 운명311)에 놓인 민족의 현실을 드러내는 것이다.

춘삼과 같은 이들은 새롭게 건설된 국가의 경계를 통해 구획될 수 없는 설명 불가능한 민족의 존재를 드러낸다. 따라서 이들은 불완전한 해방이 지닌 의미를 가시화하는 위험한 존재들이었다. 단지 살아남기 위해 삼팔선을 넘나드는 이들은 견고한 이데올로기를 통해 구성된 분단국가의 경계를 위태롭게 하기 때문이다. 해방 직후 삼팔선은 통일된 국가를 위해 우선 해소해야 할 것이었다. 하지만 남북의 분단 체제가 수립되면서 그것은 선명한 국가적 경계가 된다. 새롭게 건설된 국가는 민족의 분할을 통해 스스로의 정당성을 정립한다. 이제 삼팔선을 넘는 것은 생존의 방편이 아니라 정치적 이념을 검증하고 체제를 승인하는 과정이 되어야 했다. 그리하여 남북의 사회는 월경자들에게 자신의 선택을 증명하고 검증하기를 요청한다. 하지만 역사가 아닌 운명, 정치가 아닌 생존을 위해 남과 북을 넘나드는 이들에게 이와 같은 체제선택의 증명은 요원한 것이었다. 경계 내의 존재로서 스스로를 증명하지 못한 이들은 결국 끝없는 경계 넘기의 상황에 놓일 수밖에 없다.

분단의 체제가 강화되면서 삼팔선을 넘는 것은 정치적인 선택의 의미로 한정되었으며, 선택의 결과는 번복될 수 없는 것으로 변화한다. 민족의 통일이라는 목표 하에서 부정되고 부인되었던 삼팔선은 이제 엄중한 실체로 기능하게 되는 것이다. 삼팔선을 중심으로 재경계화 된 분단 사회에서 월남인은 그 국민적 정체성을 끊임없이 의심받아야 하는 자들로 간주된다. 특히 근대적 국민국가가 출생을 통해 국민의 권리

---

311) 탈영토화하는 유령-관념은 마침내 재영토화하는 국민주권 체제로 변형되었다. 안토니오 네그리·마이클 하트, Op.Cit., p.162.

(주권)를 보장한다고 할 때312), 이들의 고향이 북한 즉, 삼팔선 밖에 놓였다는 점은 위기와 불안의 인식을 만들어 낸다. 출생지로부터 유리된 상태에 놓여있는 이들은 남한을 중심으로 구성되는 국민의 정체성을 온전히 확보할 수 없을 것임을 예감하게 되는 것이다. 월남민이 삼팔선에 대한 공포와 불안의 감정에서 벗어날 수 없는 것은 바로 이러한 현실 인식에 기인한다.

삼팔선이 확고해질수록 월남민들의 주권은 위태로워진다. 고향을 떠나 경계를 넘어온 자들은 끊임없이 스스로의 이념적 선택을 증명해야하는 상황에 놓인다. 이들에게 삼팔선은 경계 내의 삶을 위태롭게 하는 저항 불가능한 현실이었다. 최태응은 이러한 월남인의 모순적 상황에 대해 누구보다 민감한 인식을 드러내는 작가였다. 황해도 은율에서 태어난 최태응은 해방 직후 월남하여 ≪민주일보≫, ≪민중일보≫ 등에서 언론인으로 활동하면서 다수의 작품을 창작하였다. 해방 이후 그는 해방의 현실을 비판적으로 서술하는 다양한 작품들을 발표하는데 특히 이들 작품들이 월남민의 시선을 통해 분단 체제하에서 구성되는 국경의 모순과 경계인의 태도를 선명하게 드러낸다는 점은 주목해 볼 만하다.

최태응은 "월남작가 클럽"313)에 위원으로 참여하는 등 월남민으로서의 확고한 자의식을 지닌 작가였다. 한국전쟁 이후 최태응은 종군작가로 활동하면서 평양에 있는 ≪투사신문≫을 접수하여 발간314)하고, 부역 문인들에 대한 강렬한 비판 세력315)의 중심이 되는 등 적극적인 반공 활

---

312) 조르조 아감벤, Op.Cit., p.251.
313) 「월남작가 <크럽> 결성」, ≪경향신문≫, 1949.12.6.
314) 「어찌 우리 이날을」, ≪경향신문≫, 1962.6.24.
315) 이른바 서울 수복 후 이루어진 부역문인처벌은 잔류파 문인을 향한 문단의 대표적인 이념공세 사건이었다. 조영암은 이를 두고 "최태응 씨를 중심으로 문단부역행위자특별심사 위원회를 조직하고 그들 부역잔당에게 엄격한 철퇴를 내린 것을

312 두 번의 전쟁, 분단국가의 서사적 기원

동을 벌인다. 해방 이후 최태웅의 이와 같은 삶의 궤적은 국경 위에서 스스로의 정체성을 의심받아야 하는 월남민으로서의 자의식에 영향받은 결과였다.316) 월남인으로서의 정체성을 확인할 수 있는 최태웅의 소설은 「사과」(≪백민≫, 1947.3), 「북녘사람들」(≪문화≫, 1947.4), 「월경자」(≪백민≫, 1948.4-5) 등의 작품들이다. 이 중에서도 「사과」와 「북녘사람들」은 작가와 유사한 '윤'이라는 인물317)을 중심으로 월남민이 경험하는 삼팔선에 대한 공포와 불안의 감정을 드러내고 있다는 점에서 주목할 만하다. 「사과」는 월남한 지식인 윤이 북에서 온 어머니의 편지를 받고 사과가 전해질 것을 기대하였다가 배가 조난을 당하여 기대했던 사과를 얻지 못하게 된다는 짧은 사건을 기록하고 있는 작품이다.

이 작품은 사과에 관련된 사건을 중심으로 월남한 뒤 생활의 어려움을 겪는 주인공의 삶을 형상화한다. 해방 직후 윤이 월남하게 되는 것은 생활이나 계급적 지위의 불안정함 때문이 아니었다. 고향에서 "농민조합의 책임자도 되고 청년 동맹의 간부도" 되었던 윤은 오히려 북한 사회에서 정치적인 지도자의 역할을 할 기회를 얻기도 했었다. 하지만 윤은 월남을 결심한다. 이러한 윤의 결심은 특정한 정치적 이념에 의한 것이 아니라, 자신의 생활과 윤리를 보존하기 위한 것이었다. 윤은 북한 사회에서 "사회주의라기에는 너무도 흠이 많은 그릇된 공산주의 이단"을 발견하였기 때문이다.

또한 잊을 수 없는 '문총구국대의 활약의 대단원"이라고 평하고 있다. 서동수, 『한국전쟁기 문학담론과 반공프로젝트』, 소명출판, 2012, p.111.

316) 공임순은 최태웅의 이승만 재현을 중심으로 이러한 월남인의 정체성이 과잉의 태도를 만들어 내고 있다고 분석하고 있다. 공임순, 「빨치산과 월남인 사이」, 『상허학보』 27, 2009.

317) 윤이라는 인물이 단신으로 월남한 예술가라는 점뿐만 아니라 그가 병약하다는 점, 특히 여러 번 수술한 다리(「북녘사람들」)를 가지고 있는 인물이라는 점은 작가와 윤 사이에 놓인 공통점을 발견하게 한다.

그가 북한 사회에서 "그릇된 공산주의"를 발견하게 되는 것은 예술가라는 그의 직업과 관련된다. 그는 쌀과 고기에 대한 예술만을 허락하는 "피스톨의 소유자"의 명령을 통해 북한의 한계를 목격한다. 그는 북한 사회가 진정한 사회주의가 아니라는 점을 강조하면서, 월남을 감행한다. 진정한 사회주의와 그릇된 공산주의를 구별하는 윤의 논리는 그의 월남이 단순히 공산주의에 대한 반감에서 이루어진 것이 아님을 알수 있게 한다. 그는 공산주의를 거부하는 것이 아니라 이념적 진정성을 요청하는 인물이었던 것이다. 하지만 남한에 도착한 윤은 남한 사회에서도 진정한 인간다운 생활이 허용되지 않음을 발견한다. 윤은 가족의 생계를 책임지는 것에 어려움을 느끼며, 하루하루의 생활을 어렵게 연명해 나간다.

　　그런데다가 이북에서 보안서원이나 적위대원이 되었기로서니 남의 나라 병대가 도적질을 하는 데도 팔을 걷고 도와주려 들고, 달아나는 여자라고 잡아다주는 참혹한 인간들이며, 이남에서 높은 지위의 통역관이나 고문이 되었기로니 외국사람이면 무턱대고 상전으로 알고 제 아무리 민족에 손실과 억울이 있다 해도 눈여겨 볼 생각도 없는 그런 분자들이야말로 전에 일본 헌병이 되고 헌병보가 되고 고등계 밀정이 됨으로써 그 위에 없는 영광, 둘도 없는 행복으로 알고 흔들리던 일제의 주구들과 무엇이 털끝만큼이라도 다른 데가 있는가.[318]

　월남했던 동향의 젊은이가 타락한 남한 사회를 비판하면서 다시 월북할 뜻을 비쳤을 때, 윤은 남한의 사회와 북한의 사회가 서로 다를 것이 없다는 논리를 내보인다. 이러한 윤의 시선에서 남한과 북한 사회는

[318] 최태웅, 「사과」, ≪백민≫, 1947.3, p.83.

모두 정당한 국가의 체제로 기능하지 못하는 사회이다. 윤은 "남의 나라 병대가 도적질" 하는 것을 돕는 이북의 정권이나 "일제의 주구들"의 행태와 다를 바 없는 남한의 정권 모두를 비판한다. 윤에게 있어 남한과 북한 사회는 모두 제국의 현실에서 벗어나지 못한 체제였으며 따라서 그가 온전히 귀속될 수 있는 국가의 모습이 아니었다.

하지만 이러한 남한 사회에 대한 냉혹한 비판에도 불구하고 그는 "서너명 매국노들을 죽여버릴 생각"이라는 고향의 후배의 생각에는 찬성하지는 않는다. 그것은 그가 여전히 조선 사회에 나라를 사랑하는 민족이 남아있다고 믿기 때문이다. 정치적 혼란과 모순의 상황에서도 윤은 예술과 윤리라는 대안을 추구하면서 조선 사회가 "독립이 될 것"을 믿는다. 그리고 통일된 조선의 민족이 되어 살아갈 날을 기대한다. 윤은 분단의 현실이 종결되고 서울에서 살아가고 있는 자신의 불안정한 삶에도 안정이 올 것을 믿고 있었던 것이다. 통일을 곧 독립된 국가의 이상으로 간주하는 윤은 독립이 되면 고향에 돌아가 어머니와 만나게 될 수 있을 것이라는 믿음을 버리지 않는다. 하지만 고향으로부터 사과를 싣고 온 배가 파선했다는 소식은 이러한 믿음에 균열을 일으킨다.

> 그러나 지금 덤덤히 앉아 있는 윤의 시선에 비치고 있는 것은, 그 미모의 여인도, 그리고 그 여인의 새하얀 이빨에 물어 베이고 있는 사과도, 그 알록달록한 손수건도 아무것도 아니었다. 송장 네구와 함께 바닷물에 떠서 흐늘거리고 있는 온통 흩어진 사과상자와... 그리고 이것을 보내 놓고 겨우 한숨을 좀 내쉬고 있을 그 주름살투성이의 어머니의 얼굴이었다. 319)

---

319) Ibid., p.105.

고향의 지인들로부터 "일가 사람들의 소식을 알고자 하는데도" 이들이 말하기를 꺼려할 때, 윤은 "그들은 외국인이며 그의 고향은 외국이 되었단 말인가"라고 외친다. 그에게 삼팔선의 경계는 임시적인 경계일 뿐 국가과 국민을 나누는 것이 아니었다. 윤에게 고향은 여전히 동일한 국경의 내부에 속해있으며, 북한의 가족들 또한 국민의 일부였다. 하지만 어머니가 정성들여 보내주신 사과를 실은 배가 파선하였을 때, 그러한 부정이 현실의 논리를 극복할 수 없음을 깨닫는다. 결국 윤은 "송장 네구와 함께 바닷물에 떠서 흐늘거리고 있는 사과"를 보았다는 소식을 듣게 된다. 어머니에게 사과를 잘 먹겠다는 거짓 편지를 쓰고 회사에 돌아온 윤은 맞은편에 앉은 여직원이 사과를 먹는 모습을 보면서 파선한 배의 모습을 떠올린다. 파선한 배에는 윤의 사과뿐만 아니라 네 구의 송장이 함께 놓인다. 배의 파선으로 인해 윤은 사과가 단순히 고향에서 보낸 어머니의 마음이 아니라 생사를 넘나드는 월경의 결과였음을 알게 된다. 남한과 북한의 경계를 넘어 자유로운 왕래가 가능한 통일의 이상은 이제 점점 멀어진다. 여전히 고향에 남은 어머니를 떠올리며 윤은 고향과 자신의 거리를 실감한다. 이제 삼팔선의 경계를 넘기 위해서는 파선한 배의 시체들과 같은 목숨을 건 위험을 각오해야 했다. 윤은 비로소 고향을 오가는 월경의 과정이 체제 경계를 위협하는 위험한 '죄'가 되었음을 깨닫는다.

「사과」와 같이 윤을 주인공으로 하는 「북녘사람들」 역시 "공산주의를 존중하는 피가 다분히" 몸속에 남아있는 주인공이 월경하여 남한에서 살아가는 과정을 다룬다. 「사과」와 「북녘사람들」의 관계를 고려할 때, 「북녘사람들」은 아내와 아이가 오기 전의 윤의 생활을 기록하고 있다는 점에서 「사과」 이전의 시기를 배경으로 하고 있다고 할 수 있다.

여전히 어려운 생활 형편에 놓여있던 윤은 영주의 월남으로 북한의 소식을 접하게 된다. 영주는 "궁성처럼 넓고 으리으리한 담장"을 지닌 집에서 부유한 삶을 누려왔지만 해방으로 인해 형편이 어려워지자 삼팔선을 넘어 남한으로 이주한 인물이다.

북에서 온 영주는 북한을 진정한 공산주의가 아니라 "불한당 도적판"이라고 규정한다. 영주의 이야기를 들은 윤 역시 북한의 체제가 진짜 공산주의라 할 수 없다는 관점에 동조한다. 「사과」의 윤과 같이 이들은 공산주의에 대해 무비판적 적대감을 드러내는 대신 이데올로기적 정당성을 문제 삼는다. 그리고 이러한 태도를 바탕으로 윤은 남한과 북한을 나누는 삼팔선을 부정하면서 "멀지 않아서 자리가 잡힐 것"이라는 믿음을 드러낸다. 그는 진정한 공산주의를 달성하지 못한 북한과 진정한 해방을 달성하지 못한 남한이 통일을 통해 진정한 국가로 완성될 것이라 기대한다. 분할된 두 체제는 통일을 통해서만 '진짜' 국가가 될 수 있다고 보는 것이다. 그리고 이러한 윤의 말을 듣는 영주는 "무섭던 북위 삼십팔도선이 짓밟혀 꿈틀거리는 지렁이가 되어 이리저리 뒤트는" 장면을 상상하면서 월남민의 위태로운 현실을 극복하고자 한다.

월남의 과정을 통해 윤과 영주가 경험한 북위 삼십팔도선은 생명을 위협하는 두려운 대상이다. 윤은 이러한 삼팔선의 소거를 기원하면서 남한에서의 삶을 지속해 나간다. 하지만 이러한 윤의 기대는 "멀지 않아서"라는 막연한 전망을 내보일 뿐이다. 삼팔선이 남한과 북한을 확고히 경계 짓는다면 고향을 떠나온 이들의 현실은 더욱 두려운 상황에 놓일 수밖에 없다. 출생지로부터 유리된 자들은 언제든 경계 내의 위협으로 간주될 것이기 때문이다. 그리고 온전한 주권을 인정받지 못한 이들은 경계 위에서 위태로운 생존을 이어나갈 수밖에 없다. 국가의 건설이

분단 체제 위에서 이루어질 때, 월남민들은 국민이 아닌 난민의 지위에 놓일 수밖에 없는 것이다. 이러한 난민의 정체성은 출생과 국적의 연속성을 전제로 하는 국민국가의 기반을 불안정하게 만든다.320) 「월경자」는 이러한 월남민의 위태로운 현실을 드러낸다.

최태응은 「월경자」를 통해 삼팔선을 넘는 월경의 행위가 '법'을 어기는 죄가 되는 순간을 기록한다. 그리고 이를 통해 월남인이 남한 국민으로부터 배제당하는 과정을 형상화한다. 최태응의 다른 소설과 달리 「월경자」는 작가와 유사한 '나'의 이야기를 서술하는 것이 아니라 "인간이 가질 수 있는 거의 최고의 양심을 가진" "그"의 이야기를 기록하는 방식으로 구성된다. 「월경자」는 만주를 거쳐 남한에 온 '그'가 병원에 누워있게 된 사정을 설명하는 것을 주요한 내용으로 삼는다. 소설은 그 시작 지점에서부터 인상적인데, "서울 거리에서 누리 매를 맞고, 붕대투성이가 되어 입원한" 그를 "투명인간"에 비유하고 있기 때문이다. 서술자인 '나'는 월경 후 알 수 없는 자들에게 테러를 당한 그의 모습을 통해 남한 사회에서 비가시적인 존재가 되어가는 월남인의 모습을 발견한다.

「월경자」의 주인공인 그는 복잡한 월경 과정을 거치는데, 그는 우선 만주에서 귀국하여 북을 거쳐 서울로 향했다가 다시 고향으로 월북을 한 뒤 가족과 함께 월남을 한다. 만주로부터의 귀환을 비롯하여 월남과 월북을 반복했음에도 불구하고 그의 행동에는 이념적 갈등과 혼선이 존재하지 않는다. 그에게 월경은 정치적인 이념 선택의 결과가 아니었기 때문이다. 만주에서 귀국한 그는 서울의 상황을 파악하기 위해 월남을 했다가 다시 가족이 걱정되어 월북을 한다. 그리고 북한 사회가 "친한 사람

---

320) 조르조 아감벤, Op.Cit., p.256.

일수록 감시하고 탐지"하면서 "진짜 사회주의"321)를 불가능하게 하고 있다는 것을 발견하고 다시 남하를 결심한다. 그에게 3.8선을 넘는 행위는 이념을 선택하는 행위라기보다 정당한 국가를 찾아가는 과정으로 설명된다. 따라서 경계 넘기는 '죄'의 형태로 인지되지 않는다.

그가 여러 번 월경할 수 있었던 것은 소련군의 통역관이었기 때문이었다. 통역관으로서 그는 "월경죄를 평안히 물리"322)칠 수 있었다. 하지만 삼팔선을 넘어 남한 사회로 들어왔을 때 그는 소련군 밑에서 통역을 한 인물, 즉 국민의 적을 위해 부역한 죄인이 된다. 그는 통역과 월경이라는 경계넘기의 과정을 민족을 위한 행동으로 설명한다. 통역관으로 일하면서 그는 오히려 월경죄를 이유로 부당하게 감옥에 갇힌 "사회주의자요 민족주의자"323)인 사람들을 구할 수 있었기 때문이다.

따라서 그는 소련군 통역의 지위를 이용하는 것이 내 나라를 자유롭게 오갈 수 없게 만드는 소련의 권력에 저항하는 것이라 여긴다. 그에게 월경은 민족을 위한 활동이었던 것이다. 월경죄를 이유로 진정한 민족주의자들을 다시 감옥에 가두는 가짜 공산당들을 목격한 뒤 그는 남한으로 떠날 것을 결심한다. 하지만 이러한 그의 인식은 분단의 체제하에서 국경을 대신하는 강력한 효력을 지닌 삼팔선의 의미를 온전히 이해하지 못한 결과였을 뿐이었다. 조선인으로 상상되는 세계에서 삼팔선을 넘는 것은 죄가 아니었지만, 냉전체제로 이행한 남한과 북한의 체제 하에서는 중대한 죄가 되었다. 결국 소련의 통역관이라는 과거로 인해 그는 테러의 대상이 된다.

「월경자」에서 월경죄는 과거의 민족주의자들을 다시 구속한다는 점

---

321) 최태웅, 「월경자」, ≪백민≫, 1948.5, p.103.
322) Ibid., p.101.
323) Ibid., p.103.

에서 반민족적인 것으로 사유된다. 하지만 분단의 체제 내에서 경계를 구성하기 위해서는 월경을 죄로 만드는 과정은 필수적인 것이었다. 따라서 월경의 죄는 민족과 국민 사이에 놓인 자들이 경험하는 분단 체제의 모순을 선명하게 드러내는 지표였다. 월남민인 '그'는 월경죄를 통해 민족주의자를 억압하는 북한 사회를 비판하였지만 이러한 경계구획의 문제는 비단 북한에만 한정되는 것은 아니었다. 남한 사회에서 역시 그는 월경이라는 죄의 대가를 치러야했기 때문이다. 테러의 대상이 된 뒤에야 그는 죄의 대가를 미리 치르지 못한 것을 후회한다. 그리고 비로소 "조선에 들어와서도 한동안을 몰랐던"[324] 삼팔선의 의미를 알게 된다. 이제 삼팔선은 그것을 넘어서는 것이 위법인 국경으로 기능하는 것이다.

　　그는 서울에 온 지 이틀만에 어느 친구의 집을 찾아가다가 탑골 공원 뒤 소개터에서 수상한 청년들 대여섯 명에게 포위되어 매를 맞은 것이었다.
　　「당신 해주에서 오지 않았소?」
　　그들은 이렇게 묻고 그랬노라는 대답이 떨어지기가 바쁘게 잡아 나꿔채드니 시궁창에다 박아놓고 얼마를 차고 때린 것인지 모른다 하며,
　　「그런 봉변이야 꿈에나 상상을 했겠나? 그렇지만 벌써 시궁창에 쓰러박혔을 순간에 나는 모든 것을 단정했네. 그들이 내가 통역으로 있을 때 단지 전등알이나 다이아징이나 그런 것을 지고 삼팔선을 넘나들며 쇳독이 올라서 눈알이 뒤집혔던 모리 행상꾼들이었던 혹은 어떤 정치적 사명을 띠고 사선을 넘어다닌 의지적 청년들이었던 소련병대에 휩쓸려서 보매에라도 행세를 하고 사람들을 이리가라 저리 가라 하던 나를 용서한다거나 호감을 가지고 보았을 이치는 만무한게 아니겠나?」[325]

324) Ibid., p.100.

남한에 도착한 직후, "해주에서 오지 않았"냐는 질문을 받은 그는 곧 알 수 없는 자들로부터 폭행당한다. 그는 이러한 폭행을 북한 사회에서 면제받았던 월경죄에 대한 "갚음"으로 해석한다. 이제 그는 삼팔선이 엄연히 눈앞에 놓여있으며 그 선을 넘을 경우 감당해야 하는 죄에 대해서도 이해하게 된다. 그리고 북한의 월경죄처럼 이를 부정하거나 거부하는 대신, 남한 민족의 시선을 전유하는 방식으로 월경의 죄를 수용한다. 그는 자신에 대해 폭행을 가했던 자들이 "나를 용서한다거나 호감을 가지고 보았을 이치는 만무한게 아니겠나" 며 자신의 죄를 인정한다. '인간으로서 최고의 양심을 지닌' 그의 과도한 윤리의식은 결국 모든 월경의 과정을 쇳독이 오른 "모리 행상꾼"의 부도덕함으로 전환한다. 이들의 모리 행위를 단절하기 위해 월경자들은 처벌받아야 한다고 설명하는 것이다. 결국 민족적 경계와 체제의 경계 사이 놓인 모순에 대한 비판적 인식은 사라지고 월경자는 월경의 죄를 인정한다. 이제 "사회주의 민족주의자"를 감금하는 소련군의 부당한 행위를 제지하고자 했던 노력, 정당한 국가를 찾기 위한 월경의 이유들은 설명 불가능한 상태에 놓인다.

민족을 위한 월경이 설명불가능한 상황에 놓였을 때, 월남민들은 서둘러 죄의 대가를 치르고 경계 내의 존재로 인정받기 위해 노력할 수밖에 없다. 이 과정에서 월경죄는 남한의 일원이 되기 위해 거쳐야 하는 시련의 과정으로 변화한다. 죄의 대가를 치른 그는 이제 "정부가 서게 되면" "무수한 친일파 민족 반역자들"[326]을 기소할 것이라 호언장담하면서 새로운 국가에 대한 기대감을 드러낸다. 삼팔선의 극복을 강조하

---

325) Ibid., p.105.
326) Ibid., p.105.

던 그는 이제 자신의 정체성을 남한의 정부 내부로 위치 짓는다. 온몸에 붕대를 감고 있으면서도 테러의 부당성을 이야기하기보다 건설되는 국가의 이상을 강조하는 그의 모습은 월남인 앞에 놓인 현실의 비극성을 극명하게 드러낸다. 그리고 정부가 서게 되더라도 남한과 북한의 경계 사이에서 이들이 여전히 자신을 증명할 방법을 찾을 수 없을 것임을 예감하게 한다. 「월경자」의 주인공이 자신의 죄를 인정하는 그 순간 그는 월경의 죄를 구성하는 분단의 체제 내부로 귀속되었기 때문이다. 분단의 체제에 깊이 구속될수록 월경은 더욱 위험한 죄가 된다. 월남인들이 월경의 죄를 극복하고자 하면 할수록 그들은 이 죄로부터 벗어날 수 없게 되는 것이다.

(2) 종군하는 문학과 반공 국민의 민족정체성

해방 직후부터 남한과 북한의 사회를 분절했던 삼팔선[327]은 전쟁과 휴전 협정을 거치면서 보다 강력한 효과를 지닌 경계로 확정되었다. 그리고 삼팔선의 경계를 오가는 모든 과정들은 반체제적인 죄로 간주된다. '우리'가 아닌 자들을 모두 '적'으로 간주하는 전쟁의 논리는 새로운 경계의 역할을 더욱 강화했다. 이제 삼팔선은 조선인이라는 민족의 공동체를 분절하고 국가의 체제를 근간으로 우리와 적을 구분하는 절대적 경계가 된다. 삼팔선이 확정되고 민족의 통일의 이상이 좌절되면서 냉전 이데올로기에 회의적이었던 작가들은 국경 내부의 국민으로서의 스스로의 정체성을 증명해야 할 필요를 절감하게 된다. 전쟁기 작가들은 전선을 따라 이동하며 종군 문학을 통해 체제의 승리를 호소하거나, 『적화삼삭구인집』[328]과 같은 수기를 작성함으로써 국가를 향한 충성

---

327) 삼팔선은 1945년 말부터 군사경계화 되었다. 정병준, 『한국전쟁 38선 충돌과 전쟁의 형성』, 돌베개, 2006, p.158.

심을 증명해내야 했다.

한국전쟁은 종군작가단이라는 이름으로 문인들을 다시 정치 담론 내부로 호출한다. 최태웅은 한국전쟁기 종군작가로 활동하면서 다양한 작품들을 남기는데, 그중에서도 『전후파』(≪평화신문≫, 1951. 11 – 1952. 4)는 작가 자신의 종군체험을 구체화한 전쟁기 장편소설이라는 점에서 의미가 있다. 『전후파』는 월남 소설가 장동규를 중심으로 전쟁기의 서울과 대구 그리고 동부전선 일대의 전장을 다룬다. 최태웅의 다른 소설과 유사하게 『전후파』의 주인공은 월남한 지식인이지만 이 작품에서 주인공은 더 이상 남한의 가짜 민족주의자들에 대해 비판하지 않는다. 그는 다만 북한의 모순을 지적함으로써 국민화의 과정을 완료하기 위해 노력한다.

전쟁 전 장동규의 삶은 자세히 설명되지 않는데 다만 그가 한때 "사회주의자로 자처한" [329]인물이라는 점에서 해방기 소설의 주인공들과 유사한 과거를 지니고 있다는 것을 알 수 있다. 동규는 자신의 월남을 "부질없이 광신했던 소위 주의니 사상이니 하는 것들을 훨훨 불살라 던지"[330]는 행동으로 설명한다. 그리고 한국전쟁을 통해 그가 "그 이전(과거)이란 걸 모조리 불살라버린 사람"[331]이 되었음을 강조한다. 이 같은 장동민의 태도는 전쟁 이전의 모든 과거를 부정함으로써 경계 위에 놓였던 상태를 극복하고자 했던 월남민들의 강렬한 의지를 드러낸다. 고

---

328) 『적화삼삭구인집』은 오제도 검사에 의해 기획된 것으로 전쟁 발발 후 서울에 남아있던 문화 예술계 인사들(잔류파)의 생활을 기록하도록 요구하였으며 적치 하의 생활의 곤란함과 적군의 비인간성들을 기록하면서 체제 내의 정체성을 확보해나가고자 했다. 이 외에도 피난 등의 전쟁 수기들이 체제에 대한 충성심을 드러내는 수단으로 다양하게 창작되었다. 전쟁기 수기에 관한 논의는 서동수 (2012) 참조.

329) 최태웅, 『전후파』, ≪최태웅 전집≫ 3, 태학사, 1996, p.191.

330) Ibid., p.191.

331) Ibid., p.23.

향을 떠난 월남민의 정체성을 남한의 국민으로 재조정하는 과정은 두 개의 서사를 통해 구체화 되는데, 그 하나는 여옥과의 관계를 중심으로 구성되며, 다른 하나는 동료 작가 채응과의 종군체험으로 이루어진다.

소설의 전반부는 장동규가 우연히 서울에서 재회한 여옥과 함께 그녀가 살고 있는 "양갈보의 소굴"332)에서 경험하는 일들을 다룬다. 가족을 대구에 둔 채 홀로 서울에 올라온 동규는 과거 자신의 제자였던 여옥과 함께 그녀가 살고 있는 집을 찾아 든다. 그리고 그곳에서 '양갈보'라 불리는 자들의 삶을 목격하게 된다. 이 소굴의 한복판에 살고 있는 여옥은 아직은 '더럽혀 지지' 않은, 하지만 여러 유혹들 앞에서 위태롭게 살아가고 있는 인물이다. 동규는 이러한 여옥에게 스승의 역할을 하면서 그녀를 유혹으로부터 구원하고자 한다. 동규는 가난한 가족들을 위해 "지옥문을 열어잡고 뛰어들려"333)는 여옥에게 "정말 사는 길로 가라"고 충고한다. 그리고 국가와 민족을 위한 삶을 진정한 삶으로 제시한다. 자신이 "깨끗한 동안" "죽여달라"334)고 애원하는 여옥에게 동규는 개인의 순결이 아닌 국가와 민족의 순결을 이야기한다. 그에게 허락되는 죽음은 생활고에 의한 '자살'이 아닌 "국가민족을 위한 대의 앞에서 서서도 온몸이 가루가 되드래도" 죽기를 기쁘게 여기는 '전사(戰死)'이다. 그 자신이 빈곤한 생활의 문제로 인해 고통을 받고 있음에도 불구하고, 동규는 생활의 문제에서 벗어나 국가를 위해 죽을 수 있는 삶의 가치를 강조한다. 동규에게 주어진 삶의 방식은 국민국가의 일원이 되는 것으로 한정되는데, "전후파"의 개념은 이러한 국민으로서의 삶과 죽음을 강조하면서 등장한다.

---

332) Ibid., p.42.

333) Ibid., p.62.

334) Ibid., p.73.

"아 전후파! 거참 그럴듯한 제목을 꺼냈오. 여옥 말대로 다 그렇다 쳐놓고 좀더 부연을 달아 보면 좋은 수가 있오. 우선 전쟁의 뒤를 대서 오는 시대적 조류가 좋은 것이냐 나쁜 것이냐는 둘째 쳐놓고, 신이 꾸며 던진 인간 사회의 어떤 시련이거나, 그것이 절대적으로 인류의 전부를 거꾸러뜨린 예가 있는가, 다시 말하면 인간의 힘으로 극복하지 못한 인간에 대한 수난이 있었는가 말요. 게다가 우리에게 무슨 전후가 되었단 말인가? 무엇이 전후파란 말인가? 있다면 증오할 친일 분자들, 어리석고 경망한 작자들의 한심한 소견이지, 도대체 우리가 언제 전쟁을 해서 끝장을 보았단 말요? 시방 눈코 뜰 여가가 없이 죽이고 죽고 아직도 종말을 예측하기는 커녕 더욱 더 싸워야 하는 우리가....."[335]

서울과 대구에서 살아가던 동규와 여옥은 후방의 타락과 혼란을 목격하였고, 여옥은 이러한 현실을 "전후파"라는 현상으로 설명하고자 한다. 하지만 동규는 "전후파"라는 개념이 현실에서 적합하지 않음을 강조한다. 후방의 상황과는 달리 전방에서는 여전히 전쟁이 진행 중이기 때문이다. 전후의 개념을 부정함으로써 그는 보다 적극적으로 전쟁의 논리를 수행해 나갈 수 있게 된다. 가난한 월남민은 끝낼 수 없는 전쟁을 강조하면서 곤궁한 생활에서 벗어나 국민화의 목표를 향해 나아가고자 하는 것이다.

전후파에 대한 동규의 인식은 일본의 전후와 연관되는 데 이를 통해 그는 과거의 모든 모순을 극복하기 위한 전쟁의 역할을 강조한다. 그리고 이러한 의미에서 전후파는 친일 분자들에 해당하는 것일 뿐이라고 설명한다. 동규는 이후 자신의 종군체험을 다루는 강연회에 초대되어서도 "아푸레게르의 부당성"을 강조하는데[336], 이때 역시 전후파의 개

---

335) Ibid., p.73.

넘은 타락한 부산에 유입된 일본의 문화에서 비롯된 것으로 설명된다. 그는 태평양전쟁과 한국전쟁을 구분지으면서 한국전쟁을 국가건설을 위한 고난, 창조를 위한 파괴로 재의미화한다.

과거의 모든 모순을 파괴하는 숭고한 전쟁의 의미 속에서 여옥과 동규의 부적절한 관계 또한 속죄의 논리를 구성할 수 있게 된다. 전후파의 삶을 부정하고 여옥에게 순결한 국민의 삶을 강조하던 동규는 그날 밤을 여옥과 함께 보낸다. 가정에 대한 신뢰를 저버렸다는 점에서 동규는 "사탄만도 못한" 자신337)을 반성한다. 하지만 이러한 여옥과 동규의 관계는 기독교적 원죄의 개념으로 전이되면서, 그들에게 죄의 빚을 갚아야 한다는 새로운 국민적 과업을 부과한다. 그리고 그 새로운 과업은 바로 그 다음날 우연히 만나게 된 작가 채웅을 통해 제시된다. 여옥을 만나 국가를 위해 살아가는 새로운 삶의 방향을 확인하게 된 동규는 우연히 만난 채웅과 함께 전장으로 떠난다. 전쟁을 통해 새롭게 태어나야 함을 강조하였음에도 불구하고 전쟁터로 떠날 수 없었던 동규는 종군을 통해 후방에서의 생활에 대한 좌절감과 죄책감을 극복하고자 한다. 병약한 몸으로 인해 군인이 될 수 없었던 동규는 채웅과 함께 군을 따라 나섬으로써 그가 강조해온 "정말 사는 길"을 찾고자 하는 것이다.

> 그는 바쁜 듯이 부르릉거리는 자동차에 올라 타며
> "동규 자네 바쁜가?"
> "아니."
> "그럼 이 차를 타게. 우리 함께 종군하지 않으려나?"
> "종군?"
> "웅!"338)

---

336) Ibid., p.213.
337) Ibid., p.57.

한국전쟁기 다양한 작가들이 종군작가에 편성되어 문학 작품을 창작한 바 있으며, 이러한 문학 작품들은 주로 전의를 고취시키는 선전문학의 역할을 하게 된다.339) 『전후파』는 종군 문학의 결과물인 동시에 종군의 과정을 설명한다는 점에서 특징적이다. 주목할 것은 『전후파』가 종군의 과정을 애국심의 발로에서 기인하는 주체적인 선택의 결과가 아니라 우연적인 만남에서 비롯된 즉흥적인 결정으로 서술된다는 점이다. "바쁘지 않으면 함께 종군을 하자."는 채웅의 제안은 전진(戰陣)으로 나가기 위한 것이라기에는 지나치게 심상하다. 하지만 그 심상한 제안에 동규는 망설임 없이 움직인다. 단지 목욕을 가기 위해 나온 길이었음에도 불구하고 그는 곧바로 채웅의 차에 올라탄다. 그는 마치 납치되는 듯 급하게 여옥에게 알리지도 않고 종군에 나서게 되는 것이다. 물론 이러한 과정은 동규의 자발성을 전제로 한다. 하지만 동규의 종군에는 전쟁에 참여하겠다는 의지와 군을 따라 나서기 위한 과정들이 모두 생략된다. 남한의 국민으로 다시 태어나겠다는 목표는 다급하게 그를 전쟁터로 이동시키고 있는 것이다.

동규는 채웅에 대한 신뢰를 바탕으로 그의 갑작스러운 제안을 받아들인다. 동규는 "권력에 아부한다"는 채웅에 대한 비판을 알고 있으면서도 그의 "열성성과 행동(실천)을 옳게 평가"한다. 불편한 몸에도 불구하고 종군 문학을 통해 민족을 향한 행동을 실천하는 채웅을 본 동규는 비로소 진정한 삶을 위한 방안을 발견한다. 그는 불가능할 것이라 생각했던 "군인 되기"를 통해 후방의 월남민이라는 불안정한 지위에서 벗어나고자 한다. 월남민이자 가난한 피난민인 동규는 군인이 되어 죽을

338) Ibid., p.80.
339) 신영덕, 『한국전쟁과 종군작가』, 국학자료원, 2002, p.27.

수 있는 권리, 즉 국가를 위해 희생할 권리를 얻고 진정한 국민이 되는 기회를 확보하고자 하는 것이다.

> 하룻밤에 두 시간을 제대로 눈 붙이지 못하기가 일쑤인 그의 처소에서 그와 머리를 나란히 하고 누우면 동규도 고달펐거니와 보다 더 이 상상을 못했던 경이의 세계, 말기 없는 애국과 민족혼의 세계에서 구지지한 일신상의 애정 문제니 생활 문제니 하는 일에 머리와 가슴을 축낸다는 사실이 염치없고 부끄러웠다. [340]

채웅과 함께 종군을 하면서 동규는 전쟁의 치열함을 직접 경험한다. 그리고 그 전장의 한 가운데에서 "상상을 못했던 경이의 세계"를 발견한다. 전쟁은 삶과 죽음이 갈리는 고통스러운 세계가 아니라 나라를 위해 목숨을 바치는 군인들이 숭고하게 죽어가는 "애국과 민족혼의 세계"로 설명된다. 국가의 경계에서 항상 그 정체성을 의심받을 수밖에 없었던 동규는 전쟁을 통해 새로운 경이의 세계에 속할 수 있게 된다. 그리고 그 속에서 "구지지한 일신상의 애정 문제니 생활 문제니 하는 일"을 모두 잊어버린다. 생활인으로서 개인의 삶을 벗어나 온전히 국가에 스스로의 운명을 일치시키는 국민의 삶으로 유입되는 것이다. 전사하는 군인들의 마지막 모습을 "임종의 끝말을 '대한민국 만세'로 장식하고 막을 내리는 거룩한 용사들의 종말"로 그려내면서 동규는 스스로의 국민화 과정[341]을 완수하고자 한다.

---

340) 최태응, Op.Cit., p.97.

341) 의식을 통하여 전사의 고통과 슬픔, 덧없음, 석연치 않은 감정들을, 특히 유족들이 품는 그런 감정을 위로하고 오히려 정반대로 명예니 자부심이니 환희니 행복의 감정으로 전환해가는 '감정의 연금술'을 베푸는 것이 '희생'의 논리이며 '희생의 과정'이라고 논했는데, 모세의 시선 역시 거의 똑같은 논리와 과정 쪽으로 향한다. 다카하시 데쓰야, Op.Cit., p.168.

전장에서의 경험은 이후 동규가 과거의 삶을 단절해내는 데 핵심적인 역할을 한다. 다시 후방으로 돌아온 동규는 가난한 가족들에게 여옥이 돈을 보내왔다는 것을 알게 되고 여옥과 동규의 관계를 알게 된 동규의 아내는 말없이 이혼을 선택한다. 아내는 동규의 부정에 대해 어떠한 분노도 드러내지 않은 채 스스로의 운명을 받아들인다. 아내를 '버렸다'는 비난을 피하고 오히려 이혼을 '당하는' 입장에 놓인 동규는 스스로의 윤리적 책임감을 최소로 하면서 가족과 생활의 문제, 즉 월남인으로서 경험해야 했던 모든 갈등 관계를 청산한다. 이러한 점에서 그의 이혼 과정은 주목할 만하다.

> 불행히도 이북에 호적을 둔 사람들에게는 예전처럼 구체적인 수속이 될 수 없지만, 자네 식으로 말해서 세속적이며 형식에 불과한 노릇일망정, 그래도 그것들이 제지한다거나 참견 드는 범위를 벗어날 수 있는 법적근거로는 충분한 걸세.[342]

이혼을 통해 동규와 여옥의 관계는 공식적인 관계로 전환된다. 그리고 이러한 과정에서 월남인으로 살아가던 동규는 이북에 둔 호적을 비로소 정리할 수 있게 된다. 동규를 찾아온 변호사는 "이북에 호적"이 있는 동규가 정당한 법의 대상이 될 수 없음을 설명한다. 과거 아내와의 결혼과 이혼은 모두 남한의 법 밖에 놓여있었던 것이다. 따라서 아내와 이혼은 북에 두고 온 호적을 정리하는 것인 동시에 법 밖에 놓인 월남인의 삶을 정리하는 것이기도 했다. 호적을 정리함으로써 그는 남한의 국민이 되기 위한 "법적근거"를 마련할 수 있게 된 것이다.

법적으로 보호받을 수 없는, 국외의 것이었던 결혼 관계를 청산함으

---

342) 최태응, Op.Cit., p.200.

로써 동규는 법적인 보호를 전제로 하는 주권 국가의 영역으로 귀속된
다. 이때 주권 국가의 국민은 북한에 고향을 둔 월남인이 상상하던 민
족의 정체성과는 상이하다. 그것은 법의 영역 아래 놓인 국가 주권의
주체로 등장한다. 동규는 군인 되기를 통해 이러한 국민의 정체성을 증
명하고 이혼을 통해 이를 새롭게 기입할 수 있게 된 것이다. 따라서 동
규에게 전쟁은 남한 국민으로의 새로운 탄생의 기회를 제공해준 사건
이라 할 수 있다.

  『전후파』는 종군하는 작가의 모습을 통해 남한의 경계 내부로 귀속
되는 민족의 상을 만들어나간다. 『전후파』 외에도 전시의 다양한 소설
들은 전쟁 서사를 통해 민족의 정체성을 남한 경계 내의 것으로 재조정
한다. 그중에서도 북한의 서울 점령 시기에 정부와 함께 도강할 수 없
었던 작가들의 자기 고백적 전쟁 서사는 주목해볼 필요가 있다. 『적화
삼삭구인집』은 잔류파의 경험을 담고 있는 자료이다.[343] 이 책은 적치
하의 생활을 수기의 형식으로 기록하고 있는데, 이를 통해 전쟁 경험에
기반하는 국민화 과정을 드러낸다.[344] '적치하의 서울'을 경험한 작가
들은 자신들이 목격한 공산군의 모습을 강하게 비판하면서 북한 정권
의 모순을 강조한다. 그리고 북한군으로부터의 고난을 강조함으로써
잔류민의 수난 서사를 만들어나간다.

  남한의 국민으로서 경험한 수난은 잔류파의 국민됨을 증명할 수 있
게 해준다. 최정희와 손소희 역시 적치하 서울에서의 삶을 통해 북한군
의 잔혹성을 기록한다. 최정희 작품의 경우 남편 김동환의 납치과정이
내용의 중심을 이루는데, 이 작품에서는 몸이 아픈 아이를 위해 피난을

---

343) 『적화삼삭구인집』의 필자는 양주동, 백철, 최정희, 송지영, 장덕조, 박계주, 손소
   희, 김용호, 오제도 이다.
344) 서동수, 『한국전쟁기 문학담론과 반공프로젝트』, 소명출판, 2012, p.48.

할 수 없었던 최정희와 김동환 내외의 입장이 강조된다. 이러한 과정에서 북한군은 앓는 아이를 데리고 있는 부모에게 대화의 시간조차 허용하지 않는 비인간적인 모습으로 기록된다. 결국 남편의 납북이라는 시련을 겪게 된 최정희는 국가를 위해 홀로 아이를 키우는 역할을 자처하면서 '총후의 어머니'로 스스로의 정체성을 구성해 나간다.

> 실상 나는 이때까지-그를 만나지 않은 이때까지-민족은 사랑했어
> 도 국가는 사랑해보지 못한 것 같다. 이제 나는 익조와 함께 익조가
> 피흘려 바치는 국가를 위해 나도 받치기를 맹세한다.[345]

"민족은 사랑했어도 국가는 사랑해보지 못했다."고 반성하던 최정희는 앞으로는 국가를 위해 자신을 바칠 것임을 고백한다. 해방기 최정희의 소설을 통해 드러났던 소외되는 '민족'에 대한 연민의 정서는 한국전쟁을 거치면서 '국가'에 대한 "사랑"으로 전환된다. 남한을 향한 이 다급한 고백은 통일된 민족에 대한 가능성이 소실되고 주권을 가진 국민을 통해 민족의 경계가 재구성되는 위태로운 순간에 놓인 작가의 처지를 설명한다. 최정희는 군인이 된 자신의 아들이 흘리는 피를 자신의 피로 상상하며 국가를 위한 충성을 '맹세'한다. 이제 민족은 국경 내부의 국민을 통해서만 존속할 수 있게 된다.

국가를 위해 피흘리는 군인이 되는 것은 국민국가의 일원이 되기 위한 가장 확실한 방편이었다. 최정희는 군인이 된 아들의 피와 함께 자신을 국가에 바침으로써 수난과 희생의 서사를 완성하고자 한다. 하지만 이 다급한 고백 속에서 아들과 함께 최정희가 바치기를 원했던 것이 무엇이었는지는 명확하게 드러나지 않는다. 그녀는 아들 익조를 통해

---

345) 최정희, 「난중일기」, 『적화삼삭구인집』, 국제보도연연맹, 1951.

군인의 어머니라는 위치를 강조하고 있지만 그 아들이 자신의 아들이 아니라 김동환의 전 부인의 아들이었다는 점에서 이 열열한 고백에는 모순과 위태로움이 가득하다. 결국 최정희는 단지 아들을 군대에 보내는 총후의 어머니로서의 역할뿐만 아니라 직접 군인 되기의 과정에 참여하면서 스스로를 국가에 바치는 과정을 완성한다.

전쟁을 통해 구성되는 체제 내의 민족의 정체성은 손소희의 작품을 통해서도 발견된다. 『적화삼삭구인집』에 실린 대부분의 글들이 자전적인 경험을 바탕으로 하는 수기인 것과 달리 손소희는 소설의 형식을 통해 적치하의 서울 생활을 고백한다. 「결심」이라는 짧은 소설은 1950년 6월 28일 서울에 들어온 북한군의 행렬로부터 시작된다. 북한군의 점령 후 주인공인 영희는 "나와서 일하면 생명과 재산을 보호해준"다는 정숙의 말에 따라 미술동맹에 가입한다. 이들의 동맹 가입은 생존을 위한 어쩔 수 없는 선택으로 서술되는데, 그것이 정치에 동원되어온 예술가들의 자의식을 드러낸다는 점에서 주목할 만하다.

영희와 정숙은 북한군의 요구로 인해 동맹에 가입하였지만 이러한 요청은 북한의 체제 하에서만 이루졌던 것은 아니었다. 이들은 이미 해방 직후 "영문도 모르고" 미술동맹에 가입한 바가 있었다. 소설은 "잘못을 깨닫고 보련에 가입"했다는 것으로 이들의 정치적 동원 과정을 간단하게 서술한다.346) 하지만 해방 직후의 미술동맹, 단정 수립 후의 보도연맹, 그리고 다시 전쟁기 미술동맹에 가입하는 일련의 과정들은 정치적 선택을 통해 체제 내의 정체성을 확보해야 했던 당대 문인들의 처

---

346) 나와서 일하면 생명과 재산을 보호해 준단다. 우리 나가보자. 정숙이가 영히를 찾아와서 이런말을 했다. 정숙이나 영히나 다같이 8.15해방직후 영문도 모르고 미술동맹에 가입 했다가 그뒤 잘못을 깨닫고 보련에 가입했던 관계로 같은 여류화가란 조건 이외에도 형편 마저 비슷했던 터이라 이런 일엔 피차 의논해서 같이하려 했던 것이다. 손소희, 「결심」, 『적화삼삭구인집』, 국제보도연연맹, 1951, p.104.

지를 선명하게 드러낸다.

이미 보도연맹에 가입하여 남한 국민으로서의 정체성을 증명했었던 주인공은 전쟁 발발 후에는 미술연맹에 가입한다. 본질적 유사성에도 불구하고 보도연맹과 달리 미술연맹에의 가입은 생존을 위한 것으로 설명된다. 소설의 화자는 동맹의 가입이 북한의 이념을 선택한 것이 아니었으며 오히려 이러한 과정을 통해 "피를 흘리고 목숨을 걸고서라도 자유와 민주주의를 찾아야겠다."는 깨달음을 얻게 되었음을 강조한다. 자유와 민주주의를 위해 싸우겠다는 영희의 다짐은 9.28 수복 이후 다시 남한 사회에서 스스로의 정체성을 증명해야했던 잔류파 문인들의 복잡한 내면을 드러낸다. '국가를 사랑하겠다'는 최정희의 고백과 마찬가지로 손소희는 영희의 선택을 통해 이념적 회색지대에 머물러있던 스스로의 민족적 정체성을 남한이라는 체제의 내부로 귀속시킬 수밖에 없었던 것이다.

국가는 이제 자유 진영 내부의 것으로 이해되고 민족은 남한 국민이라는 정치적 주체로 한정된다. 그리고 좌익과 우익 모두에게서 의심받는 경계인의 삶을 극복하기 위해 작가들은 군인 되기를 선택한다.347) 최정희가 종군작가가 되어 비로소 깨달은 군복의 위력348)은 문학을 통해 우

---

347) 이후 손소희는 종군의 체험을 직접적으로 다루는 작품들보다는 피난 경험을 다루는 작품들을 창작한다. 특히 자신을 괴롭히던 쥐를 살려주는 「쥐」를 비롯한 소설들을 참조할 때, 손소희의 전쟁기 소설들은 국민화의 과정을 전제로 하면서도, 여전히 사회적 취약층의 고통에 관심을 보이고 있음을 알 수 있다.

348) 나도 입을 일이 있다. 공군복이 아니고 육군복이었다. 서울에 왔다가 가야할 일이 있었는데 군복을 입지 않고선 기차를 탈 수도 없었으며, 도강은 더욱이 어려웠던 때다. (중략) 피난지 대구나 부산에서들 그 어려운 고비를 겪으며 영등포까지 왔다가 한강을 넘지 못해서 영등포에 하차하는 사람들을 목격하곤 군복의 힘이 대단하다는 것을 깨달았다. 최정희, 「피난 대구 문단」, 『해방문학 20년』, 한국문인협회 편, 1966, p.104.

회할 수 없었던 강력한 전쟁의 영향력을 드러낸다. 다급한 전쟁터의 고백 속에서 타인에 대한 연민의 정서는 국가를 위한 희생의 서사로 전환되고 민족과 국가 사이에 놓인 모순과 균열의 지점들은 반공의 이념을 통해 봉합된다. 전쟁이라는 위기의 순간 작가들은 군인의 옷을 입음으로써 현실의 문제들을 해소해나가고자 한다. 이러한 삶의 방식들은 문학의 가능성을 훼손하는 것이도 했지만 잔혹한 전쟁의 논리를 체현한다는 점에서 전쟁기의 문학을 이해하기 위해 간과할 수 없는 지점이다.

(3) 보호받지 못하는 삶들, 빨치산과 포로

박영준은 육군 종군작가단에서 가장 활발한 활동을 벌였던 작가 중의 하나로 그는 종군작가단 상임위원에 선출된 뒤, 1951년 12월 조직 개편 시 사무국장의 지위에 오른다. 전후 육군참모총장으로부터 금성화랑무공훈장을 받게 되기까지 군인으로서 박영준의 활동은 매우 열정적인 것이었다. 특히 서울에 잔류하였다가 납북된 뒤, 다시 서울로 탈출하는 일련의 과정을 겪은 뒤 박영준은 더욱 적극적으로 반공의 이념을 소설화한다. 모호하게 기술되었던 사상적 지표들은 반공의 이데올로기를 중심으로 재정비되고 이념적 선택은 곧 국민으로서의 생존을 결정하는 중요한 요소로 등장한다. 이 때 반공의 이념을 강력하게 드러내는 작품 다수가 빨치산과 포로라는 소재를 중심으로 하고 있다는 점은 주목해볼 필요가 있다.

한국전쟁기 박영준은 다양한 작품들을 창작하는데, 전쟁 발발 직후 발표한 「감정선」(≪문학≫, 1950.6)을 시작으로 그의 대표작이라 할 수 있는 「용초도근해」(≪전선문학≫, 1953.12)까지 총 19편의 소설들이 전쟁 중에 발표된다. 피난지에서의 삶을 다루는 작품들도 상당수이지만, 「암야」(≪전선문학≫, 1952.4), 「빨치산」(≪신천지≫, 1952.4), 「삼형제」(≪협동≫, 1953.4), 「지리산근처」(『그늘진 꽃밭』, 1953) 등의 작품들은 빨치산을 소재로 한다는 점에서 특수한 의미를 지닌다. 그중에서도 「암야」는 '적-포로'와 '빨치산' 사이에 놓인 균열의 지점을 드러냄으로써 남한을 중심으로 구성된 반공주의적 민족 담론의 특수성을 설명해준다.

「암야」는 북한군의 서울점령기에 의용군이 된 동생과 국군이 된 형 임대위의 이야기를 다룬다. 이 소설은 포로가 되어 잡혀 온 동생을 형이 발견하게 되는 것으로 시작된다. 형은 북한군 포로들 사이에서 동생을 발견하고 그를 석방시키기 위해 대대장을 찾아간다. 그리고 동생이 북한군에 의해 강제로 의용군이 되었다는 점을 해명한다. 하지만 동생의 석방을 긍정적으로 고려하던 대대장은 동생이 끝까지 저항한 "바로 그자"라는 점을 알고 석방을 불허한다. 의용군에서 도망치려 했다는 동생의 말이 거짓이었음을 알게된 형은, 동생이 "형도 잊어버리고 괴뢰군의 앞잡이"[349]가 되었다는 것에 분노한다. 그는 아무리 동생이어도 "괴뢰군의 앞잡이"가 되었다면 목숨을 살려달라고 할 수 없다는 점을 수긍한다. 그리고 빨갱이가 된 동생을 형제가 아닌 "원수"로 대하고자 한다.

전쟁을 거치면서 가족관계를 결정하는 것은 혈연이 아닌 사상이 되는데, 이는 전쟁 상황에 놓인 형과 동생이 스스로의 운명을 국가체제와 온전히 동일시하고 있음을 드러낸다. 사상이 다른 동생을 적으로 삼은 형은 "부하를 사랑"하라고 말하는 대대장의 모습에서 "아버지"와 같음을 느낀다. 그의 가족은 사상을 통해 분절되고, 민족공동체는 이와 같은 새로운 가족 관계를 기반으로 재구성된다. 개인의 삶을 곧 국가적인 것으로 환원해나가는 형은 마지막으로 동생을 찾아가 그의 사상을 확

---

349) 박영준, 「암야」, ≪박영준 전집≫2, p.54.

인하고자 한다. 이를 통해 그는 혈연이 아닌 사상을 통해 증명되는 '우리'의 정체성을 확보하고자 하는 것이다.

> "죽이고 싶거든 죽이세요. 죽여두 좋아요."
> 정말 최후의 발악을 하듯 대들었다.
> 임대위는 터무니가 없었다. 이때 까지 굽실굽실 목숨만 살려 달라고 하던 동생이 차마 이렇게 나올 줄은 몰랐다. 죽이고 싶거든 죽여달라니......누가 죽이겠다고 했단 말인가.
> 임대위는 자기도 모르는 새 동생의 뺨으로 손을 올리었다. 찰싹 하고 소리가 났다.
> "흥, 죽이겠으면 그저 죽일 거시 때리기는 왜 때려요?"
> 경재의 눈은 독이 오른 뱀의 눈과 같았다.
> "이자식 누가 너를 죽인대던? 응?"
> 임대위는 한 번 다시 손바닥이 얼얼하도록 동생의 뺨을 후려갈겼다. 그리고는 한참동안 벙어리처럼 동생을 바라보았다.
> "역시 빨갱이었구나."
> 혼자 웅얼거리는 임 대위의 눈에서는 뜨거운 눈물방울이 떨어졌다.
> "부모두 형제두 민족두 모르는 빨갱이가 되구야 말았구나."[350]

"빨갱이가 됐니?"라고 묻는 형에게 자신의 정체를 부인하던 동생은 결국 "죽여두 좋"다는 말로 대답을 대신한다. 이들의 대화에서 흥미로운 것은 동생이 자신이 "빨갱이"임을 인정하지 않았음에도 불구하고 '죽여두 좋다.'는 말을 통해 임대위가 동생의 정체를 확인하고 있다는 점이다. 빨갱이는 죽여도 좋은 자, 더 이상 적국의 포로가 아닌, 내부의 반역자로 이해된다. 이는 동생에 대한 형의 태도의 변화를 통해 더욱 극

---

350) Ibid., p.56.

적으로 드러난다. 동생이 처음 포로로 잡혀왔을 때, 형은 "포로라구 해서 누가 죽인다던?"이라는 말로 동생을 안심시킨 바 있다. 동생이 강제로 징집된 의용군이라 할 때, 그는 북한군의 일부로서 정당한 포로의 대우를 받을 자격을 지니기 때문이다. 하지만 그가 비정규군인 빨갱이[351]라는 점이 밝혀지는 순간 그의 죽음-처형은 당연한 것으로 받아들여진다. 동생은 적군으로서 보호받아야 할 포로가 아니라 국가의 내부에서 체제의 합법성을 위태롭게 만드는 내부의 적이 된다. 형과 동생의 가족 관계는 혈연을 기반으로 하는 민족공동체를 상상하게 만든다. 그리고 이러한 민족의 개념 하에서 포로의 권리는 손쉽게 제거된다. 가족이 된 포로는 적국의 군인이 아니라 우리의 민족을 배신한 빨갱이일 뿐이다.

포로는 국제법상의 보호대상이지만 빨갱이라는 내부의 적은 죽여도 좋은 존재들이다. 빨갱이는 더 이상 군인이 아니며 따라서 숭고한 국가를 위해 희생될 수는 없지만, 언제든지 죽여도 좋은 자들[352]이다. 국가는 이 내부의 적들을 추방함으로써만 체제의 합법성을 보존할 수 있다. 따라서 형은 동생이 빨갱이가 되었음을 알게 되는 순간, "부모도 형제두 민족두 모르는 빨갱이"가 되었다는 말로 그의 죽음을 선언한다. 이미 남한이라는 체제와 개인의 운명을 하나의 것으로 이해하는 형에게 남한의 체제를 부정하는 동생은 민족을 배신한 자이며, 따라서 국가를 배신한 자이고, 동시에 부모 형제간의 모든 관계를 부정하는 자로 이해된다. 그러므로 동생은 더 이상 그의 가족이 될 수 없다. 민족과 가족의 공동체로부터 배제된 동생은 더 이상 구명 활동을 해야 할 필요가 없는 "원수"일 뿐이다.

---

351) 칼 슈미트, 김효전 역, 『파르티잔』, 문학과 지성사, 1998, p.133.
352) 살인죄를 저지르지 않고도 살해가 가능한 영역에 놓인 주체(호모사케르)라 할 수 있다. 조르조 아감벤, Op.Cit., p.177.

임 대위는 권총을 들고 포로를 향해 조준을 했다.

그러나 어찌하랴, 사격 거리에 들어온 포로는 틀림없는 동생이었다.

임 대위는 조준을 한 채 눈을 감았다.

'죽일 자식! 무엇 때문에 이리루 도망을 온담.'

그는 속으로 부르짖었다.

그러나 쏘지 않을 수도 없다. 쏘지를 않는다면 그것은 군기를 위반하는 일이다.

"쾅!"

"쾅!"

임대위는 눈을 감은 채 권총을 쏘았다.[353]

해방 이후 사상이 다른 형제간의 갈등 관계에 주목하는 다양한 작품들이 창작되어왔지만, 「암야」는 반공주의적 민족정체성이 구성되는 순간을 가장 강렬하게 형상화하는 작품이라 할 수 있다. 이념 갈등으로 전이된 형제의 갈등이 결국 형에 의한 동생의 처형으로 끝나기 때문이다. 동생이 빨갱이임을 확인한 형은 동생에게 마지막으로 과자를 사서 선물한 뒤 "북쪽으로 도망가는 오랑캐와 인민군의 뒤"를 공격하기 위해 나선다. 그리고 부대를 빠져나가는 순간 도망쳐 나오는 두 명의 포로를 발견한다. 임 대위는 달려오는 포로가 동생일 수도 있다는 생각을 하면서도 포로를 향해 조준을 한다. 그리고 결국 도망치는 포로가 동생이었음을 확인하였음에도 불구하고 그를 향해 총을 쏜다. 임 대위는 동생을 죽여야 하는 현실을 탓하기보다는 하필 자신을 향해 달려오는 동생을 원망한다. 그리고 자신을 향해 달려오는 포로가 동생이라고 하더라도 그는 동생을 죽일 수밖에 없다고 생각한다. 그에게는 자신이 속한 세계의 법, 군기가 놓여있었고 동생은 이러한 법으로 보호받을 수 없는

---

353) Ibid., pp.59-60.

세계 밖의 존재였기 때문이다. 눈을 감은 채 동생을 향해 총을 쏜 형은 동생의 죽음을 애도할 새도 없이 서둘러 전장으로 떠난다.

임 대위는 가족을 배신하고 빨갱이가 된 동생을 쏘아 죽인다. 그리고 빨갱이의 가족이라는 위기에서 벗어나 진정한 대한민국의 일원으로 인정받는다. 「암야」가 그려내는 이와 같은 강력한 반공 서사는 빨갱이가 된 동생의 야만성과 비인간성 강조함으로써 동족상잔이라는 한국전쟁의 문제적인 지점을 해소해 내가고자 한다. 임 대위가 죽인 것은 가족, 동족이 아닌 사상에 미친 빨갱이였을 뿐이라고 설명하는 것이다. 따라서 임 대위의 선택은 고통스러운 것이었지만 대한민국의 체제를 위한 희생적인 충성심으로 의미화된다. 개인적 감정에서 벗어나 국가를 위한 선택을 한 임대위는 숭고한 희생의 가치를 구현한 인물이 된다. 하지만 이 작품에는 단지 빨갱이가 된 동생의 야만성만이 강조되는 것은 아니다. 동생을 직접 처형해야 하는 임 대위의 치열한 갈등과 고민의 지점이 여전히 서사의 일부로 남아있기 때문이다. 이를 통해 전시의 반공서사는 동생을 죽이는 임 대위의 훼손된 인간성에 대해 다시 질문하게 만든다.

사상이 다른 형제간의 갈등 관계에 주목하는 것은 「삼형제」 역시 마찬가지이다. 다만 「삼형제」의 경우 어린 동생 해봉이 빨갱이가 되어 돌아온 형 해철에게 죽음의 공포와 형제로서의 연민을 동시에 느끼고 있다는 점에서 차이가 있다. 해봉은 마을의 상황을 정찰하라는 형의 명령을 거절하지 못하고, 그를 경찰서에 신고해야 한다는 것을 알면서도 실행을 망설인다. 해봉은 형을 보호하고자 하는 어머니를 바라보면서, "내가 형을 죽인 생각을 했다."[354]고 뉘우치기도 한다. 그리고 이는 아

---

354) 박영준, 「삼형제」, ≪박영준 전집≫2, p.119.

직 온전히 '국민'이 되지 못한 어린 해봉의 입장으로 그려진다. 해봉에게는 형을 추방하고 국민이 되어야 하는 성장의 과제가 제시되는 것이다. 하지만 해철은 첫째 형, 해산의 신고로 결국 경찰에 의해 포위당한다. 그리고 이러한 아들의 처지를 안타까워하던 어머니는 아들을 '살리기' 위해 그를 설득해 "끌고 나오겠다."고 말한다.

> 경관은 사격을 중지시키고 잠시 무엇을 생각하다가 입을 열었다.
> "우리두 사람을 죽이구 싶어 하는 건 아닙니다. 뉘우치기만 하면 같은 동포니까요. 그럼 가서 데리구 나오시오."
> "네! 그럼 죽이질 않지요?"
> "안 죽이구 말구요."355)

해철을 죽이기 위해 온 자들은 군인이 아닌 경관이었다. 타국의 적이 아닌 국가 내의 폭도로 간주되는 빨갱이를 처벌하는 것은 치안 유지의 권한을 가진 경찰이었기 때문이다. 내부의 적인 빨갱이에게는 포로의 권리가 없었지만, 언제든 "뉘우치기만 하면 같은 동포"로 받아들여질 수 있는 기회가 있었다. 어머니의 말을 들은 경관은 빨갱이를 향한 사격을 중지시키고 투항할 것을 요구한다. 하지만 해철은 어머니에게 설득되지 않고 오히려 어머니를 살해한다. 결국 경찰에 잡힌 해철에게 해산은 "어머니까지 죽여야지 빨갱이가 되지."라고 말하며, 그의 비인간적인 면모를 '빨갱이'의 것으로 규정한다. 그리고 해철은 뒤늦게 그것이 군당부의 명령이었다며 자신의 잘못을 뉘우친다. 이러한 뉘우침이 있더라도 어머니를 살해한 해철의 죄는 용서받을 수 없다. 그의 행동은 오히려 공산주의의 사상이 얼마나 인간성을 훼손하고 있는지는 나타내줄 뿐이었다.

---

355) Ibid., p.125.

해철이 자신의 죄를 뉘우치고 남한으로 귀순하고자 할 때, 해산은 비로소 "죽어두 사람이 되어 죽으니까 원통치는 않겠다."고 이야기한다. 귀순의 의지를 내보이는 순간 다시 해철은 '인간'이 된다. 해철은 자신의 어머니를 죽였음에도 불구하고 빨갱이가 된 잘못을 뉘우쳤기 때문에 다시 '사람'으로 돌아올 수 있었던 것이다. 따라서 해철에게는 아직 "동포"가 될 기회가 남아있다. 자신의 죄를 뉘우친다면 그는 다시 '적'이 아닌 형제가 될 수 있는 것이다. 이는 그가 무장을 하고 군당부의 명령을 따르지만 아직은 온전한 군인이 아닌 빨치산이기 때문이다. 군인이되 군인이 아닌 빨치산의 지위, 합법적인 체제를 위해 싸우는 것이 아니라 그것의 전복을 위해 싸우는 비합법의 영역에 속하는 빨치산은 적인 동시에 언제든 우리가 될 수 있는 자이다. 따라서 빨치산들에게는 귀순의 기회가 제공된다. 귀순한 빨치산은 체제의 정당성을 가시화는 효과를 지니지만 언제든 내부의 적으로 변할 수 있다는 점에서 가장 위험한 자들이기도 했다. 빨치산에 대한 이 양가적인 감정은 한국전쟁의 특수성을 설명하는 주요한 지점이다. 이들은 민족의 경계를 횡단하는 동족상잔의 전쟁터에서 창이자 방패의 역할을 하며 최전방에서 싸우고 있었던 것이다.

남한 정부는 북한의 공산군을 정규군으로 인정하지 않는다. 이들을 정당한 군인으로 규정한다면 이들의 정부 역시 정당한 것으로 인정해야 했기 때문이다. 이러한 점에서 북한군은 군인이되 온전한 정부의 군인이 아닌 괴뢰 군인들이 되어야했다. 그러므로 북한군들은 투항하는 순간 포로가 아닌 빨치산이 될 수밖에 없다. 이러한 논리에서 남한 사회에는 "애국포로"라는 독특한 개념이 발명되는데, 이는 당시 이승만 정부가 행했던 반공포로 석방356)의 논리를 통해 선명하게 드러난다.

그러므로 이 전쟁은 UN으로 보아서는 국제적침략자를 처벌하는 국제경찰력의 발동이나 우리대한민국의 입장으로보아서는 북한에 있어서의 우리 주권을 회복하야 남북통일이라는 민족적숙원을 달성하기위한 전국군을 건 건곤일척의 비장한 단판싸움인 동시에 합법적정부에대한 반역자를 처벌하는 주권행사인것이다.

그러므로 북한출신반공포로는 국제법에 의한 포로로취급될수없는 귀순한선량한 국민일뿐아니라 어느모로보나 오천년이라는 긴역사와 전통을통하야 문화적, 경제적, 혈통적 유대에 의한 한피줄기 한운명의 단일민족인 배달민족이 불과수년동안의 인위적국토분할으로인하야 다른민족이되고 다른국가가되였다고보는 것은 비합리적이다.

이에 국민의 인권과 권리를 수호하는 책임을 갖인 대한민국정부는 이들에 대한 보호와 책임과 의무를 느끼게 된 것이다.[357]

휴전 협정과 함께 포로 교환과정이 진행되던 1953년에 이루어진 대통령의 갑작스러운 포로 석방은 국제사회와의 마찰을 불가피하게 했다. 이러한 상황에서 최덕신[358]은 포로 석방의 정당성을 강조하는 글을 발표한다. 이글은 대한민국정부가 UN의 인정을 받는 유일한 합법정부임을 천명하면서 시작된다. 그리고 이러한 전제를 바탕으로 UN과 대한민국의 입장이 상이함을 지적하고 북한 출신의 반공포로가 "국제법에 따른 포로"가 아닌 "선량한 국민"임을 강조한다. 자신의 죄를 뉘

356) (이승만정권은) 유엔군과 공산군이 정전협정에 조인하기로 합의한 6월 18일 유엔군이 억류하고 있던 반공포로 2만7천여명을 일방적으로 석방시켰다. 박태균, Op.cit., p.272.

357) 최덕신, 「애국포로 석방의 의의」, ≪신천지≫, 1953.7, p.22.

358) 이 글의 필자인 최덕신 스스로도 이념적 횡단의 대상이었다고 할 수 있다. 최덕신은 5.16 군사정변 후 외무부장관까지 지내면서 반공 인사로 활동하다 미국으로 건너간 뒤 1981년에는 평양을 방문하여 천도교중심의 남북합작을 내세우며 남한정부 공격에 앞장선다. 이와 같은 반공인사들의 삶은 당대 사회의 이념적 구획이 얼마 불안정하고 위태로운 것이었는가를 반증한다.

우치는 한 이들은 "한피줄기 한운명의 단일민족"이된다. 그리고 대한민국 정부는 전쟁 포로들을 한핏줄의 민족으로 재정의함으로써 이들을 보호할 의무를 갖게 되고 적군의 포로를 아군의 국민으로 '석방'시킬 권리를 확보하게 된다.

전쟁의 적이었지만, 결국은 같은 민족이라는 이러한 모순적인 상황에 놓인 것이 바로 '애국포로'의 정체이다.[359] 포로와 빨갱이를 나누는 지점은 여기에 있다고 할 수 있는데, 포로가 외부의 적이라면 빨갱이는 배제됨으로써 포함되는 내부의 적이다. 대한민국 정부는 북한군을 포로가 아닌 애국 포로로 규정함으로써 그들을 국경의 내부로 포함하는 동시에 빨갱이라는 이름으로 이들을 배제한다. 이를 통해 한반도 내의 유일한 국민국가로서 대한민국의 합법성을 달성할 수 있게 되는 것이다. 이 모순된 정체성, 포로이되 국민이 되어야 하는 "애국포로"의 심경을 드러내는 것이 바로 박영준의 「빨치산」이다.

「빨치산」은 언제든지 죽음을 받아들일 수 있는 빨치산 추일의 각오를 밝히는 것으로 시작된다. 소설은 전반에 걸쳐 '자신을 죽여도 좋음'을 강조하는데, 이를 통해 역설적으로 남한 사회에 온전히 귀속되고자하는 강한 의지를 보여준다. 죽음을 각오한 그의 태도는 빨치산을 추방함으로써 국가의 합법성을 보존하려는 남한 사회의 법을 따르겠다는 의지를 표명한다. 그리고 이러한 의지를 바탕으로 자신이 어떻게 빨치산이 되었는지를 설명하고 왜 전향을 하고자 하는지를 밝힌다.

소설의 주인공은 서울대학교를 졸업하고 "레닌"이나 "스탈린"이 되

---

359) 애국포로의 개념은 식민사회에 대한 기억을 바탕으로 강렬한 민족주의적 열망을 드러내는 동시에 이를 반공의 체제 내부로 수렴하려는 진영적 사고를 담지한다. 따라서 애국포로는 열강 중심의 안정적인 냉전의 구획과 달리 전쟁을 예비하는 약소민족을 지시하는 개념이다. 이민영, 「한국 소설에 나타난 애국포로의 서사와 반공국가의 불안」, 『한국현대문학연구』 55, 2018, p.250.

고자 북으로 월경한 인물이다. 하지만 월북의 결과 그가 발견하는 것은 이미 그의 성분에 낙인이 찍혀있다는 것이었다. 남한의 월남인들이 느꼈던 것과 유사한 위기의식은 월북한 빨치산을 통해 발화된다. 월남인들이 출생지와 주권적 영토의 분리 사이에서 국민으로서의 불안감을 느껴왔던 것처럼, 나(추일) 역시 북한의 인민으로서의 정체성에 불안감을 느낀다. 남한의 엘리트라는 출신의 문제에 직면하면서 그는 북한사회 내에서 스스로의 정체성을 증명하기 위해 노력한다.

> 그러나 강동 정치학교 군사부에 입학을 시킬 때 정치부가 아니라 하필 군사부라는 것을 알 때부터 나에게는 나의 옳지 못한 성분이 나를 감시하고 있음을 느꼈습니다. 나의 이력서에는 명예로운 노동자가 아니라 기회주의자인 '인테리'의 불명예스러운 낙인이 찍혀 있음을 그때야 발견했습니다.
> 나의 할아버지는 3.1. 운동 때 민족운동을 했고 나의 아버지는 일제 때 친일 행동을 했다는 것도, 다시 말하자면 조상의 생활까지를 나의 원죄로 받아들이지 않으면 안 된다는 것을 알았습니다.[360]

자신이 원하던 정치부가 아니라 군사부에 입학하게 되었을 때, 그는 북한의 체제에 온전히 귀속할 수 없는 출신의 문제, 원죄를 발견한다. 그는 자신이 과거의 문제, 그 스스로가 아닌 할아버지와 아버지로부터 이어지는 과거의 문제에 대한 책임을 지어야한다는 것을 알게 된다. 노동자가 아닌 "기회주의자"이며 "인테리"라는 낙인은 그가 정규군이 되지 못하고 빨치산이 되어 남하하게 된 이유를 설명해준다. 출신의 문제가 원죄와 같은 형태로 존재할 때, 그것을 극복하는 것은 죽음을 각오

---

360) 박영준, 「빨치산」, ≪박영준 전집≫2, p.62.

하는 것밖에 없다. 죽음을 통해 나시 대어난으로써만 그는 온전히 체제 내부에 귀속될 수 있을 것이 때문이다. 따라서 그는 '김명구'라는 자신의 이름을 버리고 공비 두목 '추일'이 되어 전쟁에 참여한다. 그리고 성분의 낙인을 극복하고자 열심히 성과를 올린다. 체제의 내부에 속하기 위해 그는 누구보다 열렬하게 자신을 증명하고자 했던 것이다.

하지만 이러한 자기증명의 노력은 달성 불가능한 것이었다. 그가 빨치산이 되어 싸우는 한, 그의 싸움은 국경의 외부에 놓이는 것이었으며 따라서 국가를 위한 희생을 통해 국민이 되는 군인의 것이 아니었기 때문이다. 그는 자신의 성과를 인정받아 훈장을 받기도 하지만 정규군이 아닌 그에게 훈장은 "공수표"일 뿐이었다. 그것은 결국 "이북에 돌아가거나" "괴뢰군이 남한 전체를 점령하는 날 받기로 하는"[361] 미래에 약속되는 것일 뿐, 현재에는 실존하지 않는 것이었다. 공비두목 추일은 남한 정부의 내부의 적이면서 북한군의 지령을 받는 모순된 지위의 문제점을 발견한다. 빨치산에게 공식적인 군인이 될 수 있는 기회가 제공되지 않을 것임을 이해하게 되는 것이다. 이러한 인식으로 인해 추일은 자신의 정체성에 대해 더욱 큰 불안감을 느낀다.

> 8.15일까지는 부산까지 틀림없이 점령할 테니까 걱정 말고 후방 교란에만 전력을 다하라고 말하던 출발 당시의 북한 괴뢰정권의 거짓말이 원망스럽기도 했습니다. 그러나 그렇다고 해서 그러한 나의 심정을 조금이라도 나타낼 수는 없었습니다. 부대장의 책임이란 것도 있을 뿐 아니라 또다시 나의 성분이 머릿속에 아롱거렸기 때문이었습니다.
>
> 아무리 죽는 한이 있다 해도 성분이 나쁜 놈은 할 수 없다는 그런

---

361) Ibid., p.64.

말을 듣지 말아야 한다는 자책이 꼬리를 물고 일어났던 것입니다. 말하자면 자기기만이지요.362)

추일은 부산을 점령하는 것이 "북한 괴뢰정권의 거짓말"이었음 지적하면서 빨갱이로서의 활동이 결국 이러한 부당한 권력의 인정을 받기 위한 것이었음을 고백한다. 이념에 따라 북한을 선택했음에도 불구하고 체제 내부에 온전히 수용되지 못한 추일은 체제에 대한 과잉 충성을 통해 자신의 성분에 대한 의심을 해소하고자 한다. 그는 "성분이 나쁜 놈은 할 수 없다."는 말에 저항하기 위해 더욱 더 열심히 전쟁의 목표를 향해 나아갔던 것이다. 「도피」의 주인공이 '책임감이 없는 조선인'이라는 제국의 타자화 과정에 저항하기 위해 그들에게 더욱 적극적으로 협조했던 것처럼, 추일은 월북한 자신을 경계 밖으로 내모는 국가 권력을 향해 더욱 열렬하게 복종한다.

권력에 온전히 포함되지 못한 채 배제되는 지위에 놓인 경계인들은 권력의 규율을 철저하게 내면화함으로써 그것에 과잉복종한다. 과잉복종은 경계인이 자신을 증명하는 유일한 방법이기 때문이다. 추일은 자신을 배제하는 권력의 모순을 인식 함에도 불구하고 결국 그것에 포섭될 수밖에 없는 상황에 놓인다. 그는 더욱 적극적으로 전투에 나서 자신을 증명하려 하지만 포로가 됨으로써 이러한 노력은 결국 실패하고 만다. 이제 그는 다시 남한의 내부로 귀순해야 하는 처지에 놓인다. 다시 그는 경계를 넘어서야 하는 것이다. 그리고 이러한 경계 넘기의 과정에서 한 번 더 그가 선택한 방법은 남한의 체제에 대한 과잉복종이다.

362) Ibid., p.67.

지금도 꼭 살려달라고 애원할 마음은 없습니다. 다행히 살려 준다면 덤으로 얻은 생명이 본전을 빼도록 애써 보겠다는 것뿐입니다. 한 번 잃었던 때문인지 새로 발견한 인간성에 대한 애착심은 얻어 본 일이 없는 사람보다 몇 배나 강할 것 같습니다. 그것만은 숨길 수 없는 일입니다. 그러나 나는 악의 세계에서 탈출했다는 것만으로 만족합니다. 죽임을 받는다고 해서 불만을 품지는 않겠습니다.
　　대단하지 않은 내 한 목숨을 받아주십시오.[363)]

　빨치산이었던 공비대장 추일은 다시 김명구로 되돌아가고자 한다. 하지만 그는 목숨을 애원하지는 않는다. 남한의 체제 내부로 귀속되고자 하는 추일은 삶이 아닌 죽음을 각오함으로써 다시 자신의 정체를 증명해야 하기 때문이다. 빨치산으로서의 죽음을 각오하는 것은 남한의 법을 존중하고 그 합법성을 보장하면서 남한에서의 삶을 도모하기 위한 유일한 방법이다.[364)] 따라서 그는 죽음을 각오하되 남한에서 주어질 삶을 "덤으로 얻은 생명"이라 일컫고 그것이 허용된다면, "본전을 빼도록 애써 보겠다"는 각오를 다진다. 남한 사회에서 새로운 삶을 허용받기 위해 그는 이제 추일로서의 삶을 이미 죽은 것으로 간주한다. 이 철저한 순종과 복종의 태도는 자신을 '빨갱이'라 부르는 남한의 국가 권력을 향한 것이다. 그는 자신을 배제하는 남한의 법에 철저하게 복종함으로써 다시 그 체제의 내부로 귀속되기를 강력하게 희망하는 것이다. 하지만 이러한 귀속의 욕망이 불가능한 것임을 짐작하는 것은 어렵지 않다. 북한군에게 잡힌 포로석방 과정을 다루는 「용초도근해」

---

363) Ibid., p.75.
364) 이러한 점에서 남한 사회의 국가 권력은 생명관리권력(biopolitic)인 동시에 죽음의 권력(necropolitic)의 특성을 동시에 드러낸다고 할 수 있다. Achille Mbembem, Necropolitics, *Public culture 15,* 2003; 미셸 푸코, 오트르망 역, 『안전, 영토, 인구』, 난장, 2011, pp.11-31 참조.

는 이 경계인의 귀속 욕망과 그것의 불가능성을 드러낸다.

「용초도근해」는 북한군에 의해 포로가 되어 평양에서 천마수용소로 그리고 우시수용소로 이동하였던 용수의 이야기를 다룬다. 그는 휴전과 함께 남한으로 돌아오게 되는데 소설은 북한군 포로라는 용수의 처지를 강조하면서 그의 삶을 시련의 서사로 구성한다. 남한의 판문점에 도착하여 국군을 보았을 때, 그는 "불행하지 않고 살아온" 그들과 "저주받을" 자신의 운명을 비교한다. 그리고 남한에 돌아왔으니 자신도 "자유 속에서 불행을 잊고" 살아가겠다는 다짐을 밝힌다. 국군에 의해 포로가 되었던 「빨치산」의 주인공이 북한의 체제를 비판했던 것과 마찬가지로 용수는 포로로서 경험한 고통스러운 삶을 강조하면서 북한의 체제를 비판한다. 포로 교환의 순간은 이러한 용수의 고난이 끝나고 남한의 국민으로 다시 태어나는 순간으로 기록되는데, 특히 북한에서 입고 온 옷을 벗고 알몸으로 판문점을 넘는 장면은 신성한 제의로써 국민화 과정을 선명하게 드러낸다.

> 그때였다. 어떤 한 사람이 발작을 일으키듯 입었던 옷을 벗어 내던지었다.
> 「더러운 놈의 옷-」
> 침을 뱉듯이 말하자 모두가 일시에 옷을 벗어버렸다. 병균이 붙은 옷을 처리하기나 하듯 그들은 벗은 옷을 될 수 있는 대로 멀리 내던지거나 그렇지 않으면 벗은 옷을 발로 내려 밟았다.
> 알몸뚱이로 내린 용수는 우선 사방을 돌아보았다. 낯설은 곳으로 이동될 때마다 죽음을 당할 곳으로 이송되는 듯 불안한 눈초리로 사방을 돌아보던 바로 그러한 불안이 그의 눈 속에 어리어 있었다.[365]

---

365) 박영준, 「용초도근해」, 『전시한국문학선』, 1954, p.128.

자신들이 북한군에게 속은 것이 아니라 진짜 판문점에 왔다는 것을 깨달은 포로들은 "병균이 붙은 옷"이라도 되는 듯 자신들의 옷을 멀리 벗어 던진다. 이러한 알몸의 귀환 행진은 강렬한 자기증명의 욕망을 보여준다. 이들은 포로로서 북한군에 의해 고난을 당해 왔으며, 그 시련을 통해 확고한 남한 국민의 정체성을 담보하고자 한다. 하지만 이들은 북한에서 살아남았다는 점에서 북한의 체제로부터 '오염'되었을 가능성을 지니고 있다. 포로들은 더러운 옷을 벗어던짐으로서 이러한 오염의 가능성을 일소하고자 한다. 하지만 자신이 괴뢰군 공작원의 임무를 띠고 왔다고 고백하는 또 다른 포로 민성주의 경우처럼, 북한으로부터 온 포로들의 사상을 검증하는 것은 쉬운 문제가 아니었다. 포로들에게는 북한에서의 삶을 단절하고 다시 새로운 남한의 국민으로 태어났음을 증명하는 과정이 남아있었던 것이다.

포로들이 벗어놓은 옷은 병균이 붙은 옷으로 여겨진다. 질병적 상태로 비유되는 공산주의의 이념은 포로들을 전쟁의 희생자들이 아닌 공산주의에 의해 오염된 자들로 형상화한다. 이는 반공주의의 결벽증적 배제의 논리와 결합되면서 포로들의 위태로운 상태를 가시화한다. 공산주의에 접촉한 자들에 대한 끊임없는 의심과 배제의 시선으로 인해 포로들은 고국에 돌아왔음에도 불구하고 강렬한 불안을 경험한다. "알몸뚱이로 내린 용수"의 "불안한 눈초리"는 "죽음을 당할 곳으로 이송"할지도 모른다는 북한군에 대한 공포인 동시에, 남한에 돌아온 후에도 죽음의 위기에서 벗어날 수 없을 것이라는 불길한 예감에서 비롯된 것이라 할 수 있다.

자신을 죽여도 좋다는 「빨치산」의 독백에서 드러나는 것처럼 박영준의 소설에서 국가는 죽음의 권력으로 현현한다. 태극기를 본 용수가 애국가를 부르면서 "하느님이 보우하사 내가 살아있"음을 느끼게 되는 장면은 죽음과 삶을 결정하는 국가 권력에 대한 인식을 드러낸다. "하느님이 보우하사 우리 나라 만세"라는 애국가의 구절이 곧 나의 삶으로 치환되는 것은 신적인 권력을 행하는 국민국가의 체제 내부에서 살아가는 개인들의 현실을 보여준다. 절대적 권력에 귀속될 수 없을 경우 언제든 죽음의 위기에 놓일 수 있다는 공포감을 설명해주는 것이다. 이러한 국가 권력에 대한 공포는 비단 전쟁의 경험에 한정된 것이 아니었다. 언제든 국경으로부터 추방함으로써 죽여도 상관없는 자들을 만들어 낼 수 있는 통치 권력에 대한 공포는 이미 해방의 현실에서부터 그 단초를 찾을 수 있다.

 짐이 너무없는데 도리허 의심을 냈던지 보안서원은 손을 내밀라고했다. 손을 내밀었더니 손바닥을 만져보고는 "일본놈 덕택에 잘 살았구만-"하고 반말질을 했다. 공기가 시앙스러웠다. 그래서 아모 말도 못하고 눈치만 차리고 있으려내 "내손을 봐 - 농민은 얼마나 고생을 했나-무엇때문에 만주에서 나오는 거야 이 카메라는 뭐구?" 하며 딱딱어리었다.
 대답할 말이 없었다. 죄인취급을 받는 자리에 서있다는 것을 깨달았기 때문이다.
 「스파이질하려 나오는거지?」 이렇게 물을때, 나는 어이가 없을 뿐이었다. 누구의 스파이 노릇을 한다는 말인가.
 「아니오」무지에는 반항할 길이 없다.
 「잔소리 말아!」 일제시 경관과 꼭같은 위엄과 억압을 보이려 했다. 아니 일제때보다도 더 무서웠다. 총을 맨 조선사람은 법으로 처단하는 것이 아니라 총으로 처단하기 때문에-.366)

---

366) 박영준, 「월남수기 문학-두 국경과 두 사선」, ≪백민≫, 1950.4, pp.156-157.

박영준은 전쟁이 발발하기 직전, 만주로부터의 귀환 여정을 서술하는 짧은 수필을 발표한다. 이 글을 통해 그는 자신의 귀환 과정을 비교적 상세하게 드러낸다. 이미 그 자신이 소설을 통해 만주 조선인들의 삶을 다룬 바가 있듯, 국경을 넘어선 그에게 가장 먼저 요구되는 것은 민족을 증명하는 것이었다. 조선인 보안서원은 그의 손을 만져보는 방식으로 그의 민족적 정체성을 판단한다. 박영준은 농민의 손과 다르다는 이유로 그를 스파이로 규정하는 보안서원의 '무지'에 반항할 길이 없었음을 밝힌다. 하지만 권력의 가장 두려운 얼굴이 그러한 무지, '나와 다르니 적'이라는 논리에 존재하고 있음을 깨닫는다. 그는 자신을 의심하는 보안서원에게서 "일제 시 경관"의 모습을 보는 동시에 그가 "조선 사람"이라는 점에서 더 두려운 존재가 될 수 있음을 깨닫는다. 총을 맨 조선 사람에 의해 비민족으로 규정되는 순간 그는 언제든 법이 아닌 총구 앞에 놓일 수 있기 때문이다.

해방 사회에서 만주로부터 귀환한 조선인들은 제국에 오염되지 않았음을 증명해야 하는 상황에 놓여있었고, 박영준은 일련의 귀환 과정을 통해 조선이라는 경계가 안전과 위험을 동시에 의미하는 것임을 이해하게 된다. 국민에게 주권의 권리를 부여하는 국민국가의 체제 내부에서 그는 죽음의 권력을 발견하게 되는 것이다. 「용초도근해」의 주인공 역시 적의 세계에서 돌아온 자로서 감내해야 할 의심의 시선으로부터 자유롭지 못하다. 애국가를 부르며 "자유의 문"으로 들어설 때, 그는 앞으로의 "불행을 잊고" "자유 속에서"[367]살 수 있다는 사실에 감격했지만, 포로 생활의 불행한 기억은 끝끝내 잊히지 않는다.

---

367) 박영준, 「용초도근해」, Op.Cit., p.129.

「여러분은 김정갑 동무에게 육 개월 영창을 선언했습니다. 그러나 김 동무의 장래를 위하여 나는 특별한 고려 끝에 삼 개월 영창이 적당하다고 생각합니다. 그래서 김 동무가 하루빨리 반성하여 우리 곁으로 돌아오기를 기다리는 바입니다.」

하고 최후선언을 할 때 용수는 그만 죽어 버리고 싶어졌다.

소위 괴뢰 장교라는 자가 3개월을 적당하다고 말하는데도 불구하고 자기는 김정갑을 무슨 원수라고 6개월을 선언을 하였던 것인가? 괴뢰 장교보다도 자기는 자기의 전우를 더 미워했는가? 그러니 김정갑은 물론 다른 전우들이 자기를 어떻게 생각 할 것인가? 괴뢰들에게 가장 충실하듯 보이려고 비겁한 아부를 했다고 손가락을 할 것이 아닌가368)

과거를 잊고 새로운 국민이 되고자 하는 용수가 끝내 잊을 수 없는 기억은 바로 같은 포로였던 김정갑에 관한 것이었다. 국군 장교에게 세숫물을 떠다주었다는 이유로 북한군은 김정갑을 인민재판에 회부한다. 그리고 용수에게 그의 죄를 성토할 것을 명령한다. 명령에 따라 그는 다른 동료들과 동일한 정도로 그 죄를 비판하였다. 하지만 "구체적인 방법을 제안하라"는 예상외의 요구에 당황하고 만다. 구체적 방법을 제안하는 것은 자신이 "반동"이 아님을 증명하는 과정이었다. 그리고 반동 아님을 증명하기 위해 그는 김정갑의 6개월 영창행을 제안한다. 용수의 불행은 바로 이러한 지점에서 극대화되는데, 포로로서 북한의 명령에 따라야 하는 용수는 생존을 위해 명령에 복종하였지만 그 복종은 '과잉'의 형태로 나타났던 것이다. 6개월을 제안한 용수와 달리 괴뢰의 장교가 3개월의 영창행을 선언했을 때, 그는 "죽어버리고 싶다."는 강렬한 수치심을 느낀다. 적군인 괴뢰의 장교보다 자신이 더욱 심한 처벌

---

368) Ibid., p.135.

을 내렸을 때, 그는 전우들의 시선을 의식하면서 좌절한다. 명령에 의한 복종의 관계를 넘어선 과잉복종의 형태는 곧 권력에 대한 적극적인 협조의 태도로 이해될 수밖에 없었기 때문이다. 그 성토의 자리에서 결국 용수는 북한에 오염된 자가 된다.

용수가 포로 석방을 위해 용초도로 향하는 배에서 뛰어내린 것은 바로 이러한 오염된 스스로에 대한 죄책감으로 설명할 수 있다. 자신의 과거로 인해 고통스러워하던 용수는 배 위에서 김정갑의 시선과 맞닥뜨린다. 그리고 그 순간 "더러운 자식"이라는 김정갑의 목소리를 듣는다. 그는 결국 자신을 바라보고 있는 것이 진짜 김정갑인지 확인하지도 못한 채, 바다를 향해 뛰어든다. 용초도에 도착하여 "만세"를 부르는 다른 포로들과 달리 용수의 귀에는 포로 생활 중 만난 연인 혜민의 목소리만이 들린다. "또 가보아야 한다."고 재촉하는 혜민은 용수가 용초도를 거처 남한에 정주할 수 없을 것임을 말해준다. 더렵혀진 그는 영원히 경계와 경계 사이를 오가며, 체제 내부를 향해 과잉복종해야 하는 운명에 놓여있는 것이다.

용수는 결국 자살이라는 극단적인 행동을 통해 체제의 정당성을 훼손하지 않은 채 남한의 체제에 수용된다. 하지만 "행복스러운 사람도 많건만"[369]이라는 독백을 남겨두고 죽음에 이르는 용수는 국민국가의 시선 하에서 과잉복종을 통해 자신을 증명해내야 하는 경계인의 고통스러운 삶을 말해준다. 용수는 경계 내부에 속하기 위해 자신에게 속한 모든 병균 같은 적의 흔적을 지웠음에도 여전히 민족이 되지 못한다. 체제의 내부에서 보호와 안전을 확보하지 못한 이 불행한 자들은 자신이 속할 곳을 발견하지 못한 채, 죽음의 위협에 시달리는 추방자의 삶

369) Ibid., p.143.

을 이어간다. 그리고 이제 조선의 '민족'은 정치와 이념을 통해 구성되는 모순적 경계를 중심으로 생존을 위한 치열한 자기증명의 과정을 수행하게 된다. 완료되지 못하는 국가 건설의 과정과 끝나지 않는 전쟁 속에서 한국사회는 반공의 민족이라는 도달 할 수 없는 목표를 확립하게 되는 것이다.

V. 결론

V. 결론

　1945년과 1953년 사이에 창작된 한국 문학에는 민족에 관한 치열한 고민들이 내포되어 있다. 그리고 이들 소설들은 민족에 대한 전망을 통해 제국 이후의 사회를 새롭게 구축하고자 했던 강렬한 열망들을 드러낸다. 한국 사회가 경험한 해방과 전쟁, 그리고 분단의 현실을 설명하기 위해서는 이 같은 민족적 열망이 확산되고, 또 좌절되는 극적인 순간에 주목할 필요가 있다. 해방 이후의 소설들은 일본의 제국주의에서 벗어나 냉전의 체제로 나아가는 한국사회의 현실을 밀도있게 재현하면서 제국과 냉전이 교차했던 시대의 현실 인식을 구체화하고 있는 것이다.

　제2차 세계 대전의 종결 이후 서구사회가 제국적 세계체제를 냉전의 체제로 전환하였을 때, 한국 사회 역시 이러한 국제사회의 흐름과 단절될 수 없었다. 해방기와 전쟁기를 거치면서 한국 사회는 제국적 과거에서 벗어나 냉전체제의 일부로 전환된다. 하지만 이러한 이행의 과정에는 필연적인 균열의 지점들이 노출된다. 한국전쟁은 이러한 균열을 가시화 하는 핵심적인 사건이었다. 해방과 전쟁기의 문학들은 제국과 냉전체제 사이에 놓인 갈등과 모순을 가시화 하면서 다양한 민족의 담론을 구성해 나간다. 따라서 해방과 전쟁을 단절이 아닌 연속의 시공간으로 설명하는 과정을 통해 국가건설, 냉전 이데올로기, 분단 체제가 교섭하였던 당대의 현실을 좀 더 입체적으로 이해할 수 있게 된다.

해방과 전쟁을 연속적인 관점에서 살펴볼 때, 구식민지 조선이나 자유진영의 남한으로 설명할 수 없는 한국 사회의 복합적인 현실이 드러난다. 그것은 식민사회의 기억을 지니고 있는 동시에 미소를 중심으로 하는 새로운 강대국의 체제로 다시 귀속될 수밖에 없었던 시대 인식과 연관된다. 즉, 한국 사회에서 민족주의적 전망과 목표들은 제국의 극복과 냉전적 세계체제로의 이행 과정에서 구체화 되었던 것이다. 서구 사회는 세계 대전을 통해 제국주의적 국제질서의 위기를 인식하고 진영을 기반으로 안정적인 냉전의 체제를 구성해 나갔다. 서구적 냉전 체제는 전쟁의 가능성을 내포하는 동시에 3차 대전에 대한 강한 두려움을 통해 전쟁의 가능성을 억제해왔다. 냉전의 시기가 '오랜 평화'의 시기로 불리는 것은 바로 이러한 서구적 냉전사회의 특성을 드러낸다. 이와 달리 한국을 비롯한 아시아 사회는 냉전체제의 경계 위에서 실질적인 전쟁을 통해서만 진영의 내부로 귀속될 수 있었다. 한국전쟁은 이러한 열전으로서의 냉전체제가 본격화되는 지점이었다. 해방기와 전쟁기 문학을 이해하기 위해서는 이러한 국제질서의 흐름을 바탕으로, 서구 사회와 유사하지만 전혀 다른 역사를 구성해나간 한국사회의 현실을 전제해야 한다.

한국 사회에서 냉전은 열전의 형태로 경험되었다. 열전의 특수성은 1945년 이후에야 식민사회에서 벗어나 국민국가를 건설할 수 있었던 구식민지 국가의 현실에 기인한다. 식민사회에서 국민국가로 이행한 한국 사회에는 미소 중심의 냉전체제로 귀속될 수 없는 제 3세계의 운명이 놓여있었던 것이다. 따라서 해방 이후 문학에 나타난 현실 인식을 규명하기 위해서는 냉전체제의 일원이지만, 그들과 다른 운명에 놓인 탈식민 사회로서의 한국을 이해해야 한다. 이를 바탕으로 할 때에만 탈식민적 주체로서 민족을 호명해내는 동시에, 냉전체제의 일원으로서 국민의 정체성을 만들어냈던 민족 담론의 효과와 기능들을 설명할 수 있다.

해방 이후 민족 담론에는 통일된 하나의 정체성으로 귀결될 수 없는 민족에 대한 다양한 전망들이 내포되어 있다. 한국사회의 민족 담론이 일본으로부터 해방된 조선인의 정체성과 분단 사회의 국민적 정체성을 모두 포함하고 있었다는 점은 이러한 혼종적 특성의 일면이다. 해방 사회에 광범위하게 사용되었던 '민족'이라는 개념에는 남북한을 아우르는 공동체에 대한 열망과 상대체제의 국민을 그 공동체에서 제외하고자 하는 모순적인 기획들이 내포되어 있었다. 따라서 이와 같은 혼종적인 민족정체성을 전제로 본 연구에서는 '서사'의 개념을 중심으로 해방의 민족 담론을 살펴보았다. 서사를 통해 구성되는 민족은 공동체의 범주를 설정한다는 점에서 교육적이고 공식적인 역사에 영향을 받지만, 상상된 민족의 정체성을 재구성한다는 점에서 이를 위반하는 수행적인 특성을 지닌다. 즉, 서사로서의 민족 담론에는 공동체를 결속하는 민족정체성이 의미화되는 동시에, 이러한 통일적이고 유기적인 정체성을 분절하고 균열시키는 모순적인 차이들이 가시화 되는 것이다.

이러한 민족 담론의 특성을 전제로 할 때 민족정체성의 개념은 단순히 국민국가 형성의 과정에서 발명된 것으로 설명될 수 없다. 민족은 문화적이고 유동적인 공동체 의식을 기반으로 설명되어야 하는 것이다. 근대적인 국민국가의 부산물로서 민족정체성이 한정될 경우, 그것은 탈식민국가의 '민족'을 설명하지 못한다. 탈식민 국가의 민족은 국민국가의 형성을 목표로 하는 동시에, 그러한 과정에서 이탈한 비정치적인 형태로 실재하기 때문이다. 민족을 근대적 국가로 귀속시킬 때, 서구적 의미에서 근대국가를 달성하지 못한 구식민지 국가들의 민족 정체성은 설명되지 못한다. 제국에 대한 저항정신의 기반이 되었으며, 이후 국가건설 과정에서 강력한 구속력을 드러냈던 '민족'의 의미를 살펴보기 위해서는 근대적 국민국가의 개념에 한정되지 않는 민족의 개념이 요구된다. 국가 내의 민족적 정체성을 고려하되, 이러한 정체성으로 환원될 수 없는 비정치적이고 혼종적인 민족의 개념을 고려할 필요가 있는 것이다.

혼종적인 탈식민 사회의 민족 담론의 특수성을 전제로 할 때, 해방기 문학에 나타난 민족 서사는 세 가지의 흐름으로 설명될 수 있다. 해방 이후의 한국 사회에는 냉전사회의 국민으로의 이행을 강조하는 민족 서사와, 냉전적 제국에 저항하면서 내적 결속을 주장했던 민족 서사, 그리고 국민국가의 체제로 귀속될 수 없는 이산의 현실에 주목한 민족 서사들이 혼재해 있었다. 2장에서는 제국을 과거 일본으로 한정하고 이를 극복할 것을 강조하는 이행의 민족 서사를 살펴보았다. 김내성, 김동인, 김송, 홍구, 안회남, 이태준, 김동리 등의 작가들은 해방을 과거와 단절되는 새로운 미래로 이행하는 사건으로 이해한다. 그리고 해방을 통해 신생하는 민족의 삶을 구체화한다. 김내성의 「민족의 책임」과 김동인의 「석방」 등의 소설들은 제국 일본을 해방된 조선에서 분리해 냄으로써 새로운 민족의 정체성을 달성하려는 담론적 지향을 드러낸다. 이들의 소설들은 혈연을 중심으로 일본인과 조선인을 분리하고, 이러한 혈연적 관계를 기반으로 국가라는 공동의 운명체를 상상해 나간다. 이 때 조선인의 핏줄은 건설되는 국가의 국민이라는 정체성을 보장해 주는 역할을 한다. 그리고 민족의 타자가 된 제국 일본을 전제로 하여 수난당한 선한 희생자로서 조선인의 정체성이 강조된다. 이 과정에서 일본은 봉건제를 비롯한 과거의 모든 부정적인 것들과 연결되고, 조선인에게는 민족 발전을 위한 국가건설의 과제가 놓인다.

김송과 홍구는 이념적 차이에도 불구하고 동일한 과거 극복의 서사를 만들어 나간다. 이들의 소설은 봉건 사회의 모순을 곧 제국의 모순과 연결하면서 일본과 단절하는 것이 곧 과거를 극복하는 것임을 강조한다. 그리고 과거와 단절된 신생하는 주체를 해방 이후의 새로운 민족적 주체로 설정한다. 안회남의 「불」이 징용을 경험한 주인공의 변모를 강조하는 것은 이러한 이유 때문이다. 이 작품은 불이라는 강력한 상징을 통해 과거의 모든 기억을 불사르고 새로운 주체로 태어나는 민족의 모습을 강조한다.

조선의 민족을 '일본인이 아닌 자'로 한정하는 민족 서사는 제국을 민족의 외부에 놓으면서 민족적 주체로의 회복을 기원한다. 이러한 과정에서 민족공동체에는 과거를 극복하고 미래로 나아가기 위한 역사적인 과제들이 놓인다. 임화와 김동리를 중심으로 이루어진 민족문화에 대한 논의들은 이러한 민족문화의 역사성에 주목한다. 두 사람 역시 이념적으로 상반된 위치에 놓여있었으나, 제국을 지양함으로써 근대에서 나아간 '현대'를 달성하고자 했다는 점에서는 동일한 측면을 드러낸다. 김동리의『해방』은 이러한 민족론에 기반하여 냉전체제로의 이행의 필연성을 강조한다. 제국 이후의 세계에서 제3의 길이 없음을 강조하는『해방』의 논리는 미국과 소련을 중심으로 나뉜 두 개의 세계에서 더욱 앞선 세계를 선택할 것을 주장한다. 그리고 상대의 체제를 이러한 발전의 논리를 따르지 못하는 나약하고 미성숙한 사회로 규정한다.

이태준 역시 민족의 독립을 위해 냉전의 논리를 따를 수밖에 없음을 강조한다. 「먼지」의 주인공은 냉전체제로의 이행이 민족의 발전을 위한 필수적인 선택이 되었음을 발견한다. 「먼지」의 주인공을 통해 화해할 수 없는 경쟁적인 구도를 갖춘 남북 사회가 형상화되는데 이를 목격한 주인공이 결국 죽음에 이른다는 결말은 냉전체제로의 이행과정에 놓인 고통의 순간을 예고한다. 단정 수립에 회의적이던 주인공의 죽음은 남북의 사회가 더 이상 냉전 구도로의 이행을 지연시킬 수 없다는 현실 인식을 드러내는 동시에, 이제 민족 통합의 전망은 폐기되었다는 비극적인 좌절감을 나타낸다. 이태준의 작품은 민족의 발전을 위해 구성된 이행의 민족론이 결국은 민족의 분열을 가져왔다는 모순을 제시함으로써 이행의 민족 서사가 내포하는 균열을 드러낸다.

3장에서는 제국을 일본에 한정하지 않고 식민지와 제국의 협조 관계로 이해하는 작품들의 민족담론을 살펴보았다. 염상섭, 김만선, 허준, 채만식, 엄흥섭 등의 작가들은 제국을 과거의 일본으로 한정하지 않는다. 이들의 소설들은 해방의 현실에서도 제국의 문제가 극복되지 않았음을 강조하면서 해방기의 혼란함과 무질서의 상황을 재현한다. 만주에서의 생활을 다루는 염상섭과 김만선의 소설은 해방 후에도 온전히 민족이 되지 못한 자들의 삶을 기록함으로써, 민족적 의지를 통해 검증되는 민족 정체성에 대한 전망을 구성한다. 해방의 혼란을 그려내는 소설들은 민족되기의 과정이 단순히 외부의 제국을 배제함으로써 가능한 것이 아님을 강조한다. 따라서 혼혈의 민족정체성을 수용하고 의지적인 과정을 통해 민족적 정체성을 회복할 것을 주장한다. 염상섭의 「해방의 아들」과 엄흥섭의 「귀환일기」는 이와 같은 민족 인식을 드러낸다.

의지적인 과정으로서 민족의 정체성을 강조하는 서사들은 이행의 민족 서사들과 달리 과거를 망각하고 분절해 내는 것이 아니라 이를 적극적으로 기억하고 반성함으로 민족적 정체성을 확보해 나가고자 한다. 이러한 과정에서 과거를 청산하지 못한 자들의 문제가 부각 된다. 엄흥섭의 「관리공장」과 황순원의 「술이야기」는 적산 공장이라는 공통의 소재를 통해 제국을 반성하지 못한 민족적 주체들에 의해 독립이 지연되고 있다는 인식을 드러낸다. 채만식의 풍자적 소설들은 민족을 망각하고 개인의 이익을 추구하는 인물들을 통해 내적인 과거 청산의 목표를 강조한다. 과거 청산을 위한 자기비판은 제국의 신민에서 벗어나 민족이 되기 위한 윤리의식을 강력하게 요구한다. 채만식은 이러한 반성을 작가 자신에게까지 이어감으로써 민족적 주체로의 복귀를 요구한다.

국민 되기의 의지와 윤리적인 민족 주체의 정립을 강조하는 민족 서사의 주인공들은 해방이 되는 순간 조선인으로서의 정체성을 바로 회복하지 못하고 오히려 자신의 민족적 정체성에 대해 질문한다. 갑작스러운 해방의 소식 앞에서 국가건설의 담론으로 이행하기보다는 '냉정'의 태도를 기반으로 현실의 문제를 극복할 것을 요구하는 것이다. 김만선의 「귀국자」가 이념 갈등으로 전이된 국가 건설담론에 투신하지 못하는 인물의 반성적 태도를 드러낸다면, 허준의 「잔등」은 보다 적극적으로 이러한 냉정한 시선의 중요성을 강조한다. 국가건설에 대한 열정으로 치환되지 않는 현실에 대한 시선을 전제로 할 때, 해방된 한국 사회에 새롭게 등장하는 제국의 형태가 발견된다. 냉전의 체제에서 과거 일본과 동일한 논리를 드러내는 미국과 소련의 모습을 인식하게 되는 것이다. 채만식의 「역로」와 염상섭의 『효풍』은 냉전체제로의 이행을 지연시키고 민족의 통합을 우선시해야 한다는 결속의 민족 담론을 선명하게 드러낸다.

단정의 수립과 한국전쟁을 통해 분단의 현실을 거부할 수 없게 되었을 때, 결속의 민족 서사는 스스로의 한계를 인식하게 된다. 채만식의 「낙조」는 믿을 수 없는 화자를 주인공으로 내세워, 제국을 극복하지 못한 채 냉전의 체제로 이행해나가는 현실에 대한 비관적인 관점을 드러낸다. 이 작품은 민족에 대한 내적인 변절의 문제를 제기하면서 외적인 면을 강조하는 반식민적 민족정체성이 내포하는 폭력적인 전쟁의 논리를 비판하고, 내면을 통해 검증될 수 있는 '결백한 민족'의 정체성을 강조한다. 그리고 이를 통해 냉전의 체제 위에서 구성되는 민족 통일론에 내포된 위험성을 경고한다. 염상섭의 『취우』는 냉전체제로의 이행을 더 이상 거부할 수 없다는 현실 인식을 바탕으로 한국전쟁의 의미를 새롭게 서사화한다. 이 작품에서 전쟁은 적군의 잔혹함을 강조하는 민족 최대의 비극으로 묘사되지 않는다. 그것은 국가 부재의 상황에서 보호를 받을 수 없는 피난민들이 경험하는 개인들의 위기로 이해된다. 그리고 이를 통해 적과 우리를 나누는 이념적 구획에 따라 이해되는 민족이 아닌 이념적 주체로 이행할 수 없는 민족의 삶을 드러낸다. 이러한 작품들은 거부할 수 없는 현실의 흐름을 인정하는 한편 냉전의 현실로 전환되지 못하는 민족적 주체들의 실체를 가늠하게 한다.

4장에서는 제국과 민족의 관계를 대립적인 관계로 설정하지 않고, 민족의 내부에서 식민성을 발견하는 작품들을 중심한다. 국가를 중심으로 상상되는 정치적인 민족이 되지 못하고 국가 내부에서 배제됨으로써 포함되는 형태로 살아가는 자들의 모습은 최정희, 홍구범, 박영준, 손소희, 최태웅의 소설을 통해 드러난다. 홍구범의 소설은 해방 사회에서 국가와 이념을 외치던 정치적 행렬의 너머에 존재하는 거리 위의 삶을 드러낸다. 「봄이 오면」이 식민사회와 다를 것 없는 해방의 현실을 살아가는 가난한 귀환민의 삶을 다룬다면, 「쌀과 달」은 순사와 농민의 관계를 통해 민족 내부에서 다시 식민화되는 빈농의 삶을 그려낸다. 최정희 역시 가난하고 비참한 현실을 살아가는 농민 삶을 소재로 해방의 이상에 진입하지 못한 채 과거의 삶을 이어가고 있는 자들을 형상화한다. 이들은 해방의 역사적 흐름에 아직 도달하지 못한 과거의 세계를 살아가고 있다는 점에서 해방된 민족 내부에 존재하는 시간적 혼종성으로 기능한다. 「풍류 잽히는 마을」은 직선적 발전의 구조를 전제로 하는 역사적 세계와 반복되는 과거에서 살아가는 민족들의 세계가 충돌하는 순간을 통해 민족 내부에서 소외되는 민족을 가시화한다.

국경 내부로 귀속되지 못하는 민족의 정체성을 전제로 하는 이산의 민족 서사는 제국의 외적 억압보다, 배제하면서 포함하는 권력의 구조에 집중한다. 박영준의 「과정」과 손소희의 「도피」는 만주 일본인 회사에서 일하는 조선인들의 삶을 다룸으로써 제국이 단순히 조선인을 배제하는 권력이 아니었음을 설명한다. 만주 조선인의 삶을 다루는 소설들은 조선인을 2등 국민의 위치에 놓음으로써 만주인들보다 나은 지위를 보장해 주었던 제국의 논리에 모순이 있음을 지적한다. 그리고 이러한 질서화 과정 속에서 조선인들은 오히려 더욱 철저하게 제국에 복종할 수밖에 없었다는 점을 강조한다. 이산의 서사는 체제의 내부로 귀속되지 못한 채 경계에 놓인 삶을 살아가는 식민지인의 현실을 해방의 현실과 중첩시킨다. 그리고 개인의 삶을 정치적 담론 내부로 귀속시키려는 민족 담론 역시 민족 내부에서 민족을 소외시키면서 제국의 논리를 반복할 수 있음을 경고한다. 손소희의 「삼대의 곡」에 나타나는 주인공의 죽음은 정치적인 민족담론 속에서 희생되는 개인의 비극을 드러낸다.

국민국가의 국민이 될 수 없는 민족들은 해방기 국가건설의 담론 속에서 배제되고 다시 고국을 떠나야하는 이산의 운명에 직면한다. 손소희의 「회심」은 만주에서 북한으로 북한에서 다시 남한으로 이주하는 가난한 주인공의 삶을 통해 정주 불가능한 민족의 현실을 그려낸다. 결국 어느 곳에서도 살아갈 방도를 찾지 못하고 다시 국경 밖으로 떠나게 되는 소설의 주인공은 냉전의 체제로 이행하는 과정에서 다시 탈영토화되는 자들의 모습을 드러낸다. 3.8선을 중심으로 이루어지는 해방기 재경계화 과정은 최태응의 소설을 통해 구체화 된다. 최태응의 「월경자」는 월경죄의 문제를 전면적으로 다루면서, 국민국가에 의한 경계구성 과정에서 위기에 놓이게 되는 월남민들의 삶을 드러낸다. 체제의 위협으로 간주되는 이들은 남한사회에서 새로운 국민이 되기 위해 보다 적극적으로 국민화의 과정에서 참여해야 했다. 종군경험을 바탕으로 하는 『전후파』는 이러한 월남민의 현실을 효과적으로 그리는 작품이다.

한국전쟁기의 반공주의는 단순히 공산당에 대한 적대감을 드러내는 것이 아니라 민족을 증명하기 위한 것이었다. 따라서 한국의 반공담론은 민족주의와 긴밀한 관계를 지닌다. 남한사회 내부로 한정되는 민족의 개념 속에서 북한과의 모든 관계는 강력하게 부정되어야 했다. 『적화삼삭』에 드러나는 잔류파 문인들은 '국가를 사랑하겠다'는 다짐을 통해 민족의 개념을 반공주의적 이데올로기로 전환한다. 그리고 그 내부에 귀속되기 위해 적극적으로 반공의 목표를 강조한다. 빨치산과 포로의 문제를 다루는 박영준의 소설은 경계 위에 놓인 민족이 반공의 담론을 통해 국민으로 전환되는 과정을 그려낸다. 「빨치산」이 죽음을 각오하는 전향의지를 통해 반공 국민 라는 목표를 구체화한다면 「용초도근해」는 이러한 전향의 불가능성을 드러낸다. 북한군의 포로가 되었던 주인공이 자신의 과거 기억으로부터 자유로워지지 못하고 결국 자살

을 선택한다는 점은 극복할 수 없는 월경의 죄의식을 드러낸다. 정치적
이고 이념적인 주체로 환원될 수 없는 혼종적인 민족 주체가 경험하는
좌절감과 비극성을 그려낸다는 점에서 이 작품은 자기 증명을 위한 민
족주의적 반공 담론의 모순을 선명하게 드러낸다.

　해방 이후 구성되는 민족 서사는 제국과 냉전이라는 세계체제를 전
제로 민족의 정체성을 구성해내는데, 이행의 민족 서사는 제국을 일본
으로 한정함으로써 냉전체제로의 이행이 민족발전의 전제가 될 것임
을 강조한다. 이와 달리, 결속의 민족 서사는 식민사회와 제국의 협조
적 관계에 대한 반성을 통해 새로운 제국으로 기능하는 냉전의 체제에
대한 비판적 태도를 드러낸다. 그리고 이를 극복하기 위해 냉전체제로
의 이행을 지연시키면서 민족의 통합을 강조하는 민족 서사를 구성해
낸다. 마지막으로 이산의 민족 서사는 민족의 내부에 존재하는 제국성
을 전제로, 식민사회의 제국과 냉전 체제하의 국민국가가 드러내는 공
통된 배제의 논리를 드러낸다. 그리고 민족 내부에서 다시 배제되는 이
산민의 위태로운 현실에 대한 인식을 바탕으로 냉전체제가 구상하는
반공의 담론과 완료될 수 없는 국민화 과정에 놓인 비극성을 표출한다.

　해방기의 민족 서사들은 한국사회의 탈식민담론이 단순히 국가건설
의 담론으로 귀결될 수 없음을 드러낸다. 해방 직후부터 본격화된 민족
에 대한 담론들은 극복해야 할 제국과 건설해야 할 국가, 그리고 협력
해야 할 냉전의 체제와 긴밀히 상호작용하면서 다양한 민족의 정체성
을 구성해낸다. 단정 수립과 한국전쟁을 거치며 수립된 분단의 체제 속
에서 이러한 다양한 민족적 열망들은 대다수 비극적으로 좌절된다. 하
지만 이러한 다양한 민족론을 구체적으로 살펴보는 과정은 근대적 국
민국가의 개념으로 설명할 수 없는 분단 사회의 민족의식을 이해하기

위한 단초를 제공한다. 제국 극복, 국가건설, 근대화 등의 목표를 변주하면서 등장하는 한국의 민족 담론에는 해방 직후 형성된 중층적인 민족 서사들이 지속적으로 영향을 미치고 있기 때문이다. 따라서 해방기와 전쟁기 한국 소설에 나타난 민족 서사를 통해 여전히 우리 사회에 강력한 영향을 주는 민족과 국가의 정체성, 그리고 분단 사회에서 해소되지 않은 지점으로 남아있는 민족과 국민 사이에 존재하는 갈등과 간극들이 재조명될 수 있을 것이다.

참고문헌

1차 자료

≪경향신문≫, ≪개벽≫, ≪대조≫, ≪문예≫, ≪문화전선≫, ≪문학≫, ≪문학평론≫, ≪민성≫, ≪민족문화≫, ≪생활문화≫, ≪신문예≫, ≪신문학≫, ≪신천지≫, ≪우리문학≫, ≪전선문학≫, ≪동아일보≫, ≪협동≫

구명숙외 편, 『여성단편소설-해방기』, 역락, 2011.

국방부 정훈국, 『전시한국문학선』, 한국국방부정훈부, 1954.

권희돈, 『홍구범 전집』, 현대문학, 2009.

김동리, ≪김동리 전집≫, 계간문예, 2013.

김만선, 『압록강』, 동지사, 1948.

박영준, ≪박영준 전집≫, 동연, 2002.

박영준 외, 『전쟁과 소설』, 계몽사, 1951.

염상섭, 『삼팔선』, 금룡출판사, 1948.

염상섭, ≪염상섭 전집≫, 민음사, 1987.

염상섭, 『효풍』, 실천문학사, 1998.

오제도 외, 『적화삼삭구인집』, 국제보도연연맹, 1951.

이광수, 『나의 고백』, ≪이광수 전집≫ 삼중당, 1962.

이태준, ≪이태준 문학전집≫, 깊은샘, 2005.

채만식, ≪채만식 전집≫, 창작과비평사, 1987.

최정희, 『풍류 잡히는 마을』, 아문각, 1949,

최태응, ≪최태응 전집≫, 태학사, 1996.

한국문인협회 편, 『해방문학 20년』, 정음사, 1966.

허준, 『잔등』, 을유문화사, 1946.

2차 자료

국내논저

강경화, 「해방기 우익소설의 미학과 정치체제」, 『현대문학이론연구』 22, 2004.

강진호, 「한 근대주의자의 신념과 좌절」, 『돈암어문학』 17, 2004.

공임순, 「빨치산과 월남인 사이」, 『상허학보』 27, 2009.

구재진, 「<해방전후>의 기억과 망각」, 『한중인문학연구』 17, 2006.

권성우, 「해방직후 진보적 지식인 소설의 두 가지 양상」, 『우리어문연구』 40, 2013.

권영민, 『한국현대문학사』, 민음사, 2003.

_____, 『해방직후의 민족문학운동 연구』, 서울대학교출판부, 1996.

권헌익, 『또 하나의 냉전』, 민음사, 2013.

김건우, 「김동리의 해방기 평론과 교토학파 철학」, 『민족문학사연구』 37, 2008.

김경원, 『1945-1950년 한국 소설의 담론 양상 연구』, 서울대학교 박사학위논문 2000.

김동석, 『해방기 소설의 비판적 언술 연구』, 고려대학교 박사학위논문, 2005.

김동춘, 『전쟁과 사회』, 돌베개, 2006.

김민수, 『해방 전후의 역사적 전환과 문학적 인식』, 서울대학교 박사학위논문, 2022.

김슬옹, 「광복이냐 해방이냐」, 『사회평론』, 95권 4호, 1995.

김승민, 「해방직후 염상섭 소설에 나타난 만주체험의 의미」, 『한국근대문학연구』 16, 2007.

김승환, 『해방공간의 현실주의 문학연구』, 일지사, 1991.

김양선, 「염상섭의 취우론:욕망의 한시성과 텍스트의 탈이념적 성격을 중심으로」, 『서강어문』 14, 1998.

김영미, 「해방직후 정회를 통해 본 기층 사회의 변화」, 『근대를 다시 읽는다』, 역사비평사, 2006.

_____, 『동원과 저항』, 푸른역사, 2009.

김윤식, 『백철연구』, 소명, 2008.

_____, 『염상섭연구』, 서울대학교출판부, 1999.

_____, 『해방공간의 문학사론』, 서울대학교출판부, 1998.

_____, 『해방공간 한국 작가의 민족문학 글쓰기론』, 서울대학교출판부, 2006.

김윤식·정호웅, 『한국 소설사』, 문학동네, 2007.

김예림, 「냉전기 아시아 상상과 반공 정체성의 위상학」, 『상허학보』 20, 2007.

_____, 「배반으로서의 국가 혹은 난민으로서의 인민: 해방기 귀환의 지정학과 귀환자의 정치성」, 『상허학보』 29, 2010.

김종욱, 「언어의 제국으로부터의 귀환」, 『현대문학의 연구』, 35, 2008

_____, 「'거간'과 '통역'으로서의 만주체험」, 『한국현대문학연구』 24, 2008.

_____, 「식민지 체험과 식민주의 의식의 극복」, 『현대소설연구』 22, 2004.

김준현, 「순수문학과 잡지매체」, 『한국근대문학회』 22, 2010.

김재용, 「8.15 이후 염상섭의 활동과 ≪효풍≫의 문학사적의미」, 『효풍』, 실천문학사, 1998.

김한식, 「백민과 민족문학: 해방후 우익문단의 형성」, 『반공주의와 한국 문학의 근대적 동학』 1, 한울 아카데미, 2008.

_____, 「해방기 황순원 소설 재론」, 『우리어문연구』 44, 2014.

김형태, 「북한문학사의 조선후기 서술 향방과 변화」, 『민족문학사연구』 49, 2012.

김홍식, 「<해방전후> 연구」, 『한국현대문학연구』 38, 2012.

남원진, 「남한이북의 민족문학담론연구」, 『북한연구학회보』 10권 1호, 2006.

류보선, 「역사의 발견과 그 문학사적 의미」, 『한국현대문학연구』 1, 1991.

_____, 「반성의 윤리성과 탈식민성」, 『민족문학사연구』 45, 2011.

류양선, 「해방기 순수문학론 비판」, 『실천문학』 38, 1995.

류진희, 「염상섭의 「해방의 아들」과 해방기 민족서사의 젠더」, 『상허학보』 27, 2009.

박명림, 『한국전쟁의 발발과 기원』, 나남출판, 2008.

박연희, 『제3 세계의 기억』, 소명출판, 2020.

박종수·유임하, 「죄인 의식과 분단 멘탈리티의 서사화」, 『용인대학교논문집』 17, 1999.

박찬승, 『민족 민족주의』, 소화, 2016.

박찬표, 『한국의 국가형성과 민주주의』, 후마니타스, 2007.

박태균, 『한국전쟁』, 책과함께, 2005,

박헌호, 「역사의 변주 왜곡의 증거」, ≪이태준 문학전집≫, 깊은샘, 2005.

박혜숙, 「미군정기 농민 운동과 전농의 운동노선」, 『해방전후사의 인식』 3, 한길사, 2006.

방민호, 『채만식과 조선적 근대문학의 구상』, 소명출판, 2001.

_____, 「신라의 발견에 붙여」, 『서정시학』, 2013.12.

배개화, 「해방기중간파 문학자의 초상」, 『한국현대문학연구』 32. 2010.

서경석, 『한국근대리얼리즘문학사연구』, 태학사, 1998.

서동수, 『한국전쟁기 문학담론과 반공프로젝트』, 소명출판, 2012.

성공회대 동아시아연구소, 『냉전 아시아의 문화 풍경』, 현실문화연구, 2008.

손유경, 「해방기 진보의 개념과 감각」, 『현대문학의 연구』 49, 2013.

손혜민, 「단정 수립이후 전향과 문학자의 주체구성」, 『사이』 11, 2011.

송기섭, 『해방기 소설의 반영의식 연구』, 국학자료원, 1998.

서여진, 「해방후 최정희 소설 연구」, 서울대학교 석사학위논문, 2010.

신기욱, 『한국 민족주의의 계보와 정치』, 2009.

신영덕, 『한국전쟁과 종군작가』, 국학자료원, 2002.

신형기, 『해방기 소설연구』, 태학사,1992.

_____, 「허준과 윤리의 문제」, 『상허학보』 17, 2006.

_____, 「해방직후의 반공이야기와 대중」, 『상허학보』 37, 2013.

안미영, 「염상섭 해방직후소설에서 '민족'을 자각하는 방식과 계기」, 『한국언어문학』 68. 2009.

안한상, 『해방기 소설의 현실인식과 구조 연구』, 국학자료원, 1995.

유임하, 「순수의 이데올로기적 기반」, 『우리말연구』 38, 2006.

유인호, 「해방후 농지개혁의 전개과정과 성격」, 『해방전후사의 인식』4, 한길사, 2006, p.455.

윤대석, 「서사를 통한 기억의 억압과 기억의 분유」, 『현대소설연구』 34, 2007.

윤해동 외, 『근대를 다시 읽는다』, 역사비평사, 2008.

이민영, 「한국 소설에 나타난 애국포로의 서사와 반공국가의 불안」, 『한국현대문학연구』 55, 2018,

이병순, 『해방기 소설연구』, 국학자료원, 1997.

_____, 「현실추수와 낭만적 서정의 세계」, 『현대소설연구』 26, 2005.

이양숙, 「해방기 문학비평에 나타난 기억의 정치학」, 『한국현대문학연구』 28, 2009.

이양숙, 「에스니시티와 민족의 거리」, 『인문과학연구』, 2013.

이우용, 『해방직후 한국 소설의 양상』, 고려원, 1993.

이우용 외, 『해방공간의 문학연구』, 태학사, 1990.

이재선, 『현대한국소설사』, 민음사, 2002.

이종호, 「해방기 이동의 정치학」, 『한국문학연구』 36, 2009.

이진영, 「중국공산당의 조선족 정책의 기원에 대하여」, 『재외한인연구』9, 2000.

이 찬, 「해방기 김동리 문학연구」, 『비평문학』39, 2011.

이태훈, 「민족 개념의 역사적 전개 과정과 그것이 의미하는 것」, 『역사비평』, 2012.

이혜숙, 『미군정기 지배구조와 한국사회』, 선인, 2008.

임세화, 『탈식민화의 소유 관념의 재현: 해방기 문학의 언어, 도덕, 경제를 중심으로』, 동국대학교 박사학위논문, 2023.

장문석, 「내셔널리즘의 딜레마」, 『역사비평』, 2012.

장세진, 『상상된 아메리카』, 푸른역사, 2012.

전홍남, 『해방기 소설의 시대정신』, 국학자료원, 1999.

정병준, 『한국전쟁 38선 충돌과 전쟁의 형성』, 돌베개, 2006.

정종현, 『제국의 기억과 전유』, 어문학사, 2012.

정호기, 「국가의 형성과 광장의 정치」, 『사회와 역사』77, 2008,

정호웅, 「해방공간의 자기비판 소설연구」, 서울대학교 박사학위논문, 1993.

조남현, 『소설신론』, 서울대학교, 2004.

조윤정, 「1946년 10월 항쟁과 해방기의 소설」, 『구보학보』21, 2019.

진태원, 「어떤 상상의 공동체? 민족, 국민 그리고 그 너머」, 『역사비평』, 2011.

차희정, 「해방기 소설의 탈식민성연구」, 아주대학교 박사학위논문, 2009.

천정환, 「해방기 거리의 정치와 표상의 생산」, 『상허학보』26, 2009.

천춘화, 『한국근대소설에 나타난 만주 공간 연구』, 서울대학교 박사학위논문, 2014.

최진옥, 「해방직후 염상섭 소설에 나타난 민족의식 고찰」, 『한국현대문학연구』23, 2007.

테오도르 휴즈, 「냉전세계질서 속에서의 해방공간」, 『한국문학연구』28, 2005.

하정일, 『민족문학의 이념과 방법』, 태학사, 1993.

허선애, 「해방기 자전적 소설의 서술적 정체성 연구」, 서울대학교대학원 석사학위논문, 2012.

허 은, 「냉전시대 남북분단국가의 문화정체성 모색과 '냉전민족주의'」, 『한국사학보』43, 2011.

홍기돈, 「김동리 새로운 르네상스의 기획과 실패」, 『우리문학연구』30, 2010.

국외논저

기시 도시히코, 쓰치야 유카, 김려실 역,『문화 냉전과 아시아-냉전 연구를 탈중심화하기』, 소명출판, 2012.

다카하시 데쓰야, 이목 역,『국가와 희생』, 책과함께, 2008.

데이비드 허다트, 조만성 역,『호미바바의 탈식민적 정체성』, 앨피, 2011.

디페시 차크라바르티, 김택현 외 역,『유럽을 지방화하기』, 그린비, 2014.

마루카와 데쓰시, 백지운 외 역,『리저널리즘』, 그린비, 2008.

미셸 푸코, 오트르망 역,『안전, 영토, 인구』, 난장, 2011.

미케 발, 한용환 역,『서사란 무엇인가』, 문예출판사, 1999.

베네딕트 앤더슨, 윤형숙 역,『상상의 공동체』, 나남, 2002.

베른트 슈퇴버, 최승완 역,『냉전이란 무엇인가?』, 역사비평사, 2008.

빠르타 짯테르지, 이광수 역,『민족주의 사상과 식민지 세계』. 그린비, 2013.

로버트 J. C. 영 , 김용규 역,『아래로부터의 포스트식민주의』. 현암사, 2013.

로버트 J. C. 영 , 김택현 역,『포스트 식민주의 또는 트리컨티넨탈리즘』, 박종철 출판사, 2005.

릴라 간디, 이영욱 역,『포스트식민주의란 무엇인가』, 현실문화연구, 2000.

사카이 나오키, 후지이 다케시 역,『번역과 주체』, 2005, 이산.

안토니오 네그리·마이클 하트, 윤수종 역,『제국』, 이학사, 2007.

알렉스 캘리니코스, 천경록 역,『제국주의와 국제 정치경제』, 책갈피, 2011.

앤서니 D. 스미스, 강철구 역,『민족주의란 무엇인가』, 용의숲, 2012.

에드워드 랠프, 김덕현 외 역,『장소와 장소상실』, 논형, 2005.

에른스트 르낭, 신행선 역,『민족이란 무엇인가』, 책세상, 2002.

에드워드 사이드, 김성곤 외 역,『문화와 제국주의』, 창, 2011.

오사와 마사치, 김영작 외 역,『내셔널리즘론의 명저』, 일조각, 2010,

와카바야시 미키오, 정선태 역,『지도의 상상력』, 산처럼, 2006.

조르조 아감벤, 박진우 역,『호모사케르』, 새물결, 2008.

칼 슈미트, 김효전 역,『파르티잔』, 문학과 지성사, 1998.

크리스 하먼, 이수현 역,『크리스 하먼의 새로운 제국주의론』, 책갈피, 2009.

필립 르죈, 윤진 역,『자서전의 규약』, 문학과 지성사, 1998

J. G. 피히테, 황문수 역,『독일 국민에게 고함』, 범우사, 1997.

호미 바바, 나병철 역, 『문화의 위치』, 소명출판, 2002.
호미 바바, 류승구 역, 『국민과 서사』, 후마니타스, 2011.

Amstrong, Charles K., "The Culture Cold war in Korea", *The Journal of Asian Studies*, Vol.62 No.1, 2003.

Edensor, Tim, *National identity, Popular Culture, and Everyday life*, Berg, 2002.

Gaddis, John Lewis, "The Long Peace", *International Security* Vol.10 No4, 1986.

Klein, Christina, *Cold war Orientalism*, University California, 2003.

Loomba, Ania, *Colonialism Post Colonialism*, Routledge, 1998.

Mbembem, Achille, "Necropolitics", *Public culture* Vol. 15, 2003.

Said, Edward, *Orientalism*, Vintage Books, 1979.

Smith, Anthony D, *National Identity*, University Nevada Press, 1993.

이민영

서울대학교 국어국문학과를 졸업하고 동대학원에서 「1945년~1953년 한국 소설과 민족 담론의 탈식민성 연구」(2015)로 박사학위를 취득하였다. 현재 국민대학교 교양대학 조교수로 재직 중이다. 해방기와 전쟁기의 한국 문학을 주로 연구하였으며, 최근에는 전후 여성 문학에 대한 연구를 진행하고 있다. 대표 논문으로는 「1950년대 대중소설과 '전후(戰後) 여성'의 부표들」(2022), 「전후 문학의 세계성과 현대적 전통의 고안」(2021)등이 있다.

두 번의 전쟁, 분단국가의 서사적 기원

해방 후 한국 소설에 나타난 민족의 감각과 정서

초판 1쇄 인쇄일	2024년 12월 5일
초판 1쇄 발행일	2024년 12월 20일

지은이	이민영
펴낸이	한선희
편집/디자인	정구형 이보은 박재원
마케팅	정찬용 정진이
영업관리	한선희 한상지
책임편집	이보은
인쇄처	으뜸사
펴낸곳	국학자료원 새미(주)

등록일 2005 03 15 제25100−2005−000008호
경기도 고양시 덕양구 권율대로656 클래시아더퍼스트 1519호
Tel 02-442−4623 Fax 6499−3082
www.kookhak.co.kr
kookhak2010@hanmail.net

ISBN	979-11-6797-207-1 *93810
가격	28,000원

* 저자와의 협의하에 인지는 생략합니다.
잘못된 책은 구입하신 곳에서 교환하여 드립니다.
국학자료원 · 새미 · 북치는마을 · LIE는 국학자료원 새미(주)의 브랜드입니다.